韦明铧 著

诗词里的扬州

扬州诗传

团结出版社

© 团结出版社,2024 年

图书在版编目(CIP)数据

扬州诗传:诗词里的扬州 / 韦明铧著 . -- 北京:
团结出版社,2024.11. -- ISBN 978-7-5234-1088-2

Ⅰ.I267

中国国家版本馆 CIP 数据核字第 20243KF580 号

责任编辑:王宇婷
封面设计:阳洪燕

出　　版:团结出版社
　　　　　(北京市东城区东皇城根南街 84 号 邮编:100006)
电　　话:(010)65228880 65244790(出版社)
　　　　　(010)65238766 85113874 65133603(发行部)
　　　　　(010)65133603(邮购)
网　　址:http://www.tjpress.com
E-mail: zb65244790@vip.163.com
经　　销:全国新华书店
印　　装:三河市东方印刷有限公司

开　　本:170mm×240mm　16 开
印　　张:21　　　　　　　　　字　数:277 千字
版　　次:2024 年 11 月 第 1 版　　印　次:2024 年 11 月 第 1 次印刷

书　　号:978-7-5234-1088-2
定　　价:68.00 元
　　　　　(版权所属,盗版必究)

我梦扬州，便想到扬州梦我

（代序）

韦明铧

　　1981 年初，我从南京调到扬州工作。一年之后的 1982 年春，扬州幸运地成为国务院公布的全国首批历史文化名城之一。命运，似乎注定我要和名城扬州结下不解之缘，四十年来不离不弃，渐行渐近。

　　回顾过去的四十年，我对扬州的认识是不断深化的。最初，我看到的只是点状的园林和古建，后来逐渐关注到线状的老街、片状的古城；接着，又从物质的扬州遗产，关注非物质的扬州遗产；近年来，我又把仅仅立足于扬州，放眼到全中国、全世界，把扬州放在中国运河、丝绸之路等更大范围加以观照。这样，我也一步步真正走进了自己的家园——扬州，它既是我物质的家园，也是我心灵的家园。

　　四十年来，平心而论，我做了一些对扬州有益的事情。

　　一是写了一大批文章和书，并且首倡"扬州学"。我在扬州的工作，先是艺术创作，再是戏剧教学，最后是文化研究。其间，对于扬州历史文化的关注，贯穿了我在扬州生活的整整四十年。这些年来我出版的有关扬州的书籍，有数十本之多。其中有戏曲研究方面的，如

《扬州戏曲史话》《扬州曲艺史话》《扬州昆曲艺术》《扬州清曲艺术》等；专题研究方面的，如《扬州瘦马》《两淮盐商》《风尘未归客——扬州八怪传记》《家风——漫话扬州近代名门》等；综合研究方面的，如《扬州文化谈片》《扬州历代贤官》《二十四桥明月夜》《玉人何处教吹箫》《洛阳初夏广陵春——城际文化比较》等。"扬州学"的任务，一方面是反思旧文化，另一方面是建设新文化。我们这一代人，既要珍视和保存先人留下的那些精致的古董，让它们继续发挥历史见证和艺术鉴赏的功能，又应在新的时间与空间建构一种适合于当代人生存方式的物质文化与精神文化。我欣慰地看到，"扬州学"正在被越来越多的人所接受，而且有了长足的发展。

二是保护了古城的一些重要历史建筑。我连续担任第四、五、六、七届扬州市政协委员和政协常委，每年都提出文化建设和古城保护等方面的提案。有些提案是事先准备的，有些提案是临时动议的。其中重要的几份提案，是关于吴道台宅第的保护、准提寺的保护，以及《四库全书》七阁之一文汇阁的复建。2006年5月，吴道台宅第被列为全国重点文物保护单位。2018年5月，准提寺升级为江苏省文物保护单位。2023年4月，藏书楼文汇阁复建成功并对外开放。这些都有我执着的呼吁和不懈的努力。

三是在对外交往方面做了些事情。1981年初，我从南京回到扬州，第一项工作是研究扬州清曲。很巧，偶尔在杂志上看到一篇日本前辈学者波多野太郎教授的文章，谈到扬州南音。经过上海戏剧学院陈汝衡教授的指点，我和波多野太郎先生的通信持续了数年之久。他是日本最著名的汉学家之一，年龄比我父亲还要大。他在信中反复说的一句话是想"重来虹桥之地，亲聆鼓儿之书"，也即重温扬州旧梦。此后，我和研究扬州评话的挪威学者易德波女士、关心中国琴学的日本学者坂田进一先生、探索东亚历史的澳大利亚学者安东尼亚博士、踏访江南名胜的美国学者梅尔清博士和广泛涉猎明清文学的瑞士学者安如峦教授等外国友人,建立了联系。2015 年,外文出版社出版了我和西班牙作家蒂安娜·古科女士合作的《又梦扬州》一书。这个书名来自郑板桥词:"我梦扬州,便想到扬州梦我。"扬州梦,似乎是古今中外公认的一个美丽、浪漫和沉醉的梦。

因为对中外交往史的浓厚兴趣,这几年每每沉浸在扬州与世界的史料搜集与品味之中,出版了几本书。尚可一提的,是《风从四方来:扬州对外交往史》,这本书分为"东渡与西行""留学与布道""域中与域外""洋务与洋楼""南洋与北溟"五章。《世界发现扬州》一书分为六章,是"涛声犹在——春秋至隋之扬州""丝路锦帆——唐至宋之扬州""古驿清芬——元至明之扬州""画舫绮梦——清初至中叶之扬州""乱世长歌——清末至民初之扬州""湖山如画——民国至当代之扬州"。《丝路百城丛书·扬州传》是我最新的著作之一,共分八章:"扬州走向世界""世界发现扬州""东亚文化之都""世界美食名城""红尘青史人物""故乡天下流传""市井风情剪影""老街深巷新风"。

在关注中外交往的同时,扬州文化自身依然是我的主课。凡是扬州的名胜古迹、英雄豪杰、独门绝技、奇花异草,都会引起我的莫大兴趣。我的工作与职责,就是对它们追根溯源、旁搜博讨,厘清脉络、形诸美文。这本《扬州诗传——诗词里的扬州》,分为四辑——"烟花三月下扬州""玉人何处教吹箫""红桥风物眼中秋""十里栽花算种田",实际上写的是扬州的风景、人物、技艺、花木。书名是听从容萱编辑的建议而起的,准确而又典雅,庄重而又空灵,正好契合本书的宗旨。我和容萱素未谋面,但通过微信和电话进行过深入的交流和切磋,有时她说服我,有时我说服她,总而言之,获益颇多。在此,我要对容萱编辑表示深切的感谢!

本序原系我为纪念扬州古城被列入国务院公布的全国首批历史文

化名城四十周年而作，现在略作补充，姑作为序。题目借用扬州八怪郑板桥"我梦扬州，便想到扬州梦我"一语，也是蒂安娜·古科女士特别喜爱的。郑板桥《满江红·思家》全词是：

我梦扬州，便想到扬州梦我。

第一是隋堤绿柳，不堪烟锁。

潮打三更瓜步月，雨荒十里红桥火。

更红鲜冷淡不成圆，樱桃颗。

何日向，江村躲；何日上，江楼卧。

有诗人某某，酒人个个。

花径不无新点缀，沙鸥颇有闲功课。

将白头供作折腰人，将毋左。

2023 年 8 月，立秋后二日

于扬州帆圃

目 录

辑三

红桥风物眼中秋

辑四

十里栽花算种田

辑一 烟花三月下扬州

一　扬州何物是烟花

故人西辞黄鹤楼，烟花三月下扬州。

孤帆远影碧空尽，唯见长江天际流。

——（唐）李白《黄鹤楼送孟浩然之广陵》

唐玄宗开元十五年（727），二十七岁的李白在湖北结识了比他年长十二岁的孟浩然，两人从此成为挚友。三年后，孟浩然要去扬州旅行，李白亲自到武昌江边送行，写下传诵千古的《黄鹤楼送孟浩然之广陵》。

这首诗没有什么艰深之处，甚至可以说浅显易懂。诗人不过是在说：我的老朋友就要向西辞别黄鹤楼，在烟花三月的大好春光中顺流东下扬州了；孤独的帆影渐渐在碧空中消逝殆尽，我只看见滚滚的江水一直流向天边。不过帆影虽然远去，诗人依然伫立在黄鹤楼头，凝神东望，久久不肯离去，这表明李白与孟浩然两人的友情之深。诗中没有提到离愁别恨，字里行间却流露出因为朋友远去而油然产生的不舍与惆怅。

令人难忘的是"烟花三月下扬州"一句，诗人用想象的美景，祝愿好友旅行一帆风顺。清人朱之荆《增订唐诗摘钞》评论说："'烟花三月'四字，插入轻婉。三月，时也。烟花，景也。"三月是时间，烟花是景色，一切都自然而然，清新飘逸，意境美好，语言轻快，毫无雕琢的痕迹。

就这么几句好像白话的诗，也有人经常提出疑问。问题主要有两个：第一，"扬州"是不是今天的扬州？第二，"烟花"究竟是什么东西？

第一个问题其实很简单，孟浩然去的地方既然是广陵，当然也就是今天的江苏扬州，不是其他任何地方。扬州是古代九州之一，但是九州中的"扬州"并非具体的行政区划，而是泛指中国东南的大片区域，包括今天的江苏、浙江、上海、福建、广东甚至台湾等地。2010年6月19日，《扬州晚报》以《沈复芸娘割不断的"扬州缘"》为题报道台湾高雄师范大学教授蔡根祥专程来扬州，与扬州文化研究所所长韦明铧等一起，寻访《浮生六记》中沈复、芸娘在扬州的相关地点，愉快地进行了"海峡两岸《浮生六记》寻访之旅"。报道说，蔡教授一见到我就说："我终于回家了！"我惊讶地问他："您是扬州人？"他笑了笑说："您没有见到《台湾府志》开卷就说，台湾当附于扬州之境吗？"我们这才相视而笑。我后来翻检台湾最早的地方志《台湾府志》，书中确有台湾"当附于扬州之境"一语。在秦汉时期，扬州被称为邗、广陵或江都。直至隋文帝开皇九年（589），广陵才被改为扬州，唐以后一直如此。所以，李白写《黄鹤楼送孟浩然之广陵》的时候，广陵确实被叫作扬州了。

然而这些年来，仍然不断有人质疑，说李白送孟浩然不是"下扬州"，而是"下南京"。这种说法纯属无知之谈。因为"烟花三月下扬州"的扬州，是李白时代的扬州，也即唐代的扬州，毫无疑问就是指今天的江苏扬州。在隋朝以前，金陵曾经称为扬州，例如"腰缠十万贯，骑鹤上扬州"中的"扬州"，其实倒是指今天的南京，因为南朝时的扬州治所在金陵。

李白诗中有关"下扬州"之类的说法很多，例如《上皇西巡南京歌十首》中，有一首是这样写的："濯锦清江万里流，云帆龙舸下扬州。北地虽夸上林苑，南京还有散花楼。"其中，"北地"是指长安，当时已在安史之乱中失守；"南京"是指成都，今四川省会。"北地"和"南京"都是当时的实指，而不是古称。由此可见，《黄鹤楼送孟浩然之广陵》一诗中的"下扬州"就是指当时的扬州，而不是今天的南京。《黄鹤楼送孟浩然之广陵》一诗标题中的广陵，是扬州之古称；"烟花三月下扬州"一句中的扬州，是扬州之今称。古之广陵，即今之扬州。

在唐代后期，民间对于扬州、益州两地的繁荣，广泛称道。当时有个流行的词语，叫"扬一益二"，意为扬州第一，益州第二。长安、洛阳是当时的政治中心，扬州、益州则是当时的经济中心。李白在当时的环境中写出"烟花三月下扬州"这样讴歌赞美扬州的名句，完全符合历史的逻辑。

烟花三月是到扬州旅游的最好时节，李白诗中的"烟花三月下扬州"也就成了宣传扬州的最好广告，这让无数游客对扬州产生美好的遐想。导游一般会解释说，烟花嘛，就是无边的春色。这当然不错。但也有很多游客想知道，"烟花"究竟是一种什么花呢？

"烟花"其实不是指某一种花，现实中也没有一种植物的花叫作"烟花"，诗人只是以"烟花"借喻朦胧、氤氲和缥缈的春景。三月的扬州，柳絮满天，落英遍地，水气弥漫，如烟如雾，用一句现成的诗来形容，就是"乱花渐欲迷人眼"。所以，"烟花"与"三月"连在一起，就成为梦幻般的浪漫春天的诗意写照。

关于"烟花"，最大的争议是"烟"的解释。比较流行的说法有两种。第一种是雨雾，因为春天多细雨，有时还有薄雾，雨雾蒙蒙，意境如烟。第二种是柳烟，柳烟是柳树独有的一景。古人常说"松涛柳烟"，意为松能生涛，柳能生烟。"烟"，轻轻淡淡地笼罩于树丛之上，似有又无，似无还有，丝丝如缕，飘忽不定。在古今诗词中有很多吟咏"柳烟"的诗句，如"最是一年春好处，绝胜烟柳满皇都"（韩愈）；"无情最是台城柳，依旧烟笼十里堤"（韦庄）。诗人们将万千柳丝，升华和美化成"柳烟"。

又有人提出，"烟花"是不是古代的焰火，因为烟花又称焰火，好像也是合理的解释。但是焰火的燃放一年四季都可以，不一定非得在农历三月。由此也可见，李白诗中的"烟花"并非实指焰火，否则诗的意境就没有了。

　　也有人将"烟花"与风月联系起来，认为烟花常常被用作风尘女子的代名词，如从前称呼妓女为"烟花女子"。吴趼人《二十年目睹之怪现状》说："苏扬各地之烟花，亦都因上海富商大贾之多，一时买棹而来。"一方水土养一方人，扬州自古出美女，鲍照早在《芜城赋》里就说过"东都妙姬，南国佳人，蕙心纨质，玉貌绛唇"，都是指的美女。很多人误以为扬州美女就是烟花女子，这种说法完全是想当然。扬州美女中固然有歌姬、舞姬、琴姬等艺妓，但诗人李白不可能对好友孟浩然说，你就到扬州去看看美女吧！

　　几乎每年春天，我都要回答各地记者的提问："韦先生，您说'烟花'二字到底应该做怎样最浅显明白的理解呢？"

　　我的回答是，扬州是一座浪漫的城市，因此对"烟花"也要做浪漫的理解。简而言之，"烟花"，就是朦胧、氤氲和缥缈。如果一定要具象的话，可以认为，"烟花"就是飞舞的柳絮和缤纷的花瓣。柳絮像雪花一样飘在空中，给人营造出眼花缭乱的意象。《世说新语》说："谢太傅寒雪日内集，与儿女讲论文义，俄而雪骤，公欣然曰：'白雪纷纷何所似？'兄子胡儿曰：'撒盐空中差可拟。'兄女曰：'未若柳絮因风起。'公大笑乐。"谢安在一个寒冷的雪天把家里的子侄聚到一起，和他们谈论诗文。不一会儿，雪突然下大了，谢安高兴地说："你们说这纷纷扬扬的白雪像什么呢？"谢安的侄子说："跟在空中撒盐差不多。"谢安的侄女说："不如说柳絮因风飞扬更为形象。"太傅高兴得大笑起来。说出"未若柳絮因风起"的，就是著名才女谢道韫。落花时节也是如此。有风时花落得多，无风时花落得少，落英满地、零落成泥是残春的常见景象。难怪多愁善感的林黛玉看到落花的风景不禁长叹，她的《葬花吟》咏道："花谢花飞花满天，红消香断有谁怜？

游丝软系飘春榭，落絮轻沾扑绣帘。"首句"花谢花飞花满天"，与"未若柳絮因风起"，都形象地诠释了"烟花"的意境。

在《黄鹤楼送孟浩然之广陵》中，还有一种版本写成"孤帆远影碧山尽"。有记者采访我，问"碧山尽"与"碧空尽"哪个更好？在我看来，"碧空尽"虽是我们习惯了的，但"碧山尽"可能比"碧空尽"更符合实际。在古人修辞中，"碧"可以用来形容山林的青绿浓郁，也可以用来形容天空的蔚蓝澄明。尽管在"上穷碧落下黄泉"这样的名句里，是用"碧"来形容天空的，但大多数时候"碧"是用来形容绿水青山和青枝绿叶的，如杨万里的"接天莲叶无穷碧，映日荷花别样红"。

很多年前，我从武汉坐轮船至南京，看到长江两岸多是连绵的山林。我当时想，当年李白送别孟浩然时想象的江岸，也应是这样，两岸青绿尽入眼帘。对于"碧山尽"和"碧空尽"两种版本，我觉得"山"字比"空"字更符合实际。当我乘坐的轮船在长江两岸之间，劈波斩浪，迎风疾行，看到两岸的青山渐渐到了尽头，就情不自禁地自语："孤帆远影碧山尽，唯见长江天际流。"

二　汉砖唐瓦两重城

街垂千步柳，霞映两重城。

天碧台阁丽，风凉歌管清。

纤腰间长袖，玉佩杂繁缨。

柂轴诚为壮，豪华不可名。

自是荒淫罪，何妨作帝京。

——（唐）杜牧《扬州》

最近遴选出的"扬州运河十二景"，位列前茅的是"明清古城"。所谓明清古城，包括旧城和新城，让人想起唐人杜牧《扬州》中的名句"街垂千步柳，霞映两重城"。

杜牧诗中的"两重城"，是指唐代的衙城和罗城，运河十二景中的"明清古城"，是指明清的旧城和新城。这里散布着大量名胜古迹和老街旧巷，是历史文化名城扬州的核心所在。了解明清古城，才算了解扬州。

（一）扬州的旧城与新城

扬州明清古城分为旧城与新城两个部分。明初的扬州城很小，只占小秦淮以西的一块地方。嘉靖年间为了抗倭，另筑新城，从此新旧二城并存。明代剧作家汤显祖《牡丹亭》第三十一出《缮备》有这样一段说唱：

> （贴扮文官，净扮武官上）边海一边江，隔不断胡尘涨。维扬新筑两城墙，酾酒临江上。请了，俺们扬州府文武官僚是也。安抚杜老大人，为因李全骚扰地方，加筑外罗城一座。今日落成开宴，杜老大人早到也。
>
> （外）维扬风景世无双，直上曾台望。……真乃江北无双堑，淮南第一楼！

《牡丹亭》虽然是文学作品，但剧中所写的"维扬新筑两城墙"，却是取材于扬州抗倭筑城的史实。

自明朝开国，倭患就开始了。到了嘉靖年间，倭寇居然五扰江北，三犯扬州。嘉靖三十二年（1553），倭寇从浙东海上入侵，向苏州、常州深入，直至扬州的瓜洲、仪征。嘉靖三十三年（1554），倭寇从通州登陆，直逼泰州，当时泰州海防副使张景贤以火攻倭寇，致使倭寇大败，退到通州。到嘉靖三十四年（1555），倭寇又来劫掠通州、泰州等地，并且兵分三路进犯扬州——一路从瓜洲，一路从新港，一路从泰州，向扬州迂回而来。一路上，倭寇烧杀抢掠，无恶不作，扬州乡民被杀死及溺死者达数千人。当时扬州守军心存侥幸，以为倭寇不会如此深入，所以未做全面防御，以致倭寇轻而易举地兵临城下。面对强盗来犯，扬州守军仓促迎战，双方均有死伤，扬州城东的商贾损失尤为惨重。

在此之前，扬州旧城是以小秦淮河为城东的护城河的。扬州经过宋金对抗和元明战乱之后，遭到的破坏极为严重，城市残破，人民流徙。当朱元璋攻下扬州时，史载"按籍城中，仅余十八家"，现在扬州还有"十八家"地名。朱元璋命元帅张德林守扬，张德林因旧城空旷难守，于是截取宋元扬州城的西南隅，筑而守之。城周一千七百五十七丈五尺，有城门五座，南面叫安江门，北面叫镇淮门，东面叫宁海门（即大东门）、小东门，西面叫通泗门。城墙四周有濠沟，南北在安江门、镇淮门的西侧市河流过城处，各置水门。原来宋大城西部有南北向的市河相通，设置水门后，便于船舶运输，就河岸筑城也利于市民用水。市河即汶河，由南而北架有新桥、太平桥、通泗桥、文津桥、开明桥等。这就是后来所谓的扬州旧城。至今保留大东门、小东门等地名，出了大东门、小东门便到扬州城外。换句话说，小秦淮以东，古运河以西，在明代虽是商业繁华之区，但并无城防。只是因为倭寇的屡次侵犯，才使扬州人一再提起增筑新城之议。

扬州增筑新城的建议，由何城等人提出，为知府吴桂芳采纳。何城说，扬州盐税占天下之半，而商肆都在旧城之外，倭患如此频繁，如不筑新城保护，终非长久之计。这样，在倭寇大肆入侵的当年，扬州决定增筑新城以抗倭。康熙《扬州府志》卷八记载道："新城始于嘉靖丙辰（1556）二月。时以倭寇，用副使何城、举人杨守城之议，起旧城东南角楼至东北角楼，周十里，即一千五百四十一丈九尺，高厚与旧城等。"新城的西部与旧城相接，东、南、北三面计长约一千五百四十二丈，面积大于旧城。共有城门七座，南面叫挹江门（即钞关门）、徐凝门，北面叫拱宸门（即天宁门）、广储门、便益门，东面叫利津门、通济门。东、南面以运河为城河，北面挖壕与旧城城濠及运河相通，也即今天的北护城河，这一格局保留至今。

对于扬州建城史而言，太守吴桂芳是个值得纪念的人物。《明史》有他的传略："吴桂芳，字子实，新建人。嘉靖二十三年（1544）进士。……起补礼部，历迁扬州知府。御倭有功，迁俸一级。又建议增筑外城。扬有二城，自桂芳始。"吴桂芳决定增筑扬州新城后不久，被改调他任，石茂华继任扬州太守。在石太守的指挥下，扬州军民同仇敌忾，新城只花了九个月时间就全部筑成。因为新城在抗倭斗争中坚如磐石，太守又姓石，人们就称扬州新城为"石城"。在扬州的抗倭斗争中，有一位殉难的官员叫朱裒，湖北郧西人。他担任武功知县时，抑豪强，祛积弊，百姓呼为"铁汉"。《明史》说他后来"迁扬州同知，吏无敢索民一钱。三十四年（1555）倭入犯，击败之沙河，歼其酋，还所掠牲畜甚众。未几复大至，薄城东门。督兵奋击，兵溃，死焉"。

"石城"与"铁汉"，值得扬州人永远纪念。

（二）邂逅扬州古城砖

历史上的扬州城屡毁屡建，地下埋藏了无数古代城砖。清代扬州学者阮元《吴蜀师砖并序》写道：

吾乡平山堂下浚河，得古砖，文二，曰"蜀师"。其体在篆隶间，久载于张燕昌《金石契》中，未知为何代物。近年在吴中屡见蜀师古砖，兼有吴永安三年（260）及晋太康三年（282）七月廿日蜀师作者，然则蜀师为吴中作砖之氏可知。按扬州当三国时，多为魏据，惟吴五凤二年（255），孙峻城广陵而功未就，见于《吴志》本传。此年纪与永安、太康相近，然则此砖为孙峻所作广陵城甓无疑矣。

阮元在诗中回顾了扬州古代建城史，说："遗此一尺砖，埋在平山麓。有文曰蜀师，匠者或师蜀。""哀此古瓴甋，屡受石与镞。摩挲蜀师文，千年叹可遫。"阮元是在扬州平山堂下疏浚河流时，得到这块城砖的，砖上铭文"蜀师"二字，阮元一直不解何意。后来才考证出，"蜀师"原来是古代造砖匠人的名字。清人钱泳《履园丛话》记载："蜀师砖，嘉兴之海盐，扬州之平山堂，皆掘有蜀师砖。或以为蜀都城砖，非也。然'蜀师'二字，义终未详。嘉庆六年（1801）冬，浙中陈南叔得一砖，文曰'太康三年（282）七月廿日蜀师所作'计十二字，则知蜀师为陶人也。"

城砖是刻在砖头上的历史，可以说一块城砖就是一部史书。我有一块汉砖，其色如铁，抚之似石，砖的六面皆有戳印铭文"北门壁"。想当年，吴楚七国之乱时的吴王刘濞，就是率领吴军从北门出城去长安"清君侧"的。还见过一块六朝铭文砖，上有"徐州广陵郡舆县永康里散部曲将孙少父年一百食口卅人"等字，信息量何等之大。唐代扬州的"罗城"铭文砖存世较多，其砖呈灰黑色，抚之无痕，叩之有声，让人梦回大唐。

古代城市的墙垣，一般分为两重，内称城，外称郭，或者内称子城，外称罗城。子城为官府所在，罗城为商民所居。罗城之"罗"，是罗列之意，三街六市，纵横交错，犹如棋盘罗列，故称罗城。《资治通鉴·唐懿宗咸通九年（868）》："不移时克罗城，彦曾退保子城。"胡三省注："罗城，外大城也。子城，内小城也。"

被考古界称为中国城门通史的扬州城南门遗址，地层叠压关系丰富而清晰。除去底部的生土层和上部的扰乱层，最早的文化层是唐代文化层，继而依次是五代地层、北宋地层、南宋至元地层、明代地层、清代地层。其中重要的依据，是南门出土的城砖上有"濠州""歙州""常州"等铭文，证实了城门的年代。

读书不仅要读纸质的书，也要从砖头上读书，如唐宋的"游奕"砖，明清的"钦工"砖。这些砖头遗弃在河边、沟底、屋后，经过仔细搜寻才可获得。最奇特的是一些窑工姓名砖，如"胡端""颜璠""李珍官""窑户翁十三"等。宋代凡是工匠均称"匠户"，纺织者称"机户"，水运者称"船户"，烧制陶瓷者则称"窑户"。可见"窑户"之名，由来已久。

（三）扬州城砖藏家

对于收藏家来说，金玉、陶瓷、书画是首选，但扬州历来都有古砖藏家。

乾嘉学者阮元喜欢藏砖。钱泳《履园丛话》记载，有一种"汉五凤砖"铭文砖，为阮元所珍藏，经常放在阮氏案头："此砖扬州阮云台先生案头见之，文曰'五凤三年（256）'四字，海盐张芑堂所贻也。"张芑堂是清代著名收藏家。扬州八怪罗聘也喜欢藏砖。《履园丛话》记载，有一种"汉亭长砖"铭文砖，为罗聘所藏："扬州罗两峰有一砖，画像车骑，外貌一人，方面丰颐，郯郯有须，两手执旗干而立。上有八分书'亭长'二字，宛如汉石室画像。"亭长是古代的低级官职。

道光咸丰时扬州人汪鋆，对金石碑砖亦有钟情，著有《十二砚斋金石过眼录》十八卷，记录自己经眼的砖石。汪鋆字研山，精通金石，善画山水。除了《十二砚斋金石过眼录》，还有《扬州景物图册》《扬州画苑录》《广印人传》等传世。

晚清文人况周颐也是古砖爱好者，寓居扬州旧城小牛录巷。他在住所厨房矮墙下得到一块断砖，上有铭文"杨州"二字，书势劲逸，苍坚致润。据考证，扬州在隋之前古书碑帖中都被写作木旁的"杨州"，唐之后才流行手旁的"扬州"。按照此说，这块砖头应是唐代以前之物。关于此事，况周颐《选巷丛谈》写道："住宅距旧城遗址不远，虹桥西南，颓垣一角，屹立荒烟蔓草间。余得'杨州'砖，或告余此扬州旧城城砖也。城筑于宋，而砖则唐，当时取用他处旧砖耳。"后来况周颐派郭姓老仆登城寻砖，每得一砖，赏钱百文。郭仆从扬州旧城墙上寻得城砖若干，用麻袋背回，铭文有"镇江前军""镇江后军""镇江右军"等字。

关于"镇江前军"，据《嘉定镇江志》记载，建炎初镇江位当江防前线，城乡驻屯大量宋军，计有前军、右军、中军、左军、后军、水军等不下二十多寨。镇江古城考古时，对定波门瓮城进行发掘，发现城砖铭文有"润州官窑""镇江府砖""丹阳县张"，以及南宋镇江驻军烧制之砖如"镇江前军""镇江后军""镇江水军"等。

扬州最有成就的古砖收藏家是耿鉴庭大夫。梅兰芳秘书许姬传写过一篇《"镇江水军"砖》，刊于《人民日报》副刊。文中披露了一件鲜为人知的掌故，说 1953 年夏，梅兰芳在上海思南路寓所接到扬州市文物风景管理委员会一位先生的来信，包含南宋"镇江水军"砖拓本一纸。拓本有赠者跋语："1951 年春，扬州市拆城筑路。以旧城始因抗金而筑，曾于办事处中设有文物保管组，由鉴庭兼司其事。搜得文物及宋砖极夥，砖文中颇有丰富史料，足补《宋史》职官志、兵志及地理志之缺。远达江西、湖北，亦送砖来筑扬城。镇江砖凡得七十余种，韩世忠麾下镇江前、后、左、右、中、水各军则占多数。前以赴沪参加中华医史学会之便，得观梅院长《抗金兵》一剧，归检该故事当时之实物'镇江水军'砖，拓以奉赠，并求审定。癸巳初夏鉴庭耿胤漳识于扬州。"向梅兰芳赠送"镇江水军"古砖拓片的，就是扬州已故名医耿鉴庭。

唐代扬州城墙巍峨，所需城砖也多，城东设有窑铺。我藏有一片唐代残瓦，在扬州城东拾得，瓦上有模印铭文，细辨之下，可识"城东窑王监制"数字；右侧又有小半个残字，疑为"官"字。它告诉我们的信息是：窑主姓王，位于城东，瓦系官方定制。扬州城东的瓦窑铺，历来以烧制砖瓦而出名。这片残瓦意味着早在千百年前的唐代，扬州城东已是火光烛天、瓦窑遍地了。

东方名都扬州，就凭借一砖一瓦的烧造与堆积，在地平线上拔地而起。

（四）寻找城砖之乐

我第一次拾到的古砖，是"两淮盐运使但监造"。

那年春节，在四弟家吃过午饭漫步回家，没走大路，却从便益门老街的小巷迂回穿行。大约在石狮子巷附近的一处角落，有一堆乱砖，无意一瞥，竟见一块砖头上有字。凑近细看，乃是"两淮盐运使"云云，心中一喜，就想把它从砖堆中取出来。不料它被上面的砖头压着，动撼不得。时值天寒，砖堆上有许多积雪，砖缝之间也冻结着，只好离去。此后数日，几次转到小巷，发现它还静静嵌在砖堆当中，心中始安。经过用力挪动，砖头略有松动。再加一把力，终于将它从乱砖堆中取出，原来只有半截。持砖回家，用水清洗，仔细端详，发现色泽乌黑，质地坚密，宽约三寸，高近半尺，长不可知。最可喜的是顶端铸有一行阳文，楷书，竖写，为"两淮盐运使但监造"，唯"造"字有缺损。

"两淮盐运使"是官名，即《红楼梦》中林妹妹的老爸林如海任过的官职，"监造"是普通词语，都无费解处。问题出在"但"字。"两淮盐运使但监造"是什么意思呢？有一天忽然悟到，"但"可能是姓氏。在清代担任两淮盐运使的官员之中，有人姓但，名叫但明伦。胡适写过一篇《记但明伦道光壬寅（1842）刻的〈聊斋志异新评〉》，说但明伦"自序作于两淮运署"，表明此人在两淮运署任职。齐鲁书社出版的《但明伦评〈聊斋志异〉》，即胡适所论"但评本"。鲁迅《中国小说史略》说，《聊斋志异》"终著者之世，竟未刻，至乾隆末始刊于严州；后但明伦、吕湛恩皆有注"。在清代文学评论史上，但明伦被称为"评点《聊斋》第一人"。但明伦是嘉庆进士，翰林院庶吉士、编修，转御史，道光年间任两淮盐运使。对于"两淮盐运使但监造"的解读，使我获得成功的愉悦。

另一次寻找城砖的深刻印象，是去正在拆迁的南门外街。南门外街靠古运河的房子已经拆光，唯有两三座高墙深宅，孤零零地屹立在一片废墟中，默默诉说着老街的故事。其中有一家老酱园，从它旁边走过时似乎还闻到酱香。有一家缸巷边的老宅，据说是清代学者汪中的故居，但是未经证实，也无从证实。

我们在拆迁中的乱砖堆里踯躅而行。有一些拾荒人在那里翻找钢筋，见我们衣冠楚楚，也来寻寻觅觅，不免用奇怪的眼神瞄着我们。我们其实是来拾城砖的，与他们不相干。南门附近的民居，自古以来多就近取城砖造屋，现在一经拆除，那些千百年来砌在墙里的古城砖重见天日。我对这些斑驳的城砖有癖好，总想从这些风雨侵蚀过的砖头上破译这座城市历史的密码。

那一天收获颇丰，我们在断壁残垣之间居然翻出了许多铭文古砖，从唐到清，俨然成一系列。审其铭文，有官名、州名、番号、年号，也有人名，如"官""池州""洪州""皖州""镇江府官砖""楚州刘官村""雄胜军""镇江后军""咸丰某年""胡端""颜璠""李珍官"等。这些古砖大抵残缺不全，博物馆或收藏家是不屑一顾的，但它们记录着这座城市经历过的战火和复兴。

只有一块完整的砖，是在一个高高的砖堆上发现的。拾起来揩净一看，竟有"殿司"二字。何谓"殿司"？不解其意。后来从清人汪应庚《平山揽胜志》中读道：

> 今乾隆二年（1737）戊午岁，予凿山池方亩，中忽得泉穴，而古井出焉。井围十五尺，深二十丈，较智僧所浚者，广狭既异，而泉复清美过之。中有唐景福钱数十，又有古砖一方，刻"殿司"二字，详其地，正《墨庄漫录》所谓塔院西廊也。

看来这块"殿司"古砖乃是唐物。

在我收罗的旧砖中，最不起眼也最为特别的残砖是"窑户翁十三"。其砖扁而平，仅存小半截。砖宽二寸，高五寸有余，长度不可考。好在铭文相当完整，阳文，竖写，正楷略带隶意。

"窑户翁十三"五字，表明此砖系民间"窑户"所造，窑工姓"翁"，行第"十三"。唐宋时人多以排行或数字取名，如白居易又称"白二十二"或"白二十"，孟浩然又称"孟大"或"孟八"。元明时人依此旧例，如张士诚亦名"张九四"，朱元璋亦名"朱重八"。"翁十三"到底是何时之人，不可知。一日忽有行家来访，见此断砖，以为是明代之物，余遂视为明砖。

（五）小秦淮城砖铭文

很多年前，我用两个下午，沿着小秦淮河东西两岸步行，寻找河边民房墙上的古砖，记录其铭文。因为小秦淮河是明代扬州旧城的城濠，离城墙最近，所以许多沿岸民房利用了古城砖。

其中比较重要的古砖铭文，萃园桥东岸的有：淮安、吴〇府、大使府、二十六年、钦工、鸟；西岸的有：高邮军、〇淮军、海门县、真州、武〇、南、官、抚州潘〇、卜、十、淮、道光二十六年八月。

小虹桥西侧的有：甲地、府。

如意桥东岸的有：武锋军。

引起我注意的是"高邮军"古砖。"高邮军"是宋代出现的建制。在宋代，江苏各州的等级由高到低分为五等，即节度、观察、防御、团练、军事。江宁、润州、苏州、扬州为节度，海州、楚州为团练，常州、泰州、通州、真州、高邮为军事，"高邮军"之名由此而来。宋人《太平寰宇记》载："高邮军，理高邮县。本扬州高邮县，皇朝开宝四年（971）建为郡，以县隶焉，直属京师。"又《舆地纪胜》引《太祖实录》之"高邮县为军"诏文："惟彼高邮，古称大邑。舟车交会，水陆要冲。宜建军名，以雄地望。"这是宋太祖的御批。

"高邮军"并非单指一支军队，而是指具有军事性质的特别行政建制，包含城池、县邑、军队、人民等。高邮军大于高邮县，高邮县在高邮军的管辖之下。《宋史》说："金人过高邮军，守臣赵士瑗弃城走。"这里的高邮军，明显是指地域的疆界。简而言之，高邮原属扬州，宋开宝年间建高邮

军，熙宁年间复属扬州，元祐初年仍置高邮军，建炎年间升为高邮州，绍
兴年间又属扬州。按此，"高邮军"铭文砖当是宋代烧造的城砖。

"高邮军"在历史上，除了战争方面的作用，也有许多文化方面的贡
献。宋词大家秦观的著作《淮海集》，现存最早的版本由南宋乾道年间高
邮军所刻。书有后序，称此书是王定国任高邮军长官时，根据当地《淮海
文集》"搜访遗逸，咀华涉源，一字不苟，校集成编"。秦观字少游，扬州
高邮人，具体说是高邮军人。

"高邮军"有不少故事。沈括《梦溪笔谈》记高邮军税务官员郑夷甫，
是一位奇人："吴人郑夷甫，少年登科，有美才。嘉祐中，监高邮军税务。
尝遇一术士，能推人死期，无不验者。"冯梦龙《警世通言》写高邮军主
簿李子由："那官人是高邮军主簿，家小都在家中，来行在理会本身差遣，
姓李名子由。"结果李子由讨得女子庆奴，感情很好。

每一块古砖，都记录着烽火与人生的况味。清人孙枝蔚登扬州城头远
眺，看到的都是人间沧桑，挥笔写就《春日登扬州城楼》诗云：

> 江干方罢战，游子未归秦。
> 仍是繁华地，偏留寂寞人。
> 乱余轻白骨，愁里负青春。
> 几处喧歌吹，谁家宴四邻？

三　邗沟画桨天宁寺

小艇沿流画桨轻，鹿园钟磬有余清。

门前一带邗沟水，脉脉常含万古情。

————（清）爱新觉罗·玄烨《天宁寺》

天宁寺始建于何时，众说纷纭。有说是唐代柳毅舍宅造寺，这个柳毅就是唐人传奇《柳毅传》中主人公，小说的人物，不必深究。普遍传说是东晋时谢安以别墅捐寺，供梵僧佛驮跋陀罗在此译《华严经》。这个说法也有争议，东晋时广陵还不叫扬州，凡说到扬州的，都是指扬州刺史部所在地建业，即今南京。

清代康熙、乾隆二帝，对扬州天宁寺情有独钟，在此建筑行宫。康熙《天宁寺》诗云："小艇沿流画桨轻，鹿园钟磬有余清。门前一带邗沟水，脉脉常含万古情。"勾画出一幅画舫、邗沟与古刹融合的画面。康熙还写过一首《忆扬州天宁寺竹》，说"此君有意虚心待，叹我徒劳幽思牵"，他觉得天宁寺的翠竹一直在等他约会。

（一）名刹的盛衰

赵朴初主编的《中国佛教》说："不久（义熙九年，413），他（指尼泊尔僧人佛驮跋陀罗）随刘裕去扬都（今南京），住道场寺（在南京中华门外，一称斗场寺，寺为司空谢石所建，后人又称谢司空寺）。"这大概可以澄清包括志书在内的关于天宁寺历史的误传了。当然，传说得久了，也会变成约定俗成的说法。

比较可靠的是《宝祐维扬志》的记载，天宁寺始建于武则天证圣元年（695），以年号为名，称为证圣寺。北宋真宗大中祥符五年（1012），改名兴教院。宋徽宗政和二年（1112），在全国州府普建天宁寺。所谓"建"，其实是将原有寺庙更名，于是此寺更名天宁禅寺，从此一直沿袭天宁寺之名。全国好多地方都有天宁寺，来历就在于此。现在不能确切知道当时天宁寺的规模，但宋高宗建炎元年（1127），赵构为逃避金军南下，匆匆离开汴京来到扬州，就驻跸在天宁寺。一座寺庙能容下天子一行，其规模可想而知。

元末天宁寺遭到毁坏，明洪武年间重建。山门在今天宁门街南端路口，门前有华表，耸入云表，额题"朝天福地"，因有成万的蝙蝠聚集于此，人称"万福来朝"。嘉靖时增筑扬州新城，将山门划入新城，于是天宁寺只保留护城河以北部分，即今天的天宁寺。

清咸丰年间，天宁寺毁于太平军兵火。同治四年（1865），两淮盐运使方濬颐与僧人真修重建，后又陆续增建，最迟的殿宇建于民国年间。规模虽不及往昔，也算是扬州的大刹，被列为扬州八大丛林之首。1949年后，天宁寺先后成为步兵学校、文艺学校、招待所等，对寺房多有拆改。

扬州天宁寺有"一寺五门天下少，两廊十殿世间稀"的说法。一寺五门、两廊十殿都是事实，说天下少、世间稀未免夸张。但天宁寺仍是扬州胜迹，文人多有咏叹。清初诗人吴嘉纪《天宁寺晓月》云：

> 竟夜不能寐，数疑天已晨。
> 披衣闻去雁，出寺看归人。
> 野外连霜白，城头上月新。
> 无劳冷相照，还是远游身。

（二）耀眼的南巡

大清康熙、乾隆两个皇帝，多次南巡，屡经扬州。扬州是两淮盐商聚居之地，天子南巡，他们自然殚精竭虑，竭力讨取皇帝的欢心。当时由扬州管辖的行宫多达四个，即金山行宫、焦山行宫、天宁寺行宫、高旻寺行宫，所有行宫无不堂皇富丽，金碧辉煌。

康熙名爱新觉罗·玄烨，在位六十一年。先后平三藩，定台湾，奖垦屯，兴水利，同时举博学鸿词，纂辑《康熙字典》《全唐诗》《佩文韵府》等典籍，文治武功为史家所称。康熙六次南巡，五次驻跸扬州，其中有两次驻跸天宁寺内。

乾隆名爱新觉罗·弘历，在位六十年。他即位后，在政治上矫其祖父宽严之弊，实行"宽严相济"之策，最突出的文化成就是在全国范围征集图书，编纂巨帙《四库全书》。乾隆也六下江南，在扬州天宁寺专门修建行宫。

在营建行宫之前，天宁寺已经包含了几个下院，如灵鹫庵、枝上村等。所以康熙南巡时虽然天宁寺没有行宫，但其规模足以接待天子。康熙首次南巡就临幸天宁寺，御书了"萧闲"二字。此后，康熙对扬州天宁寺的垂顾至少有两次：

康熙五十六年（1717），皇太后生病，康熙谕传各地寺庙观院为太后诵经。两淮巡盐御史李煦为此上《遵谕为皇太后在天宁寺延僧诵经折》云："伏思皇太后躬偶尔违和，奴才以职守为重，未敢诣都请安，而犬马下忱，实踧踖靡宁。谨即虔诚斋戒，择十一月初九日，在扬州天宁寺内，延僧诵经七昼夜，仗如来诸天之法，保皇太后圣体之康宁。"康熙看到折子后非常高兴，立刻朱批："是。还应该多诵些日子。"

康熙六十年（1721），天宁寺进行大规模维修，共花费白银一万五千七百两。除了商银一万四千二百两外，还包括官银一千五百两，这批官银的使用得到康熙的批准。李煦在奏折中说："窃扬州天宁寺奉旨修理，即将商捐银一万四千二百两办料兴工，已于九月内告竣，庙宇为之一新，但诸佛圣像尚未装修。伏思万岁以修理重大，特谕奴才与曹頫、孙文成各发库银五百两。今奴才请以此银重修佛像，则庙宇既已整肃，法相又复庄严，而工程美满，万古仰圣之心诚敬矣。"一寺之修缮，都要报告天子知晓。

乾隆十八年（1753），天宁寺开始修筑行宫，这是天宁寺历史上最耀眼的一笔。乾隆首次南巡时，扬州盐商就为此捐了二十万两银子。乾隆二十二年（1757），天宁寺行宫竣工，乾隆当年即驻跸其中，在此盘桓两日。天宁寺行宫的规模，除了包含以前的下院外，又兼并了周围的许多地方，比如马氏的家庵。行宫的结构，据李斗《扬州画舫录》记载："天宁寺右建大宫门，门前建牌楼，下甃白玉石，围石栏杆。甬道上大宫门、二宫门、前殿、寝殿、右宫门、戏台、前殿、垂花门、寝殿、西殿、内殿、御花园。门前左右朝房及茶膳房，两边为护卫房。最后为后门，通重宁寺。"俨然是一座袖珍而精致的皇宫。因为行宫的营建，天宁寺的地位荣居扬州八大刹之首。

今天宁寺前尚存御马头，是当年为乾隆从天宁寺行宫登舟游湖而修筑的。

（三）八怪的足迹

由石涛开创的绘画新风，催生了离经叛道的扬州八怪。而这一切，和天宁寺有着密切关系。

康熙二十六年（1687），画僧石涛约在半百之年来到了扬州，他就在天宁寺挂锡。

八怪中的长者金农，第一次出游是在雍正元年（1723）夏季。这次他到了山东，秋季回到杭州。次年，他来到扬州，就住在扬州天宁寺。住到九月十五，移居至净业精舍。净业精舍今天已无考，从金农的描述看，这是一处风叶满庭、人迹鲜至的僻静所在。乾隆十五年（1750），六十四岁的金农开始定居扬州，起先住在谢司空寺之别院。所谓谢司空寺，就是天宁寺。

雍正二年（1724）夏天，三十八岁的黄慎于"纳凉时节到扬州"。扬州是座商业繁盛的城市，四方豪商大贾鳞集麇至，这里有极好的书画市场。黄慎初来扬州的作品上，题有"漫写于广陵客舍"字样。"广陵客舍"就是天宁寺，那是初来扬州的画家最寻常的栖身之所。

八怪中最知名的郑板桥在三十岁以后弃官卖画，寓居扬州。他为解决生计，共在扬州卖画十年。雍正六年（1728）八月，郑板桥三十六岁时，读书于扬州天宁寺，手写《四书》各一部。

当郑板桥寓居扬州天宁寺时，他的朋友李鱓（字复堂）亦居此，黄慎也得以与郑板桥、李复堂结交。黄慎在天宁寺作《米山》小幅，郑板桥题云："雍正六年（1728）八月，与李复堂同寓扬州天宁寺作。"为八怪的交谊留下了佳话。

另一位八怪画家高翔曾在天宁寺下院写生，他的园林小景《弹指阁》是其代表作。据《扬州画舫录》载，弹指阁在天宁寺下院枝上村，"南筑弹指阁三楹，三间五架，制极规矩。阁中贮图书玩好，皆希世珍。阁外竹树疏密相间，鹤二，往来闲逸。阁后竹篱，篱外修竹参天，断绝人路"。高翔简练明洁地再现了弹指阁，此画今藏扬州博物馆。

八怪中最年轻的罗聘也与天宁寺有关系。乾隆四十九年（1784）第六次南巡时，扬州天宁寺是驻跸的行宫，天宁寺后的重宁寺是祝祷之地。为了接驾，盐商们出资修缮，以数百金润笔请罗聘作大幅壁画。八怪能绘壁画的，罗聘是唯一的一人。

（四）《全唐诗》与《红楼梦》

天宁寺的另一辉煌，是它和《全唐诗》《红楼梦》的关系。

《全唐诗》是清朝初年编修的一部汇集唐朝诗歌的集子。全书九百卷，目录十二卷，共收唐五代诗近五万首，作者两千多人。在此之前，还没有一部诗集像《全唐诗》这样收辑这么多的诗歌和作者。最早考虑编纂此书的人是康熙。康熙第五次南巡时，将这一任务交给了江宁织造曹寅。曹寅邀请彭定求、沈立曾、杨中讷等十人参加编书。次年十月，全书编辑完工。全书的编排体例是这样的：帝王后妃的作品编在最前面，其次是乐章、乐府，接着是其他诗人的作品。诗人按时代先后排列，并附作者小传。最后是唐五代的词。由于内容浩繁，时间仓促，书中误收、漏收、重复，以及张冠李戴、次序混乱、考证粗疏等问题不少。尽管有这些瑕疵，《全唐诗》还是一部相当完整的唐诗总集，比较全面地反映了唐代诗歌的繁荣景象。

曹寅字子清，号荔轩、楝亭。康熙四十二年（1703），曹寅与李煦奉旨轮管两淮盐课。林黛玉的父亲、贾宝玉的姑父、钦点巡盐御史林如海，其原型人物就是李煦。次年七月，钦点曹寅巡视淮鹾，十月就任两淮巡盐御史。四十四年（1705）五月，曹寅奉旨总理扬州诗局，负责校刊《全唐诗》，次年九月刊毕试印，进呈御览。康熙皇帝亲撰序文，正式出版。五十一年（1712）三月，曹寅奉旨刊刻《佩文韵府》，亲至扬州天宁寺料理刻工。七月，曹寅在扬州患了疟疾，请李煦转奏求赐"圣药"。康熙闻奏，命驿马星夜驰奔扬州，送金鸡纳霜为曹寅治病，限九日到扬州天宁寺，这种恩宠在清代是绝无仅有的。

《全唐诗》是康熙命曹寅在扬州天宁寺刻印的。而曹寅一生两任织造，四视淮盐，任内连续四次承办康熙南巡接驾大典，这种鲜花着锦、烈火烹油式的鼎盛家史，正是《红楼梦》创作的基本背景。

2004 年 10 月，中国红学会在扬州举办纪念曹雪芹逝世二百四十周年红楼梦国际学术研讨会。红学家冯其庸与会，回忆了在扬州的一段经历。二十世纪八十年代末，他来扬州调研，与园林专家陈从周同住西园宾馆，听扬州朋友说政府想拆掉天宁寺。得知消息后，冯其庸十分着急，立即找到扬州有关部门，反复宣传天宁寺是当年曹雪芹祖父曹寅刊刻《全唐诗》的地方，具有极大的文物价值，应予以保护。经过多方努力，天宁寺幸免于难。

冯其庸说，曹寅被抄家之前，经常往来于南京、扬州，尤爱住在扬州，最后也死于扬州。他历数扬州与《红楼梦》及曹寅、曹雪芹等曹家人的深厚渊源。他说："追根溯源，《红楼梦》的根在扬州，国际红楼梦学术研讨会选择在扬州召开，是最恰如其分的一件事情。"冯其庸赋诗云："大千皆为梦中人，寻梦访根在扬州。"他的这句诗道破了扬州与《红楼梦》的渊源。

扬州既有《红楼梦》中物质形态的遗存，也有非物质形态的遗存。如今，二十四桥仍在，当年杜牧笔下"二十四桥明月夜"的明月仍在，徐凝笔下"天下三分明月夜"的明月仍在，姜白石"波心荡冷月无声"的无声冷月也仍在。学者认为，林黛玉"冷月葬花魂"的冷月，就是扬州的明月。

（五）天宁寺惨案

1937 年 12 月 14 日，扬州沦陷。从此，古城腥风血雨，暗无天日，甚至连佛门清净之地也不能幸免。

早在七七事变后，扬州天宁寺曾被改作伤兵医院。当时医疗条件很差，伤兵往往不能得到有效的治疗。扬州被日军占领后，部分重伤兵仍被遗留在天宁寺内，他们无法行动，只能靠僧人照料生活。

12 月 27 日一早，鬼子搜索队气势汹汹地进入天宁寺。他们发现寺内有伤兵，有的伤兵还佩戴着中国部队的番号，立即报告给日酋。一会儿，开来一批全副武装的日本兵，个个手持长枪，上安雪亮的刺刀。他们进入天宁寺后，立即关上大门，堵死后门，逐间房屋搜索。此时大部分伤兵躺在被窝里，毫无抵抗能力。残暴的鬼子兵将这些伤兵一个一个用刺刀刺死，或用枪打死，一时血流满地，惨声震天。即使逃出的伤兵，也不能幸免于难。有一个伤兵在鬼子进寺大屠杀之前，忍痛爬出天宁寺，躲在重宁寺旁边乱坟堆的空棺内。附近老百姓发现后，每天悄悄给他送饭。在当地群众的照顾下，他的伤势渐渐好转。不料此事被住在樊家园的一个汉奸发觉，向日军报告。鬼子得悉后，立即派兵封锁了那片坟地。躲在空棺中的伤兵终于被发现，被鬼子用刺刀活活捅死。鬼子在天宁寺惨案中，共杀死了五十八名中国伤兵。

鬼子不但毫无人性地屠杀中国伤兵，还残害和平的中国僧人。他们闯进天宁寺后，一进厨房，就将正在烧火的小和尚拉到天井东头的松树下，另一个鬼子把他当作靶子开枪打死。小和尚的头颅被打得血肉横飞，几个鬼子却在一旁拍手大笑。接着，几十个鬼子把寺里的僧人全部捆绑起来，逼着他们往外走。弘元和尚刚刚走出后天井，就被一个鬼子用刺刀刺穿咽喉，倒在门槛上。撞钟的悟民和尚在钟楼被杀，身首分离。在寺里修行二十多年的七十岁高龄的老道人陈文华，也被无缘无故活活砍死。

鬼子在天宁寺到处搜索中国军人。当他们发现地藏殿、观音庵有不少穿着僧衣的受伤人员时，便举枪射击，格杀勿论。宏度和尚听到枪响，马上赶来应付。他会说几句日语，便告诉鬼子，这些伤员是和尚。鬼子不信，把伤员一个一个剥去僧衣，现出他们肩上的老茧和身上的枪伤，由此断定他们是军人。鬼子抓住能忍和尚，逼他带路到方丈室。这时方丈早已离了寺，只有一个香火道人老王躲在那里。鬼子见了，不问青红皂白，举枪就把王道人打死。鬼子又逼能忍和尚带路到藏经楼，还没有进藏经楼，就听到那里传来枪声。原来，南禅和尚从藏经楼出来，刚刚出门，就被另一个鬼子开枪打死。

当天晚上，鬼子把剩下的和尚集中起来，一数，只剩下十人。鬼子把这十个和尚用铁丝捆绑起来，连成一串，押到天宁寺大门口，一字朝南跪下，还在旁边架上一挺机枪。大约一小时后，又把和尚押到天宁寺的门洞里。

好容易挨到天亮，鬼子把和尚押进城里的"盛世岩关"，当时这里是鬼子兵的指挥部。一个鬼子军官问道："你们真是和尚吗？"和尚们说是。鬼子军官不信，要和尚们背诵经文。和尚们只得背诵了一段《大悲咒》，鬼子军官这才相信。接着，鬼子军官命令和尚们回到天宁寺，让他们把天宁寺和寺里的尸体一起焚烧掉。鬼子的心计是十分毒辣的，他们要毁灭在天宁寺里留下的一切罪证。

能忍和尚听说要烧天宁寺，心中不忍，便毅然走到鬼子军官面前，用笔在纸上写道："天宁寺是名胜古迹，是高僧佛驮跋陀罗翻译《华严经》的道场，是历史上皇帝敕赐过的名刹，不能烧毁。"鬼子军官见了这几句话，犹豫了一下，就叫几个鬼子押着和尚回到天宁寺。他们不再叫和尚烧寺，但要和尚去挖坑，把寺里的几十具尸体埋掉。这些惨死在鬼子屠刀下的中国冤魂，都被草草掩埋在大殿前面御碑亭两侧的防空壕里。

　　在日本鬼子制造天宁寺惨案时，只有一个僧人逃了出去，这就是宏度和尚。宏度是趁日本鬼子不注意，从天宁寺的夹巷里翻墙头逃出去的。他在湾头的山光寺躲了起来。几天后，风声渐渐平息，宏度趁着夜色又潜回天宁寺。在走近寺门口时，寺里养的一条狗见到了熟悉的宏度，又跳又叫。不料，对河天宁门城楼上的鬼子哨兵喝问起来，又用手电筒照来照去，弄得狗子越发叫个不停。鬼子哨兵在城楼上听了，一梭子弹把狗子打死在天宁寺大门口。已经潜入寺中的宏度听到狗在中弹之后发出的哀嚎声，双手合十，默默念道："菩萨总要惩罚这些魔鬼的！"

　　天宁寺现在也是"扬州运河十二景"之一。

四　池亭竹卉重宁寺

　　天宁寺后建重宁，众志殷勤未可停。

　　祝颂虽称七月什，庄严过甚梵王经。

　　却看植竹还植卉，奚必有池更有亭。

　　太守闲情留岭在，几株仍剩古梅馨。

　　——（清）爱新觉罗·弘历《万寿重宁寺纪事》

　　位于扬州城北长征路的重宁寺，与天宁寺、建隆寺、慧因寺、法净寺、高旻寺、静慧寺、福缘寺并称为扬州八大刹。但同天宁寺、大明寺等千年古刹相比，重宁寺是一座年轻的寺庙。

　　在乾隆最后一次南巡的前一年，也即乾隆四十八年（1783），两淮盐政伊龄阿上奏朝廷，称扬州盐商迫切请求在天宁寺后增建重宁寺。这一奏章得到了乾隆的恩准。约一年之后，一座由扬州盐商出资、僧人了凡主持的巍峨新寺，竣工落成。乾隆亲自给这座寺庙赐名，叫作"万寿重宁寺"。对这个名字，乾隆的解释是"合万姓之寿为寿，所以为万寿也；以下民之宁为宁，所以为重宁也"。在民间，一般称为重宁寺。乾隆的《万寿重宁寺纪事》，写到了扬州盐商的"众志殷勤未可停"，和新建寺庙的"庄严过甚梵王经"。

　　李斗《扬州画舫录》记载，重宁寺所在的地方，本是"平冈秋望"故址，为郡城八景之一。相传这里原有东岳庙，建于高阜之上，扬州人称为"泰山"。雍正年间，有个名叫戴文李的人借寺后空地构筑辨仪亭，作为宾客饮射之所，门额上题"入林"二字。自万寿重宁寺建成之后，它就成了扬州城北的新地标。

　　重宁寺因为是奉旨而建，所以规模、形制、质量都胜过一般寺庙。除了通常的寺庙建筑，重宁寺又建有文昌阁三层，登阁可以远望江南。又建有瞻云亭一座，内树石碑，一面镌刻着"皇恩浩荡"四字，一面镌刻着"万寿无疆"四字。乾隆对于扬州重宁寺可以说宠爱有加，不但钦赐"万寿重宁寺"之名，而且御书"普现庄严""妙香花雨"两额，亲撰寺记勒石于寺。重宁寺的装饰也果然特别华丽，采用扬州少见的彩绘，大殿顶部的彩绘经历两百年仍然熠熠生辉。重宁寺的藏经楼高三层，阔五间，气象雄伟，风格庄严。寺东有东园，原来是两淮商总江春的别业，其中有熙春堂、俯鉴室、琅玕丛诸名胜，自重宁寺建成后一并归寺管辖。寺西又有西园，门上旧有米芾手书"城市山林"匾额，还有放生池，以供施主放生积善。

　　然而好运不长，到了咸丰年间，太平军兴起，偌大的重宁寺毁于一旦。等到同治年间重修，光绪年间再建，其规模已大不如前。光绪十七年（1891），僧人瑞堂募资重建，据说修复后的大殿歇山重檐，面阔五楹，庄严灿烂，一跃而居扬州诸名刹之冠。光绪二十七年（1901），僧人长惺与其徒弟再次重建，力图恢复旧观。

　　民国期间的重宁寺，虽然皇恩不再，然而雄风犹存。近人徐谦芳《扬州风土记略》说到扬城名刹："其中天宁、重宁屋宇精致，规模宏敞，饶清静之趣，游人至此，恒流连不忍去云。"后来重宁寺屡修屡废，今存天王殿、大雄宝殿、藏经楼和僧房若干。所幸的是，大殿天花藻井的彩绘完好，乾隆亲题的匾额及《万寿重宁寺碑》犹在。现在重宁寺和天宁寺一起列入"扬州运河十二景"。

值得一提的是，重宁寺大殿的立柱是以铁栗木做成。铁栗木又称铁梨木、铁力木，系珍贵阔叶树种，原产东印度，在中国广东、广西、云南等地也有分布。它属于金丝桃科铁栗木属，常绿乔木，树高九丈，主干端直，树冠塔形，性喜湿热。铁栗木质地坚沉，心材淡红，髓线细美，为建筑、军工、造船、乐器、工艺之良材。相传铁栗木入火不燃，故在民间备受珍视，重宁寺的建筑价值也由此可见一斑。

重宁寺的遗物，多有散失。游人登临大明寺时，会看到一座古典牌楼，牌楼前有一对石狮。石狮身呈蹲势，腰部挺直，前爪平伏，目视远方，系按皇家园林规格镌刻而成。这对石狮就是当年重宁寺的旧物。1949年，因市政建设需要，将重宁寺的这对石狮移置渡江桥头，不久一狮被车撞入河中。1961年扬州市市长钱辰芳派人下河打捞，后移置大明寺牌楼前。

历史上的重宁寺不仅规模宏大，而且佛像精美，有关形制完全依据皇家的规格制作。《扬州画舫录》记载，重宁寺山门的第一层为天王殿，第二层为三世佛殿，"佛高九尺五寸，下视后瞻若仰，前瞻若俯；衣纹水波，左手矫而直，右手舒而垂，肘掌皆微弓，指微张而肤合。雕以楠木，叩之有声，铿鍧若金石，轻如髹漆，傅以鎏金，巍然端像"。大殿后面有三座门，中间一座是"普照大千"，左边一座是"香林"，右边一座是"宝华"。门内供奉的佛像，都不同于寻常庙宇，"四边饰金玉，沉香为罩，芝草涂壁，菌屑藻井，上垂百花苞蒂，皆辕门桥像生肆中所制通草花、绢蜡花、纸花之类，像散花道场，此即天女九退相也"。

李斗说，扬州八大刹的佛作，可与苏州寺庙媲美，"而重宁寺佛作，则照内工做法"。清代建筑法则分为官方、民间两大类，官方建筑法则又分内工、外工两种。所谓"内工"是指宫殿苑囿造法，所谓"外工"是指城池仓库造法，两者都属于皇家建筑法则。重宁寺制作的佛像，既然按照内工规则，所以分工极为细致，如镌胎用锯匠，砍造用坯匠，合缝、较验、下胶用木匠、雕銮匠等，丝毫不乱。其中尺寸大小，都有严格的计算方法，《扬州画舫录》所谓"不拘文武，雕做胎形，眉眼衣纹，天衣风带，头盔甲胄，护法勇士站像，攒装胎骨法身，皆以高之尺寸，照行七、坐五、涅槃三归之，归后以自乘"。

重宁寺佛像所需的材料，种类繁多。仅以"天衣风带描泥金做法"为例，就要用广胶、白矾、青粉、土粉、白面、西纸、砂纸、定粉、赭石、广花、朱砂、雄黄、川二朱、石黄、藤黄、胭脂、天大青、天二青、南梅花青、石大绿、石二绿、石三绿、红金、黄金、贴金、鸡蛋等，把它们统统交给"装颜匠"处理。

最有名的还是壁画，由扬州八怪之一的罗两峰所绘。徐珂《清稗类钞》说："重宁寺为高宗祝釐地，其壁有画，为两峰所绘，盖两淮鹾商出数百金延其所作者也。"扬州八怪常常寄居于寺庙，但亲自为寺庙绘制壁画，罗两峰是唯一的例子。罗两峰为重宁寺绘制的壁画内容，久已不传，但《扬州画舫录》有生动具体的记载：

> 其彩画廊墙，一为进贡、奏乐、仙人、山水、树木、桥梁、彩云、地景；一为十王、司主、诸星、童子、插屏、帐幔、墙垣、地景；一为关帝、二十四功曹、二十四注解、北极、五祖、天师出迹；一为淡五色救八难、菩萨、神将、仙人、进贡童子；一为青龙、白虎、朱雀、元武、出入巡、万圣朝礼、祖师从神等；一为番像、罗汉、菩萨、喇嘛、从神、仙人；一为四值功曹；一为印子佛、背光、莲座；一为龟蛇、水兽、装草、绿色龟背锦。其花冠、耳环、袍服、执事、头箍、补服、盔甲、靠背、屏风，均同科。

罗两峰以画《鬼趣图》名著当世，扬州盐商请他为重宁寺绘制仙佛壁画，也算慧眼识英才。

　　重宁寺的方丈室，在大殿西廊。门内四围皆竹，中有方塘，水木明瑟，清香沁人。山门右廊，沿塘入方丈门内，前堂后阁，旁为禅堂、僧厨。沿塘至对面，为僧人饭堂。东园内有禅堂等诸多建筑，精美非凡。在此之前，扬州寺庙已有两座东园：一是天宁寺东园，即兰若，系天宁寺下院；一是莲性寺东园，即贺园。后来江春因修建梅花书院，遂于重宁寺旁恢复梅花岭，名其园曰"东园"。东园有牌坊，上书"麟游凤舞"四字。大门朝南，高柳夹道，中建石桥，桥下有池，池中有异鱼千尾。过桥有厅事五楹，乾隆赐名"熙春堂"，以及"春色芳菲入图画，化机活泼悟鸢鱼"一联。堂后广厦五楹，左有小室，四围凿池，池中置瓷山，有青、碧、黄、绿四色。中构圆室，屋顶悬镜，四面开窗，可见水天一色，所以乾隆赐名"俯鉴室"，以及"水木自清华，方壶纳景，烟云共澄霁，圆镜涵虚"一联。室外石笋进起，溪泉横流，筑室四五折，逾折逾上。至此，抵达一座宽敞规则的平台，凭栏眺远，江南诸山、运河帆樯皆在其下。在熙春堂右面，有厅事五楹，遍植翠竹，乾隆赐名"琅玕丛"。其后还有广厦十数间，厅前有门，门外便是文昌阁。重宁寺的宏伟精致，可想而知。

　　重宁寺与许多重要历史人物有关。

　　第一个要算是乾隆皇帝。乾隆六次南巡，最后一次驻跸在刚刚建成的重宁寺。这是重宁寺竣工后的第二年，寺里的油漆味刚刚消散殆尽，所有的殿宇、佛像、园林、装饰都神采奕奕，仿佛是扬州盐商贡献给皇上的一份特殊盛宴。可以想象，当乾隆信步于巍峨的佛殿和优美的园林之间时，心情之好莫可名状。乾隆对这座新建的寺庙显然非常满意，因此除了夸奖盐商几句之外，还要抒发一点诗兴。于是，乾隆在寺中写下《万寿重宁寺纪事》一首："却看植竹还植卉，奚必有池更有亭。"乾隆在诗里感叹，扬州盐商也太热情了，有了天宁寺还要重宁寺，有了花树还要池亭！在字里行间，我们窥见乾隆满意的笑颜。大概为了让人读懂这首诗，乾隆亲自写了两条注释，一条说明重宁寺的由来："昨岁两淮盐政伊龄阿奏，众商吁请

于扬州之天宁寺后增建寺宇，以申忱悃。念其出于至诚，因谕所请，赐名
'万寿重宁寺'。"另一条说明梅花岭与重宁寺的地理关系："梅花岭在万寿
重宁寺旁。《府志》载，明吴秀守扬州时，开浚城壕，积土为岭，树以梅，
因名梅花岭。"乾隆写完诗，尚未尽兴，又乘兴挥笔，为重宁寺写了几副
楹联："倚岩松翠龙鳞蔚；入牖篁新凤尾娑。""自觉园林延静赏；喜从香界
觅新题。"重宁寺的环境之美，氛围之好，尽在这位风流天子的笔下。

同时，我们也不能忘记重宁寺的几位高僧：

为重宁寺开山的清代高僧了凡禅师，阳羡人，幼以梵学著名，一时学
者依之。重宁寺建成后，了凡主寺讲席，每一出场，拥舆者百余人，巷陌
聚观，喧阗鸡犬。了凡善于相术，时称绝技。

在重宁寺驻锡的近代高僧虚云禅师，湘乡人。光绪二十一年（1895）
冬，虚云在扬州高旻寺坐禅，开水溅手，茶杯落地，一声破碎，顿时参
悟。有偈明志："杯子扑落地，响声明沥沥。虚空粉碎也，狂心当下息。"
据《虚云和尚年谱》载，光绪二十三年（1897）虚云被道明和尚请到扬州
助理重宁寺。

在重宁寺受戒的当代高僧能勤禅师，扬州人，曾任中国佛教协会常
务理事、江苏省佛教协会副会长、扬州市佛教协会会长，以及大准提寺方
丈、大明寺方丈。1922年，能勤在宝应大王庙净身剃度，同年依扬州重宁
寺雨山和尚得戒。

与重宁寺有关的文化名人，首先要数扬州八怪的罗聘。罗聘字遁夫，
号两峰，祖籍安徽歙县。他是扬州八怪中最年轻的一位，拜师金农，学诗
学佛。罗聘一生没有功名，他三上京师，但好运终于没有垂青于他，最后
还是返回扬州卖画为生。他为重宁寺所作大幅壁画，仙佛人物，惟妙惟
肖，传为名胜，惜已不存。

还有个清末狂士吴恩棠，字召封，号还来翁，诸生。《民国江都县新
志》记载："当光绪年间，扬州称狂士者三人：吉柱岑、陈孝起霞章，其一

则吴恩棠。"吴恩棠擅长作诗，字亦脱俗，今徐园《碑记》就是吴恩棠撰写。他在梅花岭畔筑别墅隐居，自题"还来小筑"，因为居处与重宁寺相邻，所以多有往来。吴恩棠《重宁寺怀种瓜僧海云》诗云："小坐维摩室，心清万事休。我来黄叶乱，不见翠华游。森木余残照，疏钟送晚秋。种瓜人已去，剩墨砚池留。"《过重宁寺见病鹤》诗云："竟铩高秋羽，神仙受折磨。逢时输燕雀，忍死杂鸡鹅。舞恐虚名误，归如老病何。相怜或相似，有客最情多。"

又有名士陈重庆，字赐卿，光绪举人，官湖北盐法武昌道，诗、书、画人称"三绝"。书法家翁同龢曾说："吾逝世后，海内善书者当以君为巨擘矣！"陈重庆出身扬州旧家，扬州很多地方有他的书法。瘦西湖里的"长堤春柳"亭额是其手笔，汪氏小苑里的"春晖堂"楹联亦为其篆书。他为重宁寺瞻云亭题写楹联云："小筑虚亭添野景，闲将遗事说先朝。"

民国名人中，与重宁寺关系密切的要数国民党元老王柏龄。王柏龄字茂如，法名慧常。曾加入同盟会，参与创办黄埔军校，连任国民党中央执行委员，直至1942年病逝。王柏龄皈依佛教时，见当时扬州盐业没落，佛寺残破，有人趁机侵吞寺产。他当时正在江苏省政府任职，作为佛教会监察委员，力主革除不守清规的住持。其时扬州第二大寺重宁寺，拥有寺产数千亩良田，但因住持不称职，使得寺院破败不堪。王柏龄力主革退住持，另聘德学俱佳的恒海法师接任，使重宁寺呈现中兴之象。

而今的古刹重宁寺，正以崭新的面貌，呈现在世人面前。

五　黄鹂飞上宫人斜

离宫路远北原斜，生死恩深不到家。

云雨今归何处去，黄鹂飞上野棠花。

——（唐）窦巩《宫人斜》

　　扬州最香艳而又最感伤的地方，莫过于宫人斜。宫人斜一名玉钩斜，相传是隋炀帝埋葬宫人处，位于扬州北郊，蜀冈西峰，历代诗人题咏极多。

　　旧时埋葬宫女之地多称"宫人斜"，如咸阳旧城墙内也有宫人斜。唐人窦巩《宫人斜》所写，应是扬州玉勾斜。清嘉庆重修《扬州府志》云："玉勾斜，在城西吴公台下，一名宫人斜，乃隋葬宫人处。唐窦巩《宫人斜》诗：'离宫路远北原斜，生死恩深不到家。云雨今归何处去，黄鹂飞上野棠花。'明张士行诗：'右屯将军猛于虎，十二离宫罢歌舞。宫中佳丽三千人，半作玉钩斜上土。秋风萧萧秋雨寒，翠襦零落金钿残。岂知后来好事者，重构华亭宿草间。庭前往来车马集，鱼龙烂漫无人识。间街屈律玉环分，香径萦纤宝钗出。游人歌舞暮不归，青山落日争光辉。香魂寂寞无招处，化作鸳鸯陌上飞。只今往事皆沉没，空见原头土花碧。耕夫拾得凤凰簪，犹是萧娘旧时物。野棠花开春日西，蝴蝶双飞莺乱啼。道旁芳草年年合，常与行人送马蹄。'国朝彭孙遹诗：'高柳平田噪暮鸦，相传此是玉钩斜。年年寒食多风雨，落尽棠梨几树花。'"窦巩、张士行、彭孙遹三人的诗，均收入人民文学出版社《扬州历代诗词》，题目均为《玉勾斜》。

但是玉钩斜的所在，今已不能确指。宋人陈师道《后山诗话》记载："广陵亦有戏马台，其下有路，号玉钩斜。"大致说来，玉钩斜应该就在蜀冈西峰一带。隋炀帝三下扬州，带来无数妃嫔，后又广征佳丽，多得连宫里也容纳不下。这些天生丽质、薄命红颜的美女，一旦被君王所弃，就被随意埋葬在扬州西郊吴公台下的一片荒原上。这是一片由高渐低的斜坡，故以"斜"名之。唐人张绅《送友赋得玉钩斜》诗云："宫中佳丽三千人，半作玉钩斜上土。"谓此。唐宪宗时，李夷简镇守扬州，见新月宛如玉钩，便在此建亭，名曰玉钩亭。从此，玉钩斜成为一个让人千载凭吊的地方。今蜀冈西峰仍有一亭，名玉钩亭。

玉钩斜既是葬宫人处，也就唤作宫人斜。其实就是一片乱坟岗，风景也不过是些野趣罢了。文人至此，会觉得风中的野花未尝不是当年宫女的笑靥，树上的莺啼未尝不是昔日美人的私语。窦巩过此，在哀婉之余也感到这里已很荒野。

此后来踏访凭吊玉钩斜的，代有骚人。"路失玉钩芳草合，林亡白鹤古泉清"，是宋人苏轼的句子，大约他来寻古探幽时，不但玉钩亭不复存在，连山间蹊径也迷茫难辨。"吴公台下已黄土，扬子桥头空白波"，是元人陈孚的句子，他来扬州时秋意正浓，满目是秋风衰草，吴公台下只见一片黄土。"当日便为伤别地，胡香不起玉钩斜"，是明人陈子龙的句子，他想象当年的宫女们，葬在异乡回望故里的伤心。

清初汪琬有感于隋朝的往事，写下两首令人感慨的《玉钩斜》："月观凄凉罢歌舞，三千艳质埋荒楚。宝钿罗帔半随身，踏作吴公台下土。""春江如故锦帆非，露叶风条积渐稀。萧娘行雨知何处，惟见横塘蛱蝶飞。"当年的歌舞早已消歇，宫里的佳人也化作尘土，纵然想重温旧梦，无奈眼前唯有粉蝶乱飞。纳兰容若的《浣溪沙·红桥怀古》，算是对于前朝尘梦的温婉回味："无恙年年汴水流，一声水调短亭秋，旧时明月照扬州。曾是长堤牵锦缆，绿杨清瘦至今愁，玉钩斜路近迷楼。"水调、锦缆、迷楼，再加上玉钩斜，便是一部隋炀帝在扬州的挽歌绝唱。

　　还有一位名叫孔璐华的女子，孔子七十三代孙女，大学士阮元之继室，曾作《玉钩斜》二首，从一个女性的角度看当年的宫人："大业离宫生古愁，千年遗迹认扬州。美人多少堤烟草，若个留名在玉钩。""青草荒原开野棠，宫人斜外影苍凉。枯完老树栽新树，还是当年旧绿杨。"在她看来，美人也是生生不息的。老树枯死还有新树，在她脚踏玉钩斜黄土之时，新的美人已在梳妆打扮，顾盼生辉。

　　玉钩斜是男人做白日梦的地方。

　　第一个做梦的是隋炀帝。历史上流传隋炀帝地下见陈后主的故事，就在扬州玉钩斜。据《隋遗录》载："帝昏湎滋深，往往为妖祟所惑。尝游吴公宅鸡台，恍惚间与陈后主相遇。"当时陈后主身旁，有舞女数十，环侍左右，其中有一人最美。炀帝屡屡向她眉目传情，陈后主说："殿下不识此人耶？即丽华也。"才知道她是美人张丽华。炀帝因请丽华舞《玉树后庭花》，丽华婉辞，再三请之，乃徐起，终一曲。后主问炀帝："龙舟之游乐乎？始谓殿下致治在尧舜之上，今日复此逸游，大抵人生各图快乐，曩时何见罪之深耶？"炀帝忽然想到后主早死，今日所见乃是鬼魂，大声叱之，恍然不见。陈后主是陈朝最后一个皇帝，《玉树后庭花》是陈朝的亡国之音。李商隐《隋宫》诗云："地下若逢陈后主，岂宜重问后庭花。"即言此事。

　　第二个做梦的是郑板桥。郑板桥有个喜欢的爱妾饶氏，是在玉钩斜结识的。据《板桥偶记》载："扬州二月，花时也。板桥居士晨起，由傍花村过虹桥，直抵雷塘，问玉钩斜遗迹，去城盖十里许矣。"那里树木丛茂，居民稀少，遥望文杏一株，在围墙竹树之间。叩门迳入，徘徊花下，得见饶氏。饶氏行五，称五姑娘。五姑娘说："久闻公名，读公词甚爱慕，闻有《道情》十首，能为妾一书乎？"板桥许诺，即取淞江笺、湖州笔、端州砚，纤手磨墨，索板桥书。书毕，复题《西江月》一阕赠之。板桥问其姓，答姓饶。问其年，答十七岁矣。其母对板桥说："闻君失偶，何不纳此妇为箕帚妾，亦不恶，且慕君。"板桥说："仆寒士，何能得此丽人？"媪曰："不求多金，但足养老妇人者可矣。"板桥允诺曰："今年乙卯，来年丙辰计偕，后年丁巳，必后年乃得归，能待我乎？"媪与女皆曰："能。"即以赠词为订。板桥《广陵曲》有"玉钩斜土化为烟，散入东风艳桃李"之句，也许他认为五姑娘就是玉钩斜香土所化。

清代有两个文士，对玉钩斜极尽笔墨之能事。一是尤侗《玉钩斜赋》，铺张扬厉，令人感叹："流水渭渭芹努芽，悲风猎猎吹黄沙。红心满地客人草，碧血千年帝子花。路人告予：此所谓玉钩斜也。"赋中列数当年炀帝最爱的杨柳腰、芙蓉面、象牙床、流苏幔，而今都已不知何处去，"唯见累累荒土，曲曲横冈，茫茫青草，萧萧白杨，零零暗雨，剪剪繁霜，深深葬玉，郁郁埋香"。一是姚燮《玉钩斜哀隋宫人文》，山河同悲，催人泪下："甘泉城西四里，吴公斗鸡台之下，曰玉钩斜，隋宫人丛葬地也。原草不绿，野棠乱开。杜鹃天远，帝子之魂异乡；蝴蝶春短，美人之梦长夜。"他的结论是："繁华一瞬，哀怨千秋。"一切繁华和香艳，总是那么短暂，也许这正是玉钩斜的历史启迪和美学价值所在。

清人蒋伯超有《吴公台下隋宫人赵幼芳冢歌》，写了一则葬在玉钩斜的炀帝宫女赵幼芳的哀艳故事："霜痕白尽雷陂草，夜夜冤禽叫华表。不是红颜挽帝衣，铁棒真槌阿麽脑。""纷纷贼骑随虔通，花房正捣红守宫。丰碑我欲题三尺，此是蛾眉秬侍中。"宫人赵幼芳之事，见《太平广记·颜浚》篇，阿麽是杨广的乳名。

《太平广记》说，唐代会昌年间，进士颜浚科举下第，游广陵，赴建业，租了一条小船去仪征白沙。同船有个年轻女子，年二十许，服饰古朴，言辞清丽。颜浚问其姓氏，回答叫赵幼芳，也是到南京去的。颜浚很高兴，每当停船，都上岸买来酒果，与幼芳共享。幼芳虽然年轻，但所说多是陈隋旧事，颜浚心里很奇怪。颜浚有时和她开玩笑，赵幼芳都正色以对。船抵白沙，各自换船，女子感谢颜浚一路照应，说自己资质陋拙，不足承欢，但有一事可以相助："中元必游瓦官阁，此时当为君会一神仙中人。况君风仪才调，亦甚相称，望不渝此约，至时某候于彼。"言罢，各自登舟而去。到中元那天，颜浚果然来到建业瓦官阁，游人如潮。颜浚登阁，见一位美人和两个女仆，都非常娇媚。美人倚栏独语，悲叹良久，而颜浚只是目不转睛地盯住看，两个女仆笑道："这个呆子，收起你的眼睛吧！"美人见了颜浚，十分惊讶，说："幼芳的话说得不错啊！"后来便一起去西廊院中。赵幼芳也在那里，于是三人寒暄，直到天晚。美人说，她住在青溪，不妨到青溪相聚。到了青溪，有个孔家娘子来访，环坐叙谈，不料也都说的陈朝故事。颜浚因而发问，才知道她们原来是陈朝的张贵妃和孔贵嫔，当年陈后主非常宠爱她们，不幸她们都被杨广所杀，如今杨广在扬州被弑也是苍天对他的报应。正说得痛快，孔贵嫔说："不要说了，在座有人不开心呢。"张贵妃说："我都忘记了。"原来，她们说的是赵幼芳。幼芳于是自述身世："小女子本是尚书令江总心爱之人，后为张贵妃侍儿。陈朝国亡，进入隋宫，为炀帝八十一御女之一。炀帝幸江都，小女子专奉汤膳。宇文化及作乱时，小女子以身遮挡，遂为所杀。萧后怜我忠贞，让我陪葬在吴公台下炀帝之侧。皇上改葬雷塘，我仍留在原地。这次我是特地来建业拜谒张贵妃的。"孔贵嫔说："不要尽说前朝闲事，不如拿酒来，延续往日之欢。"遂命左右歌舞，彼此痛饮，快乐至极。张丽华说，饮酒不能无诗，命赵幼芳捧来笔墨，赋诗一首：

秋草荒台响夜蛩，白杨声尽减悲风。

彩笺曾擘欺江总，绮阁尘清玉树空。

孔贵嫔接着赋诗：

宝阁排空称望仙，五云高艳拥朝天。

青溪犹有当时月，应照琼花绽绮筵。

赵幼芳也赋诗：

皓魄初圆恨彩娥，繁华秾艳竟如何？

两朝唯有长江水，依旧行人作逝波。

颜浚最后和诗：

萧管清吟怨丽华，秋江寒月绮窗斜。

惭非后主题笺客，得见临春阁上花。

众人正在得意之时，忽闻有人敲门，原来是陈后主宫中的江修容、何婕好、袁昭仪。入座之后，她们见到四首诗，不免动情流泪，说："没想到今夜又像当年在临春、结绮、望仙三阁那样快乐，而且与雅客唱和，真快事也！"

一会儿听到鸡鸣声，孔贵嫔等起身告辞，只留下颜浚与贵妃张丽华。次日分别，张丽华赠给颜浚一枚辟尘犀簪，以期他日再会。过了一天，颜浚从城中再来青溪，却见松桧成林，丘墟无数，询问当地土人，才知道这是陈朝宫人的墓地。颜浚听闻，唏嘘不已。他心中唯一放不下的是赵幼芳。颜浚"后至广陵，访得吴公台炀帝旧陵，果有宫人赵幼芳墓，因以酒奠之"。赵幼芳先做陈后主的宫女，后做隋炀帝的宫人，孤魂就葬在扬州玉钩斜。

每当秋雨日落之际，在玉钩斜的草丛间，似乎仍听到隋宫孤魂的低语与呜咽。

六　白云黄叶司徒庙

踏遍港边路，钟声朝暮闻。

寺荒容秽莽，墙短迟斜曛。

息脚坐黄叶，举头飞白云。

烽烟迷出处，羁泊苦论文。

——（清）史念祖《读书司徒庙》

史念祖，扬州人，同治年间官至广西巡抚。他的《读书司徒庙》一诗，反映了他年轻时代读书生活的艰苦和司徒庙景况的没落。

扬州城西北的蜀冈，素称有三峰，每峰各有名胜。东峰为观音山，中峰为平山堂，西峰为司徒庙。今观音山、平山堂都在，唯有司徒庙只留下了地名。

关于司徒庙，明万历《扬州府志》只有一句话："司徒庙，在县西北平山堂西。"清嘉庆《重修扬州府志》记载得比较详细："司徒庙，在城西北平山堂右。"下引《搜神记》与《南史》关于扬州茅、许、祝、蒋、吴五人结为兄弟等事。据增修《甘泉县志》说："五显司徒庙在城西北平山堂右，洪武十六年（1383）重建，正统成化间相继修。嘉靖六年（1527）巡盐御史雷应龙毁之，立胡安定先生祠，后土人复立庙于祠东。"今天这些都成了历史。

　　司徒庙在扬州的话题，与虎有关。我写过一篇《蜀冈有虎考》，说扬州蜀冈曾经有虎，见于《增补搜神记》卷四："扬州英显司徒茅、许、祝、蒋、吴五神，居扬州日，结为兄弟。"这五位异姓兄弟喜欢打猎，而"其地旧多虎狼，人罹其害"。一天，兄弟五人在溪边遇见一位孤寡老妇，到溪边饮水，就把老妇接到他们家中，当作母亲奉养。兄弟五人虽然住的是茅屋草房，吃的是粗茶淡饭，但对老母孝顺备至。不久，五人出去打猎，回来后不见老母，就到处寻找，担忧老母"多被虎噉"。兄弟五人奋力追寻于山中，恰见一只老虎迎面走来，匍匐在地，束手就擒，从此扬州虎患消失。原文是："有虎迎前，伏地就降，由此虎患始息。"后人怀念他们的德行和义气，立庙祭祀，有求必应，这座庙就是蜀冈西峰的司徒庙。

　　司徒庙在江都县东兴乡金匮山之东。据《增补搜神记》记载，隋炀帝时，五义士因护驾有功，封为司徒。到唐代，加封为侯。宋代绍定年间，叛将李全数次来到扬州，祷告于司徒庙，结果均不吉利，一怒之下将司徒神像毁坏。没过三天，李全被戮，肢体散落，如同李全对司徒神像施加的破坏一样。叛贼平定后，宋帅赵范亲率僚属，到司徒庙隆重祭祀，以答谢司徒保佑，并重建司徒庙，使其更加庄严高大。同时奏请朝廷加封，于是宋廷赐额"英显"，在"侯"前加褒至八字。朱虹《题司徒庙》有"剩有新官营赵范"之句，就是指宋将赵范。后贾似道来守扬州，也曾到司徒庙祷告。

　　传说司徒庙十分灵验，凡到庙中祈祷，遇到干旱则立马下雨，逢到涝灾则马上转晴，要救火灾则灰飞烟灭，要求吉利则瑞雪降临。因其"护国佑民，无时不应，复为奏请，加封王号"。兄弟五人后来分别封王，第一位是灵威忠惠翊顺王，第二位是灵应忠利辅顺王，第三位是灵助忠卫佐顺王，第四位是灵佑忠济助顺王，第五位是灵勇忠烈楚顺王。

　　需要说明的是，《增补搜神记》一书并非晋人干宝写的那部名著《搜神记》，而是明人补撰，全名《新刻出像增补搜神记》，最早的版本是万历初年金陵唐氏富春堂刊本，故可信性值得怀疑。五司徒的主要事迹，是窃取北齐忠臣王琳的灵柩，送到北齐的都城邺城下葬，此事原出于《南史·王琳传》与《北齐书·王琳传》。由此可见两点，一是五司徒生活的年代，应该是南朝；二是五司徒活动的地点，应该是邺城。《北齐书·王琳传》记载，北齐王琳为南陈吴明彻所杀后，传其首级于建康，悬之于市，后又还其首级，葬于淮南八公山，"寻有扬州人茅知胜等五人密送葬柩于邺"。南北朝时，北齐的都城在邺城，遗址包括今河北临漳县西、河南安阳市北一带。而南朝的扬州指今南京，所以"扬州人茅知胜等五人"，其实应是江南人。

与《增补搜神记》的记载互相补正的，是明人陆容《菽园杂记》的一段文字：

> 广陵之墟，有五子庙。云是五代时，群盗尝结义兄弟，流劫江淮间，衣食丰足，皆以不及养其父母为憾，乃求一贫姬为母，事之甚孝。凡所举动，唯命是从，因化为善，乡人义之。殁后且有灵异，因为立庙。

《菽园杂记》所记与《增补搜神记》所说相比，是将五个人生活的时代，从南北朝变成了唐五代。《增补搜神记》只是笼统地说是"扬州"，《菽园杂记》却明确地说是"广陵"，也就是今天的扬州。

清代扬州人对蜀冈有虎一事是有争议的。李斗《扬州画舫录》谈到扬州司徒庙的历史时，先引用《南史》，说明扬州茅智胜等五位义士是南朝时人，那时的扬州叫作广陵，而非扬州。茅智胜等五位义士的故事，发生在寿阳，也与今天的扬州无关。李斗指出："此五人实寿阳之义民，今乃不祀于寿阳，而扬州为立庙，岂神所歆哉？扬州地势平衍，而寿阳多山，即以驱虎事言之，亦不当误以寿阳为今之扬州也。"李斗认为，《增补搜神记》及《菽园杂记》二书所载，"皆无足置辨"。但是《扬州画舫录》毕竟转引了"其地旧多虎狼""由此虎患始息"等旧说，表明蜀冈有虎一说在乾隆年间尚有相当影响。嘉庆重修《扬州府志》司徒庙条也引用文献说："地旧多虎，五人捕除，其害殁，而人思其德，因为立庙。"

关于扬州的虎患，清人王逌定《重修五司徒庙记》写道："饥虎食其母，五人奋力杀之，地无虎患，州人思德，为立庙。"完全没有提出异议。宗元鼎《司徒庙》诗也写到扬州虎患："山中老媪贤，五人孝如子。是时多虎患，白日踞于市。一朝畋猎归，家已失其母。必为虎所啖，奋力捕山阜。入穴尽杀之，自是除虎祸。土人思其德，刺史立庙祀。"总之，五司徒的故事纵非发生于扬州，扬州人似乎宁可相信蜀冈有虎。

李斗《扬州画舫录》对清代司徒庙有这样的描写：

> 司徒庙神道直通廿四桥，庙前建枋楔，两旁石马、羊各二，大门三楹，中悬额曰"显应司徒庙"，两圩塑泥马。入为二门三楹，左右开角门，中楹建歌台，大殿供五司徒像，殿后空舍三楹。庙中碑石皆嵌左角门墙，详载司徒事迹，引述《南史》《搜神记》《菽园杂记》《揽胜志》《小志》诸书，及元江淮路总管陈铎题"司徒灵显感应之碑"，明金总宪献民、吴太守秀记、本朝熊知县开楚记，暨土人祈报捐修姓氏诸碑。其中一碑，有文而无姓氏者，则明御马监太监鲁保也。每年春初，祭报祈祷，日夜阗间，巫觋牲牢，阗委杂陈。守香火为扬州谢氏。

> 司徒庙在康熙年间颇荒废，邑绅汪天与重加修饰。大殿后无屋宇，系大水塘，汪增构其地后，置一后殿。殿之宽阔如前殿，上有大楼，下有两廊。楼上供司徒五位神像，下有"栖神壮观"大额，有长联。汪天与，字苍孚，号畏斋，歙人。户部山西司员外，刑部福建司

郎中，渔洋门人，工诗，有《沐青楼集》。

另据汪应庚《平山揽胜志》卷十说："司徒事迹莫考，《搜神》《菽园》所载，似属俗传，证以《南史》，于理颇合。然未敢臆断，姑存以俟考。"态度是相当审慎的。

当史念祖在司徒庙读书的时候，司徒庙已是"寺荒容秽莽，墙短迟斜曛。息脚坐黄叶，举头飞白云"。满目荒草，矮墙夕阳，脚下黄叶，头上白云，不但古代义士杳杳无踪，庄严庙宇也岌岌可危。

如今，唯有司徒庙的地名还令人回味这些过眼烟云。

七　仁风善举育婴堂

　　堂在广储门外，收育婴孩，遵京都普济堂之制行之。

　　两淮功德甚溥，此更精善，扬人颂焉。

　　初生岂遂定终身，幸有堂开恤及贫。

　　黄口书丹留抚鞠，青天保赤本尊亲。

　　信非隘巷寒冰置，知是推恩锡类因。

　　此日呱呱褓襁满，少怀同享太平春。

　　——（清）林苏门《育婴堂》

　　在扬州乡土诗词中，写育婴堂的诗可谓凤毛麟角。林苏门《育婴堂》写的育婴堂，"在广储门外，收育婴孩，遵京都普济堂之制行之"。现在尚存苏唱街的小人堂，也即育婴堂，数间老屋，一方院落，寂寞地坐落在民宅之中。

　　扬州历史上的育婴堂，据地方志记载，是从明代开始的。它的职责是救助弃婴、孤儿、贫困孩童、残疾儿童以及一切需要帮助的婴幼儿。救助是公益性质的。清末一些外国传教士在扬州举办收养遗婴的慈善机构，也叫作育婴堂。

对于弃婴的救助，体现了一个民族的良知和道德。原先曾遍及扬州城的各类慈善机构，或毁于战乱，或已被兼并，旧址所剩无几。位于苏唱街育英巷内的扬州育婴堂，可能是扬州慈善史的鲁殿灵光。"育英巷"的名字系后人擅改，理应拨乱反正、正本清源，还其"育婴堂巷"的本名。恢复育婴堂巷之名，是对城市历史的敬畏，也是对民族美德的褒扬。

扬州育婴堂的历史究竟怎样呢？嘉庆重修《扬州府志》卷十八这样记载扬州的育婴堂："育婴堂，在小东门外城壕。顺治十二年（1655）邑人蔡琏创始，绅商李宗孔、闵世璋等倡捐。每岁捐额不敷，堂宇倾圮。康熙五十年（1711）邑人闵廷佐、张师孟等，倡同绅商，捐购民地，迁于北门外。运使李陈常集商人公议，按年捐钱一千二百两。雍正元年（1723）清理两淮盐规，将此项开明入册，永留育婴，著为令。十二年闵廷佐又倡绅捐建堂房一进，乳屋七十九间。乾隆间历任盐政俱加调剂，并改筑乳房二百四十间。"

光绪增修《甘泉县志》卷六对扬州育婴堂有更详尽的说明。志书引用方濬颐《扬州育婴堂记》说，早在明代扬州已有"育婴社"，入清后西商员洪麻，徽商吴自亮、方如斑等人创立"育婴堂"。顺治十三年（1656），先在西郊建育婴堂，每年花费银子三千两运转。康熙四十年（1701），扬州刘太守每月增补五十金。次年，又每月增加白银百两。时至咸丰年间，西郊的育婴堂毁于太平军兵火。同治八年（1869），在城内新建育婴堂，房屋多达六十间，次年又在对门增建房屋。但是战后的孤儿太多，城里的育婴堂还是不敷使用，只得在城北黄珏桥设立分堂。因为管理得当，数年之间，扬州育婴堂的婴儿无一死亡。志书对于城内育婴堂的地点，只是说："同治八年（1869），新建育婴堂于城内，预将官房改为收养残废之所。"并未言明地点。就今天苏唱街育婴堂旧址的状况来看，其建筑有百余年历史应无问题，可能就是《扬州育婴堂记》所说的育婴堂所在，但民间都称为"小人堂"。

　　光绪增修《甘泉县志》还记载，邵伯镇有接婴堂："接婴堂在邵伯东街，里人杨澍、丁国瑞创立。来婴先养三月，送至郡城育婴堂收养。运司徐文达准由运库按月拨送经费。陶春年施助民田七十八亩。"看起来，接婴堂是育婴堂的外围慈善机构。

　　嘉庆重修《扬州府志》还记载了各县的育婴堂，如真州育婴堂，在单家桥西，康熙以后不断增建。高邮育婴堂，在州治西中大街，顺治年间生员张阳、王藻等建，历任知州均捐俸助之。

　　育婴堂虽是民间慈善机构，也离不开官方的襄赞，主导力量则是肩负社会责任感的乡绅、儒生和商人。

　　除了育婴堂，扬州还有其他各种慈善组织。据嘉庆重修《扬州府志》所载，旧时的慈善机构还有：

　　养济院，在北门外大街，洪武时建，职能是收养"孤贫无告之人"；

　　普济堂，在缺口门外河东，康熙时建，目的是"收养民之无告者"；

　　同仁堂，在东关街草巷，民间创办的机构，专事"施棺、施药"；

　　收养所，在广储门外，每至冬天"收养冻馁无依者"；

　　恤嫠公会，借胡安定祠堂为办公地点，专门周济"士族穷嫠"；

　　邵伯博爱堂，在邵伯镇，帮助本镇的"嫠妇废疾"；

　　邵伯普济堂，原名同善堂，在邵伯法华寺侧，救助"颠连无告之民"；

　　瓜洲普济堂，在瓜洲镇，僧人、儒生、官员均有参与，宗旨是"利济群生"。

　　此外，真州养济院在资福寺东，兴化养济院在县署东南，不一而足。以上慈善机构，侧重于在物质方面救助孤独贫苦、缺衣少食、身体残疾、流浪无家的人。还有一种更高层次的慈善行为，侧重于教育方面给穷人以援手，让穷人的孩子能够接受教育，学习技能，自主谋生，摆脱困境。这就是"义学"。

　　打开乾隆《江都县志》卷五，谈到当时江都县的义学有：

课士堂，在扬州府衙门西边，原名"义学"，康熙五十一年（1712）知府赵宏煜创建。为保证义学运转，赵知府在永安乡陆家庄购置秧田二十五亩，豆田十亩，作为修缮校舍和师生食宿的费用。雍正四年（1726）知府孔毓璞在再兴洲购置稻田五亩五分，作为补充。义学的学生，开始都是蒙童。雍正十三年（1735）知府高士钥将"义学"改名"课士堂"，请官学中有声望的学者来此执教，结果负笈求学的人络绎不绝。

邗江学舍，位于课士堂前。雍正十三年（1735）知县朱辉购买民房，建立学舍，专收天资聪颖但无力延师的青年学子，一切费用均由朱知县承担。

用里学舍，在城东缺口门外大滩。乾隆三年（1738）邑人萧嵩创建，校舍宽敞整洁，规章严格周全，每年请四名老师来上课，有学生一百余人。对家在远郊，无法读书的农家孩子，萧嵩更是关怀备至，捐出个人财产三百七十亩田地，作为学舍各项日常开支的来源。

西门义学，在西门城楼上。雍正十三年（1735）知县朱辉建立，用来作幼儿的启蒙教育。

再打开光绪增修《甘泉县志》卷六，当时甘泉县的公益机构均富有特色：

课桑局，教育民众学习种桑养蚕的地方。方濬颐《扬州课桑局记》说："自来耕种之外，以织为先，而蚕利之兴，厥桑宜树。"同治八年（1869）方濬颐奉命来扬担任两淮都转，其时太平军战争刚刚平息，扬州城外一片荒野，桑麻无存。为了发展农桑，求取良种，方濬颐在瘦西湖东岸净香园旧址开办课桑局，聘请富有经验的农艺师前来教授栽桑之法。方濬颐认为"十年树木，百年树人"，花十年时间，扬州的蚕桑业必定获得大发展。

务本堂，接济各种难民、灾民、流民的机构。钱振伦《重建务本堂记》说："先是，扬州有务本堂，乃诸善举之汇总也。"表明务本堂是一个参与各种善举的慈善总会。经历了太平军战争的扬州城，满街都是流离失所的饥民，城里的绅商先在旧城炎帝宫施棺、施药。后因清水潭决口，灾民大量涌入城里，嗷嗷待哺，绅商们又在北柳巷重建务本堂。其义举主要是对活人施粥，对病人施药，对死者施棺。

立贞堂，收养守节不嫁的寡妇的堂舍。道光二十年（1840），仪征监生吴世璜家经营盐业，力行善举，因怜悯那些守节不嫁的寡妇，在左卫街买房设堂。"立贞堂"三字为江都知县罗煜题写，扬州慈善者多所捐助。立贞堂所在的巷子原称立贞堂巷，后来改为"立志巷"，也应予以恢复。

恤嫠会，养护鳏寡人士的机构，位于西门双井街。毁于太平天国战争。

常平仓，为调节粮价、储粮备荒而设置的粮仓。扬州旧有常平仓，久已倾圮，光绪四年（1878）知县徐成敉重建。原址在城南，毁于兵火。重建时，号召市民捐资，"阖邑士民，靡不踊跃"。

万寿宫，扬州民间举行重大仪式的场所。原在天宁寺，后移万寿宫。

盐义仓，地方上设置的公益盐仓。先在平山堂西侧，后在盐院基地增建。

因利局，一名借钱局，晚清时的新型慈善组织。光绪五年（1879）严寿鹏、毛凤音等设立，以方便平民小额贷款。

琼花观粥厂，丹徒人严寿鹏创办，位于琼花观。开始只有数千难民在此食粥，继而增加到一万，几年后增加到两万。严寿鹏感到势单力薄，难以为继，请求官方和盐商支持，"贫民赖以存活者甚众"。

晚清时人于树滋《瓜洲伊娄河棹歌》云：

　　育婴堂具大规模，创始芦商善念敷。

　　几度变迁更旧制，婴儿襁负郡城趋。

　　诗后有注:"育婴堂,乾隆九年(1744)芦商严御一等呈请,改接婴为育婴,设堂留养。耆民刘公佐等、淮商闵德裕等协助,好义之士又乐输,经费得以充裕。粤乱堂毁,勉筹不敷,近改接婴,送郡留养。"这也是关于育婴堂的一段史料。

八　舍身祈福城隍庙

香舆出郭绣帘开，夫婿前行仆后推。

永保平安无病疾，都城隍庙舍身来。

——（清）董伟业《扬州竹枝词》

　　在民间信仰中，城隍属于道教神仙系统，也是地方保护神。在各种庙会中，城隍庙会是参加民众最多，而宗教色彩最淡的。董伟业《扬州竹枝词》简略描绘了清代扬州城隍庙会的情形：人们前呼后拥，抬着一顶大轿，轿子里坐的不是人，却是泥塑木胎的城隍老爷；一家老小都来参加庙会，把庙会当成狂欢节，丈夫去帮着抬轿，妇孺则在后面尾随。

　　庙会的宗旨只有一个，就是祈求平安。因此，庙会这一天，人们都愿意舍身城隍庙，为城隍老爷做一回义工和杂役，即《扬州竹枝词》所谓"都城隍庙舍身来"。

（一）城隍庙史话

　　最初，城隍只是一种想象的神祇，后来逐渐人格化，由具体的人死后担任其职。在城隍中，有清官型、功臣型、善人型的，也有贪婪型、酗酒型、昏庸型的。扬州城隍庙祭祀的城隍到底是谁呢？

多年前我在杂书中常见关于扬州城隍的零碎文字，今复检如下：

宋人郭彖《睽车志》写华亭人陈之方，做了一个铸钱的小官。他有个老朋友在扬州担任副职，就去扬州探望，晚上留宿在大厅厢房。一天晚上，他正在似睡非睡之间，忽见一个妇人来对他说："我城隍夫人也。今城隍当代去，次及公，故来相报。"后来陈之方离开扬州回家，不久去世，就做了扬州城隍。古代上海松江、甘肃平凉均有华亭，不知道陈之方是何方人士。

明人王同轨《耳谈》有一篇《张越吾孝廉》，说关中三秦有一位孝廉，名叫张越吾，在京城中了煤毒而死。张越吾死后，"为上帝所怜，命作江都城隍神"。江都城隍神，也就是扬州府城隍。张越吾死后有灵，在灵柩归家途中，托梦给夫人说，自己已经封为江都城隍神。

明人冯梦龙《喻世明言》写梁武帝时，有一位谏议大夫韦恕，因为触怒梁武帝而贬官，到真州六合当了个养马的小官。当地有个种瓜的张公，年已八十，却因阴差阳错，娶了韦恕的十八岁女儿。韦恕的儿子韦义方在外从军归来，得知此事，欲杀张公。不料张公没被杀死，韦义方的宝剑反而折断了。后来韦义方追杀张公到江南茅山，才知道张公是仙人。张公说："韦义方本合成仙，不合杀心太重，止可受扬州城隍都土地。"因此，六合养马官之子韦义方也做过扬州城隍。

清人钱学纶《语新》记载甘肃有一位蔡鸿业，他做的官职，由部员、监司直到方伯。所谓方伯即一方诸侯，泛指地方官。蔡鸿业在地方官任上去世五六年后，其弟生病，梦见兄长托梦给他："吾今为扬州府城隍神。"还说，他在生前，因为无暇顾及家庭，家事多靠弟弟料理，现在他做了扬州城隍，能力不够，希望也能得到弟弟的襄助。过了几天弟弟死了，到扬州辅佐哥哥。

据说，城隍大都由英雄人物或贤能官吏死后担任，以期他们的英灵成为地方神来保护百姓。上述扬州城隍应该都是有德有才的人物，但城隍也会犯错。

清人《二刻警世通言》写扬州秀才莫豪，丰姿秀美，文才敏捷，因为酗酒，患了眼病。本来莫豪对自己的眼病已经绝望，不料遇到恩人，居然治好了眼睛。后来得知，他之所以失明，是因为自恃有才，常嘲讽他人，有伤厚道，故扬州城隍建议帝君教其盲目，以示惩罚。书中说："南直扬州府城隍、浙江杭州府城隍，都有申文到此。"一个秀才以诗嘲人，算不得大过，扬州城隍不免小题大做，所以后来帝君又让莫豪复明。

奇怪的是，明末在扬州抗清殉国的史可法，并没有做扬州的城隍，而是做了浙江西南山区遂昌县的城隍。遂昌城隍庙是县城最大的庙。每年元宵为城隍庙会，从正月初七开始到十八日结束，长达十二天。执事人员初七就住进城隍庙里，置办一切供品和装饰，十二日开祭，十五日正式祭祀，十八日庙会结束。城隍庙有前后两堂，东西两厢，加上四周走廊，全部悬挂花灯，有一千多盏，用玻璃、珠玉、绢绸制成，琳琅满目，美不胜收。祭品摆满十多张方桌，分列爵杯、钟鼎、牙箸，盛装鸡鸭、鱼肉、蛋类，此外还有各种歌舞表演，祭祀城隍史可法。

史可法是明末督师扬州的主帅，死后为何像遭贬似的到一个与他毫不相干的浙江山区小县做城隍呢？据遂昌民间传说，明军溃逃到遂昌时，头缠白布为崇祯帝戴孝，乡人称其为"白头兵"。"白头兵"后来伤死或病死在遂昌的甚多，不久当地发生瘟疫。民间认为这是"白头兵"鬼魂作祟，只有请他们的主帅史可法才能制止，于是史可法被奉为遂昌城隍。

（二）城隍庙风物

城隍是地方的保护神，过去大小城镇都建有城隍庙。

扬州城隍庙的位置，据李斗《扬州画舫录》载，在江都县之西，禹王宫之东，大致在今汶河小学所在地。嘉庆《重修扬州府志》对扬州城隍庙的记载十分简单，就是一句话："与江都县共祭府城隍庙。"意思是，扬州府和江都县共同祭祀同一座城隍庙。但是，《重修扬州府志》还有另外一句话："古城隍庙，在西门堡城外，相传建自隋代。"这里说的"古城隍庙"，在蜀冈上，现在还剩一幢大殿，是隋唐宋时期的扬州城隍庙，而汶河小学所在是元明清时期的扬州城隍庙。

民国《江都县续志》说，扬州城隍庙在府治西北。扬州府治在今紫藤园附近，其西北就是今天的汶河小学。又说，扬州城隍庙系元代始建，明初封扬州城隍为侯伯爵位。历代多有修缮，明洪武、正统、成化、万历、崇祯年间均有重修。清乾隆、嘉庆、咸丰、同治、光绪年间也屡次重修。

根据这些记载，扬州明清旧城原来只有一座城隍庙，由扬州府和江都县两级衙门合祀。等到江都县、甘泉县分治，便在扬州城隍庙之西偏，新建了一座甘泉县城隍庙，"庙有古银杏一株，数百年物也"。甘泉县城隍庙与扬州府城隍庙之间，只相隔十几步，其地址约在今石塔寺附近。

扬州城隍庙是民众游乐的地方。《扬州画舫录》说，那时城隍庙可以唱戏，伶人顾天一在城隍庙演《连环记》，台下观众大声鼓噪，要他换演《义侠记》。顾天一不得已，演到《服毒》一场时，忽然滚到台下，观众都认为是城隍显灵。《扬州画舫录》又说，有一个周大脚，身体肥胖，性好争胜，在城隍庙前卖猪肚而出名。后来周大脚春斗蟋蟀，秋斗鹌鹑，落得倾家荡产。

扬州城隍庙的银杏有许多传说。一说瘦西湖小金山的"枯木逢春"，其枯木即来自城隍庙银杏，银杏被雷劈之后，将树芯移至湖上。

关于扬州城隍庙银杏的较早记载，见于明末清初史学家谈迁的《北游录》。谈迁为写《国榷》，北上搜求资料，于顺治十年（1653）七月路过扬州。他在扬州进入挹江门，探寻琼花观，路过兴教寺，来到城隍庙。谈迁写道，扬州城隍庙里有一株四人合抱的银杏树，"壬寅，雨，众禳于城隍庙，从旧城安江门入，庙内银杏树，围可四人"。这株银杏树显然引起了谈迁的莫大关注。

这株古银杏在民国时人钱祥保所修的《江都县续志》中也有记载。《江都县续志》有城隍庙条，说："庙有古银杏一株，数百年物也，甘泉钱唐有记。"可知有人专门为扬州城隍庙的古银杏写过记。

据钱唐记述，城隍庙中的古银杏有一段非凡的遭遇："郡城之西隅，距江都县署十数武，有碧瓦朱甍，巍然临通衢者，郡庙也。庙之前有银杏一株，高可百许尺，大数十围，丰枝宏干，直入云际。近视之，皴裂无皮。树本自地而上，渐分二，而孙枝条达畅茂。庙祝以红襕约之，如井状。然不知为何代所植，然当非宋元以后物。乡人因祀城隍，亦并祀焉。"

记载还说，咸丰三年（1853）太平军攻入扬州城，"见斯树，以为妖，于是鸠工伐之。一时操刀者、执斧者，荷短镵、挟长锯者麕至。或嘻嘻，或咄咄，争相动作。路人惊叹，以为斯树必无幸免"。就在众人摩拳擦掌砍伐古树之时，忽然刮起一阵阴风，一下子四周如夜，惊沙昼飞。那些刚才还吵吵嚷嚷砍伐古树的人，有的站在那里如同木桩，有的扑倒在地动弹不得，旋即哄然散去。等到天色转晴，民众稍集，则见古银杏下遍地殷红，有的正在流淌，有的已经凝结。古银杏的腰部有锯痕，深约寸许。作者叹道："呜呼！其果树之能为灵耶？抑城隍之威神实式凭之耶？"作者认为，城隍庙的古银杏大约有灵。

第二年，作者钱唐从外地回到扬州，听说城隍庙古银杏有灵异，于是前往观看。他把自己见到的情形，写进他的《城隍庙古银杏记》。这株古银杏，就是如今屹立在文昌中路唐代石塔旁边的那棵老树。

（三）城隍庙余韵

城隍的非物质文化遗产，应该是庙会，但是扬州的城隍庙会消逝得很早。城隍庙会的核心仪式，是人们用华丽的轿子抬着城隍塑像出巡全城。因为城隍是一方土地之神，所以城隍庙会常常和土地庙会相关。李斗《扬州画舫录》说，清中叶扬州举行土地庙会时，先将土地神送至城隍庙，等到举办城隍庙会时，再将土地神送上画舫。此时的画舫，"几座屏风，幡幢伞盖，报事刑具，威仪法度，如城隍例"。由此可见，城隍庙会是非常庄严而繁缛的。

扬州城隍庙会不限于一时一节，每年清明、中元、下元三节，都有道士主持城隍庙会。据《扬州画舫录》说，届时"吹螺击钹，穷山极海，变错幻珍，百姓清道，香火烛天，簿书皂隶，男妇耆稚，填街塞巷，寓钱鬼灯，跨山弥阜"。自大清早开始祭神，"升堂放衙，如人世长官制度"。直到日暮时分，"台阁伞盖，彩绸幡幢，小儿玉带金额，白脚呵唱，站立人肩，恣为嬉戏；或带锁枷诣庙，亦免灾难。银花火树，光焰竞出，爆竹之声发如雷，一时之盛也"！清代佚名《邗江竹枝词》描写清明时的扬州城隍庙会是：

> 城隍会出本清明，手执高香父老迎。
> 锣鼓笙箫皆应板，一声驾到各虔诚。

这是写清代扬州城里城隍庙会的热闹情形。扬州周边的县镇，也都有城隍庙与城隍庙会。高邮的城隍庙，原有殿房四进，内供城隍和各种鬼神。宝应的城隍庙，有山门殿、魁星楼、审事厅等。仪征也有城隍庙，今仪征有城隍庙银楼，因为城隍庙旧址而得名。各县都有城隍庙会。

厉惕斋《真州竹枝词》写仪征的城隍庙会说："三月十五日，城隍神诞辰。前一夕摆宴大殿，本有神座，又于殿半设玻璃灯围屏一座。县衙书役抬出穿堂，行身城隍供屏外。案设古玩花供，书役于此进馔焉。"城隍有左右太尉，如同人间县衙门里的县丞捕役一样，都要一一祭祀。众人抬着所祀之神上殿，列于城隍左右，陪坐在宴席边。抬神像的时候，大家争先恐后，步伐如飞，称为"抢堂"。这时在城隍庙的重檐之下，张挂着无数的红色流苏和琉璃灯笼，"笙歌不断，灯月交辉，亦一时之盛也"。庙会一大早，仪征的官员和士人就来庙中拈香，乡村的妇女也不远数十里纷至沓来。仪征城隍庙有门数重，到处都是卖香的担子、摊贩、店铺，可以想见香火之盛。

韦柏森《菱川竹枝词》写高邮临泽的城隍庙会，是一年两次，即农历七月十五日的盂兰盆节，和农历十月初一的十月朝节。诗两首，其一云："一年两会出城隍，初度盂兰七月忙。奉旨赈孤排执事，肩舆到处总焚香。"说的是七月十五日盂兰盆节的情形。其二云："中元会出尚寥寥，第一骄人十月朝。锦绣别成新世界，霓裳仙乐广寒霄。"说的是农历十月初一十月朝节的情形。十月朝节的庙会，要比盂兰盆节更为热闹。可知临泽作为高邮的一个乡镇，不但有城隍庙，而且庙会也很繁盛，到处是锦绣和笙歌。

此外，扬州城外的瓜洲、邵伯古镇都有城隍庙。

《嘉庆瓜洲志》载，瓜洲城有城隍庙，在通惠门僻巷中，地仅容足，明万历间重建于泗门东。《甘棠小志》载，邵伯也有城隍庙，原为搜盐所，明末搜盐所移于仪征，镇人以此建城隍庙。瓜洲城隍不知何人，邵伯城隍名张起隆，乾隆时人，道家正一派第五十八代天师，曾入四库全书馆担任誊录职务。邵伯城隍庙有对联："作事奸邪任尔焚香无益，居心正直见吾不拜何妨。"颇为意味深长。

如今扬州城隍庙的遗址是这样的：

隋唐宋时代的扬州城隍庙，位于平山乡宝城村测字街东北。始建于隋，为江都宫的一部分，炀帝的宫女妃嫔或聚居于此。唐代成为大都督府驻地，此后渐渐凋零。民国间僧人募化重修，从此佛道不分。庙中有城隍神和城隍娘娘塑像，两侧有功曹塑像侍奉。今剩五间楠木殿，是扬州市级文物保护单位。

　　元明清时代的扬州城隍庙，在文昌中路汶河小学。原有山门殿三间，其后是戏台，为两层楼建筑，楼上唱戏，楼下行人。再北是五楹大殿，一楼中间神台供奉城隍神像，东边置鼓，西边置钟。二楼供奉城隍老母和城隍娘娘。全庙原有九十余间房屋，有道士常住庙中。现在庙前古银杏仍然生机勃勃，和旁边的唐代石塔一起成为扬州的地标。

九　一枰黑白桃花泉

泉在使院西侧，味淡于常水。五月从驾，返署卧疴，
移日始试此泉作，示从吏兼待竹邨。

衙斋倦治理，管钥司寒泉。

何以汔修绠，瓶居忧在先。

蚩蚩渫汙久，不食宁非天。

馆人启晨封，急雨漂春鲜。

清泠彻指掌，虚白摇栌橡。

所欣近几榻，肃若临高巅。

抚槃时一歃，庭宇风翛然。

流俗恶作始，扩达思后贤。

公余问饘粥，茗槚方同煎。

——（清）曹寅《桃花泉并序》

曹寅在扬州担任两淮巡盐御史时，衙门在今皇宫，原新华中学旧址。1976 年，因为唐山大地震的缘故，我家的防震棚就搭在新华中学操场，对校园后的一口古井，至今尚有印象。井栏为石质，呈灰白色，有许多道深深的绳痕。当时并不知道，这口历尽沧桑的古井有个艳丽的名字——桃

花泉。

后来读曹寅《楝亭集》，见《桃花泉并序》云："泉在使院西侧，味淡于常水。"又从书店购得清人范西屏所著《桃花泉弈谱》，才知道这部著名的棋谱，就得名于新华中学的那口古井桃花泉。

（一）桃花泉棋风

《桃花泉弈谱》有光绪时人邓元鏸序，提到乾隆己卯年（1759）施襄夏在扬州著作《弈理指归》，由两淮盐运使卢雅雨作序并刊行。六年后，范西屏的《桃花泉弈谱》完成于两淮盐政高恒的署中。邓元鏸序说："范、施两公，均家海宁，而著谱皆在扬州，刻谱又皆鹾使，遇亦奇矣！"范西屏、施襄夏二人，都是清代围棋国手。邓序中特别提到扬州桃花泉，说：

> 桃花泉者，鹾署井名也。名谱以地，人尠知之。赖有麟庆见亭《鸿雪因缘图记》，记之也。

今检麟庆《鸿雪因缘图记》有《桃泉煮茗》条，桃泉即桃花泉，原在两淮盐漕察院中，遗址在扬州今文昌阁东北，即原新华中学。书中写道：

> 盐政署在扬州内城。大堂为执法台，恭悬圣祖御书"紫垣"额。其西，有四并堂、桃泉书屋。阶下石泉一井，是名"桃花"。……于上巳后二日，小集桃泉书屋。邀幕客萧梅生、沈咏楼、沈凤巢，汲桃花泉，煮碧螺春，品画评诗，卧起坐立，惟便畅所欲言。惜无善弈者，雅负范西屏《弈谱》尔！

麟庆《鸿雪因缘图记》所记，为嘉道时事。那时桃花泉仍在，棋风似乎已经不如当年之盛。至民国间，董玉书《芜城怀旧录》云："范西屏《桃花泉棋谱》刻于扬州，以所居盐院有桃花泉而名之。"可知，桃花泉在某种意义上，是围棋艺术流行于扬州的见证，也是围棋艺术与扬州盐业密切关系的见证。

扬州盐业从汉代吴王刘濞开启先河，此后历代延绵不绝，成为列朝政府的赋税大户。今天所说的扬州盐商，大抵特指明清两代在扬州经营盐业的那批商人。他们先是以晋商、陕商为主，后来由徽商称霸一方，而以其他地方来的商人作为配角。他们与围棋，有许多传奇故事在民间流传。

印象较深的，一是博山《弈史》记载扬州盐商胡兆麟与国手范西屏下棋的故事，题为《胡兆麟范西屏对弈》：

> 胡兆麟，扬州盐贾也，好弈。梁（魏今）、程（兰如）、施（定庵）、范（西屏）皆授以二子。每对局，负一子辄赆白金一两。胡弈好浪战，所谓"不大胜则大败"者也，同人称为"胡铁头"。然遇范、施辄败，每至数十百子。局尽，则朱匙累累盈几案矣！

有一天，胡兆麟与范西屏弈至中盘，困窘非常，佯称身体不适，暂停对弈。同时，派人飞报施定庵求援。当时施定庵在东台，使者奔走两天之后才赶回扬州。胡兆麟假称自己身体已经好了，与范西屏继续对弈，完全按照施定庵所教方法着子。范西屏笑道："定庵人未到，棋先到啦！"胡兆麟听了，十分惭愧。

二是吴友如《点石斋画报》谈扬州盐商与四川棋手赌棋的故事，题为《弈争美婢》：

> 扬城某醝商，家资豪富，性奢侈而好博弈，虽一掷百万蔑如也。季春之杪，西蜀某公子过扬，往谒醝商，款之甚殷。一日，公子闻

醝商有善奕名，欣然求教。醝商曰："某生平不出无名之师。君果欲手谈，必立一非常之彩，以决胜负。"公子曰："彩亦多矣，何者为非常？一惟君命是从。"曰："仆有宠婢兰英，才色双绝，愿以此为孤注，能胜者归之。但恐君无以作对，奈何？"公子曰："是何难哉！"遂令家人立召江南春至，则该婢丰神吐属，果不亚于兰英，始知公子固载美以游者。于是，展棋枰，分黑白，沉几观变，着着争先。初尚旗鼓相当，未几而醝商北矣，无已，以兰英归之。盖某醝商自谓得橘中之秘数，年来未逢劲敌，旁若无人，已非一日，今见公子之实为国手也。

一年春末，有个四川公子路过扬州，前往拜访盐商，盐商很高兴。有一天，公子听说盐商善于下棋，就提出要向他请教。盐商说："我平生不出无名之师，公子一定和我比较高低，必须有个非常的赌注才行。"公子说："赌注太多了，何谓非常的赌注呢？请明教。"盐商说："我有一个宠婢兰英，才艺双绝，愿以此为赌注。公子如能胜我，兰英就归你。但恐怕公子拿不出赌注来，奈何！"公子听了，说："这有何难！"言罢，命家人将侍女江南春唤来。江南春言谈风貌，不让兰英，原来是四川公子携带出游的美婢。于是，盐商和公子两人当即展棋枰，分黑白，你来我往，厮杀起来。开始时，两人还旗鼓相当，但是不久盐商就输了，只好把兰英送给公子。本来，盐商自负棋艺，在扬城向无敌手，不料竟败在他人手中，白白送了一个美人。《点石斋画报》感叹："天下事骄则必败，何莫不然，独一弈也乎哉！"

清代扬州的围棋，常在园林中对弈，画舫上也是下棋的地方。李斗《扬州画舫录》记道：

画舫多以弈为游者，李啸村《贺园诗》序有云："香生玉局，花边围国手之棋。"是语可想见湖上围棋风景矣。扬州国工只韩学元一人而已;若寓公则樊麟书、程懒予、周东侯、盛大有、汪汉年、黄龙士、范西屏、何闻公、施定庵、姜吉士诸人,后先辉映。……今之言棋者,动日施、范,乃二君渡江来扬时,尝于村塾中宿,定庵戏与馆中童子弈,不能胜;西屏更之,亦不能胜。又西屏游于瞽社湖,寓僧寺,有担草者,范与之弈数局,皆不能胜,问姓名,不答,曰:"今盛称施、范,然第吾儿孙辈耳。弈,小数也,何必出吾身与儿孙争虚誉耶?"荷担而去。

这段记载,最能说明桃花泉时代扬州棋风之盛,当时连馆中童子、担草农夫都棋高一着。同时,四方国手,云集扬城,也显示了扬州的泱泱大度。

(二)《桃花泉弈谱》

《桃花泉弈谱》,清人范西屏著。

范西屏,名世勋,海宁人,清雍正、乾隆年间围棋国手,与程如兰、施襄夏、梁魏今并称"清代围棋四大家"。范西屏幼时见其父与人弈棋,常在旁牙牙指画。后拜名棋手山阴俞长侯为师,潜心钻研,少年时即崭露头角,随师游历松江,屡胜名家,成为国手。后游京师,与各地名手较量,战无不胜,名驰全国。乾隆四年(1739),与施襄夏于浙江平湖张永年宅,对弈十三局,胜负相当,后人誉为"当湖十局"。范西屏弈棋出神入化,落子敏捷,灵活多变,人称为"亚圣"。

乾隆二十九年(1764)范西屏五十六岁,客居扬州。在此之前,他经常来往扬州,有关他在扬州的传说故事很多。此次居住扬州的时间较长,应两淮巡盐御史高恒之邀,住在其署衙后园,著书立说。其间收仪征卞文恒为徒，卞文恒携施襄夏新著《弈理指归》向范西屏请教。范西屏根据书中棋局，参以新意，写成棋谱二卷。因棋谱在扬州盐运官署中写成，遂以官署中古井"桃花泉"名之，并用署中公款代印此书，这就是《桃花泉弈谱》。《桃花泉弈谱》问世后风行海内，各地书商争相镂刻，一时洛阳纸贵。

《桃花泉弈谱》计二卷。卷上的内容为："九五镇"（共四十四变），"三六侵分"（共二十八变），"大飞进角"（共十二变），"尖顶三六侵"（共二十四变），"三五侵扳"（共四十变），"拆二飞攻"（共三十六变），"封角"（共七变），"不宜封角"（共六变），"尖封"（共十六变），"尖顶关封"（共十一变），"尖顶飞封"（共九变），"九四压"（共四变）。卷下的内容为："五六飞攻"（共四十四变），"双飞燕"（共五十六变），"投拆三"（共十六变），"三五侵分"（共十五变），"二五侵分"（共二十一变），"尖顶夹侵"（共六变），"顶关夹侵"（共八变），"扭十字"（共五十五变）。

《桃花泉弈谱》书前有范西屏自序，说：

心之为物也，日用则日精。数之为理也，愈变则愈出。以心寓数，亘古无穷也。数历四圣人，宜乎尽矣；而杨则有《太元》，焦则有《易林》，一行之《大衍》，司马之《潜虚》，易时更代，独创一奇而不相习，非前贤固好异也。盖天地人心，以息相吹，随时生长，造物与我，有不自知其然而然者矣。弈虽小数，实用心之事。勋自髫年，爱习前贤之谱，罔不究心。有明作者，皆浑而不尽，言先后，言虚实，言背向而已。国初弈乐园诸公，冥心孤诣，直造单微。于先后之中生先后，虚实之中生虚实，向背之中生向背，各就英分，所极自成一家。堂堂正正，怪怪奇奇，突过前人，可谓盛矣。至三十年来国手，则又不然。较大小于毫厘，决存亡于渺冥，交易变易，时时存一片灵机；隔二隔三，处处用通盘打算。数至此尽，心至此息，使必执前人之谱以律今人之棋，政如安石官礼，房琯火牛，其不坐困于古也几何哉！因不揣固陋，即其心得，录为一书。皆戛戛独造，不袭前贤。为格二十，局二百一十有奇，变八百有奇。聊以自娱，非敢问世。司农高公，人伦藻鉴，风雅主持，惜虚牝掷金，喜老马识路。急承宏奖，即付开雕。第以心制数，数无究期；以数寓心，心无尽日。勋生今之时，为今之弈，后此者，又安知其不愈出愈奇，如昔人之数，用以复酱瓿耶？乾隆岁次乙酉夏六月海宁范世勋识。

序中提到的"司农高公"，即两淮巡盐御史高恒，《桃花泉弈谱》系高恒资助刊刻。高恒字立斋，满洲镶黄旗人，大学士高斌之子，乾隆时大臣。乾隆二十二年（1757），授两淮盐政。乾隆屡次南巡，两淮盐商迎跸，在扬州大治行宫，高恒均参与其事，所费不赀。乾隆三十三年（1768），两淮盐引案发，高恒被夺官处死。

《桃花泉弈谱》文字通俗，变化简明，灵变遒劲，独具特点，是历史上最有影响的古棋谱之一。它全面精辟地记载了范西屏对于围棋的独特见解，一经出版，便风行海内，轰动棋坛，争相购阅，一时洛阳纸贵，重刻版本很多，影响了无数棋手。除了《桃花泉弈谱》之外，范西屏还著有《自拟二子谱》《自拟四子谱》等。

范西屏成名甚早。毕沅《秋堂对弈歌·序》云，范西屏"年十三即成国工，百年来称第一高手，前者弈师俱逊一筹"。袁枚《范西屏墓志铭》云，范西屏"十六岁以第一手名天下"。范西屏卒年不详，袁枚《范西屏墓志铭》中的卒年、岁数、葬处均未说明。据《墨余录》载，嘉庆初，范西屏曾到上海与当地名手倪克让等手谈，予以指导。此说果信，则西屏八十余岁仍然在世。

（三）扬州八怪与围棋

在扬州八怪中，郑板桥与围棋的关系最为深厚。他曾以下围棋为手段，和一个十五岁的少女暗通款曲。其《无题》词云："盈盈十五人儿小，惯是将人恼。撩他花下去围棋，故意推他劲敌让他欺。而今春去花枝老，别馆斜阳早。还将旧态作娇痴，也要数番怜惜忆当时。"有人说，这个未解风情的少女，原是郑板桥的表妹。

民国时罗腾霄编著的《济南大观》中说，济南有曲水亭，在城内后宰门百花桥南，仅屋三间，内设茶座、围棋，供人消遣，为济南有名的围棋社。旧时有一联云："三椽茅屋，两道小桥；几株垂杨，一湾流水。"相传为郑板桥所书。

郑板桥有围棋国手朋友梁魏今，梁魏今一生清贫，没有功名，留下的资料甚少。施襄夏在《弈理指归序》中说："奇巧胜者梁魏今。"邓元鏸在《弈潜斋集谱》中说："梁魏今如鲁灵光殿，岿然独存。"邓元鏸的好友傅之夔盛赞梁魏今"动若骋才，静若得意"，认为"梁魏今、程兰如两先生棋，原称圣手"。郑板桥有《赠梁魏今国手》诗云：

坐我大树下，秋风飘白髭。

朗朗神仙人，闭息敛光仪。

小妇窃窥廊，红裙飔疏篱。

黄精煨正熟，长跪奉进之。

食罢仍闭目，鼻息细如丝。

夕影上树杪，落叶满身吹。

机心付冰释，静脉无横驰。

养生有大道，不独观弈棋。

诗句描绘梁魏今弈棋的神态，或超然若仙，或废寝忘食，其精微之思，令人生出世之想。

在扬州八怪中，李方膺和郑板桥一样，是先做知县，又被罢官的。李方膺和围棋的故事，在民间多有流传。他原在合肥县当官，属于庐州府，按官场惯例，年关时县官都要给知府送礼，而李方膺送给知府的礼物，竟是两坛咸菜。知府见状，心中不快，想调教他，就约他下棋。谁知李方膺不能领悟，次年就被免职。从此他便潜心作画，靠卖画为生了。

扬州瘦西湖二十四桥左近有静香书屋，为纪念扬州八怪的金农而建。书屋除了文房四宝之外，圆桌上有围棋一枰，暗示当年主人也擅长此道。金农有个朋友吴颖芳，与金农、丁敬称为"浙西三高士"。吴颖芳曾制小筒，削竹签，上绘围棋、赋诗、鼓琴、吹笛等雅事，置于筒中。有客人来，随手拈一签，以签上所书与客共戏之。

扬州八怪的陈撰也是浙江人，他在《书画涉笔》中引明人徐渭《宴游烂柯山》诗云："万山松柏绕旌旗，少保南征暂驻师。接得羽书知贼破，烂柯山下正围棋。"嘉靖四十一年（1562），胡宗宪任总督，抵御闽浙的倭寇。胡宗宪与幕僚徐文长在营帐内弈棋遣兴，忽有人报："戚继光大败倭寇，已破其巢穴！"胡宗宪听罢，喜不自胜，当即传令开宴庆功。席间徐文长随口作贺，吟咏此诗。"接得羽书知贼破，烂柯山下正围棋"，应是写实之句。烂柯山原是围棋胜地，相传西晋时樵夫王质上山砍柴，来到石室，见两位鹤发童颜的老者对弈。王质在一旁观棋已久，老者对他说："你来已久，可以回去了。"王质低头一看，斧柄已经烂尽，回家后才知已过千年。

扬州八怪的另一位边寿民绘有《围棋图》杂画册页，纸本墨笔，今藏故宫博物院。《围棋图》画有棋盒和棋盘，左上方题款云："长日如年，午睡初足，素心客来，与之对局。余不知弈，而能领弈趣，故图清具必及之，如渊明之无弦琴耳。"边寿民也许并不擅弈，但能领略棋趣。

华嵒是扬州八怪中善画人物的名家，绘有《竹楼雅居图》，写王禹偁《黄州竹楼记》大意。画中新篁如云，曲径通幽，画境开阔，意态平和。画上题道："予城西北隅，雉堞圮毁，榛莽荒秽。因作小楼二间，与月波楼通。"楼中生涯，"宜鼓琴，琴调和畅；宜咏诗，诗韵清绝；宜围棋，子声丁丁然；宜投壶，矢声铮铮然——皆竹楼之所助也"。看他所书"宜围棋，子声丁丁然"，可见其围棋嗜好之深。

（四）扬州学派与围棋

中国嘉德国际拍卖有限公司在 2013 年 9 月举行的拍卖会上，推出一盒带有棋子的围棋罐，号称是"清阮元款红木围棋罐一对"。围棋罐呈方形，以整木挖制，罐盖上分别铭有"知白""守墨"和"智""寡"等字。罐身四周各刻有行楷书《惜余春慢》词一阕。

"知白"围棋罐铭为：

> 竹露一枰，松风半榻，对此颇堪消夏。
>
> 静拈冷玉，忘却烂柯，敲落灯花半夜。
>
> 费煞惨淡经营，破我工夫，输赢半著。
>
> 煞时间，鹤蚌相争，杀机可怕。

"守墨"围棋罐铭为：

> 叹世事，虫沙浩劫，蛮触纷争，谁肯认真作假。
>
> 细心筹划，搔首踌躇，到了一齐放下。

算来难免终差，劝大家从此休行诈。

眼前墨白太分明，当局何妨旷达。

木盒面上有铁线篆铭"知白守墨""随园老人"，钤印"园""枚""随园老人"。按此描述，棋罐的主人应该是袁枚，后来是否为阮元所有不得而知。

阮元是扬州仪征人，清代乾隆、嘉庆、道光间名臣，在经史、数学、天算、舆地、编纂、金石、校勘等方面都有极高造诣。阮元在浙江巡抚任内，对恩师谢墉的家属非常照顾，而亲自修缮位于浙江湖州长兴的谢安墓，并且作诗《三鸦岗谢公墓》，诗中提到"围棋供静镇"。诗云："六朝数伟人，谢傅名独震。""丝竹写中年，围棋供静镇。"谢安的"东山再起""风声鹤唳"等典故尽人皆知，他又爱好围棋，镇守广陵，故阮元在诗中特别提到。

在扬州学派中，焦循是一位数学家。围棋也是和数学相关的艺术。纵横交错的棋盘，黑白相杂的棋子，以及下棋的步骤、布棋的谋划，都离不开计算。《孟子》说："今夫弈之为数，小数也。"指出弈棋和数有关，不过是小数而已。围棋还有一个重要功能，即焦循在《孟子正义》中所说："一枰之间，方罫之内，胜负视乎多寡，所以商度而计较者。"就是说，下棋能够培养一定的数学知识和计算能力，具有发蒙益智的特殊功用。

围棋在古代称为"弈"，春秋时鲁国有人名秋，好围棋，人称"弈秋"。焦循《孟子正义》中说，古之以技传者，每称之为名，如医和、卜徒父，此名弈秋，故知秋为其名，因通国皆谓之善弈，故以弈加名称之。"博"和"弈"是有区别的，"博"无所谓技艺，胜负有偶然性，"弈"则不同，输赢决定于谋略与技艺。《论语》云："不有博弈者乎？"焦循解释说："按谓博与弈是也。博盖即今之双陆，弈为围棋，今仍此名矣。以其局同用板平承于下，则皆谓之枰；以其同行于枰，皆谓之棋。"焦循用大量材料证明，"弈"为斗智，"博"不过是赌胜，两者是不同的。

焦循又有《象棋赋》，说："象棋之戏，其名著于《楚辞》，古之通儒多有撰述，传迹古矣。厥类止七，厥棋止三十有二，厥路每前纵者九，横者五。"有人认为，象棋比围棋更为复杂。

扬州学派的刘文淇在所著《续仪征县志》中，也关注到围棋人物。如记载乾隆年间两淮都转盐运使卢见曾招童子姜杰士、卞立言进署对局。清高宗南巡时，卢见曾特设琴、棋二馆，命姜、卞两童子接驾，极扬州棋风一时之盛。

桃花泉今已不存，而扬州棋风绵长，故乐为之记。

十 四库缥缃文汇阁

纯皇郅治深宫闲，羽陵蠹简高于山。

飞仙卷幔帐殿简，衮衣步坐开天颜。

亲御丹毫加点勘，漏箭将终月西暗。

翻然爇火照人间，欲网珊瑚归铁缆。

荒林破冢夜有光，东璧射地寒生芒。

大开虎观购遗佚，九州岳牧皆奔忙。

诸儒校纂目睛丧，直拓殿庭排缥缃。

侍书内史跪进膳，玉觥满饫蒲萄浆。

序录初成屡召见，跽聆褒贬提宏纲。

字字曾过圣人手，每逢子午生天香。

更怜禁御人罕至，特贮行宫及山寺。

此事古无今始闻，万手丛钞衍巾笥。

老龙借读亦解嘲，五更攫取乘风涛。

苍崖很石爪痕裂，琅函半惹腥涎胶。

转眼邗沟烽火急，按籍征名百亡十。

金山楼阁烧成灰，西湖弃纸无人拾。

一编乍展先呜咽，段段银光布纹涩。

摩挲想见乾隆日，崇文总目那能及。

墙隈短檠秋雨湿，空山回首飞云立。

腐儒寒饿何能为，独抱残经草间泣。

——（清）毛澄《扬州文汇阁四库全书残叶歌》

清人毛澄的《扬州文汇阁四库全书残叶歌》，是罕见的关于扬州文汇阁的诗史。在这之前，常见的文汇阁诗是乾隆御制诗，如《文汇阁》云："皇祖崇经训，图书集大成。分颁广流布，高阁此经营。"据诗意，扬州文汇阁乃是按照皇家旨意建造，阁中藏有《四库全书》，建筑规制则按宁波范家天一阁。

文汇阁建于乾隆，毁于咸丰，世间几无存书。但从毛澄《扬州文汇阁四库全书残叶歌》来看，在天壤之间，劫灰之余，尚有文汇阁藏书残叶（残页）存世。毛澄是四川眉山人，光绪进士，精通经史，当他摩挲着文汇阁《四库全书》残叶时感慨万千。我担任扬州市第四、五、六、七届政协委员和政协常委时，对重建文汇阁一事连续呼吁近二十年。如今文汇阁终于复建成功，多年梦想终成现实。

早在 2000 年 12 月 11 日，我在《扬州晚报》发表《文汇阁：扬州城北御书楼》一文，向读者介绍文汇阁简况。2006 年，在济南《藏书家》复刊号发表《遥祭文汇阁》长文，系统梳理文汇阁史料，读书界为之震惊。同年 3 月，在《扬州日报》发表《四库全书与文汇阁》一文。2008 年 1 月，我继任第六届扬州政协常委兼主席团成员，郑重呈交《关于复建文汇阁的提案》。2011 年 1 月，再次呈交《关于复建扬州文汇阁的提案》。《金陵晚报》和《扬州晚报》记者分别采访我，发表的报道分别题为《复建曾藏有〈四库全书〉的文汇阁》《扬州能否复建文汇阁？》。2012 年，《山东图书馆学刊》发表我的《心祭扬州文汇阁》文章，对文汇阁被毁表示沉痛。鉴于文汇阁复建遥遥无期，2012 年 10 月我以个人名义给市委书记写了一封

《关于复建文汇阁的建议信》，敦促重建文汇阁。2013 年初，我作为扬州市政协常委在政协大会发言，题为《重建文汇古阁 打造文昌高地》。时至 2019 年，我再次向市委报送《复建文汇阁建议案》，获得市委主要领导批示。我之所以回顾这段漫长的历史，意在记录文汇阁复建历程之艰巨。

文汇阁，一名御书楼，位于扬州天宁寺西园，乃是清代七大藏书楼之一。李斗《扬州画舫录》云：

> 御书楼在御花园中。园之正殿名大观堂，楼在大观堂之旁，恭贮《颁定图书集成》全部，赐名文汇阁，并"东壁流辉"匾。壬子（1792）间奉旨，江浙有愿读中秘书者，如扬州大观堂之文汇阁、镇江金山之文宗阁、杭州圣因寺之文澜阁，皆有藏书。著四库馆再缮三分，安贮两淮，谨装潢线订。

这样，扬州天宁寺文汇阁、镇江金山寺文宗阁、杭州圣因寺文澜阁就成了贮藏《四库全书》的"南三阁"，同北京紫禁城文渊阁、圆明园文源阁、盛京皇宫文溯阁、避暑山庄文津阁等"北四阁"各自称雄，成为康乾文治的象征。据考，"南三阁"所藏《四库全书》，每册前页钤"古稀天子之宝"，后页钤"乾隆御览之宝"，用太史连纸抄写，尺幅较"北四阁"书开本小，书衣装潢也有不同。

文汇阁是一座三层楼的中国古典建筑，它的梁枋上彩绘着书卷图案。楼阁最下层当中藏《古今图书集成》，两侧藏《四库全书》经部书籍，中间一层藏史部书籍，最上层藏子部与集部书籍。

1840 年烟花三月、江南草长之际，一个名叫完颜麟庆的满族官员，在两淮盐运使司官员沈莲叔和宋敬斋的陪同下，来到扬州城北的御书楼——文汇阁看书。年久失修而且人迹罕至的文汇阁，这一天因而有了一些人气。完颜麟庆在文汇阁读书之后，在他的私人旅行笔记《鸿雪因缘图记》

二集里绘了一幅《文汇读书图》以记其盛，他援笔写道：

文汇阁在扬州行宫大观堂右，乾隆四十五年建。以恭贮《图书集成》，赐今名，并"东壁流辉"额。阁下碧水环之，为卍字。河前建御碑亭，沿池叠石为山，玲珑窈窕，名花嘉树，掩映修廊。四十七年，《四库全书》告成，高宗垂念江浙人文渊薮，特命多缮三分，颁贮浙江文澜、金山文宗，与此阁为三，江南实得其二。典司出入，掌自盐臣。寻又恐徒供插架，无裨观摩，诏许愿读中秘书者，就阁传钞。嘉惠艺林，旷古未有！

庚子三月朔，偕沈莲叔都转、宋敬斋大使同诣阁下。亭榭半就倾落，阁尚完好，规制全仿京师文渊阁。回忆当年充检阅时，不胜今昔之感。爰命董事谢奎启阁而入，见中供《图书集成》，书面绢黄色；左右列橱贮经部，书面绢绿色；阁上列史部，书面绢红色；左子右集，子面绢玉色，集面绢藕合色。书帙多者，用香楠。其一本二本者，用版片夹开，束之以带，而积贮为函。计共函六千七百四十有三。

谢奎以书目呈，随坐楼下详阅，得钞本《满洲祭天祭神典礼》《救荒书》《熬波图》《伐蛟捕蝗考》《字孳》等书，嘱觅书手代钞。所惜余先百计购求五世祖存斋公所著《琴谱》十六卷，曾奉旨采入《四库全书》者，满拟此行如愿，讵亦未经颁发，岂以满汉合璧之故耶？姑志之俟考。

按照麟庆所述，1840 年的扬州文汇阁，"亭榭半就倾落，阁尚完好"。触目之处，楼宇、水池、假山、花木，都还像样。他在阁中从容地看了书目，旋即索得钞本《满洲祭天祭神典礼》《救荒书》《熬波图》《伐蛟捕蝗考》《字孳》等书，嘱咐管理人员代觅书手，为其抄书。

文汇阁所藏的《四库全书》，是乾隆三十八年（1773）开始设馆，历时十余年才纂修完成的一套巨大丛书，分经、史、子、集四部，共收书约三千五百种，篇帙达七万九千余卷。尽管为了维护清廷的政治统治，许多古籍被馆臣抽毁或删改，以至于鲁迅在杂文中予以抨击，但它毕竟是集中国古籍之大成的规模空前的丛书，自有其传世价值。

乾隆是一个玩弄文字狱的老手。但凭心说，他对于扬州文汇阁的建设与使用不能说不重视。他一再下旨，强调阁中庋藏之书不是做样子的，要允许读书人阅读和传抄。

乾隆四十七年（1782）七月八日，弘历命缮写三份《四库全书》，安置于江南藏书阁中，旨云："因思江浙为人文渊薮，朕翠华临莅，士子涵濡教泽，乐育渐摩，已非一日。其间力学好古之士愿读中秘书者，自不乏人。兹《四库全书》允宜广布流传，以光文治。如扬州大观堂之文汇阁、镇江口金山寺之文宗阁、杭州圣因寺行宫文澜阁，皆有藏书之所；着交四库馆再缮写全书三份，安贮各该处，俾江浙士子得以就近观摩誊录，用昭我国家藏书美富、教思无穷之盛轨。"

乾隆四十九年（1784）二月，弘历又谕旨南三阁之书准许士子领出传写，旨称："原以嘉惠士林，俾得就近钞录传观，用光文治。第恐地方大吏过于珍护，读书嗜古之士无由得窥美富、广布流传，是千缃万帙徒为插架之供，无俾观摩之宝，殊非朕崇文典学、传为无穷之意。将来全书缮竣，分贮三阁后，如有愿读中秘书者，许其陆续领出，广为传写。全书本有总目，易于检查，只须派委妥员董司其事，设立收发档案，登注明晰，并晓谕借钞士子加意珍惜，毋致遗失污损，俾艺林多士均得殚见洽闻，以副朕乐育人才、稽古右文之至意。"

乾隆五十五年（1790）五月二十三日，弘历的圣旨里又有这样开明通达的话："俟贮阁全书排架齐集后，谕令该省士子，有愿读中秘书者，许其呈明到阁抄阅，但不得任其私自携归，以致稍有遗失。"

对于扬州文汇阁，乾隆先后写过四首诗咏之。一为《文汇阁》："皇祖崇经训，图书集大成。分颁广流布，高阁此经营。规拟范家制，工因商众擎。亦堪匹四库，永以贮层甍。"二为《再题文汇阁》："万卷图书集成部，颁来高阁贮凌云。会心妙处生清暇，扑鼻古香领净芸。身体力行愧何有？还淳返朴念常勤。烟花三月扬州地，莫谓无资此汇文。"三为《文汇阁，叠庚子韵》："天宁别馆书楼耸，向已图书集大成。遂以推行庋四库，况因旧有匪重营。西都七略江干现，东壁五星宵际擎。却待抄完当驿致，文昌永古换重甍。"四为《命颁布四库全书，时许愿读中秘者抄录无靳，诗以志事》："发帑增抄书四库，更非捷径为崇儒。拟公寒士广闻见，预禁守臣严护符。襃博三仓实富矣，精英二酉任观乎。欲期寰事敷文教，济济明廷治赞吾。"尽管我们无法得知有多少读书人曾经到扬州文汇阁看过那些"御颁"的图书，但是平心而论，一个皇帝再三再四地表示要让普通读书人读到那些中秘之书，并不像是在"作秀"。

《四库全书》的四库，是中国古代将天下图书分为经、史、子、集四类的一种图书分类法。因其基本包括了古代所有图书，故称"全书"。《四库全书》的编纂过程共分四步：第一步征集，第二步整理，第三步抄写，第四步校订。征书工作从乾隆三十七年（1772）开始，至乾隆四十三年（1778）结束，历时七年之久，共征集图书一万二千多种。其中江苏进书四千八百余种，居各省之首。而扬州私人藏书家马裕，乃是扬州著名盐商马曰琯、马曰璐之后，他一人就进书七百七十六种，为全国各地私人进书之最。在《四库全书总目》中，凡马氏所进之书，书题下面都标有"两淮马裕家藏本"字样。因为扬州马家进献图书之多，乾隆特奖赏《古今图书集成》一部。

《四库全书》内容丰富，也有不足：一是只重儒家著作，二是轻视科技书籍，三是不收戏剧小说，四是删节篡改原文。鲁迅在《病后杂谈之余》中说：

清人纂修《四库全书》而古书亡，因为他们变乱旧式，删改原文。

《四库全书》对古籍的篡改，与清代统治者的利益密切相关。明人的作品遭到大力剿灭不说，可笑的是进而殃及宋人。最不可理解的，是把岳飞《满江红》的名句"壮志饥餐胡虏肉，笑谈渴饮匈奴血"，改为"壮志饥餐飞食肉，笑谈欲洒盈腔血"。凡与清廷犯忌的"胡""戎""夷""虏"等字，都要删改。尽管如此，《四库全书》在保存古籍方面还是功不可没。另外，《四库全书》在古籍整理的方法上，尤其是在辑佚、校勘、目录、汇刻等方面也给后人留下了许多有益的启示。

文汇阁建于乾隆四十五年（1780），毁于咸丰四年（1854），存世仅七十余年，成为全国七大藏书楼中寿命最短的一阁。文汇阁焚毁十年后，两江总督曾国藩创办金陵书局，想起了文汇阁藏书。他不相信文汇阁藏书全部毁灭，一本不留，就委托幕僚莫友芝前往镇江、扬州等地，搜寻文宗阁和文汇阁的残籍。这次搜寻的结果，按照通常的说法是：莫友芝于同治四年（1865）专程至镇扬诸地，悉心寻访两阁藏书，但毫无收获，空手而回。根据是莫友芝写给曾国藩一封信，信中写道："奉钧委探访镇江、扬州两阁四库书，即留两郡间二十余日，悉心咨问，并谓阁书向由两淮盐运史经管，每阁岁派绅士十许人，司其曝检借收。咸丰二三年间，毛贼且至扬州，绅士曾呈请运使刘良驹筹费，移书避深山中，坚不肯应。比贼火及阁，尚扃钥完固，竟不能夺出一册。镇江阁在金山，僧闻贼将至，亟督僧众移运佛藏避之五峰下院，而典守书阁者扬州绅士，僧人不得与闻，故亦听付贼炬，唯有浩叹。比至泰州，遇金训导长福，则谓扬州库书虽与阁俱焚，而借录未归与拾诸煨烬者，尚不无百一之存。长福曾于泗、泰间三四处见之，问其人皆远出，仓猝无从究诘。以推金山库书，亦必有一二具存者。友芝拟俟秋间更历诸郡，仔细搜访一番，随遇掇拾，不限多少，仍交运使，以待将来补善。"

莫友芝是否真的一无所获呢？据悉，国家图书馆今藏《文宗阁四库全书装函清册》四册，经史子集各一，经部首页有莫友芝藏书印。由此看来，莫友芝的镇扬之行还是有所得的。有消息说，扬州文汇阁藏书亦有残本存世，书名分别是《周易启蒙翼传外篇》二册，《图书编》《云笈七签》《御定全唐诗录》各一册。果真如此，也算是文汇阁劫后余生。后来见到毛澄《扬州文汇阁四库全书残叶歌》，才知道文汇阁尚有藏书残叶存于世间。

文汇阁在它被毁一百七十周年之际复建，于2023年4月19日开放。我有感而作《扬州文汇阁重建开放志喜并序》：

　　扬州文汇阁与文渊、文源、文津、文溯、文澜、文宗诸楼，并称七阁，建于乾隆盛世，毁于咸丰兵火。余与诸君呼吁重建，十有余年，寒暑易节，未敢稍懈。今天终于在天宁寺之西，北城濠之左，巍然屹立，一如旧制，并有影印文津版《四库全书》全套陈列于二三楼，供人阅读。其间湖山花树，掩映书香，诚可喜也。阁旁有品字亭，余名之曰：凿壁、映雪、囊萤。

　　三春碧水百年梦，一顾崇楼四壁书。

　　书生频呼终有果，晨披卷轴夕围炉。

十一　流到瓜洲古渡头

汴水流，泗水流，流到瓜洲古渡头。
吴山点点愁。

思悠悠，恨悠悠，恨到归时方始休。
月明人倚楼。
——（唐）白居易《长相思》

汴水源于河南，泗水源于山东。它们本来各自流淌，蜿蜒流至淮河时，忽然交融汇聚，拥抱合欢。然后，两水一起沿着古邗沟欢腾向南，一直流到扬州江边的瓜洲渡。

年届半百的白居易伫立瓜洲渡口，遥望江南诸山。吴山纵然旖旎，诗人心中却布满愁云。在这首流畅而深沉的词后面，是诗人对自己年轻时恋人湘灵的思念与愧疚。白居易和湘灵的故事，犹如陆游与唐婉，都因为母亲的阻拦，才不得不与青梅竹马的心上人劳燕分飞。

在瓜洲的明月之下、高楼之上，白居易孤身一人，举目四顾。横亘在他眼前的是悠悠的流水。思悠悠，恨悠悠，源于面前的江悠悠，河悠悠。今天可以告慰诗人的是，瓜洲并不是他诗意旅程的终点，在汴水和泗水流经的地方，除了瓜洲古渡还有更多的风景。

倘若诗人重来，运河上的新景致，或能取代他的旧罗裳。

（一）古为今用：传统审美思维的当代体现

汴水和泗水从北向南流动的时候，不可能一步到达瓜洲。它们流入扬州境内后，沿运河干线经过的地方按次序是：盂城驿、邵伯镇、茱萸湾、扬州城、高旻寺、三湾段、瓜洲渡；左右的支流通向瘦西湖、北湖、天宁寺、平山堂和七河八岛。现在包括瓜洲古渡在内的这些地方，都已成为"扬州运河十二景"。

在"扬州运河十二景"问世之前，杭州、苏州、无锡等城市都用选景的方式，选出了自己的运河景点，如"杭州运河十景""苏州运河十景""无锡运河十景"。在历史上，广东有"香山八景"，浙江有"西湖十景"，北京有"圆明园四十景"，扬州有闻名遐迩的"二十四景"。虽然鲁迅批评中国人有"十景病"，至少是"八景病"，说"凡看一部县志，这一县往往有十景或八景。推而广之，点心有十样锦，菜有十碗，音乐有十番，阎罗有十殿，药有十全大补"。鲁迅认为，这是中国人传统思维的表现。但扬州的二十四景与鲁迅批评的"十景"稍有不同，因为二十四景并不是扬州人故意同时推出的。实际上是先有了二十景，然后陆续增添了四景，经过好事者的推波助澜，才形成二十四景，其中有些景点直接或间接与运河有关。

李斗《扬州画舫录》记载，乾隆三十年（1765），扬州北郊先后建成卷石洞天、西园曲水、虹桥揽胜、冶春诗社、长堤春柳、荷蒲熏风、碧玉交流、四桥烟雨、春台明月、白塔晴云、三过留踪、蜀冈晚照、万松叠翠、花屿双泉、双峰云栈、山亭野眺、临水红霞、绿稻香来、竹楼小市、平岗艳雪二十景。之后，又增建绿杨城郭、香海慈云、梅岭春深、水云胜概四景。在二十四景之外，北郊还有许多有名的风景，如邗上农桑、杏花村社、城闉清梵、筱园华瑞、石壁流淙、玲珑花界等，它们不在二十四景之列。这也可见，二十四景的得名是有几分随意性的，而一旦叫开，影响之深远非当初所想象。因为不管二十四景的来历如何，外地游客都会从二十四景入手来了解扬州甚至运河。他们从长堤春柳想到隋堤垂柳，从三过留踪想到文章太守，从白塔晴云想到乾隆南巡，从绿杨城郭想到扬州古城，所以二十四景在客观上发挥了美誉扬州的作用。

由清代的"二十四景"可以想到，今天的"运河十二景"也一定可以发挥美誉扬州的作用，为扬州的经济和文化服务。如果说二十四景的出现属于偶然，运河十二景的评选却是出自人们的自觉。从二十四景形成至今，已经过去两百多年。两百多年中，扬州城经历了时代的剧变，二十四景也各有沉浮：有的历经沧桑，风采依旧；有的几度夕阳，没于蒿莱；有的埋没多年，一朝惊艳；有的时过境迁，物是人非。而当年二十四景的幸存者与复建者几乎各占了一半，不能不归功于二十四景的美名。

"扬州运河十二景"的命运，应当会更好。它不但是时代的造势、公众的选择，而且是扬州运河风情的高度浓缩，是传统审美思维的当代体现。

（二）兼美互补：运河历史风情的全面再造

2022 年 8 月 10 日晚，"扬州运河十二景"的评选结果在运河大剧院正式发布。根据票选结果和专家意见，最终确定"运河十二景"的入选名单为：瘦西湖、运河三湾、七河八岛、明清古城、茱萸湾、双宁古韵、盂城驿、北湖湿地、平山堂、邵伯古镇、瓜洲古渡、高旻禅寺。

有关方面表示，扬州将坚持以建设致富河、幸福河为方向，聚焦文化旅游名城建设，打造世界级运河文化遗产旅游廊道，因地制宜地规划实施一批景观提升、文化展示和文旅融合项目，串珠成链，以线带面，形成璀璨的文化带、绿色的生态带和缤纷的旅游带。

在这一进程中，"运河十二景"无疑是扬州最新的名片。

扬州运河遗产很多，官方宣布的遗产点就有十二个，即古邗沟故道、里运河、邵伯明清大运河故道（邵伯古堤、邵伯码头）、扬州古运河、瓜洲运河、盂城驿、瘦西湖、天宁寺行宫（含重宁寺）、个园、汪鲁门盐商住宅、卢绍绪盐商住宅、盐宗庙。显然，这还不是扬州运河遗产的全部。即便如此，我们也不难发现，运河十二景与遗产十二处并不完全一致。一个不言自明的原因是，遗产更多考虑的是历史与学术的价值，景点更多考虑的是文化与旅游的条件。

在这之前，即 2022 年 5 月 25 日，扬州运河大剧院召开各方面专家座谈会，讨论扬州运河风景的候选名单。在座谈会上，我提出十八个候选景点，即：邗沟怀古、湖上园亭、天宁禅风、东关市声、河下深宅、三湾塔影、茱萸古湾、七河野趣、瓜洲诗渡、施桥船闸、北湖隐逸、江都源头、邵伯甘棠、隋帝陵阙、天方矩篗、梅岭忠魂、平山远眺、唐宋城郭，另加秦邮城湖、白沙里河、真州江圩。由于各种原因，其中一些景点未能入选，最可惜的是邗沟（邗沟怀古）、隋炀帝陵墓（隋帝陵阙）、普哈丁墓（天方矩篗）。这三个景点，一是中国大运河的里程碑，一是隋唐大运河的开创人，一是丝绸之路的先驱者，对于运河文化具有无法替代的价值。

相比之下，入选景点倒有一些性质过于相近的，例如运河三湾、七河八岛都属水工，双宁古韵、高旻禅寺都属佛寺，茱萸湾、邵伯镇都属古镇。其实应当尽量避免性质相近的景点同时入选，让有限的"运河十二景"更具有多样性。

目前"运河十二景"的名称也不够理想。景点如同美人，身材要美，容貌要美，才艺要美，名字也要美。名字譬如美人的招牌，要让人一见倾心才好。传统的景点都用四字组成，简练、雅驯，而又含蓄、浪漫。例如

"香山八景"的石岐晚渡、长洲烟雨，"西湖十景"的苏堤春晓、雷峰夕照，"圆明园四十景"的长春仙馆、武陵春色。至于扬州二十四景的虹桥揽胜、荷蒲熏风、四桥烟雨、白塔晴云、平岗艳雪、绿杨城郭，名称中不但指明位置，而且饱含意境。"运河十二景"显然没有达到这一要求，字数长短不一，词义过于直白。将"明清古城"与"瘦西湖""平山堂"并列，非但字数不统一，而且所指内容相差太大——瘦西湖是一条风光河，平山堂是一幢古建筑，明清古城的面积和内涵却那么宽阔深厚。我认为，明清古城是不宜作为一个"点"出现的。

"运河十二景"是扬州运河的招牌，要符合国人的传统审美习惯，简洁、具象，并富于诗情画意。同时，在着重打造"运河十二景"的同时，统筹兼顾运河的其他景点，也是未来的新课题。

（三）宏图细绘：宏大叙事与工笔细描的完美结合

"运河十二景"的评定，无疑是扬州运河文化保护利用工程的新开端。要在统一规划而又区别对待的原则下，对它们实行不同程度的修复、整饬、亮相、活化等工作，使之从不同侧面多棱镜似的立体展示运河之美，从而满足不同层次的游客的需求。

现在的"运河十二景"，显然分为两种类型，一类是业已成熟的，一类是尚未成熟的。

第一类景点如瘦西湖、平山堂、盂城驿、运河三湾、双宁古韵、北湖湿地、高旻禅寺，它们经过多年的经营，设施齐全，功能完善，对它们主要是优化和提升。

第二类景点如茱萸湾、邵伯古镇、瓜洲古渡、明清古城、七河八岛，虽然资源丰厚，但缺少成功的包装和开发，对它们的整体设计、特色定位、旅游线路和接待服务等，任重而道远。七河八岛面积虽大，古建筑和可看点很少，路线也未经规划；明清古城中古街巷、古园林、古建筑包罗万象，如何将它建成文旅名牌，更需要大手笔；而茱萸湾、邵伯古镇、瓜洲古渡三者性质相似，历史影响虽大，现实遗存不多，对于主事者来说都是严峻的考验。

我认为"运河十二景"的保护和利用，最重要的有三条：精细保护，活态展示，国际视野。把远大的愿景变成实在的措施，把尘封的家当化为鲜活的舞台，把乡土的特产赋予世界的品格。换句话说，既要有宏大的叙事格局，又要有工笔的细描功夫。好在我们有许多经验可以借鉴。因为即使在扬州周边的县邑，也有不少成功的古今范例，如有名的"秦邮八景"和"真州八景"。

"汴水流，泗水流，流到瓜洲古渡头。"在诗人眼中，这段漫长的旅程理应步换景移，应接不暇。所以，如何装扮"运河十二景"，应该集思广益，锐意健行，扮靓它们古老而青春的面容，轻舞它们典雅而灵动的腰肢，唱响它们深沉而嘹亮的歌喉，演绎它们沧桑而跌宕的传奇。我们能否做到，让广陵散断弦再续，南柯梦回到人间，满汉席重登盛宴，扬州鹤一翅冲天？

"运河十二景"，你真的能让白乐天先生变得乐天起来吗？

十二 扬州到处好楼台

跨鹤曾经梦里游，如今真个到扬州。

可怜豆蔻春风过，十里珠帘不上钩。

甲第分明画里开，扬州到处好楼台。

白云深抱朱檐宿，多是山中岭上来。

——（清）纪昀《扬州二绝句》

纪昀在《扬州二绝句》诗中盛赞"甲第分明画里开，扬州到处好楼台"，让我想起中国第一本园林专著《园冶》，是明末造园家计成在扬州仪征的寤园著成的。《园冶》崇祯四年（1631）成稿，七年（1634）刊行，是一部从实践到理论升华的造园巨著，不但总结了中国古代造园的经验，也是后世园林建设的指南。

计成字无否，号否道人，生于万历间，苏州吴江人。他一生所造之园，有常州吴玄的东第园，仪征汪士衡的寤园，南京阮大铖的石巢园，扬州郑元勋的影园等。其中影园和寤园都在扬州。明人茅元仪《影园记》云："画者，物之权也。园者，画之见诸行事也。我于郑子之影园，而益信其说。"茅元仪认为，只有像郑元勋那样精于绘画的士大夫，才能"迎会山川，吞吐风日，平章泉石，奔走花鸟而为园"。曹元甫《信宿汪士衡寤园》诗云："自识玄情物外孤，区中聊与石林俱。选将江海为邻地，摹出荆关得意图。古桧过风弦绝辔，春潮化雨练平芜。分题且慎怀中简，簪笔重来次第濡。"曹元甫在激赏寤园风光的同时，又夸赞了寤园设计者的睿智。

影园与寤园在明末扬州的出现，不是偶然和孤立的，而是历史悠久的扬州园林文化的硕果。博闻强识的纪昀一到扬州，就充满喜悦之情，溢于言表。作为朝廷重臣、文坛祭酒，他长期住在京城，见识自然广大。他到扬州之后，竟然感慨"如今真个到扬州"，惊叹"扬州到处好楼台"，可见扬州园林之美超出了他的想象和预料。

扬州园林的建筑史，可以追溯到汉代。鲍照《芜城赋》已经写到广陵有"歌堂舞阁之基""弋林钓渚之馆"，更不用提南朝的风亭、月观，隋代的迷楼、萤苑了。唐以前的扬州园林基本上属于官府，唐以后私人才开始营造自己的家园，如宋代有朱氏园，明清时更甚。

关于扬州园林的特点，袁枚《随园诗话》引刘春池诗句云："两堤花柳全依水，一路楼台直到山。"这种傍水筑园的风格，一直为人称道。袁中道《游居柿录》说他于明万历四十六年（1618）到扬州，"从舟中上小舟，过桥傍城行，多人家别业，画阁朱栏嫣然。穿雷塘，水甚浩白，至一高阜，即平山堂也，堂前望江南诸山如画"。山水相连，如入仙境。

扬州园林到清代中叶趋于繁盛之极，其原因在于两淮盐商的追求逸乐之风，而清帝的南巡又为这种风气起了推波助澜的作用。欧阳兆熊、金安清所著《水窗春呓》书中有"维扬胜地"条，记录了作者眼中的扬州园林盛况：

> 扬州园林之胜，甲于天下，由于乾隆朝六次南巡，各盐商穷极物力以供宸赏。计自北门直抵平山，两岸数十里楼台相接，无一处重复。其尤妙者在虹桥迤西一转，小金山蠢其南，五顶桥锁其中，而白

塔一区雄伟古朴，往往夕阳返照，箫鼓灯船，如入汉宫图画。盖皆以重资广延名士为之创稿，一一布置使然也。

这里特别提到，名园往往出自名士之手："盖皆以重资广延名士为之创稿，一一布置使然也。"沈复《浮生六记》也记录了作者畅游扬州园林的观感：

> 渡江而北，（王）渔洋所谓"绿杨城郭是扬州"一语，已活现矣！平山堂离城的三四里，行其途有八九里。虽全是人工，而奇思勾想，点缀天然，即阆苑瑶池、琼楼玉宇，谅不过此。其妙处在十余家之园亭合而为一，联络至山，气势俱贯。其最难位置处，出城入景，有一里许紧沿城郭。夫城缀于旷远重山间，方可入画，园林有此，蠢策绝伦。而观其或亭或台，或墙或石，或竹或树，半隐半露间，使游人不觉其触目；此非胸有丘壑者断难下手。城尽，以虹园为首。折而向北，有石梁曰虹桥。不知园以桥名乎，桥以园名乎？荡荡舟过，曰长堤春柳，此景不缀城脚而缀于此，更见布置之妙。再折而西，全土立庙，曰小金山，有此一挡便觉气势紧凑，亦非俗笔。闻此地本沙土，屡筑不成，用木排若干，层叠加土，费数万金乃成。若非商家，乌能如是！

清代扬州的园林，城里城外以百计，大多为两淮盐商所建。其中影园主人郑氏、筱园主人程氏、趣园主人黄氏、亢园主人亢氏、约园主人安氏、棣园主人包氏、康山草堂主人江氏、小玲珑山馆主人马氏等，均为盐商中的巨富。

扬州盐商多好士，故其园也常常形诸文人笔下。例如吴趼人《二十年目睹之怪现状》赞美的"容园"，早在梁章钜《归田琐记》的"容园"条中已经写到。吴氏书中说，"扬州花园算这一所最好"，梁氏书中说，"为吾扬州园亭第一所"。两者对照，相映成趣。

淮北盐商在淮安也建造了许多豪华的园林。仅程氏一姓在淮安河下所建园亭名胜，就有漱石轩、柳衣园、菰蒲曲、帆影楼等二三十处。吴炽昌《客窗闲话》中有一篇《淮商宴客记》，写"鹾客洪姓者，淮商之巨擘也"。洪家宅第之大、厅阁之多、陈设之美、肴馔之精，令作者不能不感叹："嗟乎！鹾侩耳，而享用逾王侯，何德堪此？后之疲乏，有以致之，执业者其戒之哉！"读过林语堂的《红牡丹》，我们会想到一句话：扬州盐商虽然胆很小，但他们建造的园林却很大。读过易君左的《闲话扬州》，我们又会想到一句话：扬州园林虽然是盐商私人所建，但它们却供人公开游览。就这两点而言，扬州盐商常常叫人觉得比官僚可爱。

扬州盐商造园，主观上是为了自己享受，客观上却促进了园林艺术的繁荣。盐商与园林的关系，其实是经济与文化之关系的具体化。盐商掏钱建造了园林，园林又提高了盐商的社会地位与公众形象。园林给盐商带来的不仅是宴游的场所，而且是品位、修养和道行。这样，我们也就能够理解，为什么清初被称为"四大元宝"的盐商四兄弟黄晟、黄履暹、黄履昺、黄履昴，要在扬州各自建造自己的园林——易园、十间房花园、容园、别圃。

园林对于扬州盐商来说，是一种文化的表征。他们在这里接纳词人，探研诗韵，让自己身上的铜臭消融于文风之中。可以举影园与筱园为例：

影园主人是明末扬州盐商郑元勋。郑元勋字超宗，祖籍徽州。祖父景濂来扬州业盐，遂占籍于扬州。关于影园的情况，《扬州画舫录》记载："影园在湖中长屿上，古渡禅林之北。……园为超宗所建。园之以影名者，董其昌以园之柳影、水影、山影而名之也。"影园很大，其中有"小桃源""小千人坐"诸景。"小桃源"出自陶渊明《桃花源记》，"小千人坐"仿自苏州虎丘千人坐，足见其皆有名士策划。郑氏兄弟四人在扬州，也是各有园林别业的——郑元勋有影园，郑元嗣有五亩之宅和王氏园，郑元化有嘉树园，郑侠如有休园。作为盐商，他们已经不再稀罕钱，值得比试的似乎只有园子了。影园号称清初扬州最大的园林之一，以花木池鱼、屋宇建筑、叠石假山取胜。郑元勋著有《影园自记》一文，说他游览过金陵、姑苏诸名胜，"以为人生适意无逾于此"。

影园最风光的一件事，是有一年园里开了一朵非常难得的黄牡丹花，主人邀请各地名士品花赋诗，并请老名士钱谦益来评比甲乙等次。这件事为影园主人挣得了很大的光彩。钮琇《觚剩续编》说：

> 崇祯戊辰，扬州郑元勋集四方才士于影园，赋黄牡丹诗。推虞山钱宗伯为骚坛盟主，品题群咏，最者费以金罍。番禺孝廉黎遂球下第南还，亦与斯会，即席成七律十章。宗伯评置第一，时号"牡丹状元"。其诗有"月华蘸露扶仙掌，粉汗更衣染御香"，又曰"燕衔落英成金屋，风蚀残钗化宝胎"，皆丽句也。

能与影园牡丹相媲美的，是筱园芍药。筱园本是扬州土人种芍药处，后相继为盐商程梦星、汪廷璋所有。两淮盐运使卢雅雨又就园增筑三贤祠，以纪念欧阳修、苏轼、王士禛三人。"筱园花瑞"名噪一时，《扬州画舫录》说："卢公转运扬州时，三贤祠花开三蒂，时以为瑞。扬州芍药冠于天下，乾隆乙卯（1795），园中开金带围一枝，大红三蒂一枝，玉楼子并蒂一枝，时称盛事。"筱园的芍药也引起了众多文人的诗兴。

扬州园林离不开文人的策划，最典型的例子是瘦西湖的"小李将军画本"。瘦西湖畔有一栋精美的楼阁，阁上的横匾写着"小李将军画本"字样。这样的题名让一般游客不解其意，但是它确实是扬州盐商所建的湖上胜迹。这种金碧山水的风格，来自唐代画家李思训、李昭道父子。李思训官右武卫大将军，与其子李昭道，均以画名。世称思训为大李将军，昭道为小李将军。在中国绘画史上，李氏父子被公认为金碧山水画的创始人。金碧山水画的主要特点是重青绿设色，以金线勾勒，山水间充满了大量楼台殿阁、舟车鞍马，整个画面景物繁密、色彩艳丽，装饰性超过真实性。显然，唐代李将军的这种画风，正是扬州盐商们所追求的那种富丽堂皇、繁缛细密的审美境界。

用"小李将军画本"来命名扬州风景，是因为大小李将军与扬州有历史渊源。李思训字建睍，陇西狄道（今甘肃临洮）人，唐朝宗室，二十岁前后任扬州江都县令。其弟李思海曾任扬州大都督府参军，其子李昭道人称小李将军，其侄孙李凑开元中为广陵仓曹参军，工画绮罗人物。李思训的兄弟和侄孙都在扬州为官，又都是丹青高手，所以瘦西湖有"小李将军画本"并不奇怪。

"小李将军画本"的原意，等于说风景的规划布置是按照小李将军李昭道的蓝本来构造经营的。这样命名本身，就显示了浓重的文化分量。当年圆明园有"大李将军画本"，即按大李将军李思训画意建造的景区，那就是"蓬岛瑶台"。乾隆在《圆明园四十景图咏》里说："蓬岛瑶台，福海中作大小三岛，仿李思训画意，为仙山楼阁之状。"他推崇的"李思训画意"，应该称为"大李将军画本"，也是扬州盐商惨淡经营"小李将军画本"的潜在原因。

扬州盐商对大小李将军的了解与熟悉，是毋庸置疑的。大李将军做过江都县令，小李将军自然可以算是扬州人。扬州盐商安岐在他所著的《墨缘汇观》里不止一次提到李将军。《墨缘汇观序》云，"山水自唐李将军、王右丞分有南北二宗"，"南宋二赵、马、夏、李、唐辈皆宗李将军一派"。《墨缘汇观》记录了安岐收藏鉴赏的李思训《江帆楼阁图》：

　　　李思训《江帆楼阁图》，绢本，中挂幅长三尺，阔一尺六寸二分。
　　青绿山水，重着色。上作江天阔渺，风帆溯流；下段长松秀岭，山径层叠。碧殿朱廊，翠竹掩映，具唐衣冠者四人，内同游者二人，殿内独步者一人，乘骑于蹬道者一人，仆从有前导者、有肩酒肴之具后随者，行于桃红丛绿之间。亦可谓《游春图》。

扬州湖上园林，也许就是把李将军的这种"画本"当作造园蓝图的。李思训的画在唐代便受到皇室器重。王士禛《带经堂诗话》说："明皇命李思训、吴道子各画嘉陵山水于大同殿壁。"因为时代的久远，李氏父子的画流传很少，世间所见往往是后人的摹本。《春游社琐谈》引前辈书画鉴赏家语云："唐小李将军《春山图》卷，按语云宋人仿。"

因李氏父子作品传世太少，凡有机会见到李氏作品的，无不郑重记录。物以稀为贵。或许正因为小李将军金面难见，在清代倒倍加推崇。乾隆帝《圆明园四十景图咏》说蓬岛瑶台"仿李思训画意"，蒋宝龄《墨林今话》说蜀中李调元"学小李将军不失法度"，加上扬州盐商精心修造"小李将军画本"风景，关于大小李将军的佳话可谓鼎足而三了。

扬州影园和仪征寤园的主人都是富商，他们与造园家计成之间的关系，可谓雄厚的经济基础与精湛的园林艺术的完美结合。纪昀赞叹"扬州到处好楼台"，绝不是面壁虚构。

辑二

玉人何处教吹箫

一 欲取芜城作帝家

紫泉宫殿锁烟霞，欲取芜城作帝家。

玉玺不缘归日角，锦帆应是到天涯。

于今腐草无萤火，终古垂杨有暮鸦。

地下若逢陈后主，岂宜重问后庭花？

——（唐）李商隐《隋宫》

隋炀帝生命的最后岁月，是在扬州度过的。扬州旧称江都，杨广《江都宫乐歌》咏道："扬州旧处可淹留，台榭高明复好游。"可见他对扬州繁华的沉湎与痴迷。但是太好的日子总不会很久，杨广终于断送了平定陈朝、建立大隋的伟业。

唐人李商隐《隋宫》说得沉重："紫泉宫殿锁烟霞，欲取芜城作帝家。""地下若逢陈后主，岂宜重问后庭花？"隋朝的京城明明在大兴和洛阳，他偏要"欲取芜城作帝家"，结果重蹈了陈后主的亡国覆辙。

（一）史家纵论

隋炀帝杨广，隋文帝杨坚之子，隋朝第二任皇帝，是中国历史上最有争议的皇帝。他因消除分裂实现统一而功勋卓著，也因开凿运河滥征民夫而天怒人怨；他兴师动众征伐辽东俨然三军将帅，也舞文弄墨吟风唱月仿佛一介书生。

前人认为，隋炀帝的错误在于平定全国后，不安于在北方治理天下，却急于到南方来放纵享乐。这就是李商隐在《隋宫》中讽刺的"岂宜重问后庭花"。

千百年来，人们对隋炀帝的评说，大致分为三种类型：一是史家的评论，学者从不同角度看隋炀帝，得出的结论也不同；二是民间的稗官，通过野史和小说等形式，表达对隋炀帝的爱憎；三是艺坛的再现，以民歌、说书、戏曲、影视等形式，塑造隋炀帝的形象。

值得一提的是，千余年来隋炀帝并不仅仅是传奇小说渲染的荒淫无道形象，而是呈现出历史的多样性、丰富性和复杂性。通过这些纷繁的表象，一个有血有肉、有功有过、有毁有誉的真实的杨广，逐渐明晰起来。

隋炀帝只活了五十岁。这是一个短暂而丰富的人生，成功而失败的人生，充满杀戮而又追求风雅的人生。隋炀帝生活的时代，距今已经过去一千四百余年，他在生前已经被人议论，死后更是臧否不绝。

《隋书》论隋炀帝"丧身灭国"。对于隋炀帝是"暴君"的定性，从《隋书》开始。《隋书》记载隋炀帝的生平之后，评价道："自肇有书契以迄于兹，宇宙崩离，生灵涂炭，丧身灭国，未有若斯之甚也。《书》曰：'天作孽，犹可违，自作孽，不可逭。'《传》曰：'吉凶由人，祆不妄作。'又曰：'兵犹火也，不戢将自焚。'观隋室之存亡，斯言信而有征矣！"此后，隋炀帝的"暴君"之评长期被舆论认可。

魏征论隋炀帝"骄矜自用"。唐太宗看《隋炀帝集》时，觉得文章写得很好，都是说的尧舜那一套，就问魏征："他做的为什么恰好相反呢？"《资治通鉴》记载魏征的回答是："人君虽圣哲，犹当虚己以受人，故智者献其谋，勇者竭其力。炀帝恃其俊才，骄矜自用，故口诵尧舜之言，而身为桀纣之行。曾不自知，以至覆亡也。"唐太宗叹道："前事不远，吾属之师也！"

司马光论隋炀帝"出师之盛"。为平定西北边患，隋炀帝御驾亲征，在青海设立鄯善、且末、西海、河源四郡。司马光在《资治通鉴》中用赞美的口气写隋炀帝的军事才干："首尾相继，鼓角相闻，旌旗亘九百六十里。御营内合十二卫、三台、五省、九寺，分隶内、外、前、后、左、右六军，次后发，又亘八十里。近古出师之盛，未之有也。"

顾炎武论隋炀帝"为后世开万世之利"。顾炎武在《天下郡国利病书》中，对于隋炀帝开凿运河一事评论道："炀帝此举，为其国促数年之祚，而为后世开万世之利，可谓不仁而有功者矣。"对开凿运河本身，给予了高度的肯定。问题在于，在开河过程中不顾百姓的死活，大量平民在开河中死于非命。

汪中论隋炀帝"自知必及于难"。隋炀帝多次拒绝臣下的劝谏，但也十分清楚自己的下场。汪中《广陵通典》说："初，帝自知必及于难，常以罂贮毒药自随，谓所幸诸姬曰：'若贼至，汝曹当先饮之，然后我饮。'"等到后来宫变发生，隋炀帝到处找药，而左右都已逃散，直到最后隋炀帝也没有找到自杀的药。

范文澜论隋炀帝的"游玩"。范文澜《中国通史》指出："游玩是隋朝崩溃的重要原因。"隋炀帝的一生，喜欢到处巡游。他大造龙舟，巡游江都，开凿太行，巡幸北境，修建长城，出塞巡视，发兵西域，临幸祁连。每到一地都簇拥着庞大的侍从队伍，凡经之地百姓的生计都被破坏得荡然无遗。范文澜认为，游玩是隋炀帝亡国的重要原因。

吕思勉论隋炀帝"本好辞华"。吕思勉《中国通史》评论隋代科举制度的产生，认为："隋炀帝本好辞华，所设的进士科，或者不过是后汉灵帝的鸿都门学之类……这是制度本身的变化，不能执后事以论其初制的。科举所试之物，虽不足取，然其取士之法，则确是进步而可纪念的。"科举制度并非偶然出现，只是从当初的学术研究转化为选才手段了。

　　钱穆论隋炀帝的"伟大工程"。钱穆《国史大纲》认为，隋炀帝是一个"夸大狂"。钱穆指出，"炀帝即位，即营建东都，每月役丁二百万"；同时又开通济渠，"此乃为贯通中国南北两方新形势之伟大工程也"。隋炀帝还继续开凿河渠、南游扬州、大筑离宫、三征高丽，这一切证明："这是炀帝的夸大狂，一面十足反映出当时国力之充实，一面是炀帝自身已深深染受了南方文学风气之熏陶。"

（二）民间稗官

　　《大业拾遗记》。《大业拾遗记》，亦名《隋遗录》《南部烟花录》，传奇小说，全书二卷，传为隋唐时人颜师古作。书中主要描写隋炀帝幸江都时宫中秘事。鲁迅《中国小说史略》评其"叙述颇陵乱，多失实，而文笔明丽，情致亦时有绰约可观览者"。文末有《跋》，言沙门志彻于会昌年间得于上元瓦棺寺阁上，乃《隋书》遗稿，惜多缺落，因补以传。

　　《开河记》。《开河记》，又名《炀帝开河记》，传奇小说，作者不详，旧题唐人韩偓作，鲁迅推定是北宋人所作。作品主要叙述麻叔谋奉隋炀帝诏书开河的故事。隋炀帝思念江都，让麻叔谋担任开河都护。麻叔谋虐待民夫，挖掘坟墓，收受贿赂，蒸食小儿，事发后被腰斩。

　　《迷楼记》。《迷楼记》，传奇小说，旧题唐人韩偓作，鲁迅推定为北宋人所作。故事写隋炀帝晚年沉湎于女色，修筑迷楼，"千门万户，上下金碧"。选后宫和良家女数千，居住宫中，沉迷于此，不理政事。有侍臣王义恳切进谏，隋炀帝从其言，居静室二日，不使宫人入内。后抑郁不乐，又入迷楼，纵欲如初。

　　《海山记》。《海山记》，传奇小说，全书二卷，宋人作。原出《青琐高议》后集，或说刘斧作。上卷原注"记炀帝宫中花木"，自隋炀帝出生写起，叙其阴结杨素，谋取大位，继位后营造宫苑，奢侈逸乐。下卷原注"记登极后事迹"，写炀帝东幸，激起政变，最后自缢于扬州。

《炀帝夜游图》。《炀帝夜游图》，元人绘画作品，作者姓名不可考，或说是画家任仁发所绘。此画原属日本皇室藏品，后流出。图中描绘隋炀帝深夜出游的场景，有两只六角宫灯表明是夜晚，孔雀羽伞盖下方骑马者为炀帝。炀帝身后有香车一辆，车上的高冠美妇是萧皇后，车顶上装饰有凤凰。

《隋炀帝牵龙舟》。《隋炀帝牵龙舟》，又作《隋炀帝撵龙舟》，元杂剧，关汉卿撰。此剧以隋代历史故事为题材，搬演隋炀帝荒淫无道、游幸江都的故事。隋炀帝劳十万之众开凿运河，筑堤种柳，设置离宫，征集吴越民女年十五六者数百人，以彩缆牵龙舟至扬州。关氏此作，失传很久。

《隋炀帝游幸锦帆舟》。《隋炀帝游幸锦帆舟》，又作《隋炀帝江月锦帆舟》，元杂剧，庾天锡撰。《录鬼簿》《太和正音谱》著录。剧本已佚，题材与关汉卿《隋炀帝牵龙舟》相同。

《隋炀帝艳史》。《隋炀帝艳史》，又名《风流天子传》，长篇小说，全称《新镌全像通俗演义隋炀帝艳史》，明人齐东野人作，共四十回。该书铺叙隋炀帝从篡夺帝位到身死国亡的一生事迹，塑造了一个荒淫无耻的帝王形象。书中对隋炀帝的放荡抱有欣赏态度，但仍深刻地揭露了隋炀帝穷奢极侈的本质。

《隋炀帝逸游召谴》。《隋炀帝逸游召谴》，中篇小说，出自话本小说《醒世恒言》，明人冯梦龙作。全篇通过叙述隋炀帝的一生行迹，揭露了帝王的荒淫残暴。其中隋炀帝游吴公台与陈后主陈叔宝相遇的情节，写得惊心动魄，伤感哀婉。

《隋唐演义》。《隋唐演义》，长篇小说，全书一百回，明末清初褚人获作。全书以历史为经，以人物为纬，以隋炀帝、朱贵儿、唐明皇、杨玉环的两世姻缘为框架，讲述自隋文帝起兵伐陈开始，到唐明皇还都去世为止的传奇历史。其中铺叙了隋炀帝奢靡的宫闱生活，以及隋末群雄起兵的社会动乱。

（三）艺坛演绎

隋朝《挽舟者歌》。隋炀帝将徭役和战争两副重担压在人民身上，黎民不堪重负，发为心声。当龙舟行于运河时，有挽舟者唱歌，隋炀帝派人搜索，但没有捕到。民歌开头唱到自家的悲惨遭遇："我兄征辽东，饿死青山下。今我挽龙舟，又困隋堤道。"最后悲愤地抗议："安得义男儿，悯此无主尸。引其孤魂回，负其白骨归？"声泪俱下，扣人心弦。

扬州评话《隋唐》。扬州评话形成于明末，最早的说书家柳敬亭被说书界尊为祖师爷。柳敬亭所说书目，主要是《隋唐》《水浒》等。《隋唐》话本以隋炀帝兴亡为主线，从王世充献图，说到宇文氏弑主。清人《扬州竹枝词》咏道："书词到处说《隋唐》，好汉英雄各一方。"可见《隋唐》是扬州评话重要传统书目。

北方评书《隋唐演义》。北方评书最重要的书目，首推《隋唐演义》，其体例之完整、阵容之强大，在各种书目中无出其右。《隋唐演义》话本自隋朝兴起，一直讲到残唐。其中讲述隋朝面临末日时，以瓦岗寨为首的起义军，联络朝中被炀帝迫害的将领，共同推翻隋朝、建立唐朝的故事。

晚清泥塑《草桥关》。泥塑《草桥关》，为执双锤花脸形象，晚清作品，今藏故宫博物院。隋炀帝为消灭各路英雄，以比武方式将他们骗来，在场内暗设火炮伏兵。李世民、罗成、程咬金、秦琼等众英雄最终识破阴谋，力战突出重围。此泥塑身着京剧铜锤花脸装束，黑色紧身衣，手中握双锤，将人物的彪悍形象表现得栩栩如生。

京剧《南阳关》。京剧《南阳关》，演隋炀帝荒淫无道，弑父杀兄，逼死亲母，霸嫂娶妹。隋文帝被害后，杨广篡位，命太宰伍建章起草诏书，伍建章不肯，被斩。伍建章死后，杨广知其子伍云召镇守南阳，为斩草除根计，遣大将韩擒虎等往讨之。伍云召据城抗御，其妻自尽，抱子突围而逃。谭鑫培、余叔岩演出。

电视剧《隋炀帝》。历史古装电视剧《隋炀帝》，共二十五集，广州新时代影音公司 2008 年出品。张丽娟、高亚平、刘晓、周殿英、郭小华执导，姚撸、胡晓婷、叶钧、景凤凌等主演。剧情从隋炀帝出生、成长、登基演到灭亡，生动呈现了帝王的风采，也展现了社会的苦难。

电影《新隋唐风云》。古装电影《新隋唐风云》是王文杰导演，沈晓海、鲍国安、孙菲菲、刘文治、侯勇、姚笛主演的历史剧，山东影视剧制作中心等 2009 年出品。该剧演绎隋朝覆灭、唐朝兴起的波澜壮阔的历史，以及唐太宗李世民戎马征战、治国安邦的传奇故事。

连环画《杨广下扬州》。连环画《杨广下扬州》，为中国曲艺出版社出版的系列连环画《兴唐传》之第二十分册，讲述瓦岗寨群雄和十八路反王伏兵四明山、截杀隋炀帝的故事。封面描绘杨广下江南，途经四明山，上山游玩时传来秦琼等人伏兵在此的消息，不禁惊慌失措。本册由季源业、季津业兄弟联手绘制。

隋朝是中国历史上像流星一般的王朝，其兴也忽，其亡也速。扬州有两处杨广陵墓，一是槐泗的隋炀帝陵，一是西湖的隋炀帝墓，让后人凭吊。

二 西江商客扬州女

盐商妇，多金帛，不事田农与蚕绩。

南北东西不失家，风水为乡船作宅。

本是扬州小家女，嫁得西江大商客。

绿鬟富去金钗多，皓腕肥来银钏窄。

前呼苍头后叱婢，问尔因何得如此？

婿作盐商十五年，不属州县属天子。

每年盐利入官时，少入官家多入私。

官家利薄私家厚，盐铁尚书远不知。

何况江头鱼米贱，红脍黄橙香稻饭。

饱食浓妆倚柁楼，两朵红腮花欲绽。

盐商妇，有幸嫁盐商。

终朝美饭食，终岁好衣裳。

好衣美食有来处，亦须惭愧桑弘羊。

桑弘羊，死已久，不独汉时今亦有。

——（唐）白居易《盐商妇（恶幸人也）》

多年前，我途经江西吉安。辽阔的大地、苍劲的老树、淳朴的民风，虽只是在车窗外一闪而过，依然留下了深刻的印象。心中自然想起唐人白居易《盐商妇》中"本是扬州小家女，嫁得西江大商客"两句。所谓西江，即今江西一带。

车在吉安小停，因为文天祥纪念馆就在路旁，便进去参观。一时间，从欧阳修、文天祥到萧芸浦、周扶九等一系列吉安历史人物，在我的脑海里慢慢浮现了出来。

（一）江西与扬州

江西与扬州的关系，由来已久。北宋时，吉州永丰人欧阳修由滁州调任扬州知府，以"文章太守"之名享誉江淮千年。南宋时，吉州庐陵人文天祥亡命途经扬州，其遭遇在《指南录》中多有咏叹，扬州人为之建文公祠。

相较于政治文化，扬州与江西之间的通商历史更为悠久。自隋唐以来，扬州成为东南一带商贸集散中心。唐人李肇《唐国史补》记载，大历、贞元年间，有一位俞大娘专门从事扬州与江西之间的船舶运输。其船舶在当时同行中规模最大，船上的操驾之工达数百人之多：

> 大历、贞元间，有俞大娘航船最大，居者养生、送死、嫁娶悉在其间。开巷为圃，操驾之工数百，南至江西、北至淮南，岁一往来，其利甚博。

俞大娘之所以每年往来于扬州与江西之间，是因为两地之间蕴含着无限的商机。正如《太平广记》所说，江西盛产木材，而扬州地处海滨，木材短缺，将江西良材运至扬州，可获数倍之利。除了木材之外，从江西沿长江运往扬州的货物，还有浮梁的茶叶、河口的竹编、南丰的蜜橘、广昌的白莲、南安的板鸭、都昌的银鱼、安福的火腿、余江的木雕、景德镇的细瓷器、吉安府的樟木箱、泰和武山的乌骨鸡等。

刘禹锡《夜闻商人船中筝》诗云：

> 大艑高帆一百尺，新声促柱十三弦。
> 扬州市里商人女，来占江西明月天。

诗中反映了唐代商人在扬州与江西之间经商，扬州家中的女眷常年盼望丈夫回家的情形。唐代扬州女伶刘采春以唱《望夫歌》闻名，歌词有云：

> 莫作商人妇，金钗当卜钱。
> 朝朝江口望，错认几人船。

就是描写怨妇盼夫的情景。据说刘采春一唱此歌，闻者无不落泪。诗人元稹《赠刘采春》有"更有恼人肠断处，选词能唱望夫歌"之句，即谓此。这首歌的历史背景是复杂的：商人在外的辛苦，闺中妻儿的孤寂，还有水道运输的繁忙等。

万历《扬州府志》记载，明代在扬州的四方商人，以徽商最盛，其次是陕商、晋商和赣商，赣商也即江右商人。万历《扬州府志》卷一载：

> 四方贾人，新安贾最盛，关陕、山西、江右次之，土著什一而已。然贾人亦矜门地，颇附于儒雅，耻自居驵侩。

明清两代，江西与扬州两地之间的通商非常频繁，货物以食盐为大宗，盐商扮演了物流的主角。当时来往于扬州和江西之间的商人，有扬州人，也有江西人。清初人石成金《雨花香》记载贩盐到江西的扬州商人说："康熙初年，扬州有一人姓陈，名友德，年四十余岁。性最爱洁，每喜穿玉色极细布袍，石青缎套，常坐船至江西、湖广卖盐。"民国时人李伯通《丛菊泪》描写一个在两淮地方做盐商的江西商人说："彼姓鱼的，著名江西老表，是行着票盐的所谓山阳朋友。"这是扬州与江西之间经商的历史在文学中的反映。

扬州与江西之间的通商，也带来了文化的交流。明代剧作家汤显祖是江西临川人，经常往来扬州。他所撰《紫钗记》《牡丹亭》《南柯梦》《邯郸梦》等"玉茗堂四梦"，其中的《牡丹亭》《南柯梦》都以扬州为背景。清代扬州康山草堂的座上客蒋士铨是江西铅山人，他的"藏园九种曲"中的《四弦秋》杂剧和《香祖楼》传奇，都是在扬州写成的。此外，近代扬州琴家刘少椿，原籍陕西富平，十五岁随其父至江西南昌做食盐生意，经常奔走于南昌和扬州之间。民国初年，刘家定居扬州，开设"裕隆泉盐号"谋生，刘少椿拜广陵琴派传人孙绍陶为师，从此成为广陵派传人。

（二）扬州的赣商

我们今天还能看到多少赣商在扬州的遗迹，了解多少赣商在扬州的故事呢？

在扬州南河下中段，有一处不引人注意的地方，那是江西会馆遗址。虽然现在那里只有一点老房子的痕迹，当年却是十分宏伟的建筑。据《扬州览胜录》描述："江西会馆，在南河下，赣省醮商建，大门中、东、西共有三。东偏大门上石刻'云蒸'二字，西偏大门上石刻'霞蔚'二字，为仪征吴让之先生书。首进为戏台，中进大厅三楹，规模宏大，屋宇华丽。每岁春初，张灯作乐，任人游览。"江西会馆以古人所绘二十四幅"水篆"最为出名，后来不知所之。会馆中的戏台，曾是扬州有名的演剧场所。光绪年间的《点石斋画报》报道过扬州江西会馆演剧的新闻，说："扬州南河下江西会馆，连日演戏。馆主素性豪迈，纵人游观，故两廊小台上无虚座，无隙地。"画报所绘的江西会馆，高大宽敞，可惜已不复见。

扬州丁家湾的四岸公所，也是江西盐商在扬州从事盐运的历史见证。公所在丁家湾西端，有一座高大的门楼。按照清朝廷规定，湖南、湖北、江西、安徽四省的食盐均须从两淮盐区运出，故四省盐商大量聚集于扬州。所谓"四岸公所"，就是湖南、湖北、江西、安徽四省盐商议事的地方。扬州之盐，凡是销往四省口岸的，其运盐的先后、载盐的多少、购盐的贵贱，都必须由湘、鄂、赣、皖四省商人的代表议定，于是四岸公所便应运而生。

现存赣商在扬州的老宅或遗构，除上饶卢氏、临川廖氏的旧宅之外，就数吉安周氏和萧氏的旧宅了。

卢宅位于扬州康山街，始建于清光绪年间，是扬州现存规模最大的盐商住宅建筑之一，主要建筑有百宴厅、藏书楼和意园等。当时盐商卢绍绪以"卢庆云堂"的名义，花了八千两银子购得康山街南北两块空地，在此建造七开间房屋七进，各种厢、披、廊、亭合计二百余间，前后走廊十三道，大小天井十七方。整个宅第历时三年建成，共费银七万八千余两，为晚清扬州民宅之最。

廖宅位于扬州南河下，门楼极其恢宏精美，水磨砖的平滑、细腻、方正尤其令人感叹。整个建筑分为三路，中路最为完整。厅内有巨柱，柱础为上等石料精工琢成，花纹清晰异常。厅内上方有天花板，梁上悬挂着三方巨匾，中间是"世彩堂"三个大字，东面是"同规往哲"四字，北面是"乡国垂型"四字。厅堂构筑极为考究，通面阔五间，三间置廊拱卫，严谨恢宏，气宇轩昂。厅堂上悬挂的匾额已近百年，至今完好如初。

与吉安相关的大盐商是周氏和萧氏。

周宅在扬州青莲巷，步入巷中，东侧有一门，其貌不扬，进去后却别有天地。门里是一方大院，四周为两层木楼环抱，其中一角房檐直指青天，气势非凡。楼梯已经破损，但人行走其上，依然稳当。登上二楼，可俯瞰大院，仰望苍穹。西侧又有一座水磨砖高峻门楼，是周家的大门。站在这高大整饬、严谨肃穆的门楼前，教人感到历史的深不可测。除了雄伟的大门，里面也还有一些东西可看。一是东面高墙上四个砖雕大楷书"紫气东来"，沉静端庄，神完气足，百余年来竟然保存得完好无缺。在广陵路上有洋式红砖楼房两栋，一南一北，也是周氏的住宅。周氏身处封建末世，却勇于汲取欧洲建筑风格，不能不叫人惊讶。

萧家在扬州盛极一时，本有多处房产，但时过境迁，旧踪难觅。据萧家后人告诉我，现在扬州较成规模的相关遗迹，就是埂子街的愿生寺、丰乐街的天宁寺华严阁和古运河边的长生寺弥勒阁了。愿生寺曾是剧团宿舍，后经修复，现有山门殿、大雄宝殿、藏经楼和配套廊坊等。天宁寺现有山门殿、天王殿、大雄宝殿、藏经楼与华严阁等。其中的华严阁，是萧芸浦去世后由翟氏独资修建。长生寺原在扬州城东，寺早毁，唯存弥勒阁。近年发现《诰授荣禄大人萧公芸浦家传》，可谓是赣商的重要史料。

（三）赣商的影响

江西盐商在全国有很大的影响，理应对其历史加以梳理和记录。江西省吉安市档案局主编的《吉安盐商旧闻》一书，具有重要的史料价值，由江西人民出版社出版。书中包括胡元海、胡品高、萧芸浦、周扶九、萧筱泉、萧衡才、刘厚生、刘居吾等赣商的传记，可以看出江西盐商的几个特点：

一是审时度势，在商言商。

第一代吉安商人往往出身农家或儒生，因各种原因进入商界。而一旦步入商界，他们就会锐意精进，力求有成。胡品高世代务农，家庭贫穷，少入私塾读书，因生活所困而往衡阳学徒。太平天国战争后，借着盐务复兴之机，胡品高乘势而上，几乎一夜成功。周扶九在盐业生意成功后，又将资本在长沙、常德等地开设钱庄，不到二十年工夫，上海、南京、扬州、镇江、徐州、武汉、南昌、九江、赣州、吉安、芜湖、湘潭等地都有他的钱庄。辛亥革命时，周扶九又很快将资本从扬州转移到新兴工商业城市上海，成为上海地皮大王。萧芸浦也是天生的经商干才，尽管他"书法上追钟王"，但却"屡试春官不第"。其后萧芸浦"侨居维扬，承父命经营盐务"，从此开始了他的盐商生涯。

二是急公好义，乐善好施。

扬州的江右帮商人，自周扶九起就支持辛亥革命。北伐军经过扬州时，在扬州的江西商人冒险犒劳国民革命军。刘居吾时任扬州江西商会会长，带头募集犒酬，独自筹洋八万，以扬州江西同乡会名义捐赠北伐军。在公益事业上，萧芸浦的见解和胆识与众不同。庚子之变后，"洋盐"欲进口中国，大家明知会带来什么恶果，但是"官商皆知其非，而莫敢发言"。这时只有萧芸浦站出来力陈利弊，才终止此议。光绪十一年（1885）黄河郑州段决堤，人民受灾严重，两江总督曾国荃亲临扬州，筹资赈灾。船一靠岸，曾国荃就送信请萧芸浦到船上议事，萧芸浦当即表示捐金六十万。曾国荃欣喜地说："君一言而活数十万生灵！"

三是崇尚文教，敦厚家风。

萧芸浦富甲一方，却爱好风雅，"唯日携茶灶、诗筒，徜徉于廿四桥、平山堂之间"。他在南河下有书斋，名梅影书屋，内多藏古物，从商周铜器到宋元古籍无所不藏。有客来访，萧芸浦一边品茶，一边鉴古，"若忘其身在城市也"。同治间，萧芸浦、萧筱泉兄弟捐赠二千两白银修复被太平军战争毁坏的吉安府阳明书院。光绪间，萧筱泉又为江西捐建两所书院。刘厚生忠厚谨慎，聪敏好学，虽然少年辍学，从商后仍不懈求知。他精通算术，擅长书法，与人处事都有卓识远见，俨然儒商风度。

2015 年 12 月 18 日，我接到萧氏盐号总经理刘居吾后人刘大卫从昆明发来的短信，说："花了七年时间想与您谋面，此次得来好不费心。"原来，他七年前获睹拙著《风雨豪门》，拙著多处言及吉安盐商。据刘大卫介绍，他的父亲和大伯都在扬州南河下出生，并在扬州读小学，1937 年全面抗战爆发后离开扬州。他的父亲和大伯住在扬州江西会馆和花园巷，对扬州有太多的记忆。他一直在记录父辈的口述历史，希望得到我的支持，我自然义不容辞。2017 年 7 月 16 日，我去苏州参加江苏书展，赣商后人周湧邀我在金鸡湖畔老北门饭店共进晚餐，席间再次提到请我为《吉安盐商旧闻》作序之事，我欣然答应。多年来，他们热心整理家史，周咨博访，巨细无遗，撰成《莳园记忆》书稿，可谓执着的赣商研究者。明清两代赣商、晋商、徽商均活跃于长江流域，但关于赣商的记载与研究都显然偏少，这也是我勉力支持他们的原因。

前几年，在扬州城外的十二圩发现一块刻有"江右吉安会馆屋宇基地官业"字样的石碑。媒体来访，我表示该碑为清末民初遗物，颇具历史价值。它不仅见证了十二圩的历史，也见证了吉安帮的行踪，具有重要的意义。该碑横卧于居民家石阶之上，青色板，长方形，上端横刻"江右"，中间竖书"吉安会馆屋宇基地官业"，左侧刻"本会馆墙外有余地三尺"字样。我们以前只知道扬州城里有江西会馆，此碑证实扬州城外也有吉安会馆。

吉安盐商艰苦创业和搏击商海的盛衰史，是中国商人的生动缩影，也是留给后人的宝贵财富。他们的身影已渐行渐远，需要识者大力抢救，潜心结撰。我相信，《吉安盐商旧闻》一书的问世，必将成为中国盐商研究的重要文献。

"南北东西不失家，风水为乡船作宅。本是扬州小家女，嫁得西江大商客。"重温白居易的《盐商妇》，愈加感到江西和扬州关系之密切。

三　明志沉箱杜十娘

不会风流莫妄谈，单单情字费人参。

若将情字能参透，唤作风流也不惭。

——（明）冯梦龙《杜十娘怒沉百宝箱》

　　人到瓜洲，就会想起"京口瓜洲一水间"的名句，"杜十娘怒沉百宝箱"的悲剧。杜十娘的悲剧出自明人冯梦龙的《警世通言》。但据研究，在《警世通言》之前已有杜十娘的故事流传，杜十娘沉江很可能是一个真实的事件，在民间传播中逐渐戏剧化，从而成为文学故事。

　　杜十娘为爱情而死的文学主题，几乎是没有疑问的。但是细论起来，也不那么简单。几年前，我和上海交通大学媒体与设计学院教师、美国加州大学戴维斯分校访问学者崔辰女士，在报纸上有过一场公开的讨论，主题是:《杜十娘，一场物质与精神的对决》。既然是一场讨论，我们当然要扮演不同的角色，以求讨论看起来波澜迭起。虽然时间已经过去了几年，现在看来这场讨论还有意义。

　　古渡瓜洲新建了一个广场，叫杜十娘广场。广场的中心是一尊手捧百宝箱的杜十娘塑像，她就是著名文学人物——杜薇，也即杜十娘。塑像后面是一道半月形的画廊，上面雕刻着杜十娘怒沉百宝箱的传奇故事，文本是我写的。我之所以关注杜十娘，一是因为《杜十娘传说》已经成为扬州的非遗项目，二是因为扬剧有一出戏叫作《杜十娘》。

为什么要讨论杜十娘呢？因为常有人问，扬州历史上的文学人物那么多，为什么一定要讨论一个妓女呢？

我觉得这个问题十分可笑。

第一，妓女并不是杜十娘自己选择的职业，而是社会逼迫她就范的结果，她自己一直反抗这种身份，竭力想跳出这一火坑而不能；第二，纵然是妓女，古今中外也不乏侠义人物，如外国的羊脂球、中国的红拂女都是可钦可敬的侠女典型，近代风尘女子小凤仙更是慧眼识英雄，至今传为美谈。

今天谈论杜十娘，并非发思古之幽情。恰恰相反，在物欲横流、信仰缺失的世风之下，我们需要呼唤一个为爱情献身的古代女性形象，呼唤理想主义的回归。

崔辰认为，作为对于生命的抉择，她不很认同杜十娘的做法。在她发现爱情无望时，投江并非唯一的出路，但是杜十娘选择了最激烈也最极端的一条路。杜十娘虽然名垂青史了，但她在怒沉百宝箱的同时，也抛弃了比百宝箱更为珍贵的生命。崔辰不赞成杜十娘采取投江这种决绝的做法。杜十娘爱上的是李甲那样的官宦子弟，对李甲的懦弱和不独立，她应该是有预料的。至少在她选择了李甲并赎身之后，即他们同居之后，她可以透露给李甲一些实际的经济能力，让李甲知道，即使不回老家，不靠爹娘，他们依然可以到另一个地方活下去，过自己的幸福日子。

扮演杜十娘的演员告诉我，她虽然仰慕杜十娘的人格，但也不完全赞同杜十娘的做法。杜十娘的悲剧在于她追求纯情，否则就毋宁死。她没有把百宝箱之事预先告诉李甲，觉得如果把此事告诉了李甲，他们的爱情就不那么纯粹、纯洁和纯真了。李甲固然不值得杜十娘为之一死，但是杜十娘之死也不单是为了李甲，是为了她自己心中理想的破灭。杜十娘把自己的身家性命托付给了一个不靠谱的男人，所以当这个男人背叛她的时候，她的精神就崩溃了。一个为理想而死的人，应该是感人和崇高的。

对此，崔辰说，她反对的就是这个——把自己的身家性命托付给一个男人，当这个男人背叛了她，她就觉得自己的精神世界崩溃了。其实每个人都得首先为自己的终身负责，而不是把终身交付给任何别人。所以，杜十娘的信仰是寄托在别人身上的，只是冠以"爱情"的美名。崔辰觉得，在爱情观、生命观、人生观方面，杜十娘传导出来的价值观念是错误的。如果要说纯粹的爱情，那恐怕只能存在于诗词歌赋中，世俗的爱情是经不起考验的，人性本身就很复杂和脆弱。两个人长久的关系，哪怕呵护到极致都可能破裂，何况是刺探对方弱点的所谓考验。现代女孩难道没有人重复杜十娘的决绝吗？有的，怒而一搏，以生命或其他各种方式对自己的放弃，来证明曾经的真情多么伟大。对于几百年前的杜十娘，尚且有更多智慧的方式惩罚无良之人，同时重新获得自己的新生，更何况现代女性呢？崔辰说，爱情经不起考验，生命不可以决绝。

是的，杜十娘把投江看成解决矛盾的唯一路径，其实她还有其他的方法。但是我们要承认，这是文学，文学可以而且允许创造典型环境和典型人物。晚明是一个孳生西门庆、魏忠贤的时代，是一个盛行拜金主义、纵欲主义的时代，也是一个物质过剩、精神缺钙的时代。杜十娘之死，应是文学家企图疗救理想缺失的社会痼疾的良药，她若不死无以撼动国人麻木的心。当年谭嗣同也是想以一死唤醒国人的，至于秋瑾的血被用来当成染红馒头的药引，这不是秋瑾的错。一个民族，一个国家，不能都是一些过于务实的人。对于那些宣称"宁可在宝马车里哭"的人来说，你不觉得她们需要杜十娘精神吗？

崔辰反问道，如果伴随杜十娘跳入江中的，没有百宝箱，只有她自己，那这还能成为一个故事吗？她还能成为文学中一个人物吗？自古以来，很多行为，必须伴随对物质的鄙视才是高大的。崔辰认为，这在某种程度上，和"宁愿坐在宝马车里哭"是一样的出发点。人不能成为物质的奴隶，但物质有时候确实能创造幸福。崔辰设想，当时杜十娘可以选择在李甲长吁短叹之时，给予船家银两，请他们帮助离开瓜洲，远离李甲和孙富这两个男人，在其他地方开始新的生活。这样文学史上可能没有了杜十娘，但是却多了一个平静自足的女子，有何不好？

我承认，我更多的是从社会整体去考虑杜十娘的价值，而不是从女性个体来考虑杜十娘的选择。杜十娘可以视为时代需要的精神图腾，而不是让大家去仿效的社区好人。讴歌杜十娘，并不是号召青年学习她投江殉情的做法。我不希望现代女性一遇到问题就去投江，那样一条长江都不够投的。至于百宝箱，一扔下去没准就被人捞起来，江边的看客可能早就盘算怎样去捞宝，为占据最好的位置争吵不休。捞百宝箱的人说不定比救杜十娘的人更多，因为那比抢红包强得多。救杜十娘的人没准也会担心，杜十娘被救上岸后会不会向他们讹诈医药费。没有多少人能耐心听完杜十娘在沉江前的大段说白——这正是精神匮乏的今天需要杜十娘的根本原因！

崔辰觉得，因为杜十娘的故事有着对现代人的影响，就要考虑她身为一个女性的选择，在当下是否可以重新思考。不谈男性或者女性的立场，任何一个人最重要的使命，就是让自己好好地活着，快乐地活着，用从内心散发的光芒照亮自己，而不是依靠他人照亮自己。

可是我认为，杜十娘的价值要站在人类精神的高度去评判。杜十娘代表了人类精神的巅峰——纯粹、完美和圣洁，她不受玷污，不容动摇，不作妥协。杜十娘像火把，在人类追求道德完善的征途上引领我们前进。杜十娘是不会死的，她活在瓜洲渡，活在文学中，活在每一个没有丧失理想的人们心中。

现在谈谈杜十娘的传说。

　　杜十娘怒沉百宝箱是发生在大明万历年间瓜洲渡口的真实事件。当时船上的舟子和岸边的路人，都纷纷痛责李甲的薄幸、孙富的贪婪，并在事后衍生出若干后续的传闻。因为瓜洲所处的特殊位置，杜十娘的故事很快传遍大江南北。松江文人宋懋澄听到杜十娘的壮烈之举后，便将此事写成《负情侬传》，读者纷纷传抄引述。其后，姑苏文人冯梦龙又将真实事件和民间传说加以综合，并以《负情侬传》为蓝本，敷衍成《杜十娘怒沉百宝箱》传奇，收在《警世通言》之中，把杜十娘塑造成了千古女侠。但杜十娘的悲剧结局，让人难以接受，所以民间又产生出杜十娘跳江后被救的情节。这些情节也被后来改编的戏曲所采用，但长春电影制片厂拍摄的电影《杜十娘》仍然是悲剧结局。

　　杜十娘的故事一度传入朝鲜半岛，引起持久的反响。各种中国文学史里，都对杜十娘给予极高的评价，相关的话本还被收入中学语文教材。无论怎么说，杜十娘虽然死了，她的故事并没有终结。杜十娘投江一刹那的身影定格，是理想主义者的一道闪电。我和崔辰都同意这一看法。

　　在杜十娘广场落成之际，瓜洲方面让我为杜十娘的一生撰写连环画式的简短说明，我于是挥笔写道：

　　一、一见倾心。明朝万历年间，京城名妓杜十娘与绍兴书生李甲邂逅相会。李甲对十娘一见倾心，互吐爱情。

　　二、床头金尽。时间一久，李甲床头金尽。老鸨见他一文不名，赶他出院，否则拿三百两银子为十娘赎身。

　　三、借贷无门。李甲到处借贷，但人们见他出入秦楼楚馆，都不肯借钱与他。李甲自觉无脸再见十娘。

　　四、乘舟南下。幸而十娘拿出私房积蓄，加上姐妹慷慨解囊，才凑足三百两银子。赎出十娘后，有情人乘舟南下。

　　五、相濡以沫。一路之上，十娘与李甲相濡以沫，卿卿我我，度过了人生中一段短暂而欢愉的时光。

六、见色起意。一天，十娘与李甲船泊瓜洲。正巧邻船扬州盐商子弟孙富窥见十娘貌美，见色起意。

七、威逼利诱。孙富为得到十娘，设宴灌醉李甲。懦弱的李甲在孙富的威逼利诱之下，答应将十娘转送孙富。

八、万念俱灰。十娘得知自己最信赖的男人，竟然将自己卖给歹人孙富，一瞬间万念俱灰。但她很快镇静下来，收拾百宝箱，取出菱花镜。

九、沉江明志。瓜洲渡口舟楫如林，客商云集。十娘身着盛装，手捧宝箱，怒斥李甲薄情，孙富不仁。说毕，沉江明志，悲风顿起。

现在扬州城南的瓜洲渡口，还有纪念杜十娘的沉香亭，在潇潇江风中讲述那段悲剧故事。

四　石头新记曹楝亭

广陵截漕船满河，广陵载酒车接轲。

时平政和粟米贱，官闲事少宾朋多。

从来淮海盛文宴，近时翰墨崇贤科。

春寒连朝愁跨马，泥途跬步谁相过。

瓦厅深深架岸舫，竹窗影影摇清波。

已遣长瓢涤三雅，更分小户排双螺。

——（清）曹寅《广陵载酒歌》

"一石激起千层浪。" 2017 年夏天扬州大虹桥一块断碑残碣的偶然现世，激起红学界寻幽探秘的热情。据说女娲补天时剩下一块顽石，原先弃于青埂峰下，后来遁入红尘界中，历尽人间悲欢。因为《红楼梦》写了顽石故事，故又名《石头记》。

不过《石头记》并未写完，由高鹗续补了后四十回。岂料后来江南一带多次发现与曹家有关的碑石与残石，如南京明孝陵、镇江江天寺、来安尊胜院都发现过署名曹寅的碑石。而与曹家关系最深的扬州，也演绎了一场"新石头记"。

（一）1718：曹公祠的来历

2017 年 6 月 26 日晚间，记者来电说，扬州大虹桥修缮工程中发现一块残碑，落款曹寅。27 日一早我赶往大虹桥，桥正大修，基本封闭，在桥北临时筑起土埂，以便行人。走上桥顶，才知道残碑位于桥东南一侧栏杆下，被水泥固定在桥上。碑面朝北，字迹清晰，可见"公后尘""康熙五十一年（1712）岁在壬辰四月江宁织造通政使司通政使盐漕察院曹寅题"等字。下有二印，一为"曹寅之印"，一为"荔轩"。

这块残碑的发现，使人想起多年来红学界屡访而未得的曹寅画像碑。画像碑原来是放在曹公祠的，曹公祠毁后，碑被移至瘦西湖。扬州为什么会有曹公祠呢？

原来，自康熙四十二年（1703）始，曹寅与李煦奉旨轮流兼任两淮巡盐御史，直至曹寅在扬州病逝。曹寅在两淮巡盐御史任上的作为，得到当时朝野的一致好评。他在扬州的衙门称为两淮巡盐御史廨署，或盐漕察院、扬州盐院、扬州使院，在今汶河北路皇宫广场。据乾隆《两淮盐法志》，衙署有三路三进，东起一路是花园，南有观风亭，北有来鹤轩。二路为正堂，门外有牌坊，两侧有县府署、兵道署、盐道署。门内大堂为察院，二堂为执法堂，三堂为省心堂，最北有仕学轩。三路最南端是山石泉水，泉上有桥，桥后有轩，又有柏台书舍、开卷堂、台鉴亭等。墙外是箭圃，为曹寅骑射之处。曹寅在扬州的政绩，如修缮天中塔、复建高旻寺、营造三汊河行宫等，均深得康熙赞赏。后曹寅又奉旨在扬州校刻《全唐诗》和《佩文韵府》，并死于扬州任上，足见其鞠躬尽瘁，死而后已。曹寅在扬州病危时，康熙亲赐圣药，可惜药未到而身先死。曹寅去世后，张伯行在祭文中称："两淮盐课为财赋要区，公则悉心经理，尽力缉私，诸如请蠲逋，议疏通，绰然有赋充商裕之机权。"因为曹寅有如此政声，所以在他死后六年的康熙五十七年（1718），扬州商民在小东门街太平坊建曹公祠，以祭祀曹寅。

关于曹公祠，嘉庆《重修扬州府志》载："曹公祠，在太平坊，祀康熙间盐政曹寅。康熙五十七年（1718）建。"乾隆《重修江都县志》载："曹公祠，在小东门街北，祀国朝巡盐通政司曹寅。"曹公祠旧址在今小东门附近。可惜的是，两部志书都没有提及曹公祠的画像碑。

（二）1954：曹寅画像碑的发现

曹寅画像碑的发现是在1954年。据原扬州市城建局局长朱懋伟回忆，约在1954年的一天，名医耿鉴庭邀他到瘦西湖月观议事。他们在小金山棋室后发现有个小杂院，平时并无闲人出入。耿鉴庭发现棋室后墙嵌有一块石碑，高约三尺，宽约二尺，碑身长满青苔，表面已有风化。石碑上部刻有一头戴斗笠的人像，下部刻有近三百字的跋文。经仔细辨别，是曹雪芹祖父曹寅的画像和曹寅生平的跋文。耿鉴庭精于医药，也通晓金石考古，时任扬州文物管理委员会委员。

关于石碑的具体情形，扬州大学教授黄进德《曹寅在扬治绩述略》一文记道："十年前，周汝昌先生获悉，扬州小金山麓原有楝亭小像石刻，后移他处，石亦残毁。其后耿鉴庭先生告以石刻发现经过。耿先生回忆说，刻像官服，正坐，面方形，有小须。世有拓本三帧，但耿先生手中无存。周先生以为，'原石既残，此诚异宝。盖价值不止在其本身，且可据以参订雪芹画像面型之合否'。此件楝亭石刻小像，据我推测，盖系曹公祠旧物。根据耿先生与熟悉、关心乡土文物的同志提供的线索，我曾与南京博物院、扬州博物馆联系，请予协助，多方寻访，杳无踪影。1982年秋，全国红学会第三次学术讨论会在上海师院召开。会议期间，世传陆厚信所绘曹雪芹画像真伪问题争议方酣，传闻会前耿鉴庭先生曾邀作家端木蕻良夫妇观赏耿先生珍藏楝亭石刻小像拓片。端木夫妇所见石刻拓片，小像下端有云彩图案，足征小像刻于曹寅仙逝之后。闻讯之余，令人仿佛进入了一种'远山初见疑无路，曲径徐行渐有村'的境界。惜乎，当时端木夫妇匆匆驱车而往未摄影留存，而拓片竟至今未见刊布。无从目验，实为憾事。不知扬州别有收藏者否？"

2017年6月27日上午，我离开大虹桥后，即往大虹桥路黄进德寓所拜访。我告诉黄先生大虹桥新发现曹寅碑一事，他颔首赞赏，十分高兴，但因他在病中，未能多谈。

（三）1965：曹寅碑的迷失

曹寅碑的发现，在当时并未引起轰动。因为《红楼梦》虽是小说，但在特殊国情下常被卷入政治运动之中。一次次事关《红楼梦》的批判令人谨言慎行，所以凡与《红楼梦》有关的事物，人们都讳莫如深，曹寅碑也渐渐被人遗忘。加上曹寅碑被发现后不久，知情人耿鉴庭调到北京工作，周邨调到南京工作，曹寅碑再也无人问津。

什么时候发现曹寅碑不翼而飞的呢？1965年，时任扬州市城建负责人的朱懋伟突然接到文化部连续发来的两份电报，要求寻找那块刻有曹寅画像和跋文的石碑，并将详情报告文化部。朱懋伟随即向副市长钱承芳汇报，并与市文化处长张青萍一起到小金山寻找石碑。奇怪的是，石碑不见了。经向园林处询问，得知石碑在棋室修缮过程中被损毁。我后来得到的消息是，在重砌棋室后墙时，因石碑向外倾斜，瓦工在矫正石碑时用力过猛，致使石碑断裂。为掩饰这一过失，当事者索性将石碑砌进墙体，从此曹寅碑不见天日。

此后，相关部门多次寻找，均无踪影。周邨、耿鉴庭二人所藏碑拓，也不知去向。其后若干年中，寻找范围不断扩大，从棋室扩大到小金山，乃至扩大到四桥烟雨楼，但历次搜索都一无所获。陈从周《梓室余墨》记此事云："曹雪芹祖曹楝亭（寅）在扬州盐运任中，曾刻石像作便装。此石后在瘦西湖，1961 年前修建风景点建筑时，被作寻常石料用，埋嵌何处，终未觅到。"值得注意的是，陈从周认为曹寅碑的消失是在 1961 年，较朱懋伟的说法更早。

（四）1998：曹寅四像一无踪

曹寅画像其实并非只有扬州才有。1998 年秋，红学家周汝昌作《楝亭四像一无踪》一文，考证曹寅画像说："据今所知，至少已有四种曹公像，或绘或塑，或镌刻于石。"

周汝昌说的四种曹寅像，其一在南京聚宝门雨花台曹公祠。可是太平天国为建天王府，将包括曹公祠在内的古建筑悉数拆尽，曹公祠片瓦不存。唯有《如我误》一书中，提到南京曹公祠中有曹寅像。其二是清代扬州名画家禹之鼎，绘有《曹寅行乐图》，详见周汝昌《恭王府考》。此图由民国有正书局影印，原件是否存世不得而知。其三周汝昌并未详说，但他对扬州的曹寅碑叙述最详。

关于第四种曹寅像，周汝昌写道："南京的不再多谈，且说扬州。以前不知扬州的事，后听中医研究院老名医耿鉴庭口述：他是扬州人，本来曹寅祠有一石刻像，'文革'时被砸碎作了江边筑堤石，他幸于未全毁时发现而拓了三张，一份自存，一份交文管处，第三份给了谁，记不清了。我恳切向他求观自存的这幅墨拓本，他说'找不见了'，并云再问文管处，答言并无此件。总之，已无可奈何，云云。1983 年到沪参加'红学会'，端木蕻良先生先已到达，我去看他，他提起已在耿处见过了此一拓像，我很惊奇。因而约定回京后一同访见此一珍品。回京后我写信与他，盼践前约。可是信去之后，总未回复。因不知此中有何奥秘，恐怕惹出是非，便打消了'求见'的念头，以迄于今。"据此，另一位红学家端木蕻良曾经亲见曹寅碑拓片，但此后拓片杳如黄鹤。

（五）2004：小金山寻碑亲历记

最近一次大规模搜索曹寅碑，是在 2004 年 10 月中旬，我亲历了寻碑的全过程。当时国际《红楼梦》研讨会在扬州召开，红学家冯其庸也来到扬州。10 月 10 日晚，我到迎宾馆冯其庸下榻处拜会他，席间谈起曹寅碑的新消息。所谓新消息，就是当年修缮小金山时毁坏曹寅碑的老瓦工，在年迈之际心生悔意，坦承曹寅碑被毁情况，并说残碑砌在月观后墙中，而非棋室后墙中。冯其庸听到这个消息后大喜，决定次日不参加会议，而到月观探碑。次晨八点，我到迎宾馆陪冯其庸等一起来到月观。根据知情者所指，由瓦匠凿壁多处，却未见到石碑，只得作罢。后来冯其庸有诗云："红楼一梦梦正长，梦里曹寅字里藏。忽报小金山下路，当年画石尚留墙。"即咏此事。

此后，冯其庸在《扬州散记》中追述此事："这次在扬州，除了参加隆重的国际研讨会，会见了许多老朋友和新朋友外，却有几件令人难忘的事，值得一记。第一是以往一直听说有一块曹寅的画像石碑，故友耿鉴庭大夫说有拓片要送给我，但一直没有找到。但他告诉我原碑在瘦西湖小金山堤岸一带，可能砌在堤岸上了。我以前多次去小金山察看却毫无影踪。这次有人告诉我已有了确切的消息，是在月观的后墙里。我们到月观仔细察看，并有数人用凿子敲敲墙壁，却仍是毫无踪影。之后，老友朱懋伟告诉说在月观后面的墙里，他还亲眼看过。于是约好日子，他带领我们进入月观后面的一小片杂草杂树丛生的小园里，在围墙上又认真地凿敲一番，仍是毫无影踪。据朱兄回忆，月观后的这个小园似已经变动，与原先的印象不一样了，但他确是在这里看到的，画像上还有题记。此石最多是被砌设在月观的哪一面墙里，不可能被毁坏。好在月观不久就要拆建，等到拆建时，总能拆出这块令人系念的曹寅的画像石碑来。"冯其庸最后说："这次虽然没有找到这块曹寅碑，但总比以前渺茫的传说踏实多了，而且希望在即，不能不说是一桩值得一记的事。"

然而直到冯其庸去世，曹寅碑也未能重见天日。

（六）2008：曹寅石碑另一说

关于曹寅碑的扑朔迷离，还有一说。2008 年 12 月 27 日下午，考古专家朱江的《扬州园林旧游记》在朱自清故居举行首发式。朱江与家父韦人同事，和我熟悉，我也参加了首发式。《扬州园林旧游记》谈到湖心律寺时，提到了曹寅碑，但与前说大不同："据已故省政协委员黄汉侯先生语我，在（湖心律寺）僧房外壁转角处，嵌有一通如人之大的曹寅履笠画像碑。惜在二十年前，一次拆墙修墙的过程中，不知所在了。世人皆知曹寅其人系《红楼梦》作者曹雪芹之祖父，且官于扬州，雕版于扬州，和扬州的渊源很深。因之，曹雪芹本人以及《红楼梦》和扬州的关系，也较诸密切了。曹寅画像碑的失落，引起文艺界和史学界的关注。昔闻乡人耿公鉴庭，曾经传拓过数本，似亦稍可补其憾矣。"黄汉侯是扬州文坛耆旧，他说曹寅碑不在棋室，也不在月观，而是在湖心律寺，这一点十分特别。

我后来为《扬州园林旧游记》作补校，认为此书虽只三万字，但它是一本有价值的书。它的价值首先是历史，然后才是文学。中国园林的修复，常常面临两难的境地——年久失修，容易倒塌；一旦重修，又难免失真。朱江所记乃是他 1978 年所见，但是仅仅三十年之后，园景便已多所改易。例如，冶春园中的红楼今已不存，朱江想重做一场"红楼梦"，也不可能了。再如，小金山原有的曹寅碑今仍无踪影，耿鉴庭纵然再生，想作拓片也是枉然。

后来朱江再次谈到曹寅碑，认为如有曹寅像碑，也是后人移至此地。他说，1949年后扬州最大的一次碑石异地保存，是在1951年，那时在沿史公祠至平山堂的瘦西湖一线举办苏北物资交流大会，把史公祠、香影廊、绿杨邨、长堤春柳、徐园、小金山、法海寺、五亭桥、观音山和平山堂整顿修葺一新。其时朱江在徐园办公，"但未闻'曹寅像碑'之说，亦未见月观有此"。1956年对扬州文物古迹作普查，亦未发现"曹寅像碑"。他觉得曹寅碑还有两个藏身之处，即市博物馆碑刻库房和皮市街耿家巷耿家。如能获得，他愿为红学家们高唱一声"南无阿弥陀佛"。

（七）2017：曹寅残碑试读

曹寅残碑的全部文字，就是正文末尾的"公后尘"，落款"康熙五十一年岁在壬辰四月江宁织造通政使司通政使盐漕察院曹寅题"，以及印章"曹寅之印"和"荔轩"。按曹寅，字子清，号荔轩，又号楝亭。从碑上的字迹与印章来看，应是真品，并无造假之理由。我的初步释读意见是：

第一，大虹桥初为明崇祯间木桥，清乾隆初改为石桥，今桥为1972年扩建。因扬州不产石头，所以残碑极有可能被当成普通石材用于修桥。大虹桥经过多次修缮，到底何时嵌入桥体不得而知。

第二，有材料说，曹公祠于咸丰年间毁于太平天国兵燹，则曹寅碑当是在祠毁之后，由好事者从城里移至湖上的。

第三，碑文撰写的时间是康熙五十一年（1712），这一年曹寅刚好编成《楝亭集》，书成后数月曹寅病逝扬州。我在残碑发现后当晚查阅《楝亭集》，未在书中看到以"公后尘"三字为结尾的作品。依此推测，残碑上的文字应是《楝亭集》成书之后新作。"公后尘"之前应缺一"步"字，为"步公后尘"，"公"指某位先贤。

　　第四，江宁织造、通政使司、盐漕察院，均为曹寅所任官职无疑。

　　第五，第二枚印章曾被误读为"荔草轩"或"荔轩草"，均误。其实就是"荔轩"，即曹寅之号。之所以误读，是因为印文中"荔"字下多个"艸"字，误以为这是独立的文字。其实古人先例，可在本字之外另加部首，如"草"字下加"艸"仍读"草"，而非"草艸"。这是篆刻家为了字形结构的美观，而增加部首的变通做法。现成的证据，是该印中的"轩"字，偏旁不是一个"车"而是两个"车"。另外，在镇江《金山江天寺铁舟海和尚塔铭》残碑的曹寅署名下面，印文也有"荔轩"，其"荔"字下也多出了"艸"。

　　第六，大虹桥发现的残碑与传说中的曹寅画像碑，我曾怀疑可能是同一块碑，现在看来不像是同一块碑，但是结论还有待将来再考。

　　残碑现已从大虹桥剥离，送到扬州博物馆收藏。我希望这一关系曹氏家族与扬州历史的稀见文物，能够得到进一步的诠释。原碑究竟是何内容，因何而立，本在何处，何时被毁，又如何砌入桥内——这些都有待新观点和新材料的出现。不过，曾对此碑寄予很大关注的冯其庸、周汝昌、耿鉴庭诸前辈，均已仙逝，来不及等到结果了。

　　电视台记者来访，我有《曹寅碑有感》诗云：

　　　满城争说虹桥石，细数曹家尽残碑。
　　　难怪女娲关顾少，补天无助能怨谁？

五   渔鼓简板金冬心

> 独携小榼少人同，林木参覃地百弓。
>
> 我与飞花都解饮，好风相送酒杯中。
>
> ——（清）金农《广陵北郭花下独酌》

金农，字寿门，号冬心、稽留山民、曲江外史等，浙江钱塘（今杭州）人，扬州八怪中的长者。金农长期寓居扬州卖画，大都寄居在庙中。从他的《广陵北郭花下独酌》一诗来看，他颇有些特立独行的样子："独携小榼少人同，林木参覃地百弓。"但其实他与八怪中的朋友还是经常往来的。郑板桥曾经夸赞说："杭州只有金农好。"

金农情趣极为广泛，除了书画，对于歌曲也有兴趣，只是罕为人知罢了。世人只知道有《板桥道情》，不知道也有《冬心道情》。这是因为《冬心道情》亦名《冬心先生自度曲》，正如《板桥道情》亦名《小唱》，名称不同，所以不为人所知。

道情所唱之词，都是历代不知名的文人和艺人所撰，清代文人也喜欢以道情形式进行诗歌创作。据郑振铎《中国俗文学史》所论，有清一代，道情作家虽多，最重要的只有三家，即郑板桥、金冬心和徐灵胎。《中国俗文学史》写道：

道情之唱，由来甚久。元曲有仙佛科，元人散曲里复多闲适乐道语。道家的词集在《道藏》里者不少，曲集亦有《自然集》等。到清代，"仅存时俗所唱之《耍孩儿》《清江引》数曲"（《洄溪道情自序》）。而郑燮、金农、徐大椿诸家，却起而复活了这个体裁，或创新曲，或循旧调。金农所作，已离开道情本旨很远。郑燮最得其意。徐大椿所作，以教训为主，也还近之。

按照书中的见解，清代三家道情，扬州八怪占了其中两家。除了最得其意的《板桥道情》之外，金、徐两家道情究竟怎样呢？

金农平生未做官，曾被荐举博学鸿词科，入京未试而返。博学多才，精篆刻、鉴定，善画竹、鞍马、佛像、人物、山水。晚年寓扬州卖书画自给，妻亡无子，遂不复归。著有《冬心先生集》《冬心斋砚铭》《冬心杂画题记》《冬心先生自度曲》等。

《冬心道情》本名《冬心先生自度曲》，存五十余首。其内容有写景、抒情、题赠等，形式不拘一格。如《昨日》写道："二月尾，三月初，不风不雨春晴。送别唱渭城曲子，尚有余声。离愁无据，落花如梦人何处？酒旗山店，知昨日青骢，一鞭从此去。"虽然其中也有出世之意，但是句式和格律基本上随心所欲。《冬心道情》也不是完全不顾忌流行的格式，如开头常用三个字，这和一般道情相同。譬如他有一首很短的道情《蔷薇》："莫轻折，上有刺。伤人手，莫可治。从来花面毒如此。"形式还是近似于《板桥道情》的。但《冬心道情》只是略近道情而已，《板桥道情》和《洄溪道情》才是真正可唱的道情，故旧传"北有郑板桥，南有徐灵胎"之谚。

另有徐大椿，字灵胎，号洄溪，江苏吴江人。性聪慧，喜辩论。自《周易》《道德》《阴符》家言，以及天文、地理、音律、技击等无不通晓，尤精于医。初以诸生贡太学，后弃去，往来吴淞、震泽，专以医活人。著有《兰台轨方》《医举源流》《论伤寒类方》等医籍，另有《洄溪道情》等书。

　　平心而论，郑板桥、金冬心、徐灵胎三家道情，各有特点。道情不是一种案头文学，它必须经人传唱，才算完成。就这一点说，郑板桥的确是最成功的道情作家。而且，《板桥道情》警世醒人，深沉宏远，通俗易懂，朗朗上口，因此它在文人道情中最为流传，不是没有道理的。徐灵胎的道情共约三十首，内容多针砭时弊，教训民风，词意通俗，语气凌厉。他以道情形式寄托喜怒哀乐，也是一种独特的尝试。相比之下，《冬心道情》更注重个人情怀的抒发，显得有些异类。他的道情自称"自度曲"，也即不以现成的格律为圭臬。仅这一点，就不为人所苟同。

　　历来对于"自度曲"，学界都不大看好。如清人杜文澜《憩园词话》卷一《论词三十则》说："词学肇自隋唐，盛于两宋。崇宁间设大晟乐府，命周美成等诸词人讨论古今，撰集乐章，每一调成，即可播之弦管。于时有五声八音十二律七均八十四调，后增至百余，换羽移商，品目详具。迨南度之末，张叔夏已有旧谱零落之叹。至元季盛行南北曲，竞趋制曲之易，益惮填词之艰，宫调遂从此失传矣。有明一代，未寻废坠，绝少专门名家。间或为词，辄率意'自度曲'，音律因之益梦。"可见"自度曲"的出现，不是丰富了词格，而是使得词格显得更为纷繁。同书又说："万红友作词律，不收明人自度腔，极为卓识。词谱列调已多至八百二十有六，加以东泽绮语喜以旧调改立新名，更觉不可究诘。明人知音者少，率意命名，遂无底止。昔金冬心先生有《自度曲》一卷，序云：'予之所作，自为已律。家有明童数辈，皆擅歌喉。每曲成，付之宫商，哀丝脆竹，未尝乖於五音而不合度也。'余谓既无宫调足据，又无工尺可循，恐不免英雄欺人，不敢引以为据。"《憩园词话》还说，谢元淮"时学甚深，亦作长短句，名《海天秋角词》。又刻《碎金词谱》，仿白石道人歌曲，旁注工尺，谱虽甚精，恐不免如冬心先生之《自度曲》以意为之，未敢遽信"。可知"自度曲"一词，犹言不守规矩，任意为之。这种"曲"到底能不能唱，前人是有疑问的。

金农应该知晓音律，他的《冬心先生自度曲序》云：

> 昔贤填词，倚声按谱，谓长短句，即唐宋以来乐章也。予之所作，自为己律。家有明童数辈，宛转皆擅歌喉，能弹三弦四弦，又解吹管。每成一曲，遂付之宫商，哀丝脆竹，未尝乖于五音而不合度也。鄱阳姜白石，西秦张玉田，亦工斯制，恨不令异代人见之。若目三五少年，掯传旧调者，酒天花地间，何可与之迭唱，使其骂老奴不晓事也。岁月既久，积为一卷，广陵弟子项均、罗聘、杨爵，各出橐金，请予开雕，因漫述之如此。

据此，金农自作词曲之道情，系由他自家小班所演唱，亦可见其放荡不羁的性格。《冬心先生自度曲》的序作于乾隆二十五年（1760），这一年金农七十四岁，自号"耻春翁"。其《梅花》册页题云："吾家有耻春亭，因自称为耻春翁。亭左右前后种老梅三十本。每当天寒作雪，冻萼一枝，不待东风吹动而吐花也。今侨居邗上，结想江头，漫写横斜小幅，未知亭中窥人明月比旧如何？须于清梦去时问之。"此画作于扬州，《冬心先生自度曲》中有《题自画江梅小立轴》咏道："耻春翁，画野梅。无数花枝颠倒开。舍南舍北，处处石粘苔。最难写，天寒欲雪，水际小楼台。但见冻禽上下，啼香弄影，不见有人来。"谓此。

《冬心先生自度曲》是由弟子项均、罗聘、杨爵出资开雕的，但印数不多，在清代已不常见。苏州徐康《前尘梦影录》谈到金冬心所刻之书："旧藏冬心翁著作最备。其《自序》一卷，用宋纸，方程古墨，轻煤硏印。每半叶四行，行二十余或十余字，丁钝丁手书精刻。古香古色，不下宋椠。虽再灯下读之，墨采亦奕奕动人。余如三体诗、画竹、画梅、画马、自写真、画佛，其题计五种，皆以宋红筋罗纹笺砑印。《诗集》《续集》《研铭》用宣纸古墨刷印，皆墨笺做护面，狭签条。所未见者，《自度曲》一卷而已。"唯有《冬心先生自度曲》不易得到。

然而，《冬心先生自度曲》突破了词律窠臼，却受到了胡适的赞扬。胡适在《蕙的风》序里说："当我们在五六年前提倡做新诗时，我们的'新诗'实在还不曾做到'解放'两个字，远不能比元人的小曲长套，近不能比金冬心的《自度曲》。我们虽然认清了方向，努力朝着'解放'做去——然而当日加入白话诗的尝试的人，大都是对于旧诗词用过一番工夫的人，一时不容易打破旧诗词的镣铐枷锁。故民国六、七、八年的'新诗'，大部分只是一些古乐府式的白话诗，一些击壤式的白话诗，一些词曲式的白话诗——都不能算是真正的新诗。"胡适在这里称赞金冬心的《自度曲》，已经"打破旧诗词的镣铐枷锁"。

黄裳两次提到《冬心道情》。一次是在《姑苏访书记》里，他说："金冬心以画著名，不过他的文字写得也是很好的，写在画帧上面的小诗、自度曲、题记，刻在砚石后面的铭文……都有一种突出的特色，中间往往吐露了诗人画家的思想、感情。"黄裳认为金农是生活在封建社会的文士，他的《自度曲》中也有牢骚。另一次是在《香叶草堂诗存题跋》里。《香叶草堂诗存》是冬心弟子罗聘所著，有嘉庆元年（1796）刻巾箱本，版式仿效《冬心先生自度曲》式样，刊刻精雅而复罕传。罗聘连刻书都要仿效他的老师金农。

《冬心道情》传世甚少，但也不是没有影响。齐白石有一幅画，题作《情丝难断》，其实出自《冬心先生自度曲》。画中用淡墨勾出两节藕，还有一只莲蓬，旁题词句云："记得那人同坐，纤瘦剥莲蓬。"出自《冬心先生自度曲》，原句是："荷花开了，银塘悄悄。新凉早，碧翅蜻蜓多少。六六水窗通，扇底微风。记得那人同坐，纤手剥莲蓬。"这首曲子本是金冬心的题画，画上有荷塘、长廊，还有一人伫望荷塘的背影。启功说过，白石老人很欣赏金冬心的词："还记得，当年我双手捧过先生面赐的那本《借山吟馆诗草》后，又听先生讲了如何学金冬心的画和字。我就问了一句：'先生的诗也必学金冬心了。'先生说：'金冬心的诗并不好，他的词好。'我当时只有一小套石印的《金冬心集》，里边没有词，我忙向先生请教到哪里去找冬心的词。先生回答说：'他是博学鸿词啊！''博学鸿词'之说答非所问，或者白石老人所说的竟是《自度曲》之类也未可知。"

道情源于唐代道教所唱的经韵，后吸收词调、曲牌，演变为民间布道时演唱的道歌。"道情"一词约出现在宋代，南宋周密《武林旧事》云："后苑小厮儿三十人，打息气，唱道情。"历元、明、清，已近千年。道情在中国南北曾经十分流行，后来南方道情发展成说唱，北方道情演变为戏曲。扬州在唐宋已是道教流行地区。明代道情在扬州民间流行，到清代受众更加广泛。因其格调亦雅亦俗，曲调易学易唱，故除了游方道士之外，流浪艺人多以此为生，民间爱好者甚多。文人士大夫也常取道情形式寄兴言志，致使扬州道情品格清新，词曲脱俗，流传更广。

扬州作为南方城市，一直流行着道情。徐珂《清稗类钞》说："道情，乐歌词之类，亦谓之黄冠体……江浙、河南多有之，以男子为多。"在江浙一带，扬州是道情最流行的城市之一。明初作品《风花雪月》被扬州道情传唱至今。清人李斗《扬州画舫录》记载："大鼓书始于渔鼓、简板说孙猴子。"证明扬州道情在清代中叶已出现长篇曲目。民国以后，扬州城乡均有扬州道情艺人活动，至十年浩劫完全停止。近年来，道情又有复兴之势。

道情一般由一人或二人流动演唱。演唱场所通常在街坊、店铺、茶楼、酒馆以及内河轮船、过江渡船上，俗称"踩街"。也有固定在街市空地演出的，俗称"地摊"。民国时，少数道情艺人进入书场演唱。流动艺人称为"外档"，书场艺人称为"内档"。道情在表演时，艺人身着长衫，并不化妆，站立演唱，敲击渔鼓、简板以为节奏板眼，偶或用胡琴伴奏。

　　道情的文学形式，散文、韵语并用。散文部分多用来叙事，韵语部分多用来抒情。

　　道情所唱的曲目最初以宣传道教为主，明清后宗教色彩渐淡，世俗色彩渐浓。相传为明初朱权所作的《风花雪月》，被扬州道情艺人传唱了六百年之久，至今尚在人口。清初经过扬州十日，世风注重明哲保身，扬州石成金的道情作品多寓劝惩之意。至清中叶，扬州道情出现长篇曲目，如《西游记》。此时的短篇道情，以《板桥道情》盛行不衰。

　　扬州道情传统曲目大致分为三个方面：一是写景，即景生情，短小精悍，如《风花雪月》。二是劝世，劝人行善，莫要作恶，如《二十四孝》。三是传奇，移植自民间故事、弹词唱本、章回小说等，如《西游记》《雪拥蓝关》《庄子叹骷髅》等。扬州道情艺人曾将《三国志》《水浒传》《珍珠塔》《麒麟豹》《白蛇传》《青蛇传》《白牡丹》《落金扇》《二度梅》《封神榜》等长篇说部，及《吕蒙正赶斋》《张廷秀赴考》《梁山伯与祝英台》等民间故事，改编成道情说唱，现都基本失传。

　　扬州道情的唱词以七言为主，同时穿插三言、六言、九言、十言等。常用曲调有［耍孩儿］［黄莺儿］［倒扳桨］［清江引］［浪淘沙］［步步高］［湘江浪］等。［耍孩儿］具有羽、宫两种调式，后在扬州清曲、扬州弹词、扬剧中都得到运用。这些曲调多为元明清俗曲，在流传中鲜有变化。乐器主要是渔鼓、简板。渔鼓系用一根粗竹筒蒙以蟒皮制成，以食指、中指、无名指敲击发声；简板系用长两根竹篾制成，相互碰撞发声，作为节奏。

　　清代活跃于扬州的文人道情，主要有：《成金道情》，包括《有福人歌》《好男儿歌》《好女娘歌》等，见刻本《传家宝》；《板桥道情》，共计十首，见刻本《郑板桥集》；《冬心道情》，原名《冬心先生自度曲》，现存五十余首，见刻本《冬心先生集》。其他如《庄子》《韩湘子》《西游记》等刻本，待访。

　　《冬心道情》之写作，有描摹风物的，有赠送友人的，有题跋画作的，实与普通诗词无异。其中除了一般寄兴抒情的词章之外，也有表达愤世嫉俗的篇什，显得尤为醒目。如《题自写曲江外史小像》："对镜濡毫，自写侧身小像。掉头独往，免得折腰向人俯仰。"《戏述示学侣项均、杨爵二生》："置身天际，目不识三皇五帝。那有工夫，替人拭涕。"《秋兰词》："无人问，国香零落抱香愁。岂肯同葱同蒜，去卖街头？"都透露出金农清高孤傲、愤懑不平的心志。对于研究金农的思想意识而言，这些道情作品值得重视。

扬州八怪关注道情的，除了郑板桥、金冬心，还有黄瘿瓢、边寿民。黄瘿瓢、边寿民二人都有取材于道情的绘画作品。可以说，在清中叶的扬州，道情是一种雅俗共赏的艺术。董伟业《扬州竹枝词》云："深巷重门能引入，一声声鼓说书人。"是说豪门富家爱听渔鼓伴唱的道情。吴索园《扬州消夏竹枝词》云："张生不至红娘恼，瞎子先生唱道情。"勾画出扬州市井夏日纳凉的风俗图。在《板桥道情》广为传唱的时候，能不能也让《冬心道情》复活呢？可以尝试。

六 简斋知遇郑板桥

室藏美妇邻夸艳，

君有奇才我不贫。

——（清）郑燮《赠袁枚》

郑板桥和袁简斋这两位清代文人之间的关系，是很有趣的。郑燮（1693—1765），字克柔，号板桥，江苏兴化人。袁枚（1716—1798），字子才，号简斋，浙江钱塘人。郑长袁二十三岁，先袁三十二年卒。

说起来很是奇怪，他们的大半生都生活在十八世纪的江苏，但直到中年以后才得以萍水相逢。而尽管他们相见甚晚，且只一面之缘，彼此间却又似乎神交已久！

他们的气质、风度是那样的不相同，而生平事迹的某些方面却十分相似。

他们的意趣、志向是那样的不调和，而互相之间却又保持了纯真的友情。

（一）何其相似

稍微留心一下郑板桥和袁简斋的生平事迹，就不由得令人惊诧，相似之处何其多。

他们都是乾隆时的进士——郑板桥在乾隆三年（1738），袁简斋在乾隆四年（1739）。

他们都做过几任县令——郑板桥在河南范县、山东潍县，袁简斋在江苏溧水、江浦、沭阳、江宁——宦途也都至此为止。

他们的政声都不错，尔后却都辞官而去——郑板桥回扬州卖画，袁简斋卜居于江宁小仓山之随园。

他们都好自称"居士""老人"——一个自称"板桥居士""板桥老人"，一个自称"仓山居士""随园老人"。

他们都是晚年得子——郑板桥《潍县署中与舍弟墨第二书》："余五十二岁始得一子，岂有不爱之理。"袁简斋《随园诗话》："初，相士胡文炳决我六十三而生子……，六十三果生阿迟，心以为神。"

在私生活上，他们都不拘小节，甚至有些不那么检点——郑板桥《板桥自叙》自称"酷嗜山水，又好色"。袁简斋《随园诗话》也说"板桥多外宠，尝言欲改律文笞臀为笞背，闻者笑之"。袁简斋则到了晚年还纳妾，故郑板桥《赠袁枚》诗中有"室藏美妇邻夸艳"之句。梁章钜《浪迹续谈》说："简斋老人于裙屐脂粉之艳谈，无不推波助澜"，这不会是诬陷他。

在文学观上，他们还是存在着共同语言的，尽管分歧是那样的大。共同语言就是竭力反对拾古人之余唾，鼓吹走自己的道路——郑板桥说："英雄何必读书史，直抒血性为文章。"（《偶然作》）袁简斋说："人闲居时，不可一刻无古人；落笔时，不可一刻有古人。"（《随园诗话》）

他们各以自己非凡的才气，在各自认定的文学道路上取得了令人瞩目的成就，获得了后人的尊重——尽管他们走的道路并不一样。

（二）如此不同

细究一下，就会发现郑板桥和袁简斋也有若干迥然不同之处，比方说：

袁简斋二十四岁就中了进士，可谓少年得志；郑板桥到四十五岁才中进士，堪称大器晚成。

袁简斋一生轻暖甘肥，广结名流，优哉游哉，作诗以自娱；郑板桥一世穷愁困顿，愤世嫉俗，满腹牢骚，卖画以谋生。

袁简斋专擅于诗，对词、书、画皆不工，横香室主人《清朝野史大观》："随园老人天资学历，俱造绝顶，而独不能词、画，即书法亦无可观。"郑板桥则诗、词、书、画，无所不能，查礼《铜鼓书堂遗藁》："郑燮……能诗、古文，长短句别有意趣……板桥工书，行楷中笔多隶法，意之所之，随笔挥洒，道劲古拙，另具高致。善画兰竹，不离不接，每见疏淡超脱。"

自然，因为他们同为诗人，最深刻的差异还是他们的文学主张——对诗的看法。

郑板桥论诗，以为首先在"命题"。他说："作诗非难，命题为难，题高则诗高，题矮则诗矮，不可不慎也。"他推崇杜甫的诗，说："少陵诗高绝千古，自不必言，即其命题，已早据百尺楼上矣，通体不能悉举，且就一二言之：《哀江头》《哀王孙》，伤亡国也；《新婚别》《无家别》《垂老别》《前后出塞》诸篇，悲戍役也；《兵车行》《丽人行》，乱之始也；《达行在所》三首，庆中兴也；《北征》《洗兵马》，喜复国望太平也。只一开卷，阅其题次，一种忧国忧民忽悲忽喜之情，以及宗庙丘墟关山劳戍之苦，宛然在目。其题如此，其诗有不痛心入骨者乎！"（《范县署中寄舍弟墨第五书》）

袁简斋论诗，以为关键在"性情"。他说："子臣弟友，做得到便是圣人；行止坐卧，说得着便是好诗。余尝过桥下，则舱篷便有须臾之黑；上山转几个弯，则路便峻。徐洗若秀才有句云：'犬吠知逢市，篷阴识过桥。'又云：'但觉路儿曲，不知身渐高。'……皆眼前实事，而何以人不能道耶？"（《随园诗话补遗》）又说："自古文章所以流传至今者，皆即情即景，如化

工肖物，着手成春，故能取不尽而用不竭。"（《随园诗话》）

郑板桥的"命题说"，是主张诗人要立足天下之兴亡，着眼黎民之甘苦。故《板桥诗钞》中多有《还家行》《逃荒行》《悍吏》这类反映农民疾苦的悲愤之词。

袁简斋的"性情说"，是主张诗人要摹写个人之际遇，抒发一己之情怀。故《小仓山房诗集》中多是对"夕阳芳草寻常物"的歌咏之什。

两者的作诗宗旨，审美趣味，为人格调，是这般的不同！

所以，"随园派"的诗在郑板桥看来，不免失之于狭隘肤浅。郑板桥在《范县署中寄舍弟墨第五书》中说："近世诗家题目，非赏花即宴集，非喜晤即赠行，满纸人名，某轩某园，某亭某斋，某楼某岩，某树某墅，皆市井流俗不堪之子，今日才立别号，明日便上诗笺。其题如此，其诗可知，其诗如此，其人品又可知。"对于袁简斋所谓"诗写性情，唯我所适"的主张，对不住，板桥老人显然大为不满。

"板桥体"的诗若用袁简斋的尺度去衡量，同样称不得好诗。袁简斋在《随园诗话》里明白地说："板桥深于时文，工画，诗非所长。佳句云：'月来满地水，云起一天山。''五更上马披风露，晓月随人出树林。''奴藏去志神先沮，鹤有饥容羽不修。'可诵也。"对于郑板桥诗中"纵横议论析时事"的作品，抱歉得很，随园老人也是觉得不值一提的。

郑板桥似乎喜欢由论诗而论及诗人，所谓"其诗如此，其人品又可知"。对于袁简斋诗的不赞成，似乎也就由诗而推及到袁简斋其人了。据舒坤批《随园诗话》说："此等诗话，直是富贵人家作犬马耳……所以郑板桥、赵云松斥袁子才为斯文走狗，作记骂之，不谬也。"这大约是有可能的。

郑板桥爱用"走狗"这个词，这一点袁枚也清楚。《随园诗话》说过："郑板桥爱徐青藤诗，尝刻一印云：'徐青藤门下走狗郑燮。'"他并且特意引据童二树《题青藤小像》中的两句诗："尚有一灯传郑燮，甘心走狗列门墙。"

郑板桥自称"走狗",当然不会是自骂。那么他称袁简斋是"斯文走狗",是骂还是爱呢?是贬还是褒呢?袁简斋《随园诗话》一再提到"走狗",是对这个字眼表示欣赏?还是借此反嘲郑板桥呢?

这就不得而知了。

不过无论怎么说,对于郑板桥将"诗"与诗人的"人品"联系在一起的看法,袁简斋是根本不赞成的。他认为诗人的诗与诗人的人品应当分开看:"近有某太守恪守其说,动云诗可以观人品。余戏诵一联云:'哀筝两行雁,约指一勾银。当是何人之作?'太守意薄之,曰:'不过冬郎、温、李耳!'余笑曰:'此宋四朝元老文潞公诗也。'太史大骇。余再诵李文正公昉《赠妓》诗曰:'便牵梦魂从今日,再睹婵娟是几时?'一往情深,言由衷发,而文正公为开国名臣,夫亦何伤于人品乎?"(《随园诗话》)

他们的分歧是这般的尖锐!

(三)求同存异

郑板桥和袁简斋的志趣大相径庭,但彼此间的关系又怎样呢?有两条资料可以作为说明。

《清史列传·郑燮传》:"郑燮……与袁枚未识面,或传其死,顿首痛哭不已云。"

《随园诗话》:"兴化郑板桥作宰山东,与余从未识面,有误传余死者,板桥大哭,以足蹋地,余闻而感焉。"

这两条资料提供的事实是一致的。

他们竟是如此真挚!如此友爱!即是说,当他们从未谋面时,他们已互相慕名并产生深厚的友谊了。这种友谊是很无私,很感人的。

观点抵牾,做派相异,却不互相排斥、攻讦,而能互相敬慕、爱戴。

这又是在文人相轻的时代里！他们的友谊委实是很高贵，很难得的。

友谊的基础是什么？袁简斋说得明白："后二十年，（板桥）与余相见于卢雅雨席间。板桥言：'天下虽大，人才屈指不过数人。'余故赠诗云：'闻死误抛千点泪，论才不觉九州宽。'"

原来两人都是仰慕对方之"才"。一个说："天下虽大，人才屈指不过数人。"一个说："论才不觉九州宽。"大有惺惺惜惺惺之慨，这种情景使人想起三国时代的"青梅煮酒论英雄"，只是曹操对刘备说得更直截了当："今天下之英雄，惟使君与操耳！"

郑板桥、袁简斋的相会仅此一次。据《郑板桥年表》，他们相会在乾隆二十八年（1763）。是年，板桥七十一岁，简斋四十八岁。

相见既晚，交往自然不能很多。他们之间的翰墨因缘、文字投赠，似乎就只有那么两首诗。

郑燮《赠袁枚》一联，云：

室藏美妇邻夸艳，
君有奇才我不贫。

袁枚《投板桥明府》一首，云：

郑虔三绝闻名久，相见邗江意倍欢。
遇晚共怜双鬓短，才难不觉九州宽。
红桥酒影风灯乱，山左官声竹马寒。
底事误传坡老死，费君老泪竟虚弹。

他们念念不忘的是"君有奇才"，"郑虔三绝"，这使他们忘记了之间的分歧。

他们相会的地址在"邗江"，具体地说，是在"卢雅雨席"。"邗江"即扬州，关于卢雅雨，李斗在《扬州画舫录》有介绍：

> 卢见曾，字抱孙，号雅雨山人，山东德州人……公工诗文，性度高廓，不拘小节。形貌矮瘦，时人谓之"矮卢"。辛卯举人，历官至两淮转运使。筑苏亭于使署，日与诗人相酬咏，一时文宴盛于江南……公两经转运，座中皆天下士，而贫而工诗者，无不折节下交。后赵云松观察吊之。有诗云："虹桥修禊客题诗，传是扬州极盛时。胜会不常今视昔，我曹应又有人思。"其一时风雅，可想见矣！

《中国人名大辞典》"卢见曾"条说：

> 卢见曾，清德州人，字抱孙，号雅雨，康熙进士，官两淮盐运使。爱才好客，四方名士咸集，极一时之盛。刻《雅雨堂丛书》《金石三例》，著有《出塞集》。

由此可见，卢雅雨乃是一位礼贤下士、爱才若渴之人；对待各色各样的人才，他采取的是兼容并蓄、不讲门户的正确态度。郑板桥和袁简斋在卢公席间相见，是再适宜不过的了。

（四）异同之外

文章做到这里，本来就该毫不留情地搁笔了。但对于"底事误传坡老死"之"底事"，我一直想探个究竟。

郑板桥听到袁简斋去世之误传的时间，据《随园诗话》所载，是在郑板桥"作宰山东"的时候，"后二十年，与余见于卢雅雨席间"。现知郑、袁既于公元 1763 年相会，那么郑板桥听到误传的时间，当在 1743 年前后无疑。而所以会有误传袁枚去世之事，是因为相士胡文炳曾经预卜袁简斋将于七十六岁（壬子）死，故而袁枚在自己七十四岁（庚戌）那年戏作《生挽诗》并请友人唱和的缘故，这有《随园诗话补遗》的两段文字为证：

一、"初，相士胡文炳决我六十三而生子，七十六而考终。六十三果生阿迟，心以为神。故临期自作《生挽诗》索和。不料过期不验，乃又作《告存诗》以解嘲。"

二、"庚戌冬，余有感于相士寿终七六之言，戏作《生挽诗》，招同人和之。不料壬子春，竟有传余已故者。信至苏州，徐朗斋孝廉邀王西林、林远峰诸人，为位以哭，见挽云：'名满人间六十年，忽闻骑鹤上青天。骚坛痛失袁临汝，仙界争迎葛雅川。著作自垂青史后，彭殇早悟黑头先。望风不敢吞声哭，但祝迟郎继后贤。'余读之，笑曰：'昔范蜀山误哭东坡，有泪无诗，今诸君哭随园，有诗无泪。然而泪尽数行，诗留千古矣。'"

这两则材料，仿佛足以解决"底事"之谜。然而一查，却不对。文章的"庚戌"是乾隆五十五年（1790），"壬子"是乾隆五十七年（1792）。这就来了问题，袁简斋生于 1716 年，七十六岁当是 1792 年。这一年正是壬子年，所谓"不料壬子春，竟有传余已故者"，即是这一年，但郑板桥是 1765 年死的。就是说，当误传袁简斋死之际，郑板桥已做了二十七年古人，这当然绝对不可能。

看来有两种可能，一是袁简斋记错了年代，二是他一生中有两次误传其死之事：一次是七十六岁时；一次是二十七岁时——这一年是 1743 年，郑板桥正"作宰山东"，二十年之后即 1763 年，郑、袁二人相见于卢雅雨席间，这才与《郑板桥年表》所载相合。

七　粉蝶土墙李复堂

不尽幽香拂袖生，离离疏影带霜明。

凭君携去兴何远，秋到邗江酒正清。

——（清）李鱓《秋到邗江》

凡是率性的艺术家，乡土的情结也往往最重。

扬州八怪之一的李鱓，字复堂，扬州兴化人。他曾供奉宫廷，奔走江湖，但是家乡情结一直深藏心中。他常在题画中流露出莼鲈之思，如《杂画册》题道："蕉雨，竹风，梅月，此皆吾北窗消受景物。"最令人回味的是《土墙蝶花图》题词："江淮野人家，土墙头上喜植蝶花，春来一片紫云掩映。一枝红杏，寻春到此，逸兴遄飞，只望酒帘小憩，顿忘归去。"此景我少年时代也常见到，人家土墙上开着紫色的蝴蝶花。

李鱓笔下有哪些民俗风情呢？

（一）民俗之影响

扬州有各种民俗现象，因李鱓的丹青得到生动的反映。

1. 枣栗。李鱓《竹笋图》题道："冰雪关河懒出游，峥嵘岁月老夫愁。

争如雀跃儿童意，枣栗盈盈万事休。"诗中的"枣栗"，寓"早立"之意。民俗常以谐音附会成文，如瓶罐、鹌鹑寓意"平安"，狸猫、蝴蝶寓意"耄耋"，同样"枣栗"寓意"早立"，即希望小儿早早成家立业。

2. 稻穗。李鱓《年年顺遂图》题道："河鱼美，穿稻穗，稻多鱼多人顺遂。但愿岁其有时自今始，鼓腹含哺共嬉戏。岂惟野人乐雍熙，朝堂万古无为治。"首句一作"河鱼一来穿稻穗"。扬州人说顺利为"顺遂"，"遂"与"穗"音同，故李鱓以稻穗之形，寓顺遂之意。稻穗穿鱼，别寓"顺遂有余"之意。

3. 松芝。李鱓《牡丹灵芝图》题道："年华得似松芝老，富贵还如藤蔓缠。更写兰花芝草秀，愿君多寿子孙贤。"民俗以松树比喻长寿，灵芝象征吉祥，皆民俗文化之本意。

4. 萱草。李鱓《花卉图》题道："葵忱倾向太阳中，甲地榴花似火红。莫负画师图小草，宜男多寿是谖丛。"又《萱草瞿麦图》诗云："汝字是忘忧，侬名非莫愁。"按萱草，别名谖草、忘忧、宜男。《诗经》云："焉得谖草，言树之背。"意为如何才能找到萱草，种在北堂上以解忧思。古人认为妇女佩戴萱草能生男子，故又名宜男，后以象征母亲，以示敬重。

5. 百合。李鱓《百合花图》题道："花好根甜世所怜，嘉名况复好因缘。平生龃龉千千万，百合图成意惘然。"民俗以百合花比喻夫妇百年好合，"嘉名况复好因缘"即谓此。百合花高雅纯洁，有云裳仙子之称，中西均视为吉祥之花。天主教以百合花为玛利亚的象征，梵蒂冈、法国以百合花为国花。百合的种头由鳞片抱合而成，中国自古视为婚礼必不可少的吉祥花卉。

6. 瑞香。李鱓《瑞香图》题道："瑞香，即楚辞所谓'露甲'也。有人梦中闻香，觅得此花，又谓'睡香'，一名'锦薰笼'，一名'锦被堆'。"瑞香，又称睡香、蓬莱紫、风流树、毛瑞香、千里香、山梦花，原产江南。其良种金边瑞香，以色、香、姿、韵四绝蜚声世界，是世界园艺三宝之一。宋人陶穀《清异录》记载："庐山瑞香花，始缘一比丘，昼寝磐石上，梦中闻花香酷烈，及觉求得之，因名睡香。四方奇之，谓为花中祥瑞，遂名瑞香。"

7. 石榴。李鱓《石榴图》题道："石榴本是神仙物，种托君家得异根。不独长生堪服食，又期多子应儿孙。"石榴多籽，民俗以石榴象征多子多孙，李鱓"又期多子应儿孙"言此。

8. 瓶鹌。李鱓《花石竹雀图》题道："育得红儿不老胎，竹林瓦雀任飞回。此图莫认闲花草，为报平安四季来。""竹林瓦雀"为什么能够报得平安？是因为在民俗文化中，常以瓶罐谐音"平"，以鹌鹑谐音"安"。在一幅图上画上瓦罐鸟雀，具有"平安"的寓意。

9. 荷包花。李鱓《写生花卉》题道："欲知富贵真消息，先问荷包有也无。"荷包花原名蒲包花，多年生草本植物，全株茎、枝、叶上有细小茸毛，叶片卵形对生。花形别致，花冠作二唇状，上唇瓣直立较小，下唇瓣膨大似蒲包状，中间形成空室。荷包原为寻常盛钱之物，后为男女定情之礼，李鱓之画当含此意。

10. 汤饼会。李鱓《岁朝图》题道："晋封又举一子，予亦汤饼会中人也，作《岁朝平安图》以贺之。"旧俗，小儿出生满月或周岁，必举行庆贺宴会，请亲友参加，称为"汤饼会"。《金史》："提控王禄汤饼会，军中宴饮。"《初刻拍案惊奇》："转眼间又是满月，少不得做汤饼会，众乡绅亲友，齐来庆贺。"苏北民风，小儿百日举办汤饼会，汤饼为米粉做成，在水中煮熟，其味清香可口。

11. 百子莲。李鱓《花卉册》题道："家人频报四更天，贪画昆流白子莲。忽挂帐前闲卧玩，泠然如在水亭眠。"此诗或题岳端撰。按百子莲，多年生草本，有根状茎，花茎直立，伞形花序，呈漏斗状。原产南非，中国各地多有栽培。顾名思义，有子孙繁衍、人丁旺盛之意。

12. 大官葱。李鱓《花卉册》题道："大官葱，嫩芽姜，巨口细鳞时新尝，谁与画者李复堂。""时新"一作"新鲜"。画中鳜鱼用柳条穿过鱼口，旁有葱姜，亦谓之《鳜鱼葱姜图》。按大官葱，即冬葱，比一般葱稍细，苏北常见。宋人陆游《蔬园杂咏》云："一事尚非贫贱分，芼羹僭用大官葱。"自注："乡圃有大官葱，比常葱差小。"以大官葱入画，乡土之气触鼻可闻。"葱"在民俗中，又谐音聪明之"聪"。旧俗小儿抓周，前置书、尺、钱、葱、锄、剑等物，任小儿抓取，各有寓意，抓取葱者，预兆小儿将来聪明。

13. 隔年陈。李鱓《炭盆松竹图》题道："松柏传柑乐太平，家家都有隔年陈。即今士气腾如火，快睹朝堂万古春。"诗中的"隔年陈"是一种岁时饮食风俗，意为年前备好春节期间所需的一切食物，过年数日不吃生粮、生肉做的饭菜，以示家境丰足有余。清人周亮工《闽茶曲》云："雨前虽好但嫌新，火气未除莫接唇。藏得深红三倍价，家家卖弄隔年陈。"此为针对武夷岩茶铁罗汉而作，因岩茶制作工艺繁复，当年的岩茶要到来年最好喝，故名"隔年陈"。

14. 喜上眉梢。李鱓《喜上梅梢图》题道："石空灵，本太湖，百花魁畔柳三株。添双喜，来梅上，正是三阳开泰图。"又云："纸幅甚巨，添灵禽栖于梅上，取'喜上梅梢'之意。"又云："红日当空，秋气爽恺，作《喜上梅梢图》以自贺。"民间风俗，常以喜鹊象征喜庆，梅梢谐音眉梢，李鱓之画即用此意。

15. 桐到白头。李鱓《梧桐秋色图》题道："寿客花宜碧树秋，双禽争共凤凰游。百花偕老皆黄友，四季平安到白头。"又有《桐到白头图》题道："满院清阴碧树秋，高桐结子若安榴。画师取意成佳兆，便是同根到白头。"民俗以飞禽白头翁象征"白头到老"，以梧桐谐音"同"。李鱓的"四季平安到白头""便是同根到白头"均用此意。

16. 科甲蝉联。李鱓《荷鸭图》题道："曾爱凉风拂舞筵，荷花田上惜花天。爱他科甲缠连意，已带斜阳又带蝉。"古代科举考试分甲乙等科，故称"科甲"。世代连中科甲，则称为"科甲蝉联"，也即李鱓所谓"科甲缠连"。图中所画为荷鸭，实际上水中应有蝌蚪，谐音"科"；鸭鸣声"呷"，谐音"甲"。故李鱓此画也是借谐音寓吉祥之意。

17. 三阳开泰。李鱓《喜上梅梢图》题道："近世作三阳开泰，画羊三只，太子一人骑之，手执梅花，俱是因袭旧人粉本。今则杨树三株，太湖一石，世无作家气。"按"三阳开泰"之说，最早出自《易经》，意为冬去春来。《易经》以正月为泰卦，古人认为此时阴气渐去，阳气始生。冬至白昼最短，此后白昼渐长，故为"一阳生"，十二月为"二阳生"，正月则为"三阳开泰"。"阳"和"羊"同音，古人常画三只羊以谐音"三阳"。李鱓画三株杨树以示"三阳"，乃别出心裁。

（二）游艺之影响

扬州民间游艺丰富多彩，李鱓往往运用它们进行艺术创作，以寄托乡愁。

1. 促织。李鱓《秋虫图》题道："古木秋风豆叶黄，依稀此地有农桑。可怜江北机声少，辜负花间络纬娘。"络纬娘俗称纺织娘，亦名络纬。据说《诗经》中的"六月莎鸡振羽"，即指纺织娘。纺织娘的笼养，宋代已见记载，苏颂《本草图经》："今所谓莎鸡者，亦生樗木上。六月出后，飞而振羽，索索作声。人或畜之樊中。"清宫以人工培育络纬，使在不同季节均能听到它的叫声。乾隆有《咏络纬》诗序云："皇祖时，命奉宸苑使取络纬种，育于暖室，盖如温花之能开腊底也。每设宴，则置绣笼中，唧唧之声不绝，遂以为例云。"扬州一带，纺织娘又称缝纫婆，在豆丛瓜田间发出的"织织织"的声音，恰似纺车吱吱转动。

2. 蛙鸣。李鱓《荷花鸳鸯图》题道："鸳鸯宿在莲房里，两部蛙鸣作鼓吹。"人类认识蛙的历史很早，在新石器时期的陶盆上，已有蛙的形象作为装饰。据说中国传统的太极图，是拖着尾巴游动的两个蝌蚪。先民崇拜青蛙，其原因大约是：青蛙的繁殖力旺盛，而人们也希望人丁兴旺；青蛙的生命力强，水陆两栖，而人们也希望有这样的本领；青蛙捕食害虫，是庄稼的保护神。因此无论中外，都出现过青蛙崇拜现象。按民间说法，在农历三月初三这一天，青蛙在上午叫，高田就丰收，青蛙在下午叫，低田就丰收。

3. 蝉噪。李鱓《花卉册》题道："暖日烘云谷雨晴，空天眺听此时情。深红落尽浅红又，蝉噪一枝何处声。"蝉，俗称知了。《诗经·七月》中有"五月鸣蜩"之句，蜩即是蝉。《庄子》说到"痀偻承蜩"的故事，不知那位曲背老人捕来的蝉，是否笼养起来，然后听它鸣叫。但至迟在唐代，蝉已被笼养。宋人陶谷《清异录》云："唐世，京城游手夏月采蝉货之，唱曰：'只卖青林乐！'妇妾小儿争买，以笼悬窗户间。亦有验其声长短为胜负者，谓之'仙虫社'。""青林乐"一语延续至清，李斗《扬州画舫录》云："堤上多蝉，早秋噪起，不闻人语。长竿粘落，贮以竹筐，沿堤货之，以供儿童嬉戏，谓之'青林乐'。"

4. 叫哥哥。李鱓《虫声咽秋图》题诗云："机声札札月初斜，似此虫鸣又一家。晓起空庭寻未得，夜深依旧咽秋花。"又《花卉册》题道："畦蔬自是人间宝，许伴草虫入画图。"诗中所言虫鸣，早就引起人们的注意。《诗经·草虫》的开头是"喓喓草虫，趯趯阜螽"，"喓喓"是虫叫的声音，"草虫"是指蚱蜢、蝈蝈、蛐蛐之类。《诗经·七月》写道："五月斯螽动股，六月莎鸡振羽，七月在野，八月在宇，九月在户，十月蟋蟀入我床下。"诗中的"斯螽""莎鸡""蟋蟀"，都是善于鸣叫的虫。

又，李鱓《花鸟图》题道："京师南北遄来踪，古道萧萧禾黍风。买得商家林草帽，骡纲头顶叫哥笼。"李鱓曾在清宫做过画师，所以诗中写到京师。鸣虫常见的约有十种，主要的约五六种。北方有一种重要的鸣虫，称为"蚰蚰儿"。明人刘侗《帝京景物略》说："有虫便腹青色，以股跃，以短翼鸣，其声聒聒……其声名之，曰'聒聒儿'。"南方常见的鸣虫是蝈蝈，俗名"叫哥哥"。清人蒋士铨《沁园春·北方有虫名哥哥者戏咏》云："聒聒哥哥，南北之人，语言不同。"似乎叫哥哥就是聒聒。《清嘉录》有《养叫哥哥》条云：

> 秋深，笼养蝈蝈，俗呼为"叫哥哥"，听鸣声为玩。藏怀中，或饲以丹砂，则过冬不僵。笼刳干葫芦为之，金镶玉盖，雕刻精致。虫自北来，薰风乍拂，已千筐百筥，集于吴城矣。

据汪曾祺《蒲桥集·夏天的昆虫》说："蝈蝈我们那里叫作'叫蛐子'。因为它长得粗壮结实，样子也不大好看，还特别在前面加一个'侉'字，叫作'侉叫蛐子'。这东西就是会呱呱地叫。有时嫌它叫得太吵人了，在它的笼子上拍一下，它就大叫一声：'呱！——'停止了。它什么都吃。据说吃了辣椒更爱叫，我就挑顶辣的辣椒喂它。"李鱓是兴化人，汪曾祺是高邮人，兴化、高邮相邻，民风亦近。

5. 斗鹌鹑。李鱓《鹌鹑菊花图》题道："野菊无人花自新，画完秋草画鹌鹑。农田亦有鹌鹑斗，关系输赢不到人。""农田"一作"野田"。鹌鹑，简称鹑，性好斗，《诗经·国风》有"鹑之奔奔"之句。旧说鹌毛色黑，为鼠所化；鹑毛有斑，为黄鱼、虾蟆所化。这虽不足信，也表明先民很早就注意到这种其貌不扬但英勇善斗的鸟了。清人陈淏子《花镜·养禽鸟法·鹌鹑》云：

> 鹌鹑一名罗鹑，一名早秋，田泽小鸟也。头小尾秃，羽多苍黑色。无斑者为鹌，有斑者为鹑。雄足高，雌足卑。又有丹鹑、白鹑、锦鹑之异。每处于畎亩之间，或芦苇之内，夜则群飞，昼则草伏。有常匹而无常居，随地而安，故俗又名鹑鹑。山东最多，人可以声呼而

取之。凡鸟性畏人，惟鹌性喜近人。诸禽斗则尾竦，独鹌竦其足而舒其翼。人多畜之使斗，有鸡之雄，颇足戏玩。

斗鹌鹑的游戏起源很早。相传唐玄宗喜欢斗鸡走马，西凉人投其所好，进献鹌鹑，能随金鼓节奏进退争斗。至迟到宋代，斗鹌鹑已成为民间普遍流行的娱乐项目。《都城纪胜》记云："有专为棚头，又谓之习闲，凡擎鹰、架鹞、调鹌鸽、养鹌鹑、斗鸡、赌博、落生之类。"《西湖老人繁胜录》记云："宽阔处踢球、放胡哮、斗鹌鹑，卖等身门神、金漆桃符板、钟馗、财门。"明人也喜欢斗鹌鹑。明末吴三桂不但酷爱此戏，还让人把他斗鹌鹑的情景绘成图画。清代斗鹌鹑之风最盛，董伟业《扬州竹枝词》咏扬州风俗："蟋蟀势穷何处使？鹌鹑场上看输赢。"王锦云《扬州忆》亦咏扬州风俗："把就鹌鹑邀客斗，教成鹦鹉作人言。"

（三）戏曲之影响

扬州是戏曲之乡，从李鱓作品中亦可见到戏曲的影响。

1.《桃花扇》。孔尚任《桃花扇本末》记道："庚辰四月，予已解组，木庵先生招观《桃花扇》。"庚辰为康熙三十九年（1700），木庵系李鱓叔父李楠。是年李鱓十五岁，李家戏班——金斗班演出《桃花扇》之事，李鱓当有所知。黄俶成《李鱓传》认为，孔尚任是李家座上客，李楠曾买优伶为"金斗班"演出《桃花扇》，而兴化李家有枣园戏台。李鱓很可能看过《桃花扇》这部著名戏曲作品，对于剧中演绎的江南风情有所了解。

2.《戏金蟾》。李鱓《端阳花卉图》题道："小园花色尽堪夸，今岁端阳节在家。却笑老夫无躲处，人都寻我画蛤蟆。"蛤蟆即金蟾，又称三足金蟾，传说月宫中有三条腿的蟾蜍，故后人把月宫叫作蟾宫。古人认为金蟾是吉祥之物，可以招财致富。在民间戏曲《刘海戏金蟾》中，蛤蟆实际上已成为戏耍的对象。刘海是道教中全真道祖师之一。民间戏曲和年画的刘海总是蓬头跣足，童稚可爱。民谚云："刘海戏金蟾，步步钓金钱。"在少年刘海抛撒金钱戏弄三足蟾的图案中，金钱代表富贵，蟾则是多产多育的象征。《刘海戏金蟾》的寓意应为富贵多子。

3.《跳加官》。李鱓《花鸟图》题道："鹏程云路海天宽，万里风云际会难。一点葵忱能向旦，自今官上又加官。"又《德禽图》题道："昔人画德禽于波罗奢下，名曰'官上加官'，以赠当时之缙绅士大夫，所以称愿之者至矣。夫鸡有五德，躬膺三命，五德益修，则天爵、人爵并美，方不负昔人称愿之心耳。"民间画家常将雄鸡与鸡冠花绘于一处，以"冠上加冠"谐音"官上加官"，与戏曲《跳加官》出于同源。旧时戏曲演出，开场人物常为道教神仙天官，因手持条幅写着"天官赐福""加官进禄"等吉祥语，故名《跳加官》。其时艺人身穿红袍，头戴面具，手持笏板，随乐起舞，含有终南捷径、加官晋爵、马上封侯、连登三级、飞黄腾达、官运亨通等祈福内涵。

4.《霸王别姬》。李鱓《花鸟册·蜀葵虞美人图》题道："蜀葵中一种紫黑色者，俗呼为'霸王花'。戏添虞美人一枝，题句云：变幻精灵依小草，英雄儿女话如新。"此处用戏曲《霸王别姬》之典。《霸王别姬》故事出自《史记·项羽本纪》。项羽和刘邦逐鹿中原，自知大势已去，在突围前不得不和虞姬诀别。司马迁的原文是："有美人名虞，常幸从；骏马名骓，常骑之。于是项王乃悲歌慷慨，自为诗曰：'力拔山兮气盖世，时不利兮骓不逝。骓不逝兮可奈何，虞兮虞兮奈若何！'歌数阕，美人和之。项王泣数行下，左右皆泣，莫能仰视。"在古代美人中，虞姬属于美丽而悲壮的那种。她是项羽的爱姬，容颜绝世，才艺并长。在四面楚歌之际，她依然陪伴在项羽身边，品行已属坚贞绚烂之极。虞姬墓在安徽灵璧。墓离大路不远，绿树成林，林中有墓，墓前有碑，碑上有联，曰："虞兮奈何！自古红颜多薄命；姬耶安在？独留青冢向黄昏。"据《情史》记载："姬葬处，生草能舞，人呼为虞美人草。"李鱓所绘，即为虞美人草。

民俗、游艺、戏曲，代表了乡土文化最核心的内容。李鱓在大量诗歌、绘画作品中自然流露出对于这些题材的偏爱，证明他心中有不解的乡土情结，而这正是他生命与创作的动力。

八　芦雁苇间边寿民

妙香零落古扬州，楚客招魂忆旧游。

好月不来还寂寞，先生相对亦风流。

一双白鹭飞银海，十斛明珠堕玉楼。

酒熟醉依花小睡，千枝万朵化成愁。

——（清）边寿民《墨梅》

　　扬州八怪中有一位边寿民，名维祺，字寿民，以字行，自号苇间居士，淮安人。边寿民擅画芦雁，一啄一饮，一飞一鸣，皆得神趣，人誉为"边芦雁"。边寿民《墨梅》诗云："妙香零落古扬州，楚客招魂忆旧游。"所谓"楚客"，是其自谓，淮安古称楚州。

　　边寿民所居之处名苇间书屋，四周皆是芦苇，窗户镶嵌玻璃，故在其中作画犹如写生。他的杂画册页常以豆荚、荸荠、菱角、芋头等为题材，于田园野趣之外，更兼融西洋素描笔法。不过边寿民的文学创作为其画名所掩，清代书家蒋衡在《题泼墨图》中赞扬边寿民诗作："曩年曾序四书文，为传妙句诵清芬。璀璨天葩齐焕彩，飘渺灵气生烟云。"按此说法，边寿民的诗文同他的绘画一样，充满了灵气。所以要论边寿民其人，自应兼及绘画与文学两方面。

但边寿民的著作有多少呢？

（一）关于《墨癖说》

今人所知的边寿民遗著并不多，其中有一部《墨癖说》，到现在似乎也没有人见过。然而在《淮安府志》中，却明白记载边寿民著有《墨癖说》一书。《墨癖说》到底是一部怎样的书呢？是一部讨论用墨着墨的书，还是一部研究制墨藏墨的书？可能两者内容兼有，但也许更侧重于后者。

有论者认为，边寿民所著《墨癖说》，多名言至理，发前人未发之蕴。而边氏善泼墨作大幅画，张绢于壁，磨墨数升，恣意泼之，墨渖倒射，斑驳满衫，随物写形，风落电转。照此则《墨癖说》似是论用墨之书。然而我们从边寿民友人赠给他的诗中，发现了很多关于制墨的内容。诗里多次提到古代名墨"隃麋"。如刘信嘉《题泼墨图》云"不受隃麋暗内磨"，沈德潜《题泼墨图》云"儿童汲井磨隃麋"，程骧龙《题泼墨图》云"松烟尽足供隃麋"。东汉时，陕西隃麋多松林，盛行烧烟制墨，质量上乘。据《汉宫仪》说，凡是尚书令、仆、丞、郎等官员，每月可得"隃麋大墨一枚，小墨一枚"。因此古人诗文常称墨为"隃麋"，后世制墨者也用"隃麋"表示历史悠久，品质优良。换言之，隃麋系古代名墨产地，后用来代指良墨。如果为了称颂边寿民的笔墨技巧，其实是不必突出墨本身的优劣的。在扬州八怪之中，高凤翰是一位藏砚家，著有专著《砚史》；金农是一位制墨家，曾制良墨"五百斤油"。边寿民可能是一个藏墨家，他的《墨癖说》应是一部关于墨本身的著作。宋人李格非有《破墨癖说》，反对当时流行的藏墨之癖。由此也可见所谓"墨癖"，不是指画家的用墨，而是指藏家的嗜墨。

作书绘画，墨是不可少的东西。而佳墨往往不易得，所以历来为文人珍爱。起初藏墨是为了使用，后来随着墨的越制越精，墨就成了艺术品与收藏品。于是有了藏墨的雅事，又有了说墨的著作。

　　说墨的书，宋代已经出现。如苏易简的《墨谱》、晁贯之的《墨经》，往往涉及墨的各方面，像墨的历史、墨的名目、墨的制作、墨的收藏和其他有关墨的故事等。到了元代，张寿的《畸斋墨谱》、陆友的《墨史》侧重记载历代制墨家和他们所制的墨，张寿还记载了他的朋友请他试墨数十枚的逸事。后来到了明代，书家邢桐好墨，作了《墨谭》和《墨记》，专记其对墨的收藏和对墨的品评。入清以后，万寿祺著有《墨表》，其中关于墨的朝代、制家、名目、款式、花纹、铭文、掌故、理论等，无一不备。之后，张仁熙有《雪堂墨品》，孙炯有《砚山斋墨谱》，汪绍煜有《纪墨小言》，邱学敏有《百十二家墨录》，借轩居士有《借轩墨存》，颜崇槩有《摩墨亭墨考》，这些都是说墨的专著。

　　在这种文化氛围之中，边寿民藏墨、品墨并著《墨癖说》是不足为怪的。

　　边寿民有一枚闲章，刻着"墨仙"二字。这一自称，表明了他对墨的酷爱、痴迷和自负。他在《瓶菊》诗中说："谁道墨仙仙笔底，精神留得一千年！"可见他对"墨仙"这个字号的得意。

　　边寿民的好友金农是一位制墨好手，著名的"五百斤油"名墨就是金农创制的。后来这种墨流行开来，各家纷纷仿制。金农曾为边寿民刻过砚铭，也可能赠过边寿民自制墨。边寿民的另一位友人顾琮，喜制髹漆盘，盛佳砚、良墨以赠文士。在淮安时，顾琮常到苇间书屋看边寿民作画。边寿民一定得到过他的赠墨，并可能把这一段佳话写进他的《墨癖说》中。

（二）关于《苇间书屋词稿》

　　世人只知道边寿民工于书画，却不知道边寿民也擅长诗词。他的诗名为画名所掩了。边寿民的诗词，常见的是《苇间老人题画集》。因为它被收进了冒广生刊行的《楚州丛书》中，故为世人所知。而他的词集，则罕为人知。

然而，世间的确有过一部《苇间书屋词稿》，系黄纸稿本，行书直行，双页，页六行，行十余字不等。此说见白坚、丁志安《边寿民三题》。文中《边寿民的〈苇间书屋词稿〉》写道："1963 年见于扬州古旧书店。经过十年浩劫，不知归于何所。但当时据以过录的抄本，却历劫幸存。"据介绍，《苇间书屋词稿》收词二十七阕，其中重见于《苇间老人题画集》的有六阕。在仅见于《苇间书屋词稿》的二十一阕词中，标明题画的十二阕，其他内容和无题的九阕。论者以为，《苇间书屋词稿》系边寿民自辑，然仅为晚年某一时期词稿，远非词作全貌，集外散见的词作或者尚有。《苇间书屋词稿》虽然不是全帙，系其词作的一部分，却保留了边寿民生平的重要材料。

例如，《沁园春》词描述了他远游南方的行踪。词人背着行囊，骑着瘦驴，栉风沐雨，探险访省，令人心生敬意。

又如，《望湘人》词记录了他人到中年的一段情缘。诗人年过半百，却遇到了一位红粉知己，焚香涤砚，相夫教子，教人心生妒意。

《苇间书屋词稿》中一些寄怀酬赠的词，如《金缕曲·寄怀卞樗亭先生》《百字令·寿卞樗亭先生七十》《满庭芳·寄答王汤又先生寄书兼惠诗集，并祝七十双寿》等，也是了解词人生平交往的材料。卞樗亭、王汤又都是边氏友人与知音，卞樗亭甚至盛赞边寿民"诗逼昌黎（韩愈）文逐柳（柳宗元）"。

此外，词稿中还有一阕《满江红·自题苇间词集》，写道：

老去填词，只不过一抒胸臆。

叹年来，家园冷落，客途萧瑟。

楚水吴山都历遍，春花秋月尽虚掷。

藉长声短调，作愁吟，苇间集。

那敢望，前秦少；那敢并，今朱十。

况诗工半百，盛唐高适。

红烛乌丝书也愧，燕钗蝉鬓图难得。

算阶前古砌乱莎中，秋蛩唧。

这一番话，既是词人写词的缘由，也是词人内心的独白。他的吟诗填词，不同于一般的无病呻吟。他是为了"一抒胸臆"而写作的。生活的清贫，远游的艰辛，人情的冷暖，岁月的流逝，都在词人心中激起涟漪或波澜。词人将词视为吐露心声的一种途径。他的词是抒情寄意的产物，因而具有不加雕琢、真切自然的本色。

（三）关于《苇间老人题画集》

边寿民在年轻的时候，是指望通过科举考试，走上仕途，以改变自己的生活境遇的。当他七次参加乡试都名落孙山之后，应试的念头才彻底断绝。

接着，边寿民采取了一种奇特的做法，来使自己成名。这就是，他画了一幅名为《泼墨图》的画，带着它走遍大江南北，征集文士的题跋。《泼墨图》究竟画的什么，我们并不知道。从大量题跋来看，图中的内容似乎是很广泛的——有广阔的云天，苍莽的山河，飞翔的禽鸟，茂盛的草木，还有诗人自己的形象，以及捧着砚墨的佳人等。边寿民企图通过《泼墨图》表现他的气魄、抱负、理想和才华。他征求了那么多的文士为这幅图题诗写跋，无非是想让自己得到社会的承认。但事实上，为《泼墨图》题跋的绝大多数文人并非名流，那些诗跋也包含了太多的敷衍与溢美。靠一幅《泼墨图》而使自己不朽的主意，显然是落空了。更何况，这幅边寿民极为自珍的作品，后来也不知所终。但他的这种做法，与扬州八怪另一人物罗聘手持《鬼趣图》到处请人题跋的做法极为相似。

后来，边寿民又一连请了六位画家朋友为他绘制《苇间书屋图》。图绘好后，他又照例行事，请许多文士题跋，企图借此名垂青史。而《苇间书屋图》的命运，竟然与《泼墨图》毫无二致。

边寿民的名字之所以流传至今，并非因为那两幅画，而是因为他的其他作品——大量的《芦雁图》和《苇间老人题画集》。

《苇间老人题画集》并不是边寿民本人编的。它是由晚清收藏家黄岘亭与罗振玉等人从边寿民的传世作品中辑录而成。共计诗七十首，词三十五阕，跋语三则。淮安邱崧生又在书前冠以侯嘉繙所撰的《苇间老人传》，然后又以顾栋高所撰的《弆箧记》作跋付梓。扉页上有路彼书"苇间老人题画集"及"邱氏容书楼刊"等字。其中最重要的两个人是黄岘亭与罗振玉。黄岘亭名靖，据《扬州画苑录》载："黄靖字岘亭，江西人，以父官河工，遂居清江浦。以捐职得保知县，为今刑部尚书张公子青门生，工画山水。"因此黄岘亭是画家，亦是寓居淮安的江西人。罗振玉字叔蕴，号雪堂，原籍浙江上虞，客籍江苏淮安。他在甲骨文收集、金石文编纂以及简牍碑刻古文字研究方面功绩甚巨。因出生于淮安，故对乡邦文献尤为关注。1920年，如皋冒广生任淮安关监督，将此书刻入《楚州丛书》。楚州是淮安的古称。冒广生对楚州文化早已钦羡，在淮安遍访地方贤达，得悉楚州文献多种。后从外地请来刻工数十人刊刻《楚州丛书》，包括古籍二十三种，计六十六卷，共十二册。其书目上起汉代枚乘，下至清代吴玉搢，包括《苇间老人题画集》在内。《苇间老人题画集》篇幅虽然不大，却使边寿民在画名之外获得了诗名。这是边寿民生前所预料不到的。

边寿民的诗就像他的生活一样，铅华洗尽，本色天真。这也正是这些诗的可爱之处。

他在《芦雁》中写道："瑟瑟黄芦响，嘹嘹白雁鸣。老夫住苇屋，对景写秋声。"明白如话的诗，道出了他师法自然的真实情景。他果真是面对着大自然，来创作他的作品的。

他在《篱菊》诗中咏道："一尺美人腰，凭栏多窈窕。君看高士花，篱上悬秋晓。"他心中一直希冀着能有一个捧着砚台的美人相伴。在这首诗里，他毫不隐讳地把心中的幻想借菊花抒写了出来。

他在《好事近·四季平安图》词中题道："画个古瓶安稳，又双双花鲓。""谐声会意要人猜，好似春灯谜。"词中的"双双花鲓"即是四季，"古瓶安稳"也即平安。生活在社会底层的画家，将民俗融入了艺术创作之中。

他又在《木瓜》跋中赞道："木瓜，以金陵之栖霞山者为佳。圆大坚好，肤理泽蜡，无冻梨斑及虫口啮蚀状，故久而愈香。得一二枚，便足了一冬事矣。"他把自己日常经历的琐事娓娓道来，亲切平实，如对故人。只有一个脱俗的人，才能写出这样貌俗实雅的文字来。

俗到极处，便雅到极处。边寿民其诗如此，其文如此，其人亦如此。

辑三

红桥风物眼中秋

一 烹煎妙手赛维扬

茶烟一缕轻轻飏，搅动兰膏四座香。

烹煎妙手赛维扬。非是谎，下马试来尝。

——（元）李德载《中吕·阳春曲·赠茶肆》

元朝人写扬州美食的不少，渲染最多的是乔吉的杂剧《杜牧之诗酒扬州梦》。李德载的《中吕·阳春曲·赠茶肆》也不逊色，扬言："烹煎妙手赛维扬。非是谎，下马试来尝。"李德载生平事迹不详，约生活于元仁宗年间。他的《赠茶肆》小令十首，以卖茶人的口吻吟唱，用语鲜活，犹如广告。

在历史上，许多文化名人都尝过扬州菜，并在他们笔下留下了吉光片羽的文字，记载了扬州名菜名馆的足迹。翻翻那些记载，觉得淮扬菜的芳香，仿佛一缕缕从历史深处飘来。

（一）鲁迅、胡适与扬州美食

"食"对于东方人来说，无论如何是最看重的东西，古训所谓"民以食为天"。对于扬州来说，"食"在扬州文化中占了相当大的比重。清代以来，"扬州馆子"，或者"扬州菜""维扬菜""淮扬菜"，历来在消费者当中享有盛誉，也产生了许多蜚声中外的名菜和名馆。扬州的美名，在一定程度上是由美食播扬出去的，而扬州的美食又是由文人播扬出去的。

鲁迅在北京吃过扬州菜。《鲁迅日记》中说："晚胡孟乐招饮于南味斋。"这家"南味斋"，就是一家北京的扬州名菜馆。二十世纪初，北方人通常以扬州菜代表"南味"。据《京华春梦录》一书说，"南味斋"是一家标准的扬州菜馆，它的名菜有糖醋黄鱼、虾子蹄筋等，都是纯粹的扬州菜。

鲁迅的兄弟知堂，即周作人，他在南京读书时吃过扬州的干丝和小菜，到老不忘。打开他晚年写的《知堂回忆录》，知道他当时常常到下关去，在江边转一圈后，就在"一家扬州茶馆坐下，吃几个素包子，确是价廉物美，不过这须是在上午才行罢了"。他有一位同乡也在南京读书，但喜欢往城南看戏。这种时候，唯有对他说："你明天早上来我这里吃稀饭，有很可口的扬州小菜。"才能羁绊住他。

胡适吃扬州菜的那家馆子，叫"广陵春"，在北京。《胡适的日记》写道："午饭在广陵春，客为吴又陵，主人为马幼渔。""广陵春"显然是一家扬州馆子，可惜这家馆子的具体菜点不详。但在《胡适之晚年谈话录》一书里，谈到胡适喜欢吃扬州名菜狮子头，胡适并且从狮子头想到了孔夫子的名言"食不厌精，脍不厌细"，以为这正是圣人最合人情之处。

现代文人中，最喜欢吃扬州名菜狮子头的，其实要数梁实秋。他有一篇散文，题目就叫《狮子头》，说北方的四喜丸子"不及扬州狮子头远甚"。文中详细描述了自己制作扬州狮子头的体会。梁实秋的晚年是在台湾度过的，据说台湾人和香港人都是扬州狮子头的忠实崇拜者。

经营扬州菜的馆子，一般称为"扬州馆子"，无论它地点是否在扬州，老板是否为扬州人。晚清李伯元在他的著名小说《官场现形记》中写道："且说次日陶子尧一觉困到一点钟方才睡醒。才起来洗脸，便有魏翩仞前来，约他一同出去，到九华楼吃扬州馆子。"这家扬州馆子是在上海。现代作家汪曾祺在他的早期小说《落魄》中写道："有人说，开了个扬州馆子，那就怎么也得巧立名目去吃他一顿。"这家扬州馆子是在昆明。凡是做扬州菜的馆子，不管在天南海北，都叫作"扬州馆子"。

（二）扬州馆子的文化味

扬州馆子都有富有文学色彩的名字。如李斗《扬州画舫录》说的如意馆（在大东门）、问鹤楼（在徐凝门）、杏春楼（在缺口门）之类，还有席珍、涌泉、双松圃、碧芗泉、悦来轩、别有香等，都富于文化韵味。名字起得很怪的一家清代扬州馆子，叫作"者者居"。清人王应奎《柳南续笔》说："王新城为扬州司李，见酒肆招牌大书'者者馆'，遣役唤主肆者，询其命名之意。主肆者曰：'义取近者悦、远者来也。'新城笑而遣之。"这位王新城就是清初诗坛盟主王士禛，也就是那位用生花妙笔写出"绿杨城郭是扬州"佳句的王渔洋。另一个清人金埴在《不下带编》中说得更为详细。书中说，王士禛见到了这家名字新奇的扬州馆子后，第二天就来喝酒，并且即兴在店中题诗一首：

> 酒牌红字美如何？五马曾询者者居。
> 何但悦来人近远，风流太守也停车！

这样一来，扬州的风雅人士纷纷来此宴饮，小小的"者者居"一时车水马龙，酒价因之扶摇直上。作者感叹道："扬人以太守物色、诗翁咏吟，于是集饮如云，酿价百倍矣！"这也是一种"名人效应"吧！清人梁章钜在《归田琐记》中记扬州大儒阮元虽于文章学问无所不知，但对"者者居"这个新典却并不知晓。当梁章钜告诉他，扬州有一家名叫"者者居"的酒馆之后，阮元不禁为之解颐，说："我数十年老扬州，今日始闻所未闻也！"后来有人把"者者居"同扬州的"兜兜巷"配为绝对，也是一段扬州掌故。

扬州馆子有许多名菜、名点，如煮干丝、狮子头、小笼包，以及大名鼎鼎的扬州炒饭等，已有许多菜谱问世。若论其极品，应该算是"满汉席"。这种集各种山珍海味于一席的超豪华筵席，大概除了宫廷之外，只有扬州盐商才能够操办得起。关于"满汉席"最早的菜单，记录在《扬州画舫录》里，这里不再赘述。我只想抄一段清人平步青《霞外捃屑》的话，用来证明只有扬州盐商才能有此豪举：

> 杀业之重，贫家少，富贵家多；寻常富贵家犹少，惟富室、盐商及官场为多，以宴客及送席为常事也。余昔在邗上，为水陆往来之冲，宾客过境，则送"满汉席"，合鸡、豚、鱼、虾计之，一席计百余命。其实，受者并未寓目，更无论适口矣。

实际上，除了"满汉席"，扬州馆子还有许多绝招。掌握这些绝招的扬州厨子，在历史上十分有名。元人李德载散曲所谓"烹煎妙手赛维扬"，表明维扬的厨子在人们的心目中简直成了高不可攀的"妙手"，而且各有各的妙招。

晚清吴趼人在《二十年目睹之怪现状》中写一个扬州厨子："这厨子是在罗家二十多年，专做鱼翅的，合扬州城里的盐商请客，只有他家的鱼翅最出色，后来无论谁家请客，多有借他这厨子的。"传说有时候扬州盐商举行大宴，各家出一个厨子，各人做一个拿手菜，那真是"调成天上中和鼎，煮出人间富贵家"！

（三）寻常菜肴自成经典

关于扬州厨子的拿手好菜，有太多的书记载过。清人童岳荐的《调鼎集》，是了解扬州菜的必读之书。看过这部书，才知道扬州厨子最厉害的不在别的，而在能将最普通的材料，做成最不普通的菜肴。试举几个例子——

先说豆腐，这是再普通不过的食品。在扬州饭店里，可以常常吃到一种豆腐羹，那是把豆腐切成极细的丝丝，加上别的调料制成的羹汤。其味之美，无法形容，而论其主要原料，不过是一般的豆腐而已。据说，它的名字就叫作"文思豆腐"，乃是清代扬州和尚文思发明的。《扬州画舫录》有关于文思的一段记载，说："文思，字熙甫，工诗，善识人，有鉴虚、惠明之风，一时乡贤、寓公皆与之友。又善为豆腐羹、甜浆粥，至今效其法者，谓之'文思豆腐'。"好像扬州的和尚与吃，一直有缘分。唐代的扬州鉴真和尚，把豆腐的制法传到了日本。晚清的扬州莲性寺僧人，以红烧猪头闻名于世。和尚已经如此善于吃，商人自然更胜一筹。据《清稗类钞·饮食类·煎豆腐》载："乾隆戊寅，袁子才与金冬心在扬州程立万家食煎豆腐，诧为精绝！"扬州程立万家的煎豆腐，竟给诗人袁枚留下了深刻的印象。袁枚后来在《随园食单》中，特地写了一篇《程立万豆腐》记载此事。

关于扬州的豆腐，还有一件事情可说的，就是连皇帝也喜欢。这一则有趣的故事并非来自民间的采风，却是见于英国人濮兰德、白克好司所著的《清室外纪》："乾隆时曾数举巡幸之典，每至一处，则喜访其地特产之精者食之。有一满人，乃世禄之家，言其先代随扈日记中，曾记一事，言帝至江南扬州，食豆腐而甘。此本扬州有名之肴馔也，问其价只三十文耳。乃下谕以后类此价贱味美之馔品，御厨中亦须备之。"回京后，乾隆得知在扬州只需三十文就办到的豆腐，内府竟然开出十二两的价钱！问是何缘故，回禀说："南方之物，不易至北，故价值悬绝如此。"这也可见皇宫内府的虚浮之弊，到了什么程度。

再说糕点，也是寻常之物。从前各地的店铺门前，常常有"维扬细点"的招牌，一个"细"字深得扬州糕点的精华。一切食品，到了扬州，就被改造成为带有艺术性的精致玩意，而同食品原来仅仅用于充饥的原始目的大相径庭。《随园食单》记载的那些扬州小食品，无不小巧玲珑，独具匠心。如运司糕、洪府粽子、千层馒头等。最妙的是扬州的小馒头和小馄饨，袁枚说："作馒头如胡桃大，就蒸笼食之，每箸可夹一双，扬州物也。扬州发酵最佳，手捺之不盈半寸，放松仍隆然而高。小馄饨小如龙眼，用鸡汤下之。"这些食物，看上去都像是一种极为精巧的工艺品，让人舍不得往嘴里送。

（四）扬州美食在外地

扬州菜肴在全国的影响，首先是在北京。乾隆年间，宫廷里的御膳中，就有一味"南小菜"，也就是《红楼梦》第八十七回林黛玉吃糯米粥搭的那种"南来的五香大头菜，拌些麻油、醋"。《清稗类钞·豪侈类·某侍郎之饮馔》说京官所雇的庖人，都是"苏扬名手"，鸭子的制法，"清蒸而肥腻者，仿扬州制也"。胡适去过的广陵春，鲁迅去过的南味斋，都是北京有名的扬州馆子。朱自清在《说扬州》里谈道："北平淮扬馆子出卖的汤包，诚哉是好。"那淮扬馆子其实就是扬州馆子。李一氓在《存在集》里还谈道："在王府井一个小胡同里面，有处淮扬菜馆叫玉华台。"这都是扬州菜流传于京城的蛛丝马迹。

南京的扬州馆子，因为得地利之便，当然更多。清人陆寿光《秦淮竹枝词》云："何处名流到此游？语言约略似扬州。"是说扬州人旅居南京的甚多，他们当然会把扬州人的口味，带到六朝故都。周作人的《知堂回想录》已经说到下关的扬州馆子，有茶，有干丝，有素包子，而且价廉物美。许姬传在《七十年见闻录》里回忆周信芳"到夫子庙一家扬式点心铺吃鸡肉大馒头，可巧老板是熟人，还了账，盘桓了半晌"。我在南京生活十六年，吃过许多南京的扬州馆子，可惜都没有记住它们的店名和菜名。

上海的扬州馆子，比北京、南京更多。晚清朱文炳有《海上竹枝词》云："扬州馆子九华楼，楼上房间各自由。只有锅巴汤最好，侵晨饺面也兼优。"这九华楼是当时一家老扬州馆子。郑逸梅《拈花微笑录》谈到旧上海有一处小花园，"小花园的尽头，设有两家扬州馆，一家名大吉春，一家名半仙居，盘樽清洁，座位雅致，到此小酌，扑去俗尘"。但上海最有名的扬州馆子，叫作半斋，或者老半斋，许多民国小说里都提到它。如《人间地狱》第二十二回："你不是喜欢叫'半斋'的扬州菜吗？我们就叫几样扬州菜吧！"《情海春潮》第三十一回："一清早正在'半斋'请客，请的是一碗咸菜蹄子面，一盆拌干丝，四两白玫瑰。"这家名叫"半斋"的扬州馆子，位于三马路。后来邓云乡在《水流云在琐语》一书里说，它虽然比南京路的新雅、大三元偏一些，但因为靠近歌台舞榭、秦楼楚馆，"民国初年的确做过许多年好生意，是著名的扬州馆子"。《郑孝胥日记》也几次提到它。后来大概因为有了仿照它的"新半斋"，它就被叫作"老半斋"了。有意味的是，当新半斋关闭之后，老半斋依然营业，姜还是老的辣。

扬州馆子已经走向世界，但它首先是走向全国。张伯驹在《春游社琐谈》中说，"扬州菜"是近数十年最流行的菜系之一："中国肴馔，制作甚精，各家食谱著录无虑数千百种。近数十年最流行者有广东菜、福建菜、四川菜、扬州菜、苏州菜，皆南菜也。大抵南菜味浓厚，色泽鲜美，为北菜所不及。"曹聚仁在《上海春秋》中也说过，"扬州馆子"在上海、香港、澳门都非常风行："在上海，而今扬州馆子是非常普遍的。香港的扬州馆，也有红烧鲫鱼，京馆子也有这样菜。在澳门小岛的黑沙湾，有一家小饭店标出的菜单上，竟有'扬州蛋炒饭'，也可见扬州菜食的风行了。"

宋人黄庭坚《次韵王定国扬州见寄》是赠给友人王定国的诗。王定国曾任扬州通判，黄庭坚在诗中表达了对他的思念：

清洛思君昼夜流，北归何日片帆收？

未生白发犹堪酒，垂上青云却佐州。

飞雪堆盘脍鱼腹，明珠论斗煮鸡头。

平生行乐亦不恶，岂有竹西歌吹愁？

诗中"飞雪堆盘脍鱼腹，明珠论斗煮鸡头"两句，特地写到王定国在扬州的饮食——用鱼肚作脍，细细切碎，像雪片儿飞下，一会儿就堆满盘中；煮熟了的鸡头芡实，如同千万颗明珠，数以斗计。这是扬州美食在文人笔下的记忆。

二　自从胡马窥江后

淳熙丙申正日，予过维扬。夜雪初霁，荠麦弥望。入其城则四壁萧条，寒水自碧，暮色渐起，戍角悲吟。予怀怆然，感慨今昔，因自度此曲。千岩老人以为有《黍离》之悲也。

淮左名都，竹西佳处，解鞍少驻初程。

过春风十里，尽荠麦青青。

自胡马窥江去后，废池乔木，犹厌言兵。

渐黄昏、清角吹寒，都在空城。

杜郎俊赏，算而今、重到须惊。

纵豆蔻词工，青楼梦好，难赋深情。

二十四桥仍在，波心荡冷月无声。

念桥边红药，年年知为谁生。

——（宋）姜夔《扬州慢》

读宋人姜夔《扬州慢》的第一感觉，就是战争太残酷。繁华的市井长满青草，优美的桥梁空寂无人，芍药虽然年年盛开，再也没有赏花的人儿。"自胡马窥江去后，废池乔木，犹厌言兵"，我仿佛听到胡马在肆意践踏时的得得铁蹄。

扬州江河纵横，人多乘船，骑马也并不罕见。魏文帝曹丕《至广陵于马上作》说"观兵临江水，水流何汤汤"，他是骑马来到广陵的。唐人李白《广陵赠别》说"系马垂杨下，衔杯大道间"，他又是骑马离开扬州的。

（一）鲍照："才力雄富，士马精妍"

早在西汉，广陵就有大量马匹，并且是国力强盛的标志。鲍照《芜城赋》形容汉代全盛时期的广陵说："孳货盐田，铲利铜山，才力雄富，士马精妍。""士马精妍"四字看似成语，实际上必然有许多强壮的马匹，才名实相符。《史记》写吴王刘濞是一个善于骑马征战之人，说他征伐叛军英布时，"濞年二十，有气力，以骑将从破布军蕲西"。汉高祖十一年（前196）七月，淮南王英布反，刘濞参与平叛有功。后来刘邦封侄儿刘濞为吴王，辖东阳郡、鄣郡、会稽郡三郡五十三城，都于广陵。刘濞招天下亡命者即山铸钱，煮海为盐，轻徭薄赋，国用富足，造成扬州历史上第一次繁荣。

在吴王刘濞之后，扬州又有广陵王刘胥。刘胥《瑟歌》提到了"千里马"。千里马指善于奔跑的骏马，可以日行千里。唐人韩愈《马说》云："千里马常有，而伯乐不常有。"汗血马日行千里，夜行八百，可能只是传说。一般的马最多日行二百公里，所以过去驿站与驿站之间，都不会超过二百公里。广陵王刘胥是汉武帝第五个儿子，骄奢淫逸，放荡不羁。他在元狩年间被封为广陵王，后来因罪获诛。《汉书》记载，他早就有当皇帝的野心，曾找来女巫，诅咒当时的昭帝早死，以便让他有机可乘。到宣帝时，他的罪行被发现。刘胥临死之前设宴自歌，歌词中有"奉天期兮不得须臾，千里马兮驻待路"之句。意思是朝廷给他的日子不多了，千里马正等待着将他送到另一个世界。刘胥之死，咎由自取，但他临死前还想到"千里马"，表明这位广陵王很爱马。

扬州汉墓出土的车马，最能说明问题。仪征龙河乡汉墓出土的车马，说明了汉代广陵贵族的出行方式。

（二）李白："系马垂杨下，衔杯大道间"

隋炀帝南征北战，半生离不开马，他写过一首乐府诗《白马篇》说："征兵集蓟北，轻骑出渔阳。"他在扬州也养马，有一首《江都宫乐歌》极写江都宫阙之壮美，说宫中有高台明榭、芳树风亭，还有"果下金鞍跃紫骝"。"果下马"是一种罕见的马，身材矮小，骑之能穿行于果树下，因此得名。宋人周去非《岭南代答》云："果下马，土产小驷也。"隋炀帝所说的"果下金鞍跃紫骝"，应该就是指这种马。

隋炀帝好马的故事，在明人《隋炀帝艳史》第二十二回《美女宫中春试马》中有艺术性的描绘："却说炀帝日日在西苑与袁宝儿、朱贵儿、杏娘、妥娘、各院夫人，纵淫无度。这一日，吏部侍郎裴矩在张掖与西域胡人开市，换得大宛一匹名马，浑身雪白，神骏异常，遂差人献与炀帝。炀帝见裴矩献马，遂同了各院夫人、众美人，到翠光湖堤边来看，左右将马牵至堤上。炀帝仔细一看，只见那匹马生得促蹄高，竹批双耳，浑身毛片就如白雪剪成一般。真个是千金买骏，万里嘶风，无价之宝。""炀帝看了，满心欢喜，不住口地称赞道：'果然好马，果然好马！'秦夫人道：'此马外边的毛片真实可爱，但不知行步如何？'炀帝笑道：'毛片既好，必定善走，就如美人一般，容颜秀丽，自然聪慧有才。朕小时最爱骑射，因天下太平，深宫安享，这些弓马之伎，都久生疏了。今日见此骏马，心下不觉有几分伎痒。待朕走试一回，与众妃子看何如？'"炀帝旋即脱下龙袍，换上便衣，"拿了一根金鞭子，便盘鞍上马"。这一段描写可谓绘声绘色。

车马是唐代扬州人出行的代步工具。唐诗写扬州"园林多似宅，车马少于船"，意味着马和船是当时扬州人常用的交通工具。"车马少于船"形容船多，但如果车马很少，也不足以衬托船之多。

因为扬州马多，二十四桥中才有上马桥、下马桥、洗马桥之名。2002年3月，保障湖施工现场发现一座古桥，后来螺丝湾又发现一批古代桥桩。经考证，这两座古桥分别是唐代的下马桥和洗马桥遗址。下马桥在《隋书》《唐书》《梦溪笔谈》中都有记载。下马桥的得名，或与隋炀帝有关。江都宫南门面朝官河，文武百官到此下马，故正对南门的官河之桥，名为"下马桥"。

唐代扬州的马不仅用来乘骑与交通，还用来体育与游戏。扬州有打马球铜镜，反映了马球在唐代扬州的盛行。马球在古代叫击鞠，一般认为它的历史可追溯到古代的波斯，随后传入西藏和中原。现在中国至少有三件打马球铜镜，一件藏在故宫，一件藏在安徽，一件藏在扬州。扬州这一件铜镜在邗江泰安金湾坝工地出土，镜为八角菱形，镜背纹饰四骑士，手执弯头球杖，跃马奔驰作击球状，人与球之间衬以高山花卉纹。整个画面表现出马球比赛生动活泼的场面，表现了唐代扬州人驯马的水平。考古工作者认为，铜镜乃扬州工匠所铸。

（三）姜夔："淮左名都，竹西佳处，解鞍少驻初程"

驯马的最高境界，是马戏表演。马戏在历史上留下不少遗址，如戏马殿、戏马台等。扬州古代有戏马台。宋人袁文《甕牖闲评》说："东坡作《徐州戏马台》诗云：'路失玉钩芳草合，林亡白鹤野泉清。'若据《后山诗话》所载：'台下有路号玉钩斜，唐高宗东封，有鹤下焉，乃诏诸州为老氏筑宫，名以白鹤。'此广陵戏马台，非徐州戏马台也。"因为玉钩斜在扬州，所以苏东坡所说的戏马台其实不在徐州，而在扬州。

宋元之间，扬州经历战乱，铁马金戈是寻常之事。姜夔《扬州慢》写到的"解鞍少驻初程""胡马窥江去后"等语，表明马是战争双方共同的坐骑。而"胡马窥江"后来成了扬州人心中不可磨灭的创伤。

扬州的马监巷、马神庙都是明代的地名。明代因驿站需要，官方设有马政。洪武六年（1373），明廷设太仆寺为马政最高领导机构，下设牧监、牧群等部门。洪武十三年（1380），江都建立马监，马监巷由此得名。既然设了牧马监，就该祀马神，故扬州有马监巷、马神庙。

扬州又有洗马桥，这不是城外的唐代洗马桥，而是城内的明代洗马桥。传说这座桥与明代名将常遇春有关。《扬州地名录》记载，洗马桥是城里巷名，原来有桥，相传常遇春在桥下洗刷战马，故名。徐谦芳《扬州风土记略》也说，旧时扬州有许多巷子，都叫某某桥，如"迄今新城地以桥名著，有辕门桥、夹剪桥……蒋家桥之类，而旧迹依然存在者则有得胜桥、宛虹桥、弥勒庵桥与洗马桥焉"。洗马桥下曾有流水，常有人在此洗马，今已成为寻常巷陌。

扬州东关街薛家巷前有过一座陈芝麻桥，实为"臣止马桥"。据传明朝正德皇帝车驾过此，命令文武人等必须于桥前下马，所以桥名"臣止马桥"。那么明代的东关街上，也是有许多高头大马蹄声得得地走过的。

扬州湾子街有马市口，是买卖马匹的市场。《扬州画舫录》说："过洗马桥，为东岳庙东首巷、马市口。"马市口，顾名思义是马匹交易的市场。明初，马匹作为战略物资，被禁止买卖。洪武二十八年（1395）进行马政改革，将马分散到民间散养。永乐以后开禁马市，扬州湾子街的马市口应运而生。

扬州还有"跑马分界"的传说。弘治二年（1489），江都朱氏与丹徒严氏争夺滩地，引发纠纷，后来江都、丹徒两县不得不以"跑马"的方式进行划界。其办法是，令朱严两姓骑马，南北相向对驰，至相遇处分界而止。因为严氏善于骑马，朱氏骑术不佳，所以严氏得滩地十之六七，朱氏得十之三四。旧时头桥一带，南属镇江，北归扬州，由此而来。

（四）李斗："魏马张刀薛硬弓"

清代扬州有技艺高超的驯马人，他们甚至懂得"马语"。马是人类最忠实的朋友，也是人类最得力的战友。英国作家尼古拉斯·埃文斯的小说《马语者》曾经全球热销，被《出版人周刊》列为排行榜第一名，同名影片获美国金球奖。《马语者》引起轰动的原因之一，是人与马之间是否能够沟通的难解之谜。清代扬州有一位懂得"马语"的奇人，因而这个谜语可以解开。

这位扬州人叫作魏五。《扬州画舫录》说："里中有武生三人，一曰魏五，善骑射，通马语，狼山总戎阅兵扬州营时，营马齐鸣，魏谓人曰：'三月后总戎当死。'已而果然；一曰张饮源，善双刀；一曰薛三，能挽五十石弓。人称之为'魏马张刀薛硬弓'。"

关于魏五的故事，《清稗类钞》写得曲折而详尽。书中说，扬州魏五在乾隆年间以技击闻，尤善骑射，能解马语。魏五少时无赖，投清河县为马快，因为抓了不少盗贼，成为名捕。后来在一位道士的带领下，得到一本关于马的书。魏五本来喜欢马，便读了起来，越读越入迷，看到有关马的形体、情性、声音、刍秣等方面的描述，不禁暗中叫好，欣然会意。魏五秉烛夜读，不知东方既白。鸡鸣三遍，道人推门而入，见魏五依依不舍地合上书，便笑道："没想到公门中人，也会像书呆子那样秉烛夜读。"魏五尴尬一笑，说："其他的书都不懂，只有这本书略有所解。"道人拿过来一看，说："此书你尚可一观。"试着就书中的要旨问了几个问题，见魏五只能回答个大概，道人便为他仔细讲解。就这样，魏五看了三天的书，听了三天的讲解。数日后，道士带来了魏五要抓捕的人，让魏五回去交差，并将那本书借给魏五。那个被捕的人，后来被斩首，而魏五升任都司。不料一年之后，魏家有客来访。魏五一见，正是被杀之人，顿时毛骨悚然，以为是厉鬼登门。那人大笑道："你以为我真死了吗？行刑前一晚，我抓到了真凶，让他代我去受刑。刽子手不知道，没想到你也不知道。"那人取走道士的书，不发一言，掉头就走。此后，魏五以马术名震江南。久而久之，能通"马语"。

扬州并不产马，但在清代也举办过马会。王应奎《柳南续笔》说："江阴界连常熟，当接壤处，有沙堤一带颇平衍，每岁中秋两邑，驰马较胜负者恒于斯。而如皋、泰兴有良马，亦渡江来会。"当时的如皋、泰兴均属扬州范围。

直到清末，扬州营兵仍养马。管马的人漫不经心，将马放牧于小东门城头。不意城墙下面的砖块为人挖空，以致承重不起，城墙倒塌，一匹骏马从城头摔下毙命。这件事成为一时新闻，晚清的《点石斋画报》特地予以报道，题为《城坍毙马》。

由此看来，扬州有养马、驯马、赛马的历史。比起"胡马窥江"来，这都充满了和平年代的气息。

三　行人又上广陵船

秋风江上芙蓉老，阶下数株黄菊鲜。

落叶正飞扬子渡，行人又上广陵船。

寒砧万户月如水，老雁一声霜满天。

自笑栖迟淮海客，十年心事一灯前。

——（元）萨都剌《过广陵驿》

《过广陵驿》一诗，元人萨都剌所作。诗中写秋天的荷花和菊花，渡口和行人，月色和雁鸣。最后，诗人感慨自己漂泊的生涯，有绵长无尽之感。

诗中"行人又上广陵船"一句特别值得注意，它提到扬州的船。在水运时代，船的重要性不言而喻。船牵涉到制造和速度等技术问题，还关系到功能和等级等社会问题。皮日休"若无水殿龙舟事"指的是皇帝的龙舟，李白"孤帆远影碧空尽"指的是平民的航船，区别是显而易见的。

（一）吴王兵舰

如果说，邗沟距今已有两千五百多年的历史，那么它的通航也经历了同样漫长的岁月。通航的载体，是不同时代、不同功用、不同形制的船。在风云变幻、逝者如斯的流年中，邗沟承载了什么样的舟楫、帆樯或舰艇呢？它们是以怎样的风貌，担负着怎样的职能，在运河上迎风远航的呢？

公元前486年，吴国出兵伐齐，夫差亲率水军乘战舰由邗沟北上入淮。从某种意义上说，邗沟是为了战争而开凿的。当浩浩荡荡的吴国战舰从邗城下鸣金启航时，竹篙木舵，桨声帆影，开启了雄壮威武的水上进军曲。

在春秋时代，舟楫分类已很详细。古代兵书《六韬》云："济大水，则有天潢、飞江；逆波上流，则有浮海、绝江。"横渡江河的船称天潢、飞江，逆流而上的船称浮海、绝江。这些船既能运输，亦能作战。扬州水网密布，春秋时先后属楚、吴、越统领，古代战舰在这里活动频繁。

汉代扬州舟楫繁盛，有官办造船工场，设有"广陵船官"之职。在广陵王刘胥的墓中，出土了大量文字资料，其中有"食官""中府""广陵船官"字样。"广陵船官材板广二尺长丈四"的铭文，反映了一个重要的史实："船官"之名在汉代职官表上未见记载，应是广陵国特设的官吏。因为广陵国水网纵横，造船业兴旺发达，才有"船官"之设。"广二尺长丈四"作为汉代的尺寸，有助于今人了解汉代造船制度。

汉末天下三分，魏文帝曹丕的兵船直抵广陵，发出了"观兵临江水，水流和汤汤"的浩叹。黄初三年（222），曹丕为了伐吴，乘舟从今安徽亳州出发，沿蔡河、颍河进入淮河，再从寿春进发广陵。他率领大军十数万，航行千余里，舟师如云，帆樯蔽日，一路疾驰广陵。《三国志》云："是冬魏文帝至广陵，临江观兵，兵有十余万，旌旗弥数百里，有渡江之志。"可惜魏文帝未能灭吴，他在《至广陵于马上作》诗中有"谁云江水广，一苇可以航"之句，是对长江天堑的感喟。

（二）隋帝龙舟

隋炀帝开凿京杭大运河后，应运而生的是造船业的发展。《隋书》记载，炀帝首次下扬州在大业元年（605），仅龙舟就造了数万艘，首尾相连，绵延不绝，长达一百多公里。大业六年（610）再幸扬州，大业十二年（616）三幸扬州，都造船无数。唐人皮日休《汴河怀古》所谓"若无水殿龙舟事，共禹论功不较多"，称炀帝之船为"水殿龙舟"，意为龙舟规模有如水上宫殿。

唐人杜宝《大业杂记》载，隋炀帝的船队是他"敕王弘于扬州造舟及楼船"，就是说那些龙舟是在扬州制造的。书中记道："龙舟高四十五尺，阔五十尺，长二百尺，四重。上一重，有正殿、内殿、东西朝堂，周以轩廊。中二重，有一百六十房，皆饰以丹粉，装以金碧珠翠，雕镂奇丽，加以流苏羽葆朱丝网络。下一重，长秋、内侍及乘舟水手。"这段话的意思是说炀帝龙舟体形高大，计分四层。上层有正殿、内殿、东西朝堂。中间二层有一百六十个房间，以金碧珠翠、雕镂奇丽装饰。下层是内侍居住之所。皇后乘坐的龙舟稍小一些，装饰也极尽奢华。船队中还有高三层的大船九艘，有称为漾彩、朱鸟、苍螭、白虎、玄武、飞羽、青凫、凌波等名号的大船数千艘，由诸王、公主、百官、僧道分别乘坐。另有船只，专载物资。其中为炀帝龙舟拉纤的纤夫，身穿锦绣衣服，号称"殿脚"。

龙舟的命运其实很凄惨。大业九年（613），杨玄感起兵黎阳，进围东都，龙舟全被烧毁。其后炀帝下令，再造龙舟数千艘，规格超过旧制。大业十二年（616）江都龙舟造成后，送至东都洛阳，炀帝作诗留别宫人云"我梦江都好，征辽亦偶然"，遂有第三次巡游江都。数千艘龙舟用一年时间造成，可知隋代扬州造船能力之强。然而这些豪华的龙舟，随着隋亡也都灰飞烟灭。

（三）鉴真海船

扬州高僧鉴真六次东渡日本，前五次都失败了。失败的原因是多样的，其中原因之一是船的质量问题。鉴真东渡日本，有违唐朝国禁，官方不可能调拨海船供他渡海。所以他只能租借、购买或制造近海民船航行。最后东渡成功，是因为他乘坐了"遣唐使船"，才完成东渡的夙愿。

"遣唐使船"究竟是日本造还是中国造呢？早就有人提出这个问题。学者指出，"遣唐使船"是中国船而不是日本船。日本百科全书《平凡社大百科事典·和船》明确记载："遣唐使船全都是中国出借给日本的船。"日本明治维新后，日本学界为了"去中国化"，使用"遣唐使船"的模糊说法，而之前的史料是称"唐船"或"百济船"。用"遣唐使船"的说法，在字面上容易理解为是日本船，可以达到"去中国化"之目的。

"遣唐使船"是什么样子呢？扬州建成鉴真纪念馆时，日本遣唐使交流协会实业委员捐赠一条两米多长的日本遣唐使船模型，其实就是中国隋唐海船的形制，即中国东南沿海的海船。

中国造船史十分悠久，但尚未见唐之前海船图像。考古工作对唐船有三次发现：1960 年，江苏扬州施桥船闸工地出土一条唐代木帆船；1973 年，江苏如皋又出土一条唐代木帆船；同是 1973 年，浙江宁波出土一艘唐代海船，船上载有七百多件瓷器，瓷器上留有"大中二年"（848）的唐代款识。

扬州和如皋都地处江尾海头，专家认定这两处出土的木船为唐代海船。但因年代久远，船体腐烂，无法复原，只能了解船体的基本结构。扬州和如皋出土的两条唐代海船，都采用榫接钉合技术。扬州海船采用斜穿铁钉的平接技术，如皋海船采用垂穿铁钉的搭接技术，两条海船都有多个水密隔舱。专家认为，这些技术加固了船体，使之更能适应海上风浪，扬帆远航。

（四）漕盐船艘

漕运是利用水道调运官粮的专业运输。京杭大运河联结黄河、淮河、长江等水系，形成沟通南北的漕运主要通道。唐、宋、元、明、清历代均重视漕运，为此不断疏通漕运所经水道，建立漕运仓储制度。直到咸丰、光绪时，清廷才逐步停止漕运。扬州是漕运的重要城市，漕船是漕运的重要工具。范文澜《中国通史》说："北宋建都东京，依靠东南漕运，漕船是不可缺少的运输工具。"清代漕船的编制，一般以府、州为单位，十人一船，十船一帮。其总数有一万多艘，实际用于漕运的约七千艘，每船装运量不超过五百石。

盐运是古运河的另一重要功能。吴王刘濞从扬州城东开凿运盐河，将东海之盐运到扬州，再分运各地。这条著名的运盐河，经过今天的茱萸湾，直通东海边。如今站在泰安高水河运盐闸前，依稀想见当年运盐河上的盐船络绎不绝，艄公的号子和纤夫的吆喝汇成了激流勇进之歌。盐船对扬州历史上的第一次鼎盛，起了至关重要的作用。司马迁《史记》云："彭城以东，东海、吴、广陵，此东楚也。夫自阖庐、春申、王濞三人，招致天下喜游子弟，东有海盐之饶。"当年的运盐船队，船舷相挨，艑艒连接，撑篙荡桨，摇橹掌舵，蔚为大观。

扬州盐船在清乾隆三十五年（1770）发生大火，震惊朝野。汪中所撰《哀盐船文》，再现了当时沿江盐船火烧连营、惨不忍睹的情形。文章写道："乾隆三十五年十二月乙卯，仪征盐船火，坏船百有三十，焚及溺死者千有四百。是时盐纲皆直达，东自泰州，西极于汉阳，转运半天下焉。惟仪征缩其口，列樯蔽空，束江而立，望之隐若城廓。一夕并命，郁为枯腊，烈烈厄运，可不悲邪？"

后来官员总结惨案的原因，是船只过密，码头过窄，水流过急，各船锚绳互相绕结，遇到事故难以疏离。事故处理的结果，是无人问责。

（五）康乾御舻

康熙、乾隆所乘之舟，通称御舟，如乾隆《登舟》云："御舟早候运河滨。"御舟各有名字，如乾隆所乘的御舟称为"安福舻"和"翔凤艇"。另有"青雀舫"，通长六丈三尺，头宽六尺三寸，中宽一丈一尺六寸，尾宽八尺，计有十舱。

康熙御舟的样式，当时引起百姓的极大兴趣。查慎行《西湖棹歌词》咏道："栽松城石号花园，亭剪棕毛竹织樊。贪看御舟新样子，游人多出涌金门。"描写杭州市民争看"御舟新样子"的情景。康熙还是比较亲民的，民间传说他允许渔船靠近御舟，并与渔妇对话。

乾隆的龙舟十分讲究，他的南巡船队有大小船只一千余艘，阵势浩荡，戒备森严。行进时，乾清门侍卫和御前侍卫的船位于船队最前列，内阁官员的船随后，御舟在船队中间。御舟要三千六百人拉纤，分六班轮值，每班六百人。御舟所经河湖港汊、桥头村口，都有士兵守护，禁止民船出入。

龙舟奢侈，码头也豪华。南巡沿途建有行宫，多由商人出资。扬州高旻寺行宫有前、中、后三殿，包括膳房、套房、戏台、亭廊、箭厅等，亭台楼阁数以百计。内部陈设古玩珍宝、花木竹石、书籍字画、瓷器香炉，应有尽有。扬州天宁寺行宫规模也很大，有各种房屋数百间，凡起居、听政、游乐、读书等设施一应俱全。御舟停靠的码头铺陈棕毯，沿途每隔一段就有乐亭。

最奇特的是乾隆第五次南巡，御舟将至镇江，相距尚有十余里时，遥望岸上有大桃一枚，硕大无朋，颜色红翠可爱。御舟将近，忽然烟火大发，光焰四射，蛇掣霞腾，几炫人目。俄顷之间，巨桃砉然开裂，桃内剧场中峙，上有数百人正演《寿山福海》新戏。那时各处绅商争炫奇巧，两淮盐商为尤甚。徐珂《清稗类钞》写道："当御舟开行时，二舟前导，戏台即架于二舟之上，向御舟演唱，高宗辄顾而乐之。"在历代帝王之中，乾隆算是最会享乐的了。

（六）湖上画舫

江南最富有诗意的船，是画舫。杭州西湖、南京秦淮、扬州瘦西湖，都以画舫闻名。西湖画舫盛于南宋，孝宗携皇后、皇太子游湖，追随的画舫数百，有的演杂耍，有的做买卖，有个名叫宋五嫂的在湖上卖鱼羹，从此有了"宋嫂鱼羹"的名菜。秦淮画舫盛于明末，李香君、柳如是、陈圆圆等"秦淮八艳"一时名传远近。瘦西湖画舫盛于清中叶，因为迎銮康乾南巡，形成了"两堤花柳全依水，一路楼台直到山"的盛况。

扬州画舫的出名，与清人李斗的《扬州画舫录》密切相关。《扬州画舫录》遍载扬州街市、河流、文物、园林等，光怪陆离，流光溢彩，但这本记录扬州城市风情的书，为什么题作"画舫录"呢？原来书中确有一卷《舫扁录》，专记当时扬州的上百条游艇和画舫，但画舫的内容只占全书很小部分。画舫是古人诗意栖居的象征，太平盛世的点缀，寄情山水的依托。因为这些，李斗才把他的书题作《扬州画舫录》。

朱自清认为，《扬州画舫录》记载的正是扬州的辉煌。他在《我是扬州人》中说："扬州真像有些人说的，不折不扣是个有名的地方。不用远说，李斗《扬州画舫录》里的扬州就够羡慕的。"又在《扬州的夏日》中说："特别是没去过扬州而念过些唐诗的人，在他心里，扬州真像蜃楼海市一般美丽；他若念过《扬州画舫录》一类书，那更了不得了。"叶恭绰赠陈从周一联云："洛阳名园，扬州画舫；武林遗事，日下旧闻。"将《扬州画舫录》同《洛阳名园记》《日下旧闻录》《武林遗事》诸书并举，值得我们玩味。

《扬州画舫录》付梓后很快风行，不久模仿之作就出现了。最有名的数西溪山人的《吴门画舫录》、个中生的《吴门画舫续录》、捧花生的《秦淮画舫录》和《画舫余谭》。扬州画舫于是名闻天下。

（七）沙氏快艇

运河上有一种快艇，名叫"沙飞"。关于"沙飞"的得名，李斗《扬州画舫录》说是"本于城内沙氏所造，今谓之'沙飞'"，也就是说，"沙飞"因造船者是扬州沙氏而得名。"沙飞"的最早记载，也见《扬州画舫录》。李斗谈到乾隆南巡时说："纤手用河兵'沙飞''马溜'。"据此，"沙飞"和"马溜"一样，都是快船。续纂《淮关统志》提到"沙飞、马溜、鸭嘴、芦篷、渔楼等船"，可知"沙飞"乃是一种快捷的官船。重修《浙江通志稿》提到"'沙飞船'船顶可架戏楼演剧，谓之'楼船'"，可见"沙飞"已经发展成为富于装饰性和娱乐性的大型游船。《扬州画舫录》又说："木顶船谓之'飞仙'，制如苏州酒船。""'沙飞'梢舱有灶。""'沙飞'重檐飞舻。"当"沙飞"的形制和用途为人们普遍向往的时候，它就代表着扬州人的生活方式和风情韵致，走出了扬州，点缀了江南。

譬如，苏州后来也有了"沙飞"。顾禄《桐桥倚棹录》说，苏州的"沙飞"都在山塘一带的野芳浜和普济桥上下客。苏州人家举办宴会，常常租赁一条"沙飞"，在船上宴客。顾禄说到这种船的由来是："以扬郡沙氏变造，故又名'沙飞船'。"可见苏州的"沙飞"的确是从扬州传过去的。

南京的餐船和杭州的菜船，都是扬州"沙飞"的流风余韵。嘉兴的"沙飞"在无名氏《八美图》里有描述："那烟雨楼四面朱红曲折栏杆，五色珠灯悬空高挂，两旁排列奇珍异宝。各官府先来在此伺候，等候花少爷用过早饭，带领十五六名家将，都是花妆艳服。两位教师下了大船，另外一双'沙飞'，跟随着少爷船后，鸣金掌号，水道而行。""沙飞"跟在大船后面，是因为它体小而灵活。

但是"沙飞"也不一定是小船，有时指江海航行的大船。清人李百川《绿野仙踪》说："适才过一'大沙飞'，乃户部侍郎陈大经之船也。他船内有二十余万银两，并应用物件等项，皆是刻薄害民所得。"曹寅进贡朝廷的江南美味，就是用"沙飞"运输的。

（八）阮家红船

在洋溢着诗情画意的"沙飞"徜徉湖山的时候，长江却不时风浪险恶。这时出现了一种救生船，全身漆成红色，号称"红船"。《清会典》载，凡江行遇风涛之险，均由红船任拯救之责。许多朝廷大员，都将自己的官船自命为"救生红船"。

扬州人阮元在江西任官时，按照瓜洲红船为式，在南昌造船，以便救生。他有《红船诗》（一作《在南昌造船》）序云："用余家瓜洲红船为式，在南昌造船，以为救生诸事之用。瓜洲船乘风归去，三日至瓜洲矣。"阮元诗云：

> 南人使船如使马，大浪长风任挥洒。
> 红船送我过金山，如马之言殊不假。
> 我嫌豫章无快船，造船令似金山者。
> 鄱湖波浪万船停，唯有红船舵能把。
> 洪都三日到江都，如此飞帆马不如。

江上纵然风急浪高，红船却劈波如飞，诗人是何等潇洒旷达。

林书门《邗江三百吟》云："渡扬子江最险，两淮另设一种大红船，用两道大篷索，遇有遭险之船，乘风破浪，飞赶护之，名曰救生船。近年阮伯元中丞亦仿此而行，留于江口，嘱族叔逯阳公查察其事。"江船如有倾覆，阮元的红船会"乘风破浪，飞赶护之"。阮元所造的红船，第一艘名叫"宗舫"，取自"乘长风破万里浪"的南朝宗悫之姓。后又造三艘，分别命名为"沧江虹""木兰身"和"曲江舫"。

阮元制造的红船，一时传为佳话。阮元的弟子梁章钜在《楹联三话》记道："吾师尝为余述，在江右时，偶以事遣家丁回扬州。恰值风水顺利，朝发南昌，暮抵瓜洲。若非红船，断不能如此快速也。因制一联，悬于舟中云：'扬子江头万里浪，滕王阁下一帆风。'"上联写大江东去，波涛汹涌，下联写红船乘风，一泻千里，对仗工稳，境界高远。

镇江西津渡复制了一条漆成红色的救生船，标明那是阮元红船的复制品。我在西津渡见到这艘船时，心中对前贤充满了敬意。

四　蚕老桑枝客未归

黄鹂啄紫椹，五月鸣桑枝。

我行不记日，误作阳春时。

蚕老客未归，白田已缫丝。

驱马又前去，扪心空自悲。

——（唐）李白《白田马上闻莺》

李白骑马经过扬州的宝应，看到桑葚已经成熟，黄鹂在桑树上歌唱，养蚕和缫丝的季节正当其时。于是，他写了《白田马上闻莺》一诗，白田是宝应的古名。他在诗中写道："黄鹂啄紫椹，五月鸣桑枝。""蚕老客未归，白田已缫丝。"可以说，这是扬州蚕桑史的珍贵资料。

扬州有个地方，叫作"桑树脚"。常有人问，桑树怎么会有脚呢？其实桑树脚是扬州城北的一个古老的地名。"脚"的意思是"根"，墙根可以说成墙脚，树根自然也可以说成树脚。在蜀冈南麓，保障河边，曾有一片古桑树林，枝繁叶茂，盘根错节。扬州人出北门游览或扫墓，必先经过桑树林歇脚，而后继续前行便可达平山堂、司徒庙、金匮山及西山一带，那里是寺庙和冢墓分布之地。桑树脚就是扬州人出城歇脚之处，故名。当年桑树林中裸露的树根，茂密的枝叶，季节凑巧时还有紫甜的桑葚，都是行人所爱。近人杜召棠《负庐日记》写道："民国三十六年（1947）二月二十八日，旧历二月初八日，晴。早偕余妻世俊，往桑树脚、平山堂，谒余祖妣及先考妣墓后，归时便至小金塘，古小金山，追忆当日桃花之盛。"作者到平山堂和祖坟扫墓，必先经过桑树脚。

　　说起来，桑树也是扬州古老的树种之一。中国蚕桑技术的西传与江都细君公主的出塞密不可分。法国学者布罗斯《发现中国》一书回顾中西交往的历史，认为西方最早发现中国，是公元一世纪古罗马帝国用羊毛织物和黄金制品从希腊人、波斯人那里换取中国的丝绸，所以罗马人称中国人为"丝绸国人"。丝绸究竟是如何从中国传到西方的呢？西方人说南北朝时有两名景教徒在中国掌握了养蚕术之秘密后，在一根空竹杖中把蚕桑种子偷偷带到了君士坦丁堡。另一个版本却是西汉江都公主刘细君和亲乌孙时，将蚕桑的种子藏在发髻里，带到了西域。

　　中国在商周至战国时期，蚕桑技术已经达到相当水平。《礼记·月令》说："季春之月，后妃斋戒，亲东乡躬桑。禁妇女毋观，省妇使以劝蚕事。"可见蚕桑礼仪十分庄重。学者认为，汉王朝只允许向西域运输丝绸成品，不允许输出蚕桑，谁泄露了蚕桑的秘密，要被处以极刑。传说江都公主刘细君酷爱刺绣，远嫁乌孙时携去大量丝帛。然而再多的丝帛也会用尽，所以她担心到西域后会难耐寂寞。有一位迎嫁的乌孙大臣对公主说，最好把蚕桑的种子藏在身上带出关去，将来在乌孙便可以种桑养蚕，织丝刺绣。细君便把蚕桑种子藏在发髻里带到乌孙，桑蚕技术从此在西域流传开来。在扬州高邮天山汉墓里，发掘出玉、银、铜、铁、漆、丝等各种精美文物，其中丝绸证明汉代扬州具有高超的蚕桑技术。扬州邗江姜莫书汉墓出土的玉佩舞人，裙裾流畅，衣带飘逸，显系丝绸制成的服装。英国人赫德逊《欧洲与中国》书中有不少关于蚕桑西传的揣测，关键的一点是有人"把蚕卵偷运到帝国"。如果刘细君将蚕桑种子西传一事属实，证明扬州在汉代已有桑树。

　　唐代诗人许浑在《广陵道中》一诗里，写他看到的扬州郊外景色是："绿桑非苑树，青草是宫莎。"那些葱绿的桑树，并非富家花园之物，倒是青草长满了官家的宫苑。按此，唐代扬州城外有许多长势很好的绿油油的桑树。

宋代扬州的蚕桑业不但发达，而且有理论建树。那时扬州西山一带住着一位学者，名叫陈旉。他的名著《农书》又称《陈旉农书》，全书三卷，上卷论土壤耕作和作物栽培，中卷谈耕牛饲养与管理，下卷专谈蚕桑，讨论有关种桑养蚕的技术，特别推荐桑麻的套种技术。在中国古代农书中，把蚕桑作为农学重点问题来讨论的，扬州人陈旉是首创者。

陈旉因住在扬州西山，自号西山隐居全真子。他生于北宋神宗熙宁年间，应是一位道教徒。他生活的时代，正当南北宋交替的战乱之际，在动荡的社会环境中，也许是为了逃避战乱，陈旉常常不得已辗转长江南北。他到处留心观察农业生产方式和农业生产技术，积累了江浙农业生产的丰富经验。后来隐居在扬州西山一带，经营田园，自得其乐，到晚年俨然成为一个农庄经营专家和农业技术专家。南宋绍兴年间，陈旉年逾古稀，著成反映长江下游农业经营和农业生产的名著——《农书》，经真州地方官刊印得以传播。宋人洪兴祖在《陈旉农书·后序》中说："西山陈居士，于六经诸子百家之书，释老黄帝神农之学，贯穿出入，往往成诵，如见其人，如指诸掌。下至术数小道，亦精其能，其尤精者《易》也。平生读书，不求仕进，所至即种药治圃以自给。"到明代，《农书》被收入《永乐大典》。清代时，《农书》被收入多种丛书。十八世纪，《农书》传入日本。

《农书》下卷专论蚕桑，目录如次：蚕桑叙；种桑之法篇第一；收蚕种之法篇第二；育蚕之法篇第三；用火采桑之法篇第四；簇箔藏茧之法篇第五。由此可见，在陈旉生活的宋代扬州西山，桑树种植不但非常普遍，而且技术相当成熟。陈旉本人不但有栽种桑树的实践，同时能够进行理论的总结。在陈旉之前，关心农学的古代学者多把眼光投向北方黄河流域一带的农业经验。陈旉作为扬州人，则把眼光专注于南方的农事。因为他博览群书，又躬亲实践，所以他的《农书》具有理论和实践结合的鲜明特色。

在《农书》里，陈旉说，水塘边的堤可以种桑，水塘里可以养鱼，水塘里的水可以灌田。因为桑树上蚕的排泄物落在水塘里，可供鱼儿食用，鱼的排泄物又为桑树的根提供了营养。这种生态链良性循环、农渔副同时发展的思路，几乎是现代生态农业的雏形。

陈旉对自己的书极为重视。他在再版的《跋》中说："此书成于绍兴十九年（1149）。真州虽曾刊行，而当时传者失真，首尾颠错，意义不贯者甚多。又或为人不晓旨趣，妄自删改，徒事缔章绘句，而理致乖越。是书也，将以晓农事之大，使人人心喻志解。今乃反惑其说，使老于农圃而视效于斯文者，方且嗤鄙不暇，其肯转相读说，劝勉而依仿之耶？仆诚忧之。故取家藏副本，缮写成帙，以待当世君子，采取以献于上，然后锲版流布，必使天下之民，咸究其利，则区区之志愿毕矣。"此后《陈旉农书》多次再版，但鲜有学者做专门研究。近世学者万国鼎对《陈旉农书》作了认真研究与解读，不但对原著进行校勘、标点和注释，还作了语译。农业出版社于 1965 出版的万国鼎校注的《陈旉农书集注》，是《陈旉农书》较好的读本。

清代的"邗上农桑"，是扬州北郊的著名风景。二十四景是清代扬州风光的代表，但并未囊括当时扬州所有的名胜。实际上在二十四景之外还有不少有名的景致，如邗上农桑、杏花村社、石壁流淙、玲珑花界等。这些名胜后来大半倾圮湮没，只留下美丽的名字。"邗上农桑"故址在扬州城北漕河北岸迤逦而西，系乾隆年间奉宸苑卿衔王勘营建，其弟王协再修。据《扬州画舫录》记载，它仿照清康熙《耕织图》而建成。其地有浴蚕房、分箔房、绿叶亭，亭外植桑，郁郁葱葱。桑间建楼，楼下有廊，通染色房、练丝房，又有嫘祖祠、经丝房、听机楼。楼旁有东织房、纺丝房，又有西织房、成衣房等。"邗上农桑"的蓝图《耕织图》是古代农桑生产的成套图像资料，以江南农村生产为对象，系统描绘粮食生产从浸种到入仓，蚕桑生产从浴蚕到剪帛的具体操作过程。"邗上农桑"距离桑树脚不远，四周植有大量桑树，远近闻名。道光年间，阮元曾居于此。但是，"邗上农桑"只是体现一种"劝农"的姿态，并没有什么人身体力行。在扬州农村植桑养蚕历时已久的时候，城里人对此其实漠不关心。据阮亨《瀛洲笔谈》记载，他曾向自己的嫂子、阮元的夫人孔璐华索诗，孔夫人持《养蚕图卷》对阮亨说："风云月露，非妇人所重也。予尝自浙江携蚕种归扬州，蚕籽甚繁盛，可见水土颇宜。扬州不乏桑叶，惜人家不知习养，因命月庄绘为卷共题之，叔录此可也。"孔璐华为此写了一首诗，叫《江北不养蚕，因从越中取蚕种来扬州，采桑饲之，得茧甚多，诗以纪事》，其中几句是："为语儿女辈，物力当知艰。几树桑青青，千个茧团团。贫女一月工，织成绮与纨。绮纨在尔身，忍令污且穿。所以莱公妾，讽谏咏诗篇。"

1935 年，郁达夫慕名游览扬州，寻找扬州名胜"邗上农桑"。事后他写了一篇名文《扬州旧梦寄语堂》，抒发他游览扬州的感想："扬州之美，美在各种的名字，如绿杨村、廿四桥、杏花村舍、邗上农桑、尺五楼、一粟庵等；可是你若辛辛苦苦，寻到了这些最风雅也没有的名称的地方，也许只有一条断石，或半间泥房，或者简直连一条断石，半间泥房都没有的。""邗上农桑"曾经桑树成林，惜已消失于无情的时光之中。

桑树在扬州本土树木中，排列在前十名。嘉庆《扬州重修府志》记载扬州树种时写道："木有杨柳、扶芳、白杨、青杨、黄杨、桑柘……"这里的"桑柘"实际上是指两种树，一是桑，二是柘。而扬州的桑树，又分为好几种。1926 年出版的《江都县续志》记道："桑叶能饲蚕，子即桑葚。叶大如掌而厚者，名白桑；叶尖而长者，名山桑；先葚后叶者，名子桑；小而条长者，统谓之女桑。东乡旺子桥，多土桑。他处今植湖州种，株不甚高，而叶肥，名湖桑。柘叶圆而有尖，亦能饲蚕，然叶硬，不及桑叶。"那么在民国时代，扬州城东的桑树，就有白桑、山桑、子桑、女桑、湖桑等种。

扬州人栽种桑树的目的，据《江都县续志》说："东乡宜陵、大桥各地，多植桑，除饲蚕外，兼售桑苗。"就是说，栽种桑树的目的有两个，一是养蚕，二是卖苗。不过总的说来，晚近扬州的蚕桑业并不发达。扬州的女性虽然也从事纺织，但是规模和效益都是有限的。澳大利亚学者安东篱在《说扬州》中说，明清两代女性的需求日益增多，服装、发型、头饰都需要大量的生产者。但是，当许多地方的妇女在日夜纺纱织布的时候，"扬州妇女远没有这么活跃。无论如何去分析城市经济，这个事实都具有深刻的含义"。安东篱说，在纺车的嗡嗡声中，江南各条水道充塞着满载货物的船只，"扬州附近的妇女在纺织什么呢？不管她们纺织的是什么东西，其数量都很少，商业意义都很小，以至于可以说扬州是十六世纪手工业大革命的局外人"。安东篱认为，在江北的其他任何地方，妇女都非常勤劳，只有扬州例外。她引用了清人桂超万《宦游纪略》中的一句话："凡在邻境，皆有妇工。东属通州，织就鸡鸣之布。南连吴郡，绣成龙衮之衣。惟扬州群与嘻嘻，毫无事事。"实际上，从晚清到民国时代，南通已经成功地从一个曾与扬州相似的盐业城市，迅速转化为以纺织业为主的工业化城市。然而，因为"妇人无事"的缘故，扬州在近代化的过程中只扮演了一个看客。而这一切，与蚕桑业有关。

扬州和南通都属于所谓苏中，但两地也有明显的不同。南通的经济和文化，本来和扬州的关系十分接近。在盐业上，南通归两淮盐运司管辖；在文化上，南通人李方膺是扬州八怪之一。但在城市的风气方面，扬州侧重于消费，南通侧重于生产，这使得晚清江苏近代化大潮席卷而来的时候，扬州城与铁路擦肩而过，南通却借助纺织业跻身于上海经济圈。太平天国战争后，两淮盐运使方濬颐在扬州西北郊置地兴办课桑局，栽桑数千棵，又购买桑苗十万株，劝民领种，力求恢复扬州农村的传统经济。而不久之后，南通纺织业却很快经历了起步、发展和持续进步的现代化历程，张謇及其大生纱厂实现了南通棉纺业的现代化，加快了手织业的改良步伐。而扬州桑树脚，冷落成为游人歇脚之处。

五 但见荷花三十里

欲穿九曲通淮水，只费春夫数日工。

但见荷花三十里，何须更有大雷宫。

——（宋）晁补之《扬州杂咏》

宋人晁补之《扬州杂咏》中的"但见荷花三十里，何须更有大雷宫"，并非夸张。扬州有莲花桥，有莲花埂，有莲性寺，有九莲庵，有荷花池。扬州人朱自清笔下的"荷塘月色"，已经成为经典的美景。扬州人从心底爱荷，爱它的出淤泥不染，爱它的全身都是宝。扬州人善于种荷、赏荷、用荷，扬州也堪称是荷花之乡。

扬州的荷花种植史，可以追溯到史前的龙虬庄时代。龙虬庄地处江淮之间，是江淮史前文化的典型代表，在龙虬庄考古发掘中发现过完整的莲子。这些莲子沉睡地下五千余年，在专家的精心培育下竟然重新焕发生机。

汉朝的农业空前发展，荷花栽培进入了新时期。在汉代以前，荷花品种均为单瓣型红莲，魏晋时已出现重瓣荷花。汉代扬州荷花的种植情况记载甚少，但起源于汉代的宝应射阳湖镇古有"射阳八胜"之说，即龙杆寺看灯，走马墩试马，凝瑞桥赏荷，跃龙桥听涛，花子沟垂钓，三王河泛舟，臧陈祠读书，运东堤踏雪。每一景皆有诗，其中《凝瑞桥赏荷》诗云："放船三顷六莲塘，摘得芙蕖满手香。最是小姑无赖甚，偷将莲子打鸳鸯。"这种赏荷的做法，也许是汉代的遗风。扬州城北的邵伯湖，与高邮湖、宝应湖毗连，都是种荷的好地方。南朝乐府《长干曲》唱道："逆浪故相邀，菱舟不怕摇。妾家扬子住，便弄广陵潮。"诗中提到了菱舟，实际上菱角和荷藕常常共生，采菱之舟也就是采莲之舟。

隋代以后，荷花栽培的技艺进一步提高，有关荷花的诗词、绘画、雕塑、工艺、保健等文化内容丰富多彩。同时，荷花也凭借它的色彩艳丽、风姿绰约进入了园林。长安城外有芙蓉园，江都宫苑也多植莲花，产生了《采莲歌》。隋炀帝《江都夏》诗云："菱潭落日双凫舫，绿水红妆两摇漾。还似扶桑碧海上，谁肯空歌采莲唱？"夏日消暑，在水边观看采莲，是宫中一乐。荷花不但种植于宫囿，在江边的滩涂也到处野生。隋炀帝还有《夏日临江诗》云："鹭飞林外白，莲开水上红。"就是写扬子江畔的野生荷花。

唐代的荷文化繁盛，工艺品如金器、铜镜等多采用莲花纹、莲瓣纹。这时扬州的荷花，以木兰院的后池最有名。皮日休在游览扬州木兰院后，对后池中的稀有荷花品种大加赞赏，作《木兰后池三咏》以寄感慨。后池有一种荷花最特别，花开两重，称为"重台莲花"。皮日休《重台莲花》诗云："欹红婐婠力难任，每叶头边半米金。可得教他水妃见，两重元是一重心。"除了重台莲花，池中还有红莲和白莲，诗人都有歌咏。连写了三首之后，诗人犹嫌不足，又作《重题后池》一首，把亭亭玉立的荷花比作细腰的美人。

皮日休作了《木兰后池三咏》后，他的友人陆龟蒙也作和诗，对扬州木兰院的荷花再三赞美。其中《重台莲花》云："水国烟乡足芰荷，就中芳瑞此难过。风情为与吴王近，红萼常教一倍多。"强调这种重台莲花的花瓣"常教一倍多"，比普通荷花要大一倍。

旧时扬州的衙署里，一般都有莲池。王建在《维扬冬末寄幕中二从事》诗中，有"故人多在芙蓉幕"之句，说他的朋友大多做了幕僚。"芙蓉幕"原指南朝齐王俭的府第，后世以"芙蓉幕"作为大吏幕府的美称，亦称"幕下莲花""幕府红莲"。唐代扬州衙署中的幕僚，亦称"芙蓉幕"，这与衙署中植有荷花有关。扬州出土过越窑青釉莲荷纹盘、长沙窑青釉褐彩莲瓣云气纹盏，从一个侧面说明了扬州人对荷花的欣赏。

宋代扬州广植荷花，有名胜芙蓉阁，阁前种植大片荷花。曾致尧《芙蓉阁》诗云："夏日芙蓉阁，阁前何最殊？参差红菡萏，迤逦绿菰蒲。"描写扬州芙蓉阁前开满了红色的荷花。当时的扬州水面，到处可以看到荷藕，因此荷花成了扬州美景的象征。欧阳修在《西湖戏作示同游者》中写道："菡萏香清画舸浮，使君宁复忆扬州？"菡萏就是荷花，欧阳修因为看到菡萏就想到扬州，说明扬州给他留下深刻印象的，不仅有无双亭下的琼花，还有平山堂上击鼓传递的荷花。

种植荷花最密的地方，是蜀冈南面的九曲池。晁补之《扬州杂咏》写道："欲穿九曲通淮水，只费春夫数日工。但见荷花三十里，何须更有大雷宫。"九曲池是隋宫旧景，"荷花三十里"固然不无夸张，但这里遍植荷藕是没有疑问的。邵伯湖的荷花在宋代也依然繁盛，孙觉《题邵伯斗野亭》有"结缆嗟已晚，不见芙蓉城；尚想紫茨盘，明珠出新烹"之句，他因天色已晚没看到大片荷花（"芙蓉城"）为憾。他的朋友张舜民在《和孙莘老题邵伯斗野亭》中，说道"开池种白莲""设我紫藕供"等语，可知那时邵伯湖里白荷花较多，鲜藕也成为嘉宾的美食。

元代的邵伯湖，依然荷花茂盛。黄溍经过邵伯时，作《送宋显夫宪金分题得邵伯埭》诗说："藕花方烂漫，使节莫留连。"藕花就是荷花，正开得烂漫。马祖常在《送扬州方教授》中说："船中镜铸芙蓉月，桥上歌吹杨柳秋。"诗人从船中往外望去，水平如镜，明月倒映，荷花盛开，故曰"镜铸芙蓉月"。那时的广陵驿旁也有荷花。诗人萨都剌行经扬州时，正值深秋，莲叶枯槁，菊花怒放，所以他在《过广陵驿》中咏道："秋风江上芙蓉老，阶下数株黄菊鲜。"这正是扬州客舍所见的景色。驿站里的荷花是为了欣赏，但是农人挖池种藕是为了生计。元末张宪《哀亡国》咏道："买桑喂蚕丝不多，凿洼种藕莲几何？广陵夜月琼花宴，结绮春风玉树歌。"叹惜扬州农人凿池栽藕，能够卖得多少莲子呢？

明代扬州的荷花，种植面积有大有小。袁华《草堂清集》诗云："芙蓉小苑落秋红，争似王家一剪红？共说扬州月无赖，紫鸾箫里露台空。"是写的小苑芙蓉。潘之恒《伏日同友人雷塘观荷花》咏道："炎天何处问冰壶？火里莲花望不孤。妆出缟衣光四照，操来寒玉倚三株。风香冉冉轻频举，波翠田田弱易扶。只少吴歌催放艇，旧游曾忆曲阿湖。"是写的雷塘观荷。无论是小苑还是雷塘，荷花都是扬州人喜爱的奇葩。

清代扬州的九曲池依然荷花盛开。王节《九曲池》诗云："隋家弦管动人愁，莲子花开簇小舟。"盛开的荷花将小船都簇拥了起来。张幼学《荷香》写平山堂前的荷花："十里残荷曲沼通，任舟行处水无穷。"瘦西湖北部的水域，清初时生长着大片荷藕。长堤春柳东岸的净香园是赏荷佳处，杭世骏《净香园》云："亭亭万柄荷，离立清涟中。红白各自好，间错造物工。"这里的荷花一向分红白两色，为二十四景之一的"荷蒲熏风"。张四科《雨中红桥观荷》中的"舟行复楼艎，流赏遍芳塘"，也是写的荷蒲熏风。杭世骏的"亭亭万柄荷"是形容荷花之多，相映成趣的是街南书屋的荷池，据主人马曰璐《新荷初放》所言："虚亭南北水西东，数柄荷花满袖风。"园中只有"数柄荷花"而已。仲振奎登临虹桥赏荷，作《湖上观荷》赞道："三十六陂外，虹桥花最芳。"指的是虹桥的荷花最美。

晚清时，文登人于昌遂于同治初在扬州建养志园，俗称于家花园。于昌遂曾任清都将军江北大营后路粮台，官至直隶州知州。嗜好藏书，能诗善文，也特别爱莲。养志园四面环水，有吊桥直达园门，园中花木扶疏，景色宜人，并辟有荷花池。他对荷花的栽种、成活、生叶、结朵、怒放、观赏都非常精心，有《规塘新种荷花盛开》诗云：

> 凿池像阙月，积潦才半竿。
>
> 方春种藕苗，水活根易安。
>
> 茄蒩忽离立，竦若青琅干。
>
> 南风吹菡萏，折瓣分双单。
>
> 红霞冒屋脊，素月悬檐端。
>
> 流水耀堂壁，活色翰边鸢。
>
> 言采房中药，为糜充夕餐。
>
> 不愁风浪起，止水无鲤桓。
>
> 虽非远公社，一家话团栾。
>
> 为语谢康乐，慎无走马看。

近代扬州赏荷的去处，以瘦西湖首推第一。扬州词人丁宁长年旅居外地，心中常常思念家乡。她在《望江南·旅窗杂忆》中说："十里芰荷连法海，几家楼阁枕清溪。"法海寺在瘦西湖中，说寺前有十里荷花不算夸张。从吴道台测海楼走出去的学者吴白匋，也特别钟情瘦西湖的荷花，有《惜红衣·莲性寺前景色》词云："对渚莲红褪，遥忆液池秋色。"除了湖栽，扬州人家也爱缸栽。宝应华士林有《河传·咏缸荷》词云："围架护持，难禁梦萦鸳伴。不了情，泥中篆。"缸中的荷花，需要围架给予护持。

扬州以荷花命名的荷花池公园，原名南池、砚池，因池中广植荷花，故名荷花池。清初此地有南园，为扬州八大名园之一。园内绿树成荫，亭台散布，除了池中广种荷花外，春有杜鹃、茶花，夏有昙花、睡莲，秋有丹桂、菊花，冬有蜡梅、天竹，曾经举办过荷花节，一时名闻遐迩。

1985 年 5 月，荷花被评为中国十大名花之一。

六　教成鹦鹉作人言

> 扬州好，溜雀教场中。
>
> 月样红叉鹦鹉架，水磨黄竹画眉笼。
>
> 顾盼健儿雄。
>
> ——（清）黄鼎铭《望江南百调》

古代人养鸟，主要是在宫廷中。如后蜀花蕊夫人《宫词》云："碧窗尽日教鹦鹉，念得君王数首诗。"教得鹦鹉能念诗，不但自得其乐，而且博君王一笑。在繁华的城市，如扬州，平民也爱养鸟。清人王锦云《扬州忆》云："扬州忆，飞阁画眉喧。把就鹌鹑邀客斗，教成鹦鹉作人言。促织慎寒暄。"画眉、鹌鹑、鹦鹉，构成了清代扬州的百鸟图。

扬州人集中玩鸟的地方，是昔日的教场。扬州的教场，犹如北京的天桥、上海的城隍庙和南京的夫子庙，终日有人提笼架鸟，晚清扬州人黄鼎铭《望江南百调》云："扬州好，溜雀教场中。月样红叉鹦鹉架，水磨黄竹画眉笼。顾盼健儿雄。"即言教场玩鸟的情景。旧时教场有一条雀笼巷，是专做雀笼和卖雀笼的地方。鸟雀易飞，故需笼养，雀笼制作行业也便应运而生。

扬州人养鸟的历史，唐前无考，宋时方有记载。最早记载扬州人笼养的鸟类，是八哥。八哥古称"鸲鹆"，宋人顾文荐《负暄杂录》说："南唐李主讳煜，改鸲鹆为'八哥'，亦曰'八八儿'。"可知鸲鹆之所以称为八哥，是因为"鹆"与"煜"同音而避李煜之讳的缘故。八哥属鸟纲，椋鸟科，毛色黑亮，翼羽有白斑，飞时显露"八"字形状，这就是"八哥"名字的由来。八哥产于我国中部、南部的平原和山林，雄鸟善鸣，经过笼养训练，能模仿人说话。南朝梁人宗懔《荆楚岁时记》谈到五月初五的风俗时说："取鸲鹆教之语。"关于扬州人笼养八哥之事，最早见于宋人徐铉《稽神录补遗》：

> 广陵有少年，畜一鸲鹆，甚爱之。笼槛八十日，死。以小棺贮之，将瘗于野。至城门，阍吏发视之，乃人之一手也，执而拘诸吏。凡八十日，复为死鸲鹆，乃获免。

八哥为什么变成人手，人手又为什么变回八哥？这可能是民间的讹传。但是这段记载表明，扬州人在宋代已经笼养八哥，也即所谓"笼槛"。

扬州人喜爱八哥的传统，一直延续到明清。明末郝璧《广陵竹枝词》咏道："哥鸟窗前唤六郎，莲花如面看苏娘。殢人未得真消息，借舌传情到夕阳。"诗中的"哥鸟"指八哥，"借舌传情"指八哥能够学舌。八哥学舌的特点，后来被扬州商人用来牟利。李斗《扬州画舫录》谈到，扬州天宁门街有个卖糕的人得知盐商安岐最富，特意教他的八哥学会"安公买我"四字，当安岐经过糕铺前时，听见八哥说"安公买我"，就用重金买下了这只八哥，回去后才知道八哥只会说这四个字。这一段史料的原文见《扬州画舫录》：

> 米景泉住河东岸，于天宁门街开糕铺。工诗，好笼养。是时盐务商总以安绿村为最，一日过其铺，闻笼中八哥言曰："安公买我。"绿

村喜，重值购之。盖止教此一语，亦善于取利矣。

值得注意的是"好笼养"三字，这种风气使得扬州雀笼制作拥有广阔的市场。

八哥之外，扬州人又喜爱鹦鹉和画眉。中国在汉代已有驯养鹦鹉的记载，许慎《说文解字》云："鹦鹉，能言鸟也。"祢衡《鹦鹉赋》云："性辩慧而能言兮，才聪明以识机。"唐人驯养鹦鹉的故事，以唐明皇和杨贵妃所蓄的"雪衣女"最著名。天宝中，岭南献白鹦鹉，养之宫中，岁久聪慧，洞晓言辞，皇上与贵妃皆呼为"雪衣女"。唐代诗人写了许多歌咏鹦鹉的诗篇，最有名的是朱庆余的《宫词》："寂寂花时闭院门，美人相并立琼轩。含情欲说宫中事，鹦鹉前头不敢言。"可知唐人驯养鹦鹉主要在宫中，而驯养鹦鹉的目的主要是教它模仿人言。扬州人蓄养鹦鹉的确凿记载，见清人陈志堪《芜城竹枝词》："酒帘高傍画船斜，岸上鸣鞭入酒家。解事偏余鹦鹉舌，殷勤客到只呼茶。"

扬州人喜好各种雀戏，包括鸟鸣比赛、驯鸟说话、欣赏斗鸟、人学鸟鸣等。宋人笔记《西湖老人繁胜录》提到"飞放鹰鹞""老鸦下棋"，都属于雀戏。当时以"教飞禽"出名的赵十七郎，是训练雀戏的能手。《马可波罗游记》生动描绘了元代的雀戏，说当大汗在野外发现鹤或其他鸟类时，就命令放鹰去捕猎，这时，"皇帝躺在木亭中睡椅上，观赏这种放鹰捕鹤的情景，十分开心"。明代的雀戏相当流行，田汝成《西湖游览志余》说，每到清明，苏堤一带"诸色禽虫之戏，纷然丛集"。曹雪芹在《红楼梦》中写"贾蔷从外头来了，手里提着个雀儿笼子，上面扎着小戏台，并一个雀儿，兴兴头头往里来找龄官"。这个雀儿据贾蔷说叫作"玉顶儿"，令其"衔旗串戏"，价值一两八钱银子。其实不仅南京、北京有这种"衔旗串戏"的雀戏，扬州、苏州也有。王锦云《扬州忆》云："扬州忆，慧鸟锦笼收。旗插鹅翎衔蜡嘴，米调鸡卵饲黄头。安放近帘钩。"就是说蜡嘴表演的"旗插鹅翎"，可知贾蔷的"衔旗串戏"是有生活依据的。

最常见的雀戏是鸟鸣比赛，乃至艺人模仿鸟鸣，并与鸟类比赛。《扬州画舫录》记载清代扬州最有名的模仿鸟鸣的艺人，有井天章、陈三毛、浦天玉、谎陈四等人云："井天章善学百鸟声，游人每置之画舫间与鸟斗鸣，其技与画眉杨并称。次之陈三毛、浦天玉、谎陈四皆能之。"清代北京有名艺人"画眉杨"，擅长与鸟争鸣，野史颇多记述，而扬州井天章与他称雄于南北。这一盛况延续到晚清，道光时人严廷中《望江南》描写当时扬州教场的风情是："扬州好，午倦教场行。三尺布棚谭命理，四围洋镜觑春情。笼鸟赛新声。"最后一句"笼鸟赛新声"，是扬州赛鸟风俗的史料，也是扬州雀笼制作的史料。

扬州爱鸟风俗最盛行的时代是清代，《扬州画舫录》说：

> 每晨多城中笼养之徒，携白翎雀于堤上学黄鹂声。白翎雀本北方鸟，江南人好之，饲于笼中，一鸟动辄百金。笼之价值，贵者如金戗盆，中铺沙矸石，令雀于其上鼓翅，谓之"打蓬"。若画舫中，每悬之于船楣，以此为戏。次则画眉、黄脰之属，不可胜数。

笼养之风盛行，雀笼工艺必然随之发展。民初扬州作家李涵秋常在宛虹桥沁香阁听鸟著书，以助文思。但是关于扬州雀笼制作的具体工艺，却绝少记载。根据《扬州画舫录》记载，扬州雀笼有贵贱、精粗、高下之分。旧时扬州雀笼制作工匠，大多集中于教场雀笼巷。雀笼巷有十多家制作和销售雀笼的作坊与店铺，其中颇多能工巧匠。

例如高家，自乾隆年间从山东济南迁至扬州，至今已传八代。第一代高聚兴，以制作竹木牙雕雀笼立业于教场雀笼巷，即以"高聚兴"为自家店号。第二、第三、第四代均从事雀笼制作，姓名不详。第五代高容宽、高容发、高容财兄弟，继承家传技艺，制作并经营雀笼买卖。第六代高开福，高容宽之子，一直在扬州雀笼巷随父制作各式雀笼；高开阳，高容财之子，为上海制作雀笼名家。第七代传人王玉生，师从高开福，对竹木牙雕各式雀笼工艺精益求精，尤擅制作宫廷豪华雀笼，享誉遐迩。

又如程家，至少三代祖传雀笼制作工艺。祖父程德海、父亲程公谋直到孙辈程富年，都是制笼高手。程家的雀笼，用料考究，做工精细，装置巧妙，造型优美。其工具称为"九环象鼻刮针刀"，刀柄有八九个粗细不同的洞眼，实即抽刮竹针的规范套环，刀头卷曲，宛如象鼻。装配雀笼的竹针，经过精心刮磨和砂纸打细，均匀而圆润。程富年制作的鸟笼规格不一，其造型有金钟型、拱桥型、花担型、帽筒型等，笼钩有如意钩、葫芦钩、龙拐钩、凤嘴钩、虎爪钩、豹尾钩、寿字钩、万字钩、月牙钩、象鼻钩、连环钩、牛角钩、羚羊钩、凤菱钩、弧形钩等。

当代制作雀笼的高手是王玉生，可惜不久前去世。王玉生师从高家，但于宫廷奢华风格一途锐意精进，独领风骚。他制作的雀笼，凡黄金、白银、玛瑙、翡翠、珍珠、象牙、紫檀、酸枝等名贵材料无不具备，工序多达百余道。可以说，无论是材料之珍稀，还是技术之精微，王玉生都代表了扬州雀笼制作技艺的最高水平与最高境界。

王玉生号乾荣，祖籍山西。初习钳工、木工，后从事工艺美术，专门精制宫廷雀笼，以"乾荣"为款识，行销海内外，乃至被国家博物馆收藏。他的雀笼，笼架、笼顶、笼栅、笼门、笼腿、笼丝、笼钩、站圈、站杠、食罐、澡盆，应有尽有，雍容华贵，高雅脱俗，绝无取巧媚俗之气。最奇特的是，雀笼每个细部皆取形于古代器物，如玉琮、铜鼎等，使人浸润于典雅的艺术氛围之中。

制作雀笼的工具，主要有篾刀、刮刀、雕刀、乓子、手钻、手锯、拉丝板、铁锉等。而量具至关重要，主要有钢卷尺、直角尺、游标卡尺等。

制作雀笼的材料，以竹制绣眼方雀笼为例，一般采用五至七年生长期的毛竹，要求竹节长，肉质厚。先下料，按竹节锯成段，后再竖立，用篾刀劈成四等分，然后用朱砂、硫黄进行高温蒸煮后晾干，经一年以上通风存放才能使用。

　　制作雀笼的过程，从选料开始，经开料、削料、刨料，再用雕刀削成四条腿。腿脚上嵌上象牙，既美观又可防裂。四块牙板通过雕刻成型，与腿和框架用子弦连接。再依次将顶框、桥弯、直杠、底框钻孔后固定好，装上笼门。最后穿入笼丝，装上笼钩，即组合成笼。

　　雀笼工艺繁杂，即以笼钩为例，形式便分文钩、武钩两种。笼钩由钩头、钩身、连环、连杆、笼牌、垫片、插销七部分组成。材料一般用竹、木、象牙、红铜、黄铜、青铜等，镶嵌材料用金、银、玛瑙、翡翠、象牙、兽骨、兽角等。文钩连杆由金属棒錾锉而成，武钩连杆部分雕刻古钱币纹。笼牌是笼钩最精华的部分，内容也最丰富。文钩笼牌有八卦纹、回形文、三羊开泰等形式，武钩笼牌以古典文学内容为题材，在方形或圆形牌上用浮雕手法錾削出生动活泼的画面。其他如鸟食罐的制作，关键在于根据不同材料的质地纹理，表现古朴淳厚的韵味。

　　鸟笼配饰的制作，涉及材料、纹饰等多方面。关键在于融化古今，别出心裁，则牛角、兽骨无不可用，古钱、八卦信手拈来，椭圆形、方框形左右逢源，高浮雕、浅浮雕皆为我用，卍字纹、寿字纹流转华丽，葡萄藤、葫芦藤锦上添花。一只上好的雀笼，既是工艺技术的结晶，更是文化修养的体现。

七　宝物还须藏锦匣

铸镜广陵市，菱花匣中发。

夙昔尝许人，镜成人已没。

如冰结圆器，类璧无丝发。

形影终不临，清光殊不歇。

一感平生言，松枝树秋月。

——（唐）韦应物《感镜》

　　"铸镜广陵市，菱花匣中发。"唐代诗人韦应物的《感镜》，是对扬州铸造的铜镜生发的感慨。将铜铸的镜子放入木制的镜匣，本是答应送给友人的，如今镜在匣中而人已去。铜镜像圆形的冰、光洁的玉，可惜再也没有人面去照它，铜镜在匣中空自闪耀着清光。诗人感叹，人生也能像月光照在松枝上那样明明白白吗？

　　韦应物感叹的是镜在人亡，生不逢时，缘悭一面，失之交臂。这首诗的历史背景是，汉唐扬州一直以铸造铜镜出名。白居易名篇《百炼镜》诗云：

　　百炼镜，镕范非常规，日辰处所灵且祇。

江心波上舟中铸，五月五日日午时。

琼粉金膏磨莹已，化为一片秋潭水。

镜成将献蓬莱宫，扬州长吏手自封。

人间臣妾不合照，背有九五飞天龙。

人人呼为天子镜，我有一言闻太宗。

太宗常以人为镜，鉴古鉴今不鉴容。

四海安危居掌内，百王治乱悬心中。

乃知天子别有镜，不是扬州百炼铜。

最好的铜镜，要在五月初五午时在扬子江心冶铸，这是献给长安天子的贡物。但镜子再好，也须有人去照，白居易笔锋一转："乃知天子别有镜，不是扬州百炼铜。"白居易在这里借铜镜以劝谏皇帝，希望皇帝要用镜子检点自己。我在这里也借镜匣来说明，如果铜镜十分名贵，那么盛放铜镜的镜匣也要相应高贵和精美。

镜匣是否高贵和精美，取决于扬州木工的技艺。一千多年后，清代天子谕旨建造江南三阁——扬州文汇阁、镇江文宗阁、杭州文澜阁，以庋藏《四库全书》，所有的书架与书匣是否能与《四库全书》匹配，也取决于扬州木工的技艺。

史料记载，乾隆对文汇阁等的建设与使用颇为重视。他一再强调，阁中所藏之书，不是做样子的，要允许读书人阅读和传抄。问题在于文汇阁、文宗阁、文澜阁为了妥善庋藏御赐的《四库全书》，需要大量的书架和书匣，不但木材要质量上乘，制作要工艺精良，而且形制要同北方四阁一模一样。这些书架和书匣由谁制作呢？《清宫扬州御档》给了我们答案。

本来，文汇阁、文宗阁、文澜阁的书架和书匣都由当地制作，但最后验收时发现了很多问题，材料、工艺和形制都不合格。为了确保防潮、防霉、防变形，让御赐的全书得到最好的保护，并且便于使用和管理，决定由两淮盐政统一负责相关木器的制作，而两淮盐政就设在扬州。

两淮盐政全德遵旨办理江南三阁相关木器的清宫档案告诉我们：第一，当时两淮盐政有雄厚的资金，供给三阁的豪华装修；第二，尽管扬州并不盛产高档木材，但是扬州可以调用最好的木材；第三，以前我们知道扬州玉器、漆器的制作技艺闻名全国，现在我们知道扬州木器也相当有名，否则没有资格为皇家御赐全书制作书架和书匣。

关于扬州木工与大内的关系，可以参见《清宫扬州御档》的以下材料：

乾隆三十六年（1771）五月，李质上折，为丹台春晓玉器陈设"雕刻木样"事。木样即木模，为大型玉器制作之前做成的木制模型。其时木样业已雕成，"恐雕刻未到，谨将木样并原发画样赍送造办处，转呈御览，仰祈圣明鉴定发回，照样成做，方保无误"。并说"回扬之后，每日查看，务令工匠尽心攒做，不敢懈弛"。

乾隆三十六年（1771）八月，李质再上折，内称奉旨："淳化轩东暖阁北一间寝宫床罩内，新添小罩腿二扇。原有横披宽九寸，今将小罩腿亦改做九寸。其外口大罩改做开关罩，进深添闸板二槽。画样呈览，准时交两淮成做。钦此。"宫内的陈设由皇帝钦命"交两淮成做"，可见最高统治者对扬州木工技术的信任。

乾隆四十年（1775）三月，李质再次上折，称："承办宁寿宫装修所需各项木材，俱系预行购备，于陆续领到式样，即可随时斟取，遵照成造，以期迅速。今查紫檀、海梅、鸂鶒、楠木等料，均有余存，大小不等。扬州地方潮润，不宜久贮，伏思京师风土高燥，设或装修内偶有木植裂缝，应须更换之处，随时拣择取用，庶为便易。奴才现已派人将木料装船开行运送进京，造册呈送工程处收贮备用。"可见扬州与京师之间，时有高档木材的调剂。

乾隆四十二年（1777）七月，寅著上折，为天宁寺、金山寺两行宫新建书阁事。其时《古今图书集成》将发至扬州天宁寺、镇江金山寺，为了妥善保存，扬州地方参照宁波天一阁藏书模式，"将其阁制、地形，并装修、橱式，绘图贴说烫样进呈"。

乾隆四十四年（1779）十月，伊龄阿上折，为天宁寺、金山寺两行宫书阁建成事。其中说道"行宫隙地建造楼屋，藏弆书函，以昭慎重"等语。可见庋藏御赐图书对地方来说，是一件极其重大的事情。

最重要的是乾隆五十五年（1790）十一月初九日，两淮盐政全德奏覆遵办文汇阁等藏书情形上折，折中对南方三阁木器陈设的制造始末叙述最详：

奴才全德跪奏，为奉旨交办文宗、文汇二阁书籍恭折覆奏事。奴才接奉军机大臣传谕，内开乾隆五十五年（1790）十月二十二日奉上谕："前因江浙两省为人文之薮，特将《四库全书》添办三分，发交扬州、金山及杭州文宗、文汇、文澜三阁藏贮。所有装潢庋架等事，俱交两淮盐政办理。嗣因陆费墀总理《四库全书》，草率错误，获咎甚重，即罚令出资承办。陆费墀本系寒士，家无担石，向在于敏中处藉馆为业，谅不过千金产业耳。今所办三阁书匣等项，及缴出罚银一万两，计其家资已不下三四万，若非从前在四库馆提调任内苞苴馈送，何以有此多资？现在陆费墀业已身故，所有插架、装匣等事，若令伊子接办，恐未能谙习。且身后所遗家业，想已无多，亦难措办。此时三分书俱已校对完竣，自应全行发往三处藏弆，未便稽延。着传谕海宁、全德，即仿照前次发去装潢书匣等式样制造，专派妥商办理。并着海宁查明陆费墀原籍现有田房产业，加恩酌留一千两之数，为伊家属养赡，如尚有余资，即作为添补三阁办书之用。海宁、全德务须认真督率该商等经理，妥速藏工，毋任迟延草率。将此各谕令知之。钦此。"奴才查文宗、文汇二阁应贮《四库全书》，前已两次领过六千二百九十册到扬。兹接奉谕旨，知全书俱已校对完竣，奴才现即委员赴京请领。所有装潢等项，前已奉内府发出式样，应遴选妥商，敬谨仿照，装钉成函，并制造书架、书匣，以供庋贮。奴才仍与运使鹿荃小心督办，逐一检点料理，妥速完竣，务令整齐坚致，可传永久，以仰副我皇上嘉惠多士至意。所有遵办缘由，谨先缮折奏覆，伏乞皇上睿鉴。谨奏。

乾隆朱批："知道了。"

关于全国七大藏书阁的木器陈设，《四库全书》总编纂纪昀于嘉庆八年（1803）四月初七日奏道：

> 七阁共书七分，增则一体俱增。从前各省书架、书匣，虽在外各自制造，而数目尺寸则七处相同。……南省三阁交各该巡抚，均将抽换某架、某匣号数开明，应移应换发给式样，令其照样办理，七处自可画一。

可知南方三阁的书架、书匣，不是由武英殿统一监造，而是由地方负责，严格遵照宫中颁发的规定制作的。清人完颜麟庆在《鸿雪因缘图记》中详细记述了他亲眼所见的扬州文汇阁藏书情形：阁为三层，从正梁到中庭的楹柱之间，俱彩绘书卷图案；装书的函盒基本上用楠木制作，"书帙多者，用香楠；其一本二本者，用版片夹开，束之以带，而积贮为函。计共函六千七百四十有三"。

扬州的木工技艺，追溯起来至少有两千年历史。汉代广陵王墓中的大型棺椁黄肠题凑，已显示出广陵木工的高超技术。隋代江都木工制作的迷楼，堪称杰作。唐代扬州木工制作精美的镜匣，以呈献给唐玄宗。宋代扬州木工的产品远销江南，供不应求。明代崇祯贵妃田秀英从扬州采购家具入宫，包括各种高档精美小件木器。清代扬州木工制作技艺日益成熟，因而文汇阁等庋藏《四库全书》的书架、书匣，都由扬州木工参与制作。

汉代扬州的木工技艺，从广陵王墓出土的黄肠题凑棺椁上刻有"广陵船官材板""广二尺长丈四"等汉代木工留下的文字，表明当时已有专门管理木工的机构——船官。"广二尺长丈四"应是汉代尺寸的标识，也是古代扬州木工留下的罕见的技术数据。

到了隋代，隋炀帝在江都大兴土木，建造归雁宫、回流宫、九里宫、松林宫、枫林宫、大雷宫、小雷宫、春草宫、九华宫、光汾宫，号称"十宫"。据《寿春图经》记载："隋十宫在江都县北长阜苑内，依林傍涧，因高跨阜，随地形置焉，并隋炀帝立也。"要完成这样大规模的土木建筑工程，必须有大量的木工和全面的技术。这说明，隋代扬州拥有人数众多的木工队伍。

隋代的木工技术，达到了非常精细的程度。在隋炀帝建造的江都宫中，要数迷楼最极尽奢华。《迷楼记》载，迷楼千门万户，复道连绵，幽房雅室，曲屋自通。步入迷楼，令人意夺神飞，不知所在。有误入者，终日而不能出。炀帝游迷楼后，大喜过望，说："使真仙游其中，亦当自迷也，可目之曰迷楼。"从文献描述来看，迷楼中的雕梁画栋、玉栏朱轩，以及内部装饰的各种奇珍异宝，都离不开木工手艺。特别是隋炀帝部下发明的所谓"任意车"，车中装有灵活的机关，可以上下活动自如。就技术而言，任意车可谓隋代扬州木工的杰作。

唐代扬州的木工技术得到了迅猛发展。唐代的扬州木工既能生产大型产品，也能制作小型产品。大型产品中有可以载重万担的航船，如李肇《唐国史补》说，当时淮南一带"有俞大娘航船最大，居者养生、送死、嫁娶悉在其间。开巷为圃，操驾之工数百。南至江西，北至淮南，岁一往来，其利甚溥，此则不啻载万也"。所谓"开巷为圃"，是说船上可以种花种菜；所谓"操驾之工数百"是说驾船的船工多达数百人。小型产品中有

盛装贡品铜镜的精致木匣，如韦应物《感镜》诗所云"铸镜广陵市，菱花
匣中发"。唐代扬州铸造的铜镜非常有名，远销全国以至长安。《太平广记》
载："天宝三载（744）五月十五日，扬州进水心镜一面，纵横九寸，青莹
耀日。背有盘龙，长三尺四寸五分，势如生动。玄宗览而异之。"贡给唐
玄宗的扬州水心镜，毫无疑问必须用最优质的木材和最精良的技艺来制作
镜匣。如果说"玄宗览而异之"的话，玄宗在看到铜镜之前，首先入眼的
是精美的镜匣。

关于唐代扬州的精细木工技艺，有史可证。《旧唐书·杨贵妃传》记
载，杨贵妃喜爱各种精致的器物，扬州等地官员纷纷进贡：

> 宫中供贵妃院织锦刺绣之工凡七百人，其雕刻镕造又数百人，
> 扬、益、岭表刺史必求良工造作奇器异服，以奉贵妃献贺，因致擢居
> 显位。

在扬州刺史进贡唐宫的"奇器"中，自然包含扬州铸造的铜镜和
镜匣。

唐代末年扬州受到战争的严重摧残，但是木工技艺仍在官方与民间传
承。1975 年，邗江蔡庄杨吴浔阳公主大墓出土木制乐器和乐器模型，有笙
瑟、琵琶、拍板和乐器架等。其中，木制琵琶高约五寸，长近一尺七寸，
桫木质地，器身实心，颈部细长，曲折成直角，配有弦柱四对，属四弦四
柱造型，是五代木工技艺的稀有实物。又据《广陵妖乱志》载，唐末高骈
占据扬州，吕用之、张守一、诸葛殷等人受到重用。吕用之贫贱时暂住破
庙，得志后大修庙宇，"回廊曲室，妆楼寝殿，百有余间，土木工师，尽
江南之选"。后来又建迎仙楼，"其斤斧之声，昼夜不绝，费数万缗，半岁
方就"。又建延和阁，"皆饰以珠玉，绮窗绣户，殆非人工"。文中的"土
木工师，尽江南之选"，"斤斧之声，昼夜不绝"，"绮窗绣户，殆非人工"，

都显示了唐末扬州木工的人数、技艺和水平，处于江南最好的状态。

宋代扬州木工的产品，主要是床榻家具。因其制作精巧，远销江南，声誉卓著。宋人徐铉《稽神录》记载：

> 广陵有贾人，以柏木造床几什物百余事，制作甚精，其费已二十万。载之建康，卖以求利。

建康是南京，扬州木器要运到南京去卖，说明信誉良好。《稽神录》还写到《广陵木工》一则，说："广陵有木工，因病，手足皆拳缩，不能复执斤斧。"后土庙的道士用药治好了他的病，并将药方送他，对他说："吾授尔方，可救人疾苦。无为木匠耳。"从此，"木匠得方，用以治疾，无不愈者……广陵寻乱，木工竟不知所之"。这段记载表明，宋代扬州的木工已经被称为"木匠"，而且在民间还出现了关于"广陵木工"的神话传说。这与扬州木匠社会地位的提高，是分不开的。

元代的扬州木匠，从有名的赵氏明月楼的建造，可以知其水平。明月楼落成后，大书法家赵子昂为之题联："春风阆苑三千客，明月扬州第一楼。""第一楼"显示了扬州木工的水平也是堪称第一的。元人吴师道《扬州四首》写到扬州城市中的房屋："画鼓清箫估客舟，朱竿翠幔酒家楼。四城列屋数十万，依旧淮南第一州。"诗感叹扬州民居的壮观和整齐。

明代的扬州木工技艺，从扬州出生的崇祯贵妃田秀英身上可以看出。田秀英生于扬州，明显受过木工的熏陶。《古今宫闱秘记》记载，田贵妃所住的承乾宫，由于宫墙高大，从窗户中看不到后宫风景。她按照幼时在扬州见到的江南园林风格，重新规划进行改建，把原来的高墙拆掉，改成透空的低栏；又在院中建造平台，堆砌假山，栽植花草，号称玩月台。为了使室内外风格协调，又让人从扬州等地采购家具，经她调整之后，承乾宫里外面貌全变。田贵妃从扬州采买家具入宫一事，《明宫词》有明确记载，其注有云：

> 田妃尝厌宫阁过高廻，崇杠大牖，所居不适意。乃就廊房为低槛曲楯，蔽以敞槅，杂采扬州诸什器床簟，供设其中。

所谓"扬州诸什器床簟"，应该包括家居所用的床、榻、桌、椅、几、架、箱等各种精美小件高档木器。

清代的扬州盐商普遍大建园林，家中陈设无不臻于极致，扬州木工小件制作技艺日益精湛。以至于乾隆年间，扬州、杭州、镇江收藏《四库全书》的书架、书匣都由扬州木工直接参与制作。这也和当时扬州木工具有相当的文化水平分不开。清初扬州有一位画家萧晨，擅长山水、人物，神理俱足，设色妍雅，《图绘宝鉴续纂》称他"师法唐宋，名重江淮"，而萧晨是一位扬州木匠。

近代以来，由于紫檀、酸枝、花梨等原材料完全依赖进口，价格昂贵，渠道单一，制约了扬州高档木器制造业的发展。但是，扬州木器制作技艺在新的条件下，也在努力寻求继承和发展。

八　挥毫不若镌梨枣

平山阑槛倚晴空，山色有无中。

手种堂前垂柳，别来几度春风？

文章太守，挥毫万字，一饮千钟。

行乐直须年少，尊前看取衰翁。

——（宋）欧阳修《朝中措·送刘仲原甫出守扬州》

　　欧阳修是唐宋八大家之一，做过扬州太守，他更知名的雅号是"文章太守"。"文章太守"出自欧阳修送给朋友刘敞的《朝中措》一词，这就产生了一个问题："文章太守"到底是欧阳修的自称，还是对刘敞的尊称呢？

　　实际上，欧阳修和刘敞都做过扬州的地方官，也即太守。但是，一般人都认为欧阳修是文章太守。欧阳修主修《新唐书》，重写《新五代史》，在北宋文坛堪称领袖。问题在于，太守的文章如何让举世皆知呢？手抄肯定不行，还得出版发行。现在贵如黄金的"宋版书"，正是宋代雕版印刷事业发达的证明。

　　雕版印刷的出现，是文明传播的重大事件，隋代就已发明。古代的图书出版，简单地说，就是在梨树或枣树的木板上刻出字来，然后上墨、印刷、装帧而成书。古代文人在自谦作品不值得出版时，常用一个成语，叫"灾梨祸枣"。清人吴嘉谟《艾塘所著画舫录闻已刊成诗以奉赠》诗云："著书常闭户，老去慰穷愁。纸上传佳胜，心中写旧游。"当吴嘉谟听到《扬州画舫录》刊成，马上就写诗祝贺，这是因为古代刻印书籍是非常不容易的。

扬州从唐代开始雕刻、印刷和销售书籍。畅销书使扬州形成产供销一条龙的图书产业链。那时畅销的都是些什么书呢？根据史书一鳞半爪的记载，我们知道唐代扬州的畅销书主要是流行文人的诗集和民间实用的历书。

唐长庆年间，诗人元稹为朋友白居易的诗集《白氏长庆集》写序，其中有云：

> 扬越间多作书，模勒乐天及余杂诗，卖于市肆之中也。

这从一个侧面说明，唐代是诗歌流行的时代，那时甚至出现了类似于今日的流行榜一类的东西。有故事说，诗人高适、王昌龄、王之涣齐名，一日天寒微雪，三人登酒楼小饮。有歌妓十数人，也在楼上聚会，唱诗作乐，所唱都是当时流行的诗歌。三人邻桌旁听，暗约谁的诗被唱得多，谁就优胜。结果高适和王昌龄明显领先，王之涣情急之下，指着最漂亮的一个歌妓说："等这个女子开唱，如果她唱的不是我的诗，我就终身不与你们争高下了。"轮到那个歌妓演唱时，果真她一张口就是"黄河远上白云间"。单以流行这一点而言，白居易可以说是冠绝唐代，李杜也不能敌。当时无论是旅舍、伎馆，还是市井、码头，男女老少都以吟唱白居易诗为乐。

《与元九书》记载了这样一件事，有个歌妓为了自抬身价，夸口说："我诵得白学士《长恨歌》，岂同他妓哉？"因此身价倍长。白诗在国外也分外流行，据元稹说，夷人要用百金才能传抄一篇白居易诗。最奇怪的是辽太祖之子，因崇拜白居易，就仿照"白居易字乐天"的前例，为自己起了个"黄居难字乐地"的名号。元稹也是流行作家，他本人的风流故事在民间广为流传，著名的传奇《莺莺传》就是以他为原型的。据《商调蝶恋花鼓子词》记载："至今士大夫极谈幽玄，访奇述异，无不举此以为美话。至于倡优女子，皆能调说大略。"明乎此，我们便可理解，为什么唐代扬州会大量翻印元白的诗集。

唐代扬州出版的另一类畅销书是年历。大和年间，冯宿奉命出使剑南、两川及淮南道，见有人私卖历书，于是上疏呈请禁印。其《禁版印时宪书奏》曰：

> 剑南、两川及淮南道，皆以版印历日鬻于市。每岁司天台未颁下新历，其印历已满天下。

历书每年一版，标明年月日，还提示寒暑节气、婚丧起居等信息，为百姓居家所需。这种历书本应由司天监发布，官府统一印刷供应，但因市场广大，需求迫切，官方印刷业一时供不应求。这就导致民间印刷业乘虚而入，大量私印历书出售。剑南、两川及淮南道，人口密集，经济发达，每当换岁之际，对于历书的需求量猛增，所以官颁新历未到，私印历书"已满天下"。这也是唐代扬州雕版业兴盛的一个侧影。

将流行诗集和民间历书结合起来看，可知市场的需求是扬州出版业发展的巨大推手。当我们看到工匠用一双有形的手不停地雕版时，我们理应看到在他的背后，还有一双无形的手在设计着出版行业。这双无形而有力的手，就是市场需求。

古代的出版业也并不是任何时候都为了经济利润。宋代扬州州学出版科学名著《梦溪笔谈》，未必是出于营利目的。《梦溪笔谈》是沈括的著作，显然未必是市场看好的畅销书。现知《梦溪笔谈》的最早刻本，是南宋乾道二年（1166）的扬州州学刊本，可惜该版本已经失传，以致元代东山书院刻本成了现存《梦溪笔谈》最早版本。

在扬州历史上，有过许多公私刻书机构。宋代有扬州州学、淮南路转运使司、淮东仓司、淮南漕廨、高邮军署、真州郡斋等官家印书机构，元代有扬州路府学、江淮郡学、江北淮东道肃政廉访司等官家印书机构。明代除了扬州府署、两淮都转盐运使司、正谊书院、邗江书院、宝应县署、靖江县署、仪征县署、江都县署等官家印书机构外，又有高铨、李纪、周凤、火增、葛钦、何城、鲍栗之、王惟贤、郑元勋、王光鲁等数十家私人印书作坊。有些私人出版家有自己的堂号，如扬州郝梁的万玉堂、葛洞的邗江书馆、黄埻的东壁图书府、章万椿的心远轩、乔可传的寄寄斋，以及仪征张榘的芙江草堂、高邮李廷芝的戏鸿馆、靖江朱宅的快阁等。其中不乏重要的历史人物，如郑元勋，复社成员，出版过《广陵散》《左国类涵》《影园瑶华集》《媚幽阁文娱》等书；王光鲁，戏曲作家，精于考订，出版过《阅史约书》《历代地图》《历代事变图谱》《古今官制沿革图》等书。这些公私机构出版的书，有一个共同的特点，就是以社会效益为先。不是说他们有多么高尚的道德境界，而是因为他们所处的时代让他们自觉到传播儒家文化的责任。现在我们所知道的明代扬州营业性书坊很少，只有贻经堂、汇贤堂等屈指可数的几家。从"贻经""汇贤"这些堂名，也可以窥见当时的出版业是以传播儒家文化为标识或己任的。

从某种角度来看，宣扬与推行官方的主流价值观是扬州出版业发展的另一双强有力的手。清代扬州出版业的兴盛，首先与官方有关。康熙命令曹寅在扬州刊刻《全唐诗》，嘉庆命令阿克当阿在扬州刊刻《全唐文》，以及后来在曾国藩影响下建立起来的扬州淮南书局，都不是为了营利。然而它们在技术上，代表了当时扬州雕版的最高成就。

在清代雕版史上占有重要地位的精美绝伦的扬州家刻本，同样与商业牟利行为无关。随手可举的例子，是盐商马氏兄弟的家刻本——"马版"、藏书家秦恩复的家刻本——"秦版"，以及刻书家陈逢衡的家刻本——"陈版"。论者认为，清代私刻的主体一般是学者士人，他们利用自己的丰富藏书进行校勘编印，刻书以崇尚文化为宗旨，不以市利为目的。其中"马版"的特点是刻书数量多，刻书质量好；"秦版"的优点是精于校勘，世称善本；"陈版"则校刻俱精。

官刻、家刻因为只求精美，不求牟利，从而成为清代雕版花园中绽放的奇葩。在这一奇葩的背后，隐藏着深刻的社会文化背景，那就是扬州一直延续的崇文情结。崇文情结，可以说是与官方之手相互为用的另一只民间之手。

清代扬州非营利性的私人刻书量颇大，说明崇尚文化这一民间之手尽管不具有通常的刚性，却具有非常的韧性。仅以有堂号的私人刻书来说，扬州就有郡城张氏的诒清堂、郭氏的句云堂、雷氏的莘乐草堂、朱氏的四本堂、汪氏的百尺梧桐阁、孙氏的映雪斋、徐氏的澄鉴堂、江氏的政在堂、查氏的种书堂、程氏的今有堂、汪氏的深柳读书堂、马氏的石莲堂、卢氏的雅雨堂、叶氏的日华堂、李氏的还是读书堂、吴氏的衷白堂、熊氏的奉时堂、黄氏的两间书屋、阮氏的文选楼、焦氏的半九书塾、潘氏的晋希堂、鲍氏的楁园、彭氏的韩江寓舍、顾氏的研经室、陈氏的裛露轩、凌氏的蜚云阁、耿氏的十笏堂、刘氏的青溪旧屋、金氏的赠云轩、周氏的家荫堂、岑氏的惧盈斋、李氏的半亩园、臧氏的问秋馆、孙氏的双梧书屋、薛氏的冶城山馆、薛氏的紫薇山馆、张氏的邗上寓庐、薛氏的还读楼、张氏的梦梅仙馆、王氏的四印斋、吴氏的校经山房等。在扬州所属县邑，有高邮夏氏的半舫斋、孙氏的天心阁、王氏的鹤寿堂，仪征郑氏的含英阁、项氏的玉渊堂、郑氏的秩斯堂、江氏的笔花庵、郑氏的玉钩草堂、孙氏的世泽楼、刘氏的双照楼，宝应杨氏的世泽堂、刘氏的获古堂、王氏的白田草堂、刘氏的兴让堂、朱氏的宜禄堂、刘氏的世德堂、张氏的述古斋、刘氏的行素草堂、乔氏的来鹤堂、王氏的自强轩，泰州邓氏的慎墨堂、张氏的双虹堂、季氏的静思堂、宫氏的求志斋、夏氏的辟蠹山房、宫氏的春雨草堂、潘氏的汲绠书屋，泰县卢氏的饮香塾、黄氏的弈潜斋，兴化王氏的梦华山房等。其中有些私人刻书非常珍贵，如石涛的大涤草堂刻本《画谱》，乃是手写上版精刻。

必须说明的是，只求精美、不求牟利固然是官刻、家刻的一贯做派，但这并不意味着扬州雕版业可以不计利润而能生存发展。官刻、家刻都是在强大的经济基础之上，以优厚的条件滋养着雕版业。换句话说，官刻本、家刻本自身虽然不是商品，但是雕版工人的生产力依然可以换取丰衣足食。

正是在雕版技术可以获得丰厚报酬的形势下，扬州才形成了人才济济的雕版行业帮，也出现了遍地开花的营利性书坊，其所印书籍称为"坊刻"。与官刻和家刻相比，唯有坊刻完全是为营利而构建的产业。明清扬州书坊为了追逐利润，大量刻印通俗读物。扬州小曲刻本的源头在明代，沈德符《万历野获编》记江淮俗曲时说，这些俗曲"刊布成帙，举世传诵，沁入心腑，其谱不如从何来，真可骇叹"！李斗《扬州画舫录》谈到乾隆年间盛行的扬州小曲时，说小曲唱本促进了书坊的雕版印刷：

> 郡中剞劂匠多刻诗词戏曲为利，近日是曲翻板数十家，远及荒村僻巷之星货铺，所在皆有，乃知声音之道，感人深也！

这些流行唱本，通俗易懂，本小利大，读者面广，刊刻容易，利润丰厚，故书坊趋之若鹜。清代扬州书坊蜂拥雕版的书，都是市场看好的热门书。如扬州评话有一部非常火爆的书目《飞跎传》，该书从头到尾用扬州土话连缀成串，听众一听即乐不可支。这种书当然是出版商最看好的。日本内阁文库和英国博物馆收藏的《飞跎传》版本，都是嘉庆丁丑年

（1817）由扬州一笑轩和扬州文盛堂刊印的版本。试想，在同一城市、同一年份，居然有两家书坊刻印同一部书，可见当时扬州出版业多么繁荣。到了晚清，位于扬州小东门附近的聚盛堂刻印的通俗唱本，更是经久不衰，风行城乡。近年来，经我寓目的扬州聚盛堂唱本，就有《新刻小长工山歌》《新刻古人名雇工姐号子书》《新刻农家车水栽秧歌号子书》《新刻刘一姐偷情小则刚》《新刻下河调号子书绣香袋》《新刻时调十杯茶》《新刻扬州名班花鼓调》等数十种。它们的封面上都刻有"扬州聚盛堂"字样，仿佛是畅销书的标记。

据不完全统计，清代扬州郡城的知名书坊，有博古堂、文喜堂、善成堂、达安堂、文盛堂、广泽堂、酉山堂、德成堂、一笑轩、艺古堂、资善堂、奉孝轩、颂德轩、墨香书屋、测海楼、醉经堂、抱青阁、文英堂、秋声馆、二酉堂、聚好斋、宝翰楼、朴存堂、墨宝斋、维扬堂、受古书店、爱日堂、务本堂、文德堂、文成堂、顾礼堂、文富堂、敦仁堂、述古堂、文苑堂、梓文堂、集益堂、聚盛堂、倪文林斋、文运堂、文奎堂、林敬堂、文雅堂、刻鹄堂、述古斋、云蓝阁等。此外，又有江北刻经处、扬州藏经院等，专刻佛经。出版业的发达，必然带来书店业的繁荣。旧时江南流传一句谚语，说扬州有"两多"，一是船娘多，二是书店多，两者都名不虚传。应该说，到了清代，市场的需求再次成为推动扬州图书业发展的一双无形和强大的手。

在晚清和民国时期，扬州的图书市场吸引许多中外学者来淘书。以扬州辕门桥的文富堂为例，像朱自清、余冠英、长泽规矩也、吉川幸次郎等中外学者都到这家书店买过书。文富堂主人姓邱，余冠英在《忆朱佩弦先生》一文的后半段，有一节有趣的回忆："1927 年上半年，我在南京东南大学（后改名中央大学）借读，暑假回扬州的第二天，在一家旧书店和朱先生巧遇。我从前一年冬季请假南归，离清华已半年，不曾和朱先生通信，彼此不明情况。在扬州相逢，都出意料，互相问东问西，竟不知从哪里谈起。书店老板邱翁本是我的熟人，他和朱先生可能相识不久，但也不是第一次见面。我来时见他们谈得很热。这时候他建议同到富春茶社去坐坐。茶社近在咫尺，到那里去谈话当然比此处好，这时是下午四点钟左右，正好吃点点心。但邱翁似有请客之意，我觉得这不合适，稍稍踌躇，朱先生已抢着表示说：'正想去富春，该由我作东道。'我连忙说：'东道该是我的。'邱翁笑笑说：'大家都是本地人，这都好说，到那里再谈吧。'我们不再言语。朱先生伸手要拿他已经买妥的那一包书，邱翁说：'这个不忙，茶社门口车多，雇了车回来捎走方便。'朱先生也依了他。"余冠英所说的邱翁，就是扬州文富堂书店老板。书店文富堂，成了朱自清、余冠英聚首的地方。

长泽规矩也是日本版本学家，被称为日本近代文献学第一人。从 1927 年到 1932 年，他每年都用两三个月或近半年的时间前往中国，跋涉于扬州、南京、苏州、上海、杭州、北京等地，调查书业行情，购买中国古籍。1930 年，他在由苏州至南京的途中，特意从镇江下来，乘汽渡过江到扬州。他在扬州下榻的地方，是有名的绿杨旅社。而他最关心的是书肆，所以特地到邱氏文富堂访书。他后来在《中华民国书林一瞥》里写道："出了我落脚的绿杨旅社，向东是新胜街，向北是辕门街，教场街路西有文富堂邱氏，是扬州屈指可数的旧书肆。"除了文富堂，文海楼、文枢堂、会文堂、自信书社、同文余记等书店，他也都一一访书。吉川幸次郎是国立京都大学名誉教授、东方学会会长、日本外务省中国问题顾问。他在中国留学时，曾游历江南，后来他在《高邮旧梦》一文中写道："由镇江过江北上，乘汽车到达扬州市区，我寻访的第一站就是南牌楼的古书店。书店名不记得了，店主的名字则记着，叫邱绍周——一个留着络腮胡子，穿着马褂的矮小老人。"这个留着络腮胡子、穿着马褂的矮小老人，就是文富堂的老板。

卖书肯定是有利润的。卖新书有利润，卖旧书也有利润。其实卖什么都有利润，为什么扬州人更愿意选择图书行业呢？这就要追溯到另一双无形的手——品牌的力量。扬州的书肆在相当长的时期内对顾客形成了巨大的吸引力，其原因简单地说，一是书坊多，书籍的品种相对丰富；二是旧家多，他们一旦破产就会有大量藏书流入市场。事实证明，扬州近代史上许多藏书家和藏书楼的败落，给全国旧书交流市场提供了源源不断的高品质货源。知名的例子，如吴氏测海楼和何氏悔余庵两家藏书的散出，均引起了全国文化界高端人士的关注。

我总结古代扬州图书业兴旺的原因，一是读书风气浓郁，雅俗读物都不愁没有销路；二是民间资本雄厚，不愁没有商人来投资这种看起来资金周转慢、工艺流程长、利润幅度小的行业；三是扬州地处长江和运河的交叉口，进京赶考的书生和来往公差的官员都会在扬州停留买书，书肆就成了扬州重要的文化产业。

如今高科技的电子出版业独领风骚，铅与火的时代成为记忆，作为古代文明见证的雕版印刷更成了一种活化石、活文物、活历史。未来扬州图书市场的复兴，必然要依靠现代科技，但是雕版、宣纸、线装等古老技术手段作为人类文明传播历程的见证，并没有完全进入博物馆，它们在新的形势下有可能获得收藏、鉴赏和馈赠的新用途。

雕版印刷技艺的复兴，正有待于另一双无形而有力的手——设计之手。要做好"文章太守"，只凭借"挥毫万字"，还是不够的，还是要"付诸梨枣"。

九　宫锦绮罗斗剪裁

> 罗绮衫裙斗剪裁，借人装点上层台。
>
> 莫因脂粉高身价，八个开元跌出来。
>
> ——（清）董伟业《扬州竹枝词》

　　自从刘禹锡的竹枝词流传开后，竹枝词就成了风土诗的主要形式，而《西湖竹枝词》和《扬州竹枝词》算是中华竹枝词的佼佼者。清人董伟业因作《扬州竹枝词》九十九首，自号"董竹枝"。这位流寓扬州的沈阳人所写的"罗绮衫裙斗剪裁，借人装点上层台"，反映了清代中叶扬州女性在穿着打扮方面争奇斗艳的时尚风气。

　　扬州的裁缝向来有名。李商隐《隋堤》说："春风举国裁宫锦，半作障泥半作帆。"韦庄《江亭酒醒却寄维扬饯客》说："满坐绮罗皆不见，觉来红树背银屏。"诗中的"宫锦"与"绮罗"，都与裁剪衣裳有关。我读《清宫扬州御档》，发现几篇有关两淮盐务为皇室进贡衣服和衣料的档案，联想到民间历来相传的"扬帮裁缝"，才知道不无史实依据。

　　康熙三十三年（1694），苏州织造兼两淮巡盐御史李煦上奏："恭进端午龙袍，特请皇上万安。"康熙的御批是："知道了。"李煦所进龙袍，有可能是在苏州所织，但不排除是在扬州所制。当时扬州两淮运司北侧的彩衣街，有"制衣局"之设，其擅长者就是制作绣货、戏服。

同治八年（1869），两淮盐务奉旨为皇室大婚准备衣物。江南织造广顺在奏章中说，他写这篇奏章的缘由是"遵旨接办两淮大婚活计、估计工价银两，并缂绣限期"。两淮接办的活计，有"红单二件，画样三十六张，上交女领袖绣装一份"，"估计约需工价银四万两"；奏章并说："惟工程繁细，则缂绣需时，约在开年三月内，可期工竣起解。"缂绣即缂丝，指用缂丝法织成的衣料或衣物。

同治十一年（1872），两淮运司为皇家织成用于赏赐的缎绸等件，请江南织造代为解京。这篇由江南织造庆林呈上的奏章说，内务府本是命令两淮运司为皇家织造"赏用缎绸"的，后来这项使命转交江南织造办理。但在转交之前，两淮已经织成部分缎绸。所以庆林在奏章中说："运司交到先行织得缎绸、纱绸二千五百六十四匹件，奴才于接收后，敬谨装箱封固，代为解京交纳。其余运司已办未得活计，俟工竣交到后，奴才再为解京。"同治皇帝的御批是："知道了，钦此。"

同年（1872），两淮运司将后来织成的皇家赏赐缎绸，仍请江南织造代为解京。这篇奏章仍由江南织造庆林呈上，称江南织造在完成皇室交给的任务外，"兹又织得缎绸、纱绸三千一十五匹件，及两淮运司移交缎绸等项三千一百四十匹件，敬谨装箱封固，派委笔帖式常绵带领妥役，于八月二十八日起解赴京交纳"。同治皇帝的御批仍是："知道了，钦此。"

又同年（1872），两淮运司将最后织成的皇家赏赐缎绸，依旧请江南织造代为解京。这篇奏章还是由江南织造庆林呈上，奏明"将淮安、两淮应办缎绸停止，交江南、苏州织造照单尽数织办"，并称："查原传单内共缎绸、纱绸一万九千八百五十匹件，内除两淮运司来咨，已办缎绸、纱绸等三成，计五千九百五十五匹件外，奴才应织办七成，缎绸、纱绸一万三千八百九十五匹件。"也就是说，从此以后，两淮盐务便将纺织缎绸之事悉数转交给江南、苏州织造。同治皇帝的御批如前："知道了，钦此。"

以上数件御档证明，清代皇家所需衣服和衣料，不仅由苏州、江南织造办理，两淮盐务也负有部分责任。

《万象》杂志连续刊文谈中国裁缝的流派，认为"红帮""奉帮"的裁缝最有名。红帮、奉帮都出自宁波，又称"宁波帮"。"红帮"的得名，是因为专做西装，清人泛指西方人为"红毛"，故西装裁缝称为"红帮"。宁波帮中的裁缝，以奉化籍为多，故奉化裁缝称为"奉帮"。

中国的裁缝，素以宁波帮为第一。清人钱泳《履园丛话》云："成衣匠各省俱有，而宁波尤多。今京城内外成衣者，皆宁波人也。"书中讲了一个故事，说有人拿一匹布料来，让裁缝做衣服，裁缝详细询问主人的性情、年纪、状貌，以及何年得中科第等，偏偏不问尺寸。来人十分奇怪，裁缝就对他说："少年科第者，其性傲，胸必挺，需前长而后短；老年科第者，其心慵，背必伛，需前短而后长。肥者其腰宽，瘦者其身仄。性之急者宜衣短，性之缓者宜衣长。至于尺寸，成法也，何必问耶？"钱泳认为，这样的裁缝才能与他谈论成衣。一般的裁缝只知道以旧衣定尺寸，以新样为时尚，不懂得短长之理不在外表而在内心。所以，不论男女衣裳，都要像杜甫在《丽人行》中写的那样"珠压腰衱稳称身"，是很难的。

在传统的裁缝中，扬州帮裁缝其实也很有名。扬州人身居闹市，穿戴历来趋时。唐代扬州制造的帽子流行于西安，有唐人著述为证。李廓《长安少年行》云：

> 金紫少年郎，绕街鞍马光。
>
> 身从左中尉，官属右春坊。
>
> 划戴扬州帽，重熏异国香。
>
> 垂鞭踏青草，来去杏园芳。

极言当年长安少年的风流倜傥，引人注目的是"划戴扬州帽，重熏异国香"两句。长安是丝绸之路的端点，京城少年用西域香料熏染衣衫不足为奇，但他们为什么都戴扬州出产的帽子呢？

略检旧籍，便知道唐代扬州以盛产毡帽闻名天下，并在京城名重一时。

《太平广记》记载了唐代名宦裴度因为头戴"扬州帽"而幸免于死的故事。中书令晋国公裴度博学多才，文辞出众，做官二十多年。宪宗即位后，又当上御史中丞，声望显赫。东平帅李师道暗中谋反，阴谋杀害皇帝的辅政大臣，一面秘密派人在东门刺杀丞相武元衡，一面暗中派兵前往驿坊谋害中丞裴度。当时京城正流行扬州毡帽，恰巧前一天来自广陵的先生送给裴度一顶新式毡帽，裴度戴在头上颇为得意。这一天裴度准备入朝觐见皇帝，在灯下梳好头后，将毡帽戴在头上，就骑马出了驿坊东门。不料这时叛兵杀了过来，一名贼将挥刀砍中裴度的毡帽，裴度落马。贼将以为裴度已经掉了脑袋，急忙驱马过来寻找裴度的首级。但裴度倚仗扬州毡帽的顶部厚实，被刀砍的地方只有一道浅浅的伤口，十几天就好了。《太平广记》中有"是时京师始重扬州毡帽"一句，告诉我们"扬州帽"在当年长安的流行。

同书又记载唐代书生李敏求的一段神奇遭遇，也涉及"扬州帽"。书生李敏求参加科举考试十多次，始终未被录取，他在京城无家可归，几乎不想活下去了。大和初年的一天夜晚，他独自坐在旅店发愁，忽然感到灵魂和身体分离，全身轻飘飘的，像云气一样飘荡，渐渐来到荒郊野外。过了很久，忽然有个身穿白衣的人走过来给李敏求行了一个礼，原来是淹死的仆人张岸。张岸自称现在为柳澥效力，而柳澥现在是"太山府君判官"，地位尊贵显赫。因为李敏求和柳澥原是故交，所以张岸愿为李敏求引见柳澥。柳澥见了老友，说："阴间和阳世不是一条路，今天你来这里，真是意料之外的事。是不是有人误把你摄来了？幸好我在这里，一定替你做出安排。"李敏求说："我现在贫困潦倒，你在这里执掌大权，不能帮助我改变一下命运吗？"柳澥说："假如你在阳间当官，难道可以假公济私吗？如果有这样的企图，被处罚贬官是不能避免的。但你如果想要知道自己的命运，我倒可以帮忙。"于是命令旁边一个穿黄衣服的官员，带领李敏求去曹司，简单地给他看一下三年后的情况。临别时，柳澥同李敏求握手告别，对他说："这里很难得到扬州毡帽，回去后请你送我一顶。"然后就命张岸把李敏求送回人间。李敏求觉得自己似乎被推落到大坑里面，醒来才发现自己仍在昨晚坐着发愁的旅店，从此后便不再有考取功名的想法。从《太平广记》中"此间甚难得扬州毡帽子，他日请致一枚"之句，可见当时"扬州帽"声誉之一斑，甚至连鬼神都想得到。

唐代以后，"扬州帽"虽然盛名不再，但是明清时代扬州名铺"伍少西家"也是以出产毡帽闻名于世的。扬州八怪之一的杨法为"伍少西家"题写招牌，郑板桥则书写过"伍少西家绒袜贵"的竹枝词。

清代扬州人好戴毡帽，而且装饰华丽，这在小说《绿牡丹》里有生动的描写："骆宏勋辞过表兄登跳而上，徐松朋亦自回城，船家拨掉开船。扬州至瓜洲江边只四十里路远近，早茶时候开船扬州，至日中到江边。""一个人说道：'老爷出来了！'骆宏勋、余谦往外一看，只见一人有六十多岁年纪，脸似银盆，细嫩可爱，有一丈三尺长，身躯魁伟，头戴一个张邱毡帽，前面钉了一颗两许重一个珍珠，光明夺目。"这种"张邱毡帽"，可能是姓张的店铺出产的毡帽，帽上还缀着"一颗两许重一个珍珠"，可见绝不是阿Q戴的那种简陋物件。

据石楠《画魂潘玉良》一书描写，扬州张氏的确善制毡帽。女画家张玉良就生于扬州的毡帽之家："扬州广储门外有条石砌的街，它的结构很像苏州的街道，前门临街，后门濒水，颇有'人家尽枕河'的风味。徘徊在这条溜滑而又高低不平的石板路上，可以听到缓缓的流水声，也可远眺以史阁部衣冠冢而闻名的梅花岭和岭上挺拔遒劲的古梅。就在这个美丽的所在，住着一户张姓人家。张家以自产自销毡帽为生。这种帽子以毛毡为主要原料，上面绣有图案，在扬州已风行了几个世纪。张家男的张记是个世代的手工业工人。他憨厚、勤劳，挣得了一点资本，开了这爿小店。他娶了个聪明、能干的妻子，已养了个十岁的女儿，过着淡饭粗衣的小康生活。他们不用请人，一切自己动手，男的制帽，女的绣花。他们的毡帽以花色新颖而远近闻名，得到顾客的称誉，销路很畅。外乡的客人从运河上来，都争相订购他家的毡帽。"张家毡帽铺后来因为被骗而家道中落，张玉良也因此沦落风尘并走上丹青之路，不过这已是后话。

现在一提起毡帽，人们往往都以为是绍兴特产，而且是贫民的穿戴，其实不然。李肇《唐国史补》云："凡货贿之物侈于用者，不可胜记，丝帛为衣，麻布为囊，毡帽为盖，革皮为带……"可知毡帽在古代，其实是一种华贵的用品。在长安流行"扬州帽"的背后，是扬州和长安的殷实、时尚和奢华。

宋代扬州人流行一种短裤，称为"不及秋"。吴处厚《青箱杂记》记云：

　　天佑末，广陵人竞服短袴，谓之"不及秋"。

这里也有个掌故。五代时，徐温之子徐知训在扬州作红漆柄骨朵，选牙队百余人，执以前导，谓之"朱蒜"。后来扬州人流行短袴，名为"不及秋"。不久徐知训为朱瑾所杀，正好应了"不及秋"之预兆。

扬州人自古以来考究穿戴，当然十分重视衣料和裁剪。清代扬州有缎子街，今名甘泉路，曾为绸缎布庄聚集之地。李斗《扬州画舫录》载：

　　多子街即缎子街，两畔皆缎铺。扬郡着衣，尚为新样，十数年前，缎用八团。后变为大洋莲、拱璧兰颜色，在前尚三蓝、朱、墨、库灰、泥金黄，近用膏粱红、樱桃红，谓之"福色"，以福大将军征台匪时过扬着此色也。每货至，先归绸庄缎行，然后发铺，谓之"抄号"。

又说：

> 女衫以二尺八寸为长，袖广尺二，外护袖以锦绣镶之，冬则用貂狐之类。裙式以缎裁剪作条，每条绣花两畔，镶以金线，碎逗成裙，谓之"凤尾"。近则以整假缎折以细道，谓之"百折"。其二十四折者为玉裙，恒服也。

可见清代扬州人时尚的衣服色彩，不断翻新，其奢华程度不下今日。扬州还有一条老街叫彩衣街，至今犹在。顾名思义，这是一条以做衣服闻名的街。《扬州画舫录》写道：

> 彩衣街为运司后一层，旧设有制衣局，其后绣货、戏服、估衣铺麇集街内，故名。

所谓"制衣局"，当是官设的高级成衣铺。一位世居扬州彩衣街的老裁缝说，其祖父、父亲均在彩衣街制衣，晚清时彩衣街多达六七十家成衣店。如今虽无当年盛景，但也仍有专做唐装的成衣店。这家成衣店老板的爷爷，是专做戏服的，后来其子到南京、上海等地学徒，末了又回到扬州继承祖业。老裁缝见证了数十年来中国民间服饰的巨变：二十世纪五十年代流行中山装，六十年代时尚青年装，七十年代群起效仿中装西做（即中装的扣子、西装的袖子），八十年代风行夹克衫、休闲服，九十年代定制西装风生水起，近十年又掀起唐装复古之风。潮流变，市场也变，作为裁缝世家，要得家族老店不倒闭，唯有跟着风气改做唐装。他认为，做一件唐装，除了尺寸、剪裁、滚边、缝合、盘扣等基本技术外，还要考虑顾客从事的职业、坐立的姿势等。这正符合清人钱泳《履园丛话》中说的话："斯匠可与言成衣矣。"

曹聚仁在《上海春秋》一书中说：

> 上海衣式，可分为苏帮、扬帮、宁帮、本帮，各有各的主顾的。正如今日港九，很多来自浙东东阳来的缝衣匠，但一般人总以为他们是上海的裁缝呢！

旧上海有成衣铺两千多家，成衣匠四万余人，约二十万人赖此维生，差不多占了当时上海人口的十分之一。被称为上海"本帮"的裁缝，上海人其实很少，而以早期移民上海的扬州人为多。有人认为，所谓上海"本帮"裁缝，即是"扬帮"裁缝。

裁缝是一个总的名称，往雅里说有"刺绣"，往俗里说有"缝穷"。而这雅俗两极在扬州都很出名。扬州的刺绣，俗称"扬绣"。1980年，扬州西北天山汉墓出土广陵王后的殉葬绣品，采用的是辫子股针法，运针、用线、设色颇为细致，行家认为可与长沙马王堆汉墓出土的绣品媲美。据《唐大和上东征传》记载，唐代扬州高僧鉴真和尚于天宝二年（743）十二月从扬州东渡日本，随行人员中有"绣师"。清宣统二年（1910），南京举办规模盛大的南洋劝业会，获奖的扬州产品有习艺所柳条布、发网，吕丰合染色绒，一言堂染色布，何记元色丝绸，乾顺泰雪青官纱，庆璿女士刺绣帐沿桌帏，朱蕊仙女士线制桌毡。现代扬州刺绣，以仿古为主，题材主要取自宋元明清的工笔山水画与花鸟画，特别是扬州八怪的作品。代表作有《柳塘花坞》《春深高树》《春禽花木》《仕女纨扇》等，绣工精细，层次分明，亭台楼阁与人物树木比例准确。水墨写意绣品有郑板桥的《兰竹》、黄瘿瓢的《抱琴图》、金冬心的《梅花》、李复堂的《鱼》等，设色古雅，艳而不俗，整体风格厚重而富于立体感。扬绣大师陆树娴，擅长以多种针法混合使用，力求表现原作的笔墨韵味。陆树娴晚年还绣出了黄慎《柳鸭》、罗聘《葫芦》、任伯年《归田风趣》等佳作。

扬帮的缝穷，俗称"缝穷婆"；地位固然低下，但也名闻遐迩。民国时有《三百六十行》一书，亦名《营业写真》，中有《缝穷婆》一图，绘一年轻妇人，手挎竹篮，沿街缝补，即所谓扬州缝穷婆也。缝穷婆多见于中大城市，服务对象为引车卖浆者流。《三百六十行》该图题有文字云：

> 缝穷婆，出扬州，手提筐篮生意兜。
>
> 纫针补缀不辞苦，生计日与十指谋。
>
> 嗤彼街头丑业妇，争奸取怜博缠头。
>
> 得资虽易誓言不屑，清白肯贻门户羞。
>
> 噫嘻吁，两两相较分薰莸。

扬州缝穷婆的足迹多在南方，如上海；有时也到北方，如京师。近人郁慕侠《上海鳞爪》一书说，上海裁制衣裳的工匠，普通的是苏帮、广帮、红帮；还有一种女裁缝，并不设店，而是上门干活，主人供给饭食，一块钱四个工。其所做活儿，大抵是布服、童装，倘使是绸缎、毛皮，她们就要敬谢不敏。关于缝穷婆，《上海鳞爪》写道：

> 缝穷一业，大半是江北籍妇人充之。她们臂膊上挽了一只竹篮和一只小凳子，篮中放着剪刀、竹尺、线团和碎布之类，在路上走来走去地兜揽生意。她们的主要营业是替人缝袜底、做脱线和补缀衣服上的破洞眼。

《上海鳞爪》又说："'缝穷'两字的解释，是专门替代穷人做工，故名'缝穷'。"当然，扬州街市上最常见的，还是设有铺面的那种成衣店。这种成衣店通常有两三间房子，大门临街，师徒数人，入门即是一张特大的案板，上置各种剪刀、竹尺、熨斗、针箍、线板、眼镜、粉袋、糨糊等，有一位戴着眼镜的师傅伏案剪裁或缝纫。

　　扬州裁缝平时在店铺劳作，如有主顾邀请，也上门裁剪。一般市民家庭，每逢姑娘出嫁、父母年迈、小儿降生，均需请裁缝上门数日。姑娘出嫁时，全身上下，单夹皮棉，四季衣服，均由女方家赶制。其数量多寡、质地好坏，往往直接关系到姑娘将来在婆家的地位。老人准备后事，选个良辰吉日，为自己做一套寿衣，这也是扬州风俗。早早把寿材、寿衣准备好，为的是添福添寿，所以寿衣做成后不但付给裁缝工钱，而且要另给喜钱。王少堂扬州评话《武松》说王婆与西门庆设计勾引潘金莲，就是用做寿衣作话题的。他们请来针线功夫好的潘金莲上门为王婆做寿衣，以便让西门庆成其好事。

　　裁缝师傅阅历既广，又会谋算，往往深得邻里信赖。晚清《点石斋画报》刊登过一幅图画，题为《缝工妙讽》，写扬州裁缝妙语解纷的故事。画上是过去扬州习见的一条老街，街上有店面二间，门口招牌上写着"成衣"字样。上面题道：

　　　　扬州某氏妇，性悍戾，御下尤酷。一日，毒楚一小婢，逃至门首，伏缝衣店桌下。妇持梃追逐，呵令出受杖。婢哀号乞命，并呼缝工救。一老缝工指谓曰："汝自作自受，将谁为汝缓颊？汝前世毒挞婢女之报，罚令今世偿还，不知何时填满此债也！"旁人闻之，相和而笑。妇嗒然丧气，垂首而入，后竟改行。太史公曰："谈言微中，可以解纷。"缝工有之。

　　裁缝在民间有许多有趣的故事，尤其是机智的故事，可能和裁缝有机会接触各阶层人士，从而见多识广有关。扬州三把刀享誉遐迩，是指切菜刀、剃头刀、修脚刀。其实扬州的裁缝刀也堪称一绝，扬帮裁缝的足迹早就走出了扬州。

十　投笔书生尚武风

昔年曾此卜新居，歌舞楼台绰有余。
何意干戈仓卒至，几多院落总成墟。

绿杨城郭驻三军，月色依然占二分。
多少书生说投笔，讵谙韬略始超群。
——（清）许大猷《重过扬州二首》

　　扬州是文化名城，也有尚武风气。昔日扬州教场大门前有牌坊，上书
"我武维扬"四字，显示了古代扬州人的尚武精神。晚清许大猷的《重过
扬州二首》，感叹扬州从满城歌舞到院落成墟的剧变，从而咏叹："多少书
生说投笔，讵谙韬略始超群。"就是说，投笔从戎，弃文从武，成了扬州
书生无奈的选择。
　　扬州古代有博弈和练武的场所，如斗鸡台、斗鸭池、江家箭道、大小
教场。
　　斗鸡台，春秋遗迹，在蜀冈。斗鸡是一种让鸡与鸡之间争斗以决胜负
的传统体育项目，在扬州流传历史很久。春秋时代盛行斗鸡，《庄子》中
有驯鸡能手纪渻子为周宣王训练斗鸡的故事。吴灭邗后，夫差在邗城筑斗

鸡台，为吴王夫差宴游之处，其地在扬州城西北蜀冈。据唐人杜牧、罗隐诗，隋唐时斗鸡台仍在，时人在此斗鸡。明清时扬州城内有斗鸡场，位于东关街和东圈门之间。清人多咏其地，如王锦云《扬州忆》云："落花飞絮斗鸡场。"董耻夫《扬州竹枝词》云："弥陀寺巷斗鸡场。"斗鸡场南面是何氏壶园，当年何家后门有对联云："客来骑鹤地，家傍斗鸡台。"何家后门内有土阜甚高，即明清时斗鸡台。

斗鸭池，汉代遗迹，在江都宫。斗鸭是一种以鸭为对象的传统体育项目，西汉时开始在扬州流传。鸭之为戏，分为三类，即斗鸭、射鸭、抢鸭。将鸭蓄于池中，观其相斗以取乐，是为斗鸭。历史上最有名的斗鸭池在扬州，清雍正《江南通志》云："斗鸭池，在江都县。汉江都易王故姬李阳华尝畜斗鸭于池上。"江都即今扬州，但今斗鸭池已经无迹可寻。另据《赵飞燕外传》云："忆在江都时，阳华李姑畜斗鸭水池上，苦獭啮鸭。"飞燕为江都王刘建孙女，汉成帝刘骜皇后，她未做皇后时在江都观看过斗鸭表演。扬州人在端午节划龙船时，常将活鸭抛入水中，让善泅水者争夺以为乐，是为抢鸭，谓之"抢标"。

江家箭道，清代遗迹，为盐商江春驰射之地。明清时，扬州公私皆养马。公家如东关街有马监巷，为管理马政之机构。私人如盐商江春，在城东南筑康山草堂，门外为骑马射箭之地，号称"江家箭道"。江春字颖长，号鹤亭，旗名广达，原籍徽州歙县江村。生于盐商世家，祖父江演、父亲江承瑜均为盐商。其人有儒风，懂经商，善交际，因得乾隆欣赏，赏借其帑金三十万两，时谓"以布衣上交天子"。江春能文能武，除擅长诗文，又工于骑射。《扬州画舫录》载，江春在扬州徐宁门外购买隙地，作为骑射之用，即"江家箭道"。

大小教场，明清遗迹，亦作校场，为明清时扬州驻军习武之所，有大教场、小教场之分。先设于城内，位于新城，今国庆路西侧，系兵家演练之地。其地甚广，今仍称教场，附近有辕门、东营、西营等历史地名。清中叶，新城教场兵民杂处，商贾云集，店铺林立，侵地建屋。为防商民继续侵占教场，乾隆年间官方在教场四周丈量面积，树立界碑，以示警告。今东营巷内尚存界碑两方，碑上部横刻"教场石界"四字，下部竖刻"乾隆二十八年奉宪丈明教场地基南至北七十四丈"云云。乾隆三十二年（1767），另在扬州西门之外、蜀冈之南，开辟新演武场，称为"大教场"，城里教场则呼为"小教场"。

在古代体育项目方面，扬州有五禽戏、搏熊罴、打马球、斗蟋蟀、斗鹌鹑、下围棋和各种武术，如拳术、刀术、剑术、枪术、棍术、射术等。

五禽戏，传统健身法，因由模仿五种动物的动作组成，故称五禽戏，又称五禽操、五禽气功等。相传由三国医学家华佗创制，认为人身好像门户转轴一样，经常转动便不会发生虫蛀而腐朽。其戏后传于弟子吴普。吴普，广陵人，随华佗学医，活人无数。《三国志·华佗传》云："广陵吴普、彭城樊阿皆从佗学。普依准佗治，多所全济。"吴普因擅五禽戏，活到九十多岁，仍然耳聪目明。其戏分为虎戏、鹿戏、熊戏、猿戏、鸟戏五种。每种戏有两个动作，分别为虎举、虎扑；鹿抵、鹿奔；熊运、熊晃；猿提、猿摘；鸟伸、鸟飞。每种动作均为左右对称，各做一次，可以起到流通气血、促进消化、活动关节、防治疾病、强健身体之作用。

搏熊罴，古代角抵类，属于人兽搏击的运动。古罗马帝国有斗兽场，汉代宫苑亦有猛兽园。《史记·张释之冯唐列传》记载汉文帝视察汉宫虎圈之事，《前汉书·孝元冯昭仪传》记载汉元帝观看斗兽之事。汉画像石与画像砖均有人兽搏斗的形象资料。能够为人表演的兽类，除马、牛、象、狮、虎外，还有熊、驼、驴、猪、犀等，其中斗熊罴系一种古老游戏。《汉书》记广陵王刘胥体格壮大，"力扛鼎，空手搏熊罴猛兽"。晋人葛洪《西京杂记》亦谓广陵王刘胥有勇力，常于别圃学格熊，后能空手搏之，莫不绝毙熊之命。这种活动延续至宋代，耐得翁《都城纪胜》记当时手艺有"弄熊"，周密《武林旧事》记当时艺人能"教熊"。

　　打马球，古代称击鞠，今称马上曲棍球。汉代之前中国没有马球运动，后由波斯传入，至唐代深得皇帝和贵族喜爱，得以流行。1965 年扬州邗江金湾镇出土打马球图铜镜，今藏扬州博物馆。镜背正中置圆钮，其图案远处山峰耸立，近处花草繁茂，山前草场上有四骑士手持球杖，分别驾驭奔马，抢击二球。有的持杖前伸抢球，有的持杖侧身下钩，有的高举球杖奋力夺球，有的肩荷球杖伺机击球。四匹骏马或跳跃，或腾挪，驰骋往来，四名骑士姿态各异，活跃灵动。从铜镜纹饰看，打马球者应为女性，可见唐代扬州开明与开放的社会风尚。考古工作者认为，铜镜为扬州匠人依据现实生活中的打马球场景设计铸造。

　　斗蟋蟀，使蟋蟀相斗以决输赢的传统游戏。蟋蟀是最早为人蓄养的昆虫。人们最初蓄养蟋蟀，是为听其鸣叫。斗蟋蟀之戏，一般认为产生于唐代天宝年间。南宋时镇守扬州之贾似道，爱斗蟋蟀，被讥为"蟋蟀宰相"。清代扬州盛行斗蟋蟀之风，甚至有人赖此技为生。李斗《扬州画舫录》载，扬州北郊蟋蟀大于他处，土人有鸣秋者，善豢养，识草性，著《相虫谱》，题曰"鸣氏纯雄"。其人以此技受知于盐商，遂致富。晚清扬州将斗蟋蟀作为赌博手段，孔庆镕《扬州竹枝词》云："蟋蟀声中夜点兵，上场明日赌输赢。"扬州人称善斗之蟋蟀为"将军"，惺庵居士《望江南百调》云："扬州好，蟋蟀斗纷纭。如虎几人夸异种，牵羊九日策奇勋。供养铁将军！"

　　斗鹌鹑，使鹌鹑相斗以决输赢的传统游戏。相传唐玄宗喜爱斗鸡走马，西凉人投其所好，进献鹌鹑，能随金鼓节奏进退争斗。明末扬州高邮人吴三桂酷爱此戏，让人将其斗鹌鹑之情景绘成图画。斗鹌鹑通常在一个圈中进行，圈以木板或柳枝制成。双方将鹌鹑同时放入圈中，于是两只鹌鹑先振翮盘旋，寻找战机，然后突然发动攻击，争啄扑打，以强者为胜。清代斗鹌鹑之风盛行，南北皆以此为乐，如潘荣陛《帝京岁时纪胜·斗鹌鹑》条写京城风俗，顾禄《清嘉录·斗鹌鹑》条写苏州风俗，葛元煦《沪游杂记·斗鹌鹑》条写上海风俗，屈大均《广东新语·鹌鹑》条写广州风俗等。董伟业《扬州竹枝词》云："蟋蟀势穷何处使？鹌鹑场上看输赢。"王锦云《扬州忆》云："把就鹌鹑邀客斗，教成鹦鹉作人言。"均咏扬州斗鹌鹑风俗。

下围棋，一种两人棋类游戏，古时称弈，流行于东亚之中国、日本、韩国一带，属琴棋书画四艺之一。源于中国，传为尧作，春秋战国时已有记载。东晋时谢安在广陵，于戎马倥偬之中亦好弈棋，今扬州有谢公祠遗址。扬州自古多棋手，五代扬州学者徐铉、明代扬州神童方子振等，均为古代棋坛名人。清代扬州府泰州人黄龙士，以及范西屏、施定庵等围棋国手，俱云集扬州。其中范西屏、施定庵跻身于乾隆年间全国围棋四大家之中，后半生均定居扬州。范西屏在扬州著《桃花泉弈谱》，以两淮巡盐御史衙门中名井桃花泉题名，为围棋名谱，古人誉为戛戛独造，不袭前贤。晚清扬州人周小松棋艺高超，著《餐菊斋棋评》，亦为重要围棋著作。

拳术，中国武术中徒手技法的总称，包括拳打、脚踢、指抓、跳跃、翻滚等武术动作。扬州拳术由来已久，其手型分为五种样式，即拳、掌、爪、指、勾。步型亦分五种样式，即弓步、马步、仆步、歇步、虚步。扬州拳谚云："练拳不练腰，终究艺不高。"练腰是扬州拳术基本功，包括俯腰、甩腰、下腰等方法。肩背练习是重要环节，常做者有压肩、绕环、单臂功、双臂功等动作。腿部练习，有劈腿、踢腿、弹腿、撩腿、压腿、搬腿、叉腿等动作。扬州拳术较少腾空动作，但有二起脚、旋风脚、腾空飞脚、落地摆莲脚等空中招数。常用练功方法，有排手拍击功、腿法踢桩功、双人五捶功、排打八靠功等。其他尚有轻功、气功、潭腿、八段锦、五禽拳、易筋锦等。

西凉门，亦称西凉掌、曦阳掌，晚清扬州武术流派。源于西北凉州，主要特点是上肢注重手掌功力，下肢注重桩功练习。其掌法有穿、劈、翻、盖、推、挑、弹、抖、托、砍、摆、按、插等，要诀在于徒掌。扬州西凉门创始人唐殿卿，河南人，出身武术世家，自幼继承家学。成年后设场授徒，足迹遍及扬州、镇江、南京、徐州一带，所授有西凉掌、石头拳、六家式、三义刀等拳路与器械套路。所谓西凉门，系以西凉掌为主的拳术，包括青毛狮拳，因由八段组成，又称夜战八方；石头拳，因拳术精坚如石，故名；西凉掌，整套拳术分上下两路，除起势、收势，共由一百七十二个动作组成。上述三套拳路，扬州武林称为"西凉三拳"。

戳脚门，亦名技子、赵子，晚清扬州武术流派。源于华北燕赵，主要特点是突出腿法，动作舒展，气势猛烈，硬攻直进，手、脚、身、步、精、气、功、力八法有机配合。演练时无过渡动作，手领脚出，脚出手到，手脚并重，快而有力。扬州戳脚门创始人张恒庆，原籍河北，清末来扬州担任镖师，将戳脚拳传授扬州。扬州戳脚门腿法丰富，有钉、踹、拐、点、蹶、蹴、蹬、碾八法，而又变化无穷。典型腿法有鸳鸯腿、剪子腿、鸡心腿、蹶子腿、千钧腿、扫绊腿等，皆能重伤对手。其技以腿为主，以手配合，以硬快狠毒、严谨精悍为技击特色，手防于上，脚攻于下，手封脚打，手脚相随。

象形拳，扬州武术门类，亦名仿生拳，意为模仿动物或人物特征形态的拳术。三国时广陵人吴普师从名医华佗，模仿虎、鹿、熊、猿、鸟等五种动物之姿势和神态，编成导引术。扬州象形拳主要分三类。一为仿飞禽，其一是模仿鹰的姿态，由飞、寻、捕、击等四方面动作组成，称为鹰拳；其二是模仿鸭的姿态，效仿鸭出水、入水、浮游、嬉戏、抖羽等动作，称为鸭拳。二为仿猿猴，手法有摔、拍、穿、劈，腿法有勾、踢、踹、弹，称为猿拳；另有猴拳、猴棍，模仿猴的蹦、纵、窜、跳之态，显示人的轻、柔、灵、巧之功，称为猴拳。三为仿八仙，如仿效拐李行步、钟离挥扇、湘子吹笛、采和挎篮、洞宾背剑、仙姑撩衣、国舅卧床、果老骑驴等，称为八仙拳。

精拳，扬州武术门类，意为扬州拳术之精华，特指徒手拳术。扬州自古流行拳术。史载蜀冈司徒庙祭祀之五壮士，曾以徒手降虎救人。扬州评话《武松》谓武松"精拳打死山中虎"，可视为精拳在艺术中的反映。方志所载扬州名拳师，如嘉庆《扬州府志》记甘泉武学生姚云孝，善拳法，得"黄佑真传"。黄佑即拳术"黄佑拳"，计六路四十七式。扬州精拳分外家拳、内家拳两种套路。外家拳由窜蹦、跳跃、起伏、转折、闪展、腾越、跌仆、滚翻等敏捷动作组成套路，显示能量与威力。其中包含西凉门、戳脚门及查拳、花拳、绵拳、黄佑拳、燕青拳、丹凤拳等。内家拳以深柔绵邈为特色，显示内功与涵养。其中包括太极拳、八卦掌、形意拳、五行拳等。

刀术，扬州武术门类，以刀为器械的武术。明代嘉靖《惟扬志》记载明代扬州驻军所用刀类，有锯刀、钩刀、铡刀、洞刀、红靶手刀、黑靶手刀、绒靶手刀、镘靶手刀、松文劂刀、半丈红朴刀、半丈黑朴刀、簇帐红靶刀、麻扎红靶刀、拥阵红靶刀、矿马红靶刀、手矿红靶刀、鹰嘴红靶刀等，形制丰富，功能多样。民间多练刀高手，如清代扬州人张饮源，善舞双刀，武艺高强。抗日战争期间，扬州武术界人士组织抗日大刀会，致力于消灭日寇与汉奸。今扬州流传之刀术，主要有万胜刀、四门刀、三才刀、三义刀、梅花刀、甲组刀、八卦单刀、和合双刀、六路披刀、六合双刀、春秋大刀、武松双戒刀等。

剑术，扬州武术门类，以剑为器械的武术。扬州人自古好剑。明代嘉靖《惟扬志》载，高邮人曾于水中采藕时得古剑。扬州剑术高手亦多。清代嘉庆《扬州府志》载，康熙间扬州人卓尔堪，字子任，幼习武艺，"善击剑，挽五石弓"。卓尔堪未及弱冠之年，即随李之襄军攻打耿精忠，官右军先锋，屡立战功。其剑法，有点、崩、刺、撩、挂、劈、云等招数。今扬州剑术有少林剑、达摩剑、龙行剑、四门剑、七星剑、太极剑、三才剑及双剑等种类。其中太极剑最为流行。太极剑具有太极拳的运动特点和健身价值，动作要领包括抽、带、撩、刺、击、挂、点、劈、截、托、扫、拦、提等法式，并配合各种身法、步法。

枪术，扬州武术门类，以枪为器械的武术。枪为枪头、枪杆、枪缨组成的长兵器。宋代扬州流传杨家枪，或谓梨花枪。相传金末女梨花枪名手杨妙真，为杨家枪主要传人，曾纵横于两淮之间。明人戚继光著《纪效新书》云："长枪之法始于杨氏，谓之曰'梨花'，天下咸尚之。"时至清代，扬州尚有擅梨花枪者。嘉庆《扬州府志》载，扬州人尤淙幼学骑射，"遇异人得杨氏枪法，游四方，交诸豪杰，未出其右者"。另据嘉靖《惟扬志》载，扬州驻军所使之枪，有马枪、竹枪、苦竹枪、柏木枪、黑木枪、小拖枪、两刃枪、红杆长枪、破甲锥枪、桦皮短枪、红杆背枪、两头黑枪、黑漆攥枪、半丈红长枪等，式样繁多，功能各异。今扬州流传之枪术，有大梨花枪、小梨花枪、九转梅花枪等。

棍术，亦称棍棒术，扬州武术门类，以棍棒为器械的武术。棍与棒相似，但长短有别，或谓齐眉为棍，齐胸为棒。相传隋炀帝来江都时，杨林护驾，所用兵器即为棍，棍插于地，化为深井。扬州人自古好棍术。嘉靖《惟扬志》载，隋末泰州禅师发响，擅长棍术，能伏群虎。《扬州画舫录》记当时武生员朱斗南，其父善棍术，称为"白蜡杆"。今扬州武术界流传之棍术，为猿猴棍，源于北方，以敏捷多变、出奇制胜、起伏转折、出其不意为特征。又有梢子棍，属于少林棍术套路，主要棍法有劈、挂、点、舞等招数。又有二节棍、三节棍，以两三节长一尺半至两尺之白蜡短棒连接而成，可长可短，伸缩自如。此外尚有疯魔棍、齐眉棍、盘龙棍、太祖棍、行者棍、少林棍等。

射术，扬州武术门类，以弓箭为器械的武术。射术为儒家六艺之一，在扬州流传甚久。今古城内有南矢巷、北矢巷，均为古代制造弓箭之作坊所在。嘉庆《扬州府志》载，南朝广陵人杜僧明，字宏照，"形貌奇特，有勇力，善骑射"。其技之妙，能以后矢射中前矢之尾，若以石击人，百步之外无有不中，以此官至散骑常侍。晚唐扬州大都督府长史高骈，擅长骑射，百步穿杨，号称"落雕侍御"。除弓箭外，扬州又有弩。宋将刘琦率军在扬州抗金，在瓜洲皂角林设计引诱金兵，一时强弩齐发，金兵大溃。《扬州画舫录》载，清人神射手薛三能挽五十石弓，人称"薛硬弓"。盐商江春亦好骑射，所居康山草堂外专辟"江家箭道"，以作习射场所。

扬州古代体育史料散见于历代方志、笔记、诗文，历来少有人问津。唯前有金一明编撰武术教材，后有王资鑫追寻绿杨武踪，可说是武术领域的双子星座，且各成一家。我因近年来承担《扬州历史文化大词典》古代体育部分的撰写，故对扬州古代武林稍有涉猎，姑记于此。

十一　舞盘走索踩高跷

北方有女逞娇羞，能调骏马来扬州。

紫丝鞭控春葱柔，锦靴踏镫双垂勾。

绿杨堤上游人聚，美人下马整缠头。

长裙簇波秋鹅色，红衫细织金花稠。

金鼓声扬马东骋，美人一笑攀花秋。

一脚斜悬脸西顾，轻袿历乱春风愁。

危机忽堕令人恐，回旋颠倒缭群眸。

左低右昂缰不收，直以马背如平畴。

汉宫妃子掌上舞，洛浦仙姬水面浮。

此女非仙亦非嫔，学成僄疾等猿猴。

怜彼生涯过眼休，黄金何处常营求。

——（清）汪士慎《观走马伎》

在扬州非遗文化之中，杂技的分量很少，只有石锁、钢叉等几个项目。杂技属古代百戏之列，地位似乎比戏剧、曲艺更低。正史不记载它们，野史也很少提到它们，而扬州八怪之一汪士慎的《观走马伎》，却绘声绘色地描写了"北方有女逞娇羞，能调骏马来扬州。紫丝鞭控春葱柔，锦靴踏镫双垂勾”的惊险情景。

清代扬州的杂技，据《扬州画舫录》记载，名目繁多。例如，竖一高竿，竿端插一旗，一人如猿攀至竿端取旗，谓之"竿戏"。用长剑一柄，从口中插入腹中，谓之"饮剑"。熄灭宴席上所有灯柱，吹一口气，灯柱全明，谓之"取火"。取所佩钢刀让人用力刺腹，腹不受伤而刀反受损，谓之"弄刀"。竿上顶盘，使之旋转，乃至于两手、两腕、两腋、两股、两腿及腰部同时顶十余竿、十余盘而不坠落，谓之"舞盘"。在特制的戏车上，坐女伎数名，持两头摇之，则旋转如环，谓之"风车"。一人两手执箕，一面进退踏歌，一面扬米去糠，而米不落下一粒，谓之"簸米"。脚下踩丈余长木行走自如，谓之"踩高跷"。以巾覆盖地上，能从巾下变出各种杂物，谓之"撮戏法"。用大碗盛水，覆于巾下，令其隐去，谓之"飞水"。在手掌上放五颗红豆，令其自去，谓之"摘豆"。拿十枚钱来，吆喝一声，钱呈五光十色，谓之"大变金钱"。叫一个无臂小儿表演吹笙，音调节奏无一差错，谓之"仙人吹笙"。诸如此类，光怪陆离，惊人耳目，不一而足。

扬州瘦西湖在清代举办过杂技会演。《扬州画舫录》载，乾隆五十八年（1793）秋天，扬州各色杂耍艺伎集资买舟，聚于城外风景优美的熙春台，"各出所长，凡数日而散"。当时有"一老人年九十许，曳大竹重百余斤，长三四丈，立头上，每画舫过，与一钱"。这种民间的狂欢节，教人依稀想见两百年前扬州杂技的盛况。

古代的杂技含义宽泛，包括戏法、技巧、口技等。董伟业《扬州竹枝词》写孙呆、周逢两位艺人，能够空手从眼中摘豆空中飞杯，其实是魔术节目："孙呆周逢笑口开，眼中摘豆手飞杯。因之看尽人情巧，事事多从戏法来。"孙呆和周逢擅长的节目是"摘豆"与"飞杯"，这在《扬州画舫录》中有介绍。

费轩《扬州梦香词》描写清代扬州有一种体育运动，能在绳子上面做各种惊险动作："扬州好，绳戏妙风姿。柔骨幻成金锁子，收香倒挂玉龙儿。日日水边嬉。"这种"绳戏"是在绳索上面表演的一种技巧动作，为传统杂技节目之一，今称"走钢丝"。《扬州画舫录》说："长绳高系两端，两人各从两端交过，谓之'走索'。""走索"即是"绳戏"。扬州八怪汪士慎有《观绳伎诗轴》，录中唐刘言史所作七言诗《观绳伎》，诗中有这样的句子："泰陵遗乐何最珍，彩绳冉冉天仙人。广场寒食风日好，百夫伐鼓锦臂新。""危机险势无不有，倒挂纤腰学垂柳。下来一一芙蓉姿，粉薄钿稀态转奇。"虽是转录前人之诗，但汪士慎对于"绳伎"一定十分喜爱和熟悉。

津瀛逸叟《续扬州竹枝词》写到艺人朱有贵，不但会变戏法，而且会模仿各种鸟叫，其实是口技："手法新奇朱有贵，一盘瓜子赛黄金。鸡鸣犬吠般般妙，扇底还饶百鸟吟。"朱有贵所擅长的，是凭手法的敏捷变出东西（如一盘瓜子）来，亦即《扬州画舫录》所说的"撮戏法"。至于仿效鸡鸣、犬吠、百鸟吟，则属口技之列，明末扬州郭猫儿最擅此技，谓之"隔壁戏"。

佚名《邗江竹枝词》又写到艺人徐东海，非但能够变出各种飞禽走兽，还擅用长鞭精准击打目标："有名杂耍徐东海，走兽飞禽变得勤。玩到钱鞭称绝世，浑身头脸任施为。"徐东海较他人不同，能空手变出庞大的走兽飞禽，难度自然更大。他擅长"鞭技"，可以随意以手中长鞭将远处的一堆铜钱击落而不致失误，或在他人身体极近处挥舞长鞭而不致伤人。

扬州人对杂技情有独钟。在郡城，杂技的表演多在教场，桃潭旧主《扬州竹枝词》云："教场四面茶坊启，把戏准书杂色多。"说的是"把戏"。在属邑，厉惕斋《真州竹枝词引》说仪征人过年时"豪者演戏，否则清音、十番、说书、杂耍，必有一以娱宾"，说的是"杂耍"。张曾勤《秦邮竹枝词》写高邮农村的情形是"杂技元宵竞作场，动人花鼓太平庄。装成曼衍鱼龙戏，买尽金钱灯月光"，说的是"杂技"。康发祥《海陵竹枝词》写泰州的风俗是"百戏清明笑尔曹，扯铃掷向半天高。红鞋老妪红裙女，盘古台边走几遭"，说的是"百戏"，自注："清明百戏，善扯铃者，以双重竹筒，裹之以铁，贯绳扯之；俟铃声酣足，掷向半天，铃从天落以绳承之，铃仍归绳上。此为好手，今少见矣。"泰州的这种"扯铃"，即今天的"抖空竹"，又叫"抖嗡"。《真州竹枝词》云："花间日午一村晴，柳下风和万籁清。却怪蓦然天际响，落来知是抖嗡声。"

关于扬州的杂技，清人张应昌所编《清诗铎》录有陈章《戴竿行》，言之甚切：

> 扬州春日好游嬉，杂技眩人靡不为。
> 一人抱竿走来往，袅袅亭亭长数丈。
> 日午打围场，择地得平壤。
> 头颅树著若有根，冲风趋赴不摇荡。
> 或落齿牙或在掌，一指承之更惚恍。
> 妙在习熟无他诀，不然齿折与脑裂。
> 何不驱去为边兵，国无游手国乃清！

诗中所写的，是一种头顶长竿的平衡杂技。

邗上蒙人《风月梦》详细描写了清代扬州杂耍艺人表演的情景，至今读来犹栩栩如生：

> 正在闲谈，只见那玩杂耍的八九人，总戴着红缨凉篷，穿着袍套，上楼道喜。吴珍问他们吃甚么点心，那些人道："在下买卖街抱山茶馆吃过。"要了四百钱去会茶钱，就在楼上中一间，将一张方桌移放中央，铺了红毡。有两个玩杂耍人捧了一个小漆茶盘，上盖绸状，放在红毡上。那个人站近方桌，说了几句庆寿吉利话，将绸状揭起，里面盖的是个坎着的细瓷茶碗。那人用二指捻着碗底提起，又放在茶盘内，将左右手交代过了，将茶碗提起，里面是一个金顶子。又将茶碗将金顶盖起，又说了几句闲话，将茶碗提起，那金顶又变了一个车

渠顶子。复将茶碗一盖，又复提起，那车渠顶变了一个水晶顶。仍用茶碗盖起，那水晶顶又变了一个蓝顶子。又用茶碗盖起，又变了一个大红顶子，说道："这叫作步步高升。"又将大红顶用茶碗盖起，说了许多话，将茶碗提起，那大红顶变做一颗黄金印，说道："这叫作六国封赠将军挂印。"将茶碗仍用绸袱盖起，收了过去。站在旁边那人走至中间，又玩了一回"仙人摘豆"，又是甚么"张公接带"。玩毕，将方桌抬过半边，又换了两个人上来，手里拿着一条红毡，站在中间。两人斗了许多趣话。那人将两手、两腿、胸前、臀后拍着交代过了，那人将红毡递了过来，翻来覆去将红毡又交代过了，往左边肩上一披，往楼板上一铺，中间撮高了起来。又说是吹起了，画符了，将红毡一揭，里面是一大盘寿桃馒首，一大盘花糕，代寿星上寿。陆书代月香赏了两块洋钱。那两人复将红毡拿起，重新交代一番，往下一铺，又变出一大碗水，里面还有两条活金鱼，众人喝彩！

在清代，常有外地杂耍艺人来扬州献艺，汪士慎的《观走马伎》就是写北方杂技女艺人的精湛技艺，所谓"北方有女逞娇羞，能调骏马来扬州"；"绿杨堤上游人聚，美人下马整缠头"。关于北方杂技艺人在扬州的表演，晚清宣鼎《夜雨秋灯录》有个故事写道："扬州西山董君，名韶秀，字梅伴，美男子也。少以神童补博士弟子员，其父晟钟爱之若命。"董生擅长武艺，择偶甚严。有一天，陕西一个家庭杂技班子来到扬州西山，"有老夫妇携一幼女、一秃发童来，自云陕人，戈姓，善演戏术，鸣钲击鼓，各献所长。女名谷慧儿，貌艳冶，弄盆子，唱《鹧鸪》，舞《拓枝》，观者如堵墙，无不喝彩。尤能纤足绳上行耍，浑脱浏亮，令人想公孙大娘。女甫下，即见秃发童献方朔桃，栽庄子瓜，变幻生物。女遽捧金漆盘，索戏值"。谷慧儿在台上看中了台下的董生，爱其俊俏，见"生渴思饮，女于百步外遽掷樱桃入生口中，屡掷屡中，如弹无虚发"。后经一番波折，谷慧儿与董生终结良缘。

十二　人生只爱扬州住

人生只爱扬州住，夹岸垂杨春气薰。

自摘园花闲打扮，池边绿映水红裙，

——（清）黄慎《维扬竹枝词》

　　"人生只爱扬州住"是清代扬州八怪之一黄慎《维扬竹枝词》里的诗句。扬州得到"中国人居环境奖"之后，扬州人无不为之欢欣鼓舞。黄慎像一个预言家，在几百年前就预见扬州是宜于人居的地方。而这句诗的创意，其实还要追溯到一千多年前唐代诗人张祜。

　　从历史上看，扬州一直是个宜于人居的地方。汪氏小苑有一块不大为人注意的石额，上面镌刻"居易"二字，用的是"长安居，大不易"的典故。在长安不容易做到的事，在扬州却很容易做到。人生一世，草木一秋，最终总得找个地方安身立命，落叶归根。换句话说，每个人都需要一个安置自己身心的家。但是，家在哪里？或云："人人都说家乡好。"或云："处处无家处处家。"莫衷一是。

　　唯有唐代诗人张祜把话说绝了："人生只合扬州死。"他认为，普天之下，唯有扬州，才是托付人生的好地方。张祜不是扬州人，是清河人，以擅长写宫词得名。由于仕途不通，愤而挂冠，游历各地。大约阅历多了，就有了比较，所以写下有名的《纵游淮南》一诗：

> 十里长街市井连，月明桥上看神仙。
>
> 人生只合扬州死，禅智山光好墓田。

张祜有才华，杜牧《登池州九峰楼寄张祜》中的"谁人得似张公子，千首诗轻万户侯"，就是赞美他的诗才。他的"十里长街市井连"并非夸大其词，《唐阙史》说："扬州，胜地也。每重城向夕，倡楼之上，常有绛纱灯万数，辉罗耀烈空中。九里三十步街中，珠翠填咽，邈若仙境。"到了这种仙境，乐不思蜀是很自然的。《儒林外史》的作者吴敬梓，当年常来扬州小住。他每日在琼花观踯躅，独自吟诵"人生只合扬州死"之句。不料一语成谶，几天后果然死于扬州。

吴敬梓的朋友程晋芳得到噩耗，挥泪写下《哭吴敏轩》吊诗：

> 三年别意语缠绵，记得维舟水驿前。
>
> 转眼讵知成永诀，拊膺直欲问苍天。
>
> 生耽白下残烟景，死恋扬州好墓田。
>
> 涂殡匆匆谁料理？可怜犹剩典衣钱。

诗中的"死恋扬州好墓田"，就是指吴敬梓在生命最后的日子里，还每天默念张祜那几句诗。"人生只合扬州死"，也许只是张祜偶然兴至所言，不必当真。而且吴敬梓尽管天天念叨"禅智山光好墓田"，最后也没葬在扬州。金兆燕《甲戌仲冬送吴文木先生旅榇于扬州城外登舟归金陵》诗中说，是他把吴敬梓的灵柩从扬州送到了南京。

诗无达诂，见仁见智。

黄慎的"人生只爱扬州住"，是不是来自张祜的"人生只合扬州死"，只有去问黄慎本人，才有确凿答案。而在张祜之后，有那么多的文人写下那么多相似的诗句，说他们都是不约而同，殊途同归，绝对没有受到张祜的影响，恐怕也不合常理。我们随便翻翻书，就可以看到：

五代词人韦庄《菩萨蛮》写道："人人尽说江南好，游人只合江南老。"他喜欢江南，认为游人应该终老江南。

宋代文人蔡伸《玉楼春》写道："人生只合镇长圆，休似月圆圆又缺。"他生怕人生离别，希望月亮能够长圆。

金代诗人元遗山《俳体雪香亭杂咏》写道："人生只合梁园死，金水河边好墓田。"汴京的好处，使得金人忘记了大漠。

元代诗人戴表元《湖州》写道："游遍江南清丽地，人生只合住湖州。"看了这种诗句，真令人想起张祜的扬州。

清代诗人袁枚《宿苏州蒋氏复园题赠主人》写道："人生只合君家住，借得青山又借书。"扬州和苏州，都是袁枚流连忘返之地。

在现代文人中，尝见陈从周《桥乡醉乡》诗云："人生只合越州乐，那得桥乡兼醉乡。"沈祖棻《和友人》诗云："人生只合住苏城，片石丛花俱有情。"台湾学者林黎《台中寄旅》诗云："行遍蓬瀛清丽地，人生只合住台中。"

从古到今，文人笔下有这么多的"人生只合"，如果不是有意模仿，也算是造化过于巧合。鲁迅说过，考证固不可荒唐，而亦不宜墨守。世间许多事，只消常识，便得了然。

如果我们再翻翻书，还可看到与张祜异曲同工的另一类诗句：

一位叫方文的明代安徽诸生说，他最喜欢的事情，是能在扬州与朋友常相厮守。他写道："三人若得长相聚，便住扬州老不还。"他是发誓不再返乡了。

一位叫孙枝蔚的清初陕西人，在扬州做过盐商。他写道："扬州休作客，客老不言归。"好像也抗拒不了扬州的诱惑。

还有一位叫高凤翰的山东人，长住扬州，作画写字。他写道："世人爱作扬州客，个个思量跨鹤游。"后来，他成了扬州八怪之一。

江南素称"上有天堂，下有苏杭"，扬州也一度被视为天堂。元人张养浩《玉香球花》："神仙在此，何必扬州。"汤式《忆维扬》："羡江都自古神州，天上人间，楚尾吴头。"都把扬州视作天堂。

明人有一句俗语，叫"有钱到处是扬州"，把古代扬州的富庶、繁华与浪漫形容到极致。语出明人张存绅的《雅俗稽言》，书中说，扬州唐时之盛，有"扬一益二"之谚，二分明月、十里珠帘、千灯夜市，其盛如此，故明人语云："有钱到处是扬州。"

那时候，什么地方最富裕呢？李攀龙《三洲歌》云："何处估客豪？扬州估客豪。"什么地方最享乐呢？唐尧官《乌栖曲》云："长樯大艑江烟薄，岁岁扬州恣行乐。"什么地方最让人乐不思蜀呢？高启《估客词》云："上客荆州商，小妇扬州娼；金多随处乐，不是不思乡。"什么地方最容易误认是故乡呢？张以宁《扬州》云："误喜扬州是故乡，故乡南去越山长；越山三月花如海，倚门应说到维扬。"

两淮盐商的豪富与奢华，使得整座扬州城叫人流连忘返。

《金瓶梅》写西门庆死后，家中乱作一团，各人心怀鬼胎。李桂卿、李桂姐趁吊问之机，悄悄对西门庆的小妾李娇儿说："俺妈说，人已是死了，你我院中人，守不得这样贞节。自古千里长棚，没个不散的筵席。……常言道：'扬州虽好，不是久恋之家。'不拘多少时，也少不得离他家门。"李娇儿听了，果然暗中让李铭将家中财物盗出，最后她自己也离开西门庆家，重新过起了神女生活。

值得注意的是"扬州虽好，不是久恋之家"这句常言。明人心目中的扬州究竟怎样，从这句常言中可以略窥一二。古典小说形容一个地方是极乐世界，常用"某某虽好，不是久恋之家"的套话。例如：

《水浒传》写花和尚鲁智深与九纹龙史进一起翦除了崔道成、丘小乙两个歹人，又在他们为非作歹的瓦罐寺取足了金银，吃饱了酒肉，最后放了一把火。"凑巧风紧，刮刮杂杂地火起，竟天价烧起来。智深与史进看着，等了一回，四下火都着了。二人道：'梁园虽好，不是久恋之家。'"于是两人连夜赶路，史进投奔少华山，鲁智深自往东京。"梁园"是汉梁孝王刘武所筑的园囿，为游览和宴客的场所，故址在今河南开封东南。一时名士如枚乘、邹阳、司马相如等，都是梁园的座上宾。

《西游记》写唐僧师徒四人来到铜台府地灵县寇员外家，受到热情丰盛的款待。八戒贪图享受，不愿离开寇家，说："放了现成茶饭不吃，清凉瓦屋不住，却要走甚么路，像抢丧踵魂的！"三藏骂他说："泼孽畜，又来报怨了！常言道：'长安虽好，不是久恋之家。'待我们有缘拜了佛祖，取得真经，那时回转大唐，奏过主公，将那御厨里饭凭你吃上几年，胀死你这孽畜，教你做个饱鬼！"八戒这才不再言语。"长安"是华夏古都，今陕西西安。从汉至唐，长安都是政治、经济、文化的中心。

"扬州虽好，不是久恋之家。""梁园虽好，不是久恋之家。""长安虽好，不是久恋之家。"——你认为古人心目中的扬州，究竟是何等地方呢？

辑四

十里栽花算种田

一　东阁官梅动诗兴

> 东阁官梅动诗兴，还如何逊在扬州。
>
> 此时对雪遥相忆，送客逢春可自由？
>
> 幸不折来伤岁暮，若为看去乱乡愁。
>
> 江边一树垂垂发，朝夕催人自白头。
>
> ——（唐）杜甫《和裴迪登蜀州东亭送客，逢早梅相忆见寄》

　　杜甫一生没有到过扬州，但在诗中数度提到扬州。其中一次是在《和裴迪登蜀州东亭送客，逢早梅相忆见寄》诗中，开头说道："东阁官梅动诗兴，还如何逊在扬州。"因为何逊的缘故，"东阁梅"成为文学史上著名的梅花典故。

　　可是，最早的东阁梅故事，是一个美丽的误会。何逊是山东郯城人，生活于南朝，在梁做官。何逊酷爱梅花，他的扬州衙署后有梅一株，每当梅花开放，他就呼朋唤友，饮酒赋诗。何逊后来迁官洛阳，因为思念梅花，请求调回扬州。何逊抵达扬州时，梅花正值盛开，何逊如见故人，在梅下彷徨终日。所以何逊有《扬州法曹梅花盛开》诗云："兔园标物序，惊时最是梅。衔霜当路发，映雪拟寒开。"对梅花推崇备至。

　　问题是，南朝的"扬州"是指金陵，即今南京。今天的扬州是在南朝之后的隋朝，才叫扬州的。这算是梅花与扬州最初的邂逅。但何逊爱梅的影响很大，以致杜甫提到"东阁官梅"和"何逊扬州"时，似乎把唐朝的扬州当成了南朝的扬州。后人也以为，"东阁梅"就是今天扬州的历史掌故，殊不知何逊时代的广陵还不叫扬州。

国人赏梅很早。《诗经》有一篇《摽有梅》，摽是落下之意，以梅子落地比喻少女青春易逝。范成大《梅谱》说："梅，天下尤物，无问智贤愚不肖，莫敢有异议。学圃之士，必先种梅，且不厌多。"但我小时候几乎没有赏梅的印象，后来才知道，扬州与梅花的掌故很多。

扬州历史上的梅花，有名的要数小香雪。李斗《扬州画舫录》说，小香雪又名十亩梅园，在蜀冈上。扬州盐商为迎接清帝南巡，在蜀冈广种梅树，并仿照苏州"香雪海"之名唤作"小香雪"。曹寅《西城看梅吴氏园》诗云："老我曾经香雪海，五年今见广陵春。"乾隆南巡扬州，登冈赏梅，诗兴大发，写下《咏平山堂梅花》一诗："平山万树发新花，胜举清游两可夸。试问欧公应可否，相形邓尉并横斜。凭参疏影生香趣，未许歌莺语燕哗。不种牡丹种梅朵，殚财人亦厌繁华。"乾隆眼中的扬州小香雪与苏州香雪海风光相似，他为扬州富商也爱高洁的梅花感到惊讶。小香雪多年来香消玉殒，近年来得到了恢复。

扬州除了蜀冈小香雪，瘦西湖小金山又有梅岭春深一景。走到长堤春柳尽头，穿过徐园，便是小金山。当年扬州人在这座人工堆积的山上遍植梅花，雅称"梅岭春深"。小金山亦名长春岭，当春梅竞放之际，满山飘香，游人如织。近人王振世《扬州览胜录》说："长春岭，俗名小金山，在瘦西湖中，四面环水。岭下题其景曰'梅岭春深'，旧为北郊二十四景之一。"关于小金山的来历，一说是由疏浚保障河的淤泥堆积而成，一说是蜀冈中峰余脉延伸至此，以前说为是。

小金山占地不大，梅花很多，密密匝匝的梅树遍染曲径和崇岭，令人感慨扬州爱梅情结之深。从小金山东侧临水处拾级而上，穿过"梅岭春深"圈门，两边山坡梅枝横逸，暗香浮动，叫人忘记登山的劳累。登上山顶，环顾四周，尽是梅香扑来，浓郁的芬芳几乎要把人托举到空中，油然产生"山不在高，有仙则灵"的感叹。

因梅花得名的扬州胜迹中，最能体现梅花的坚贞品格的是梅花岭。位于扬州城北的这个小小山岭，因葬有明末抗清英雄史可法的衣冠，在世人心目中显得巍峨高大。登上梅花岭，回顾史可法在孤立无援的困境中仍然顽强抗敌，坚守气节，一连写下几封与亲人的诀别书，不能不为之动容。史可法与扬州城共存亡的壮举，谱写了一曲"数点梅花亡国泪，二分明月故臣心"的正气歌。

史可法殉难前曾立遗嘱："我死，当葬于太祖高皇帝陵侧，必不能，则葬于梅花岭。"史公死后，义子史德威遍寻遗骸不得，遂依其愿葬衣冠于梅花岭，立碑曰"明大司马史公之墓"。

梅花岭并非自然形成的，明万历年间扬州太守吴秀疏浚城河，积土成阜，广植梅花，故名梅花岭。我最初以为史公祠里的假山就是梅花岭，其实不是。有一次偶然从史公祠北的小路经过，见路北有座土山，赫然屹立于住宅群中，登丘察问方知这才是梅花岭。因为史可法的深远影响，清廷对史可法也格外尊重。豫亲王多铎占领南京后，下令建史公祠以缓和满汉矛盾。康熙间扬州人建史公祠于大东门姜家墩，因年久而失修。乾隆时政局大定，开始褒扬明末死节忠臣，对史可法一再表彰，在梅花岭衣冠冢前重建史公祠。乾隆《赐谥诣旨》称："至若史可法之支撑残局，力矢孤忠，终蹈一死以殉，又如刘宗周、黄道周等立朝謇谔，抵触金壬，及遭时艰，临危受命，均足称一代完人。"乾隆并亲题"褒慰忠魂"四字，立于梅花岭下。

历代颂扬史可法的诗文众多，以全祖望《梅花岭记》传播遐迩。全祖望说："百年而后，予登岭上，与客述忠烈遗言，无不泪下如雨。"进而感言："梅花如雪，芳香不染。"祠中有楹联："我就是史督师，百世如闻狮子吼；更莫上梅花岭，千秋自有姓名香。"均以梅花之坚贞，比喻史公之高标。

扬州因梅花得名的胜迹，还有梅花书院。凡对扬州学派稍有了解的人，都不会忘记坐落于广陵路的这座古老学府。梅花书院原在广储门外，先迁到东关街，再迁到左卫街，书法家吴让之题写"梅花书院"石额。许多硕学大儒如桐城派宗师姚鼐等，在梅花书院传道授业，无数后生如扬州学派中坚汪中等，在此解惑求知，梅花书院成了扬州传承文明的驿站。

扬州八怪也对梅花情有独钟，金农、李鱓、高翔、汪士慎都是画梅高手。他们笔下的梅，或者临风傲雪，或者铁骨冰心，俨然是画家人格的外化，表达了他们对社会百相的冷眼和不与流俗为伍的傲气。黄慎《踏雪寻梅图》题道："独有梅花知我意，冷香犹可较江南。"李鱓《梅蟹图》题道："强作江南风雅客，夜来偷醉早梅旁。"他们都把梅花当作自己的至交。高翔《梅花图》题道："才有梅花便风雨，一枝仍守岁寒心。"汪士慎《梅花图》题道："天下无花堪伯仲，江南惟尔不风尘。"梅花是扬州八怪高洁人格的写照。

江南的观梅佳处，除了扬州梅花岭，还有苏州香雪海、南京梅花山，两地都有漫山遍野的梅花。香雪海我虽然去过，奈何不是梅开季节。梅花山倒是游览过多次。年轻时在南京工作，每当冬日，就有友人相约去明孝陵不远处的梅花山。梅花山是南京紫金山下的一座小丘，位于中山陵西偏，明孝陵正南。因山上遍植梅花，因此得名。梅花山是三国吴大帝孙权的葬地。孙权掌管东吴大权后，听取扬州谋士张纮的建议，建都秣陵，改称建业，死后也葬于此。明太祖朱元璋为自己修建地宫时，也看中梅花山。有人建议将孙权墓迁往别处，朱元璋说孙权也是一位好汉，留下他给我看大门吧，这样孙权墓得到了保存。两年前我去梅花山，看到孙权墓保存甚好。梅花山也是汪精卫墓地所在，抗战胜利后炸棺平墓，现在原址建有观梅轩。梅花山的梅花，有近五百个品种，三万余株梅树，可谓"梅花世界"。

扬州现在也有了新的赏梅佳处——湖上梅林。2023 年早春，扬州瘦西湖举办首届梅花艺术节，这是瘦西湖首次"以梅为媒"的节庆活动。湖上梅林的特色，不是傍山，而是依水。这些年来瘦西湖大力建设湖上梅林，面积近三百亩，品种有百余个，其中黄香梅、跳枝梅均属稀见品种。花开时节，宫粉、绿萼、玉蝶、朱砂、江梅、乌羽、洒金等不同梅种，云蒸霞蔚，争奇斗艳。古人喜欢踏雪寻梅、骑驴寻梅、入山寻梅，如今扬州瘦西湖可以乘舟赏梅、听橹赏梅、临波赏梅，别具一番意境。一边是波光粼粼，一边是梅香阵阵，游客在梦幻中体会春天的呼吸。湖上梅林与梅花书画展、梅花盆景展、梅花古琴展相结合，愈发把梅花之美渲染到极致。

广陵琴派遗产丰厚，代表性琴曲除《樵歌》《渔歌》之外，就是《梅花三弄》古曲。《梅花三弄》赞美傲霜斗雪的梅花，曲中主调出现三次，故称"三弄"。舒朗的曲调表现了梅花的闲淡，急促的繁弦衬托了梅花的贞烈。《梅花三弄》亦名《梅花引》，李白《青溪半夜闻笛》诗云："羌笛梅花引，吴溪陇水情。"自古以来，梅花都是美好的象征。

梅花如果漫山遍野，自有蔚为大观的气象；如果僻处一角，则有独秀于林的格调。前人诗云："墙角一枝梅，凌寒独自开。遥知不是雪，为有暗香来。"我常以为这首古诗，是为我家院子东南角落的那株梅花写的。那株蜡梅躲在假山背后，如不注意根本看不见。一年中唯有严寒的腊月，它才引起路人的驻足，只为那四溢的暗香和一树的琼英。

"东阁梅"虽是误会，"动诗兴"却一点不错。

二 绿杨城郭是扬州

北郭青溪一带流，红桥风物眼中秋。
绿杨城郭是扬州。

西望雷塘何处是？香魂零落使人愁。
淡烟芳草旧迷楼。
——（清）王士禛《浣溪沙·红桥》

江南的春讯，最早的是水边的杨柳。杨柳一青，春天就来了。在扬州，无论是古运河、小秦淮还是瘦西湖，早春二月的时候都是嫩绿初绽，柔枝轻摇。

扬州古称为绿杨城郭，那是诗人王士禛在《浣溪沙·红桥》一词的神来之笔。王士禛，号阮亭、渔洋山人，清初诗坛领袖，山东新城（今山东桓台）人。王士禛是顺治进士，官至刑部尚书，曾任扬州府推官。王士禛赴扬州任时，母亲送至渑水边，告诫王士禛："汝少年为法吏，吾惧之。然扬，故尔祖旧游地也。其务尽职守，以嗣前烈。"所以王士禛在扬州时，也把扬州当成自己的第二故乡。临行时只携带图书数十箧，自云："四年只饮邗江水，数卷图书万首诗。"

　　扬州和杨柳的关系，说来话长。早在唐代，皎然《春日又送潘述之扬州》云："柔风吹杨柳，芳景流郊甸。"王泠然《汴堤柳》云："当时彩女侍君王，绣帐旌门对柳行。"我在南京工作时，很多人把"扬州"写成"杨州"。当我告诉他们应是"扬州"时，他们觉得很惊讶。十年前热播电视剧《情逆三世缘》，镜头中出现"杨州炒饭"四个字引发争议。当时媒体采访我，报道题为《"扬州"还是"杨州"？》。我对记者说，现代人把扬州写作"杨州"，肯定是错的；但在隋唐以前，扬州确实用过"杨州"这一写法，并不错。

　　1985年春天，扬州评选市树，一时间意见纷纭，有杨柳、银杏、槐树、茱萸及广玉兰等主张。我在《扬州市报》发表文章，题为《扬州宜杨》，认为扬州若选市树，似宜杨而非柳。杨、柳虽系同科，其实异属。杨枝坚脆，往往上挺；柳枝柔韧，每每下垂。杨、柳之别，不但在植物学上不能混淆，在外观上也是显而易见的。明白杨、柳乃是两回事，进而就能了解与扬州有密切关系的是杨而不是柳。

　　扬州之"扬"古时作"杨"，前人已指出这一点，并有许多实例可以证明。如《史记·天官书》："牵牛婺女，杨州。"《汉书·何武传》："迁杨州太守。"凡此皆作"杨州"。至于后来用"扬"字，也自有说法。如《书·禹贡》："淮海惟扬州。"《尔雅·释九州》："江南曰扬州。"所以用"扬"字，李巡《尔雅注》说："江南其气躁动，厥性轻扬，故曰扬州。"《释名·释地》说："扬州之界多水，水波扬也。"看来在古代，扬州、杨州曾经并行不悖。

　　其实"杨""扬"两字，古时常常通用。宋人沈括《梦溪笔谈》说，他到古契丹地界，见大蓟荬如车盖，中国无此大者，"其地名蓟，恐其因此也，如杨州宜杨，荆州宜荆之类"。他认为蓟州、杨州、荆州得名的道理是一样的，都因盛产某种草木的缘故。

　　我强调杨与柳的植物学区别，其实在民俗学上杨和柳并不分家。《诗经》有"杨柳依依"，扬州民歌有《杨柳青》，都是"杨柳"并称的例子。扬州民歌《杨柳青》家喻户晓，流传四方，因为歌中唱到一个名唤玉美珍的姑娘，并且从一把扇子唱到十把扇子，故又名《玉美针》和《十把扇子》。《杨柳青》因轻松、活跃而受到人们喜爱，流传于江苏、浙江、安徽等地。历史学家顾颉刚编写的《吴歌甲集》，收集江南歌谣数百首，其中有吴歌《玉美针》，他认为是来自扬州小调《杨柳青》。顾颉刚《写歌杂记·玉美针》说："这歌是从什么地方传到苏州的，我不敢断说。看其读'玉'为'女'，当是由北方传来的。看'杨柳那得青青'的句调，似是扬州小调。"魏建功《读歌札记》说得更加直截了当："'杨柳那得青青'一首，当是扬州曲变为苏州曲者。"扬州民歌早在清代中叶就流入苏州，受到苏州人欢迎，详见《扬州画舫录》记载。《杨柳青》从扬州民歌演变为苏州吴歌，是其中一例。

《杨柳青》的歌词很多，现在经常听到的歌词是：

> 早晨下田露水多哪，嘀嘀咿嘀嘀，
> 点点露水润麦苗啊，杨柳叶子青啊哪！
> 七搭七呢嘣啊哪，杨柳叶子松啊哪，
> 松又松哪嘣又嘣哪，松松么青又青哪，
> 哥哥，杨柳叶子青啊哪！

歌词看起来是描写农村的生活场景，单从"哥哥"一词即可窥见它的情歌风味。所以用"杨柳"起兴，因为古人有折柳赠别的风俗，杨柳叶子是青的，"青"和"亲"在扬州方言中发音一样，对于"青青"的反复吟唱，是为了表达对于"亲亲"的依恋。

比《杨柳青》民歌更早的渊源，是扬州人对杨柳的历史情结。在描绘运河长堤杨柳的诗词中，以白居易的《隋堤柳》最有名："大业末年春暮月，柳色如烟絮如雪。南幸江都恣佚游，应将此柳系龙舟。"白居易以隋堤柳凭吊隋朝的灭亡，同时渲染隋炀帝大兴土木修凿运河，在运河两畔广植柳树的旖旎景象。在诗人笔下，"隋堤柳"意味着古运河，意味着殿脚女，意味着江都宫，也意味着用柳叶喂食拉纤的羊群。总之，隋堤漫天的杨枝与柳絮，寄托了诗人对兴亡的感慨，也是历来歌咏扬州的母题。《红楼梦》中薛小妹新编的《广陵怀古》云："蝉噪鸦栖转眼过，隋堤风景近如何？只缘占得风流号，惹出纷纷口舌多。"明显将隋堤柳与广陵城连在一起。

扬州人对杨柳的钟情除了隋堤柳，还有欧公柳。欧阳修任扬州太守时，在平山堂前栽种了一棵杨柳，扬州人美称为"欧公柳"。多年之后，有一位姓薛的来扬州做太守，也在平山堂前种了一棵柳树，并且标榜这棵柳树叫作"薛公柳"。薛公在任时，扬州人不便反对，待他一离任，"薛公柳"立刻被砍了，只留下一段笑谈。

欧公柳的故事最早见于宋人张邦基的《墨庄漫录》："扬州蜀冈上大明寺平山堂前，欧阳文忠公手植柳一株，谓之'欧公柳'，公词所谓'手种堂前杨柳，别来几度春风'者。薛嗣昌作守，相对亦种一株，自榜曰'薛公柳'，人莫不嗤之。嗣昌既去，为人伐之，不度德者有如此者！"故事的道德说教和以物喻人倾向十分鲜明：因为欧公有德，所以他种的树也受到尊重；因为薛公无德，所以他种的树也必须砍去。

从"隋堤柳""欧公柳"到"杨柳青"，从历史深处诠释了扬州人对杨柳的深情。有的树死了，有的树活着。很多树从来没有人注意它是谁种的，只有极少数树被后世记着是谁种的。桥山有黄帝手植古柏，周至有老子手植银杏，曲阜有孔子手植桧树。这些本来寻常的树木，由于是圣贤所植，因而备享人间香火。孔子去世后，子贡结庐守墓，将南方珍木楷树移植于孔子墓旁。楷树木质坚韧，树干挺直，象征孔子为人师表，世上楷模。后来这株楷树不幸被雷火击中，但其残骸一直珍藏于亭内，称为"子贡手植楷"，我曾经去看过。

在扬州著名的二十四景中，有一景是"长堤春柳"。二十四景的出现其实是非常偶然的，它源于扬州盐运使卢雅雨举行的文宴上的酒令游戏。在卢雅雨的文宴上，好事者为了助酒兴，行酒令，设计出一种特制的牙牌，总共二十四枚，一枚牙牌上画一种风景，人称"牙牌二十四景"。于是，二十四景很快流行开来，约定俗成地成为扬州北郊风景名胜的合称。

进入瘦西湖南门，向北是一条大路，左面花树葱茏，右面碧波荡漾，岸边有桃柳相间。每到春日，行于堤上，只见飞絮弥漫，落英缤纷，这就是"长堤春柳"。长堤原是官宦黄氏的别业，乾隆间为士绅吴氏所有。长堤原从虹桥一直通向司徒庙，晚清时渐废，民国初恢复了自虹桥至徐园的一段，以至于今。《广陵名胜全图》描绘长堤的景色说：

> 长堤春柳，由虹桥而北，沙岸如绳。遥看拂天高柳，列若排衙，弱絮飞时，娇莺恰恰，尤足供人清听。按旧称广陵城北至平山堂，有十里荷香之胜，景物不减西泠。后以河道葑淤，游人颇少，比年商人竞治园囿，疏涤水泉，增置景物其间。茶寮酒肆，红阁青帘，脆管繁弦，行云流水，于是佳辰良夜，简舆果马，帘舫灯船，复见游观之盛。

这里是扬州赏柳的最佳去处。

杨柳现在已经成了扬州的市树，这在某种程度上要感谢诗人王士禛的那句"绿杨城郭是扬州"。在二十四景中，"绿杨城郭"名声最大，旧址在"西园曲水"与"卷石洞天"之间。此景与"城闉清梵"重合，旧属闵园，原有厅事三楹，额曰"绿杨城郭"。

如前所说，"绿杨城郭"出自王士禛的《浣溪沙·红桥》的"绿杨城郭是扬州"。当年扬州人在喧嚣的市廛之外，忽见婆娑的绿杨、斑驳的城

郭,万千烦恼,一扫而空。《浮生六记》作者沈复极为欣赏此景,他说:
"平山堂离城约三四里,行其途有八九里,虽全是人工,而奇思幻想,点
缀天然;即阆苑瑶池,琼楼玉宇,谅不过此。其妙处在十余家之园亭合而
为一,联络至山,气势俱贯。其最难位置处,出城入景,有一里许紧沿
城郭。夫城缀于旷远重山间,方可入画。"他所激赏的美景正是"绿杨城
郭",所谓诗情最是扬州柳也。

　　李白《广陵赠别》云:"玉瓶沽美酒,数里送君还。系马垂杨下,衔杯
大道间。"留在太白心中最后的印象,除了扬州的酒,就是扬州的柳。

三　杏花村舍绕春水

清明时节雨纷纷，路上行人欲断魂。
借问酒家何处有？牧童遥指杏花村。
——（唐）杜牧《清明》

自从杜牧这首诗一出，很快风行起来，到处都出现了杏花村。安徽池州、山西汾阳、江苏徐州、湖北麻城、甘肃天水、广东茂名、山东梁山、江西玉山、河南荥阳、云南易门、上海青浦等地都有杏花村，扬州则有"杏花村舍"。李斗《扬州画舫录》记载："邗上农桑、杏花村舍二景，在迎恩河西。"其实是一个劝人务农的地方。

明清之际，扬州城北有傍花村，天宁寺就在左近，这里杏花成林。明人袁世振《天宁寺杏花（寺在扬州）》诗云："古木疏阴绿色迟，老僧坚锁最繁枝。一帘夜雨犹堪听，十里春风总不知。陌道马蹄飞雪后，秋千蝉影出墙时。胆瓶暂借游人看，晴霭依依上苑姿。"诗人的籍贯和生卒不详，万历间在扬州任疏理盐法道，他笔下的天宁寺杏花当是亲眼所见。

杏树的栽培，在中国已经很久。《礼记》把桃、李、梅、杏、枣列为祭祀的"五果"，《管子》主张根据土性栽种"其梅其杏，其桃其李"。谚语亦云："桃三杏四梨五年，枣树当年能卖钱。"都表明杏树在中国的普及。

　　杏树属蔷薇科落叶乔木，其花可赏，其果可食，主要见于北方，南方一般在庭院中用作观赏树。但正是在南方，杏花反而成了一种象征，所谓"骏马秋风塞北，杏花春雨江南"。

　　唐代扬州有个意想不到的掌故，是杏花会像人一样"叹息"。唐代冯贽的《云仙散录》是记录异闻的小说集，书中有一篇《争春馆》，说扬州太守衙署的花圃里，有杏树十几株。每逢杏花盛开，太守就大摆宴席，款待宾客，并在每一株杏树下，安置一名花枝招展的女子倚在树旁，号称"争春"。女子浓妆艳抹，抢了杏花的风头，所以夜深时人们听到杏花的叹息。"争春"者，美人与杏花争艳也。

　　宋代扬州也有个奇怪的传说，让杏树"出嫁"。宋人庞元英的《文昌杂录》是作者的亲见亲闻，书中记载了"扬州嫁杏"的怪事。朝议大夫李冠卿在扬州的居所堂前，长着一株杏树，极为高大，但是只开花不结果。有媒姥经此，见如此情景，笑着对家人说："来春与嫁了此杏。"这年隆冬，媒姥忽然携酒一樽来，说是为杏树结亲的"撞门酒"，并用一条少女的裙子系在杏树上。媒姥口中念念有词，一边祝酒，一边祷告，家人无不感到好笑。但到来年春天，此杏结子无数。江淮一带多用"嫁树法"，不知竟是何术。清人李渔在《闲情偶记》中说过："种杏不实者，以处子常系之裙系树上，便结子累累。予初不信，试之果然。"因此，有人将杏树叫作"风流树"。

　　元代写扬州杏花的名作，要数画家倪瓒的《双调·殿前欢·杏》。词中有句云："揾啼红，杏花消息雨声中。十年一觉扬州梦，春水如空。"雨中的杏花，如同佳人含泪，湿了衣衫，让词人重温了一回扬州梦。倪瓒擅画山水，有晋人风度，与黄公望、王蒙、吴镇合称"元四家"。他眼中的杏花春雨、扬州旧梦，应该都别有意蕴。

　　明代扬州天宁寺的杏花是有名的，袁世振有《天宁寺杏花（寺在扬州）》七律，描写了天宁寺杏花的繁枝、夜雨以及春风等景致。到了清代，天宁寺的杏花依然成林，称为杏园。杏园旧址在天宁寺西枝上村，此地原叫让圃和行庵，乾隆时改为杏园。杏园南门临河，与天宁寺大门并列，正对御马头。门额上的"杏园"二字，为康熙进士景考祥所书。景考祥是扬州宜陵人，曾任翰林院编修、陕甘全省学政，康熙帝手书"尊训堂"赐之。进入杏园大门，只见竹径逶迤，杏花烂漫。园中有晋树亭、弹指阁，又有大观堂、御书楼，还养了仙鹤两只，往来闲踱。据《扬州画舫录》，卷石洞天石缝中有"老杏一株，横卧水上，夭矫屈曲，莫可名状。人谓北郊杏树唯法净寺方丈内一株，与此一株为'双绝'"。

　　杏树其实不是"风流树"，而是"伤春树"，古人咏杏总是说"杏花春雨"，含有伤春之意。《红楼梦》写贾宝玉在杏花树下流泪，因为他想到邢岫烟出嫁后，世间又少了一个好女儿。红颜不能常驻，正如杏子很快熟透，人过几年也会老去，因此宝玉才对杏树伤心落泪。

　　不过，杏花更多的时候是和酒家联系在一起，因为杜牧有名句"借问酒家何处有，牧童遥指杏花村"。我前几年去池州，无意中来到杏花村。杏花村很大，其中有杜牧纪念馆，才想起杜牧不但在扬州做过掌书记，还在池州做过刺史，池州的杏花村就源自杜牧的"牧童遥指杏花村"。

　　扬州杏花村在迎恩河西，仿清圣祖《耕织图》做法，封隄为岸，建立仓房、馌饷桥、报丰祠，名唤"杏花村舍"。在闹市建此一景，显然是朝廷意在劝农，同时百姓也希望在城市看到田园风光。"杏花村舍"的风貌，在《江南园林胜景》中俨然可见，原址在今宋夹城南端。2002年，扬州相关部门接到一通电话，对方是国家鉴定委员会委员、著名书法家启功。原来启功得知北京一家拍卖公司即将拍卖一套与扬州有关的清代园林图册，他认为这件拍品应由扬州收藏，后来果由扬州所得。《江南园林胜景》共四十二幅图，所绘都是乾隆时扬州美景，清雅秀丽，意趣盎然，其中包括《杏花村舍图》。图上题道："杏花村舍，王晸构竹篱茅舍于杏花深处，弟协再修。"图中的远景是起伏延绵的蜀冈，近景是一间间村舍沿水而建，一株株杏花盛开入云，红杏与绿水青山相映成趣。《江南园林胜景》是乾隆第六次南巡前后所画，画家未署名，可能是跟随乾隆南巡的宫廷画师。

扬州在晚清时，确有杏花村酒家。李涵秋《广陵潮》写乔家运与伍晋芳途中相遇，"时已不早，晋芳要走了。乔家运不肯，拉着云麟说：'伍老伯和我们是难得遇到的，今日必在这里杏花村西餐，这是我一点诚心，请你替我留客罢。'"看来扬州杏花村不是普通的酒家，而是西餐馆。

杏花村是通用的酒家名字，无论中外。上海有杏花村酒楼，朱自清和陈竹隐1932年8月4日就是在上海杏花村酒楼举行的婚礼。而在这一年前，即1931年8月，朱自清因为清华大学的安排去英国进修。当时英国最有名的中餐馆就是杏花楼，位于牛津街。朱自清在伦敦时，因为自己不做饭，每天都去饭店就餐，然而伦敦的杏花楼是朱自清和穷学生们吃不起的。一年后，朱自清选择在上海杏花村举行婚礼，可能是对伦敦憾事的一种补偿。

杏花是春天的象征。朱自清在散文《春》中写道："盼望着，盼望着，东风来了，春天的脚步近了……桃树、杏树、梨树，你不让我，我不让你，都开满了花赶趟儿。红的像火，粉的像霞，白的像雪。花里带着甜味儿；闭了眼，树上仿佛已经满是桃儿、杏儿、梨儿。"

杏花既然代表了江南的春色，就容不得别的花与它"争春"。扬州清曲有一支老曲子，叫作《梅杏争春》，以拟人的手法，让"梅"和"杏"相互争辩，饶有趣味。主题来自古代话本，情节大致是，春日花园万紫千红，梅娇与杏俏二人来到杏花深处，见繁花茂盛，满树芳菲。杏俏认为杏花有千般娇媚，万种妖娆，百花见了都无颜色。梅娇认为杏花不及梅花，唯有梅花天下无双。两人引经据典，各执一词，互不相让，一声高过一声，争了半晌也没结果。不料这时郡王也步入花园，嫌她们大声喧闹，加以责罚。接着，郡王命她们两人或词或赋，各作一篇，夸夸梅与杏的好处，好的有赏，不好的加罪。此后民间出现了许多"争春""争奇""争艳"

之类的说唱，都由《梅杏争春》而来。

关于杏花的诗，最出名的有两首。一首是北宋宋祁的《玉楼春·春景》词，其中有佳句："绿杨烟外晓寒轻，红杏枝头春意闹。"这使词人获得"红杏枝头春意闹尚书"的美誉。另一首是南宋叶绍翁的《游园不值》，其中也有佳句："春色满园关不住，一枝红杏出墙来。"诗人本不出名，赖此而千古流芳。其实"一枝红杏出墙来"并非叶绍翁的独创，陆游也写过"杨柳不遮春色断，一枝红杏出墙头"。古代的园墙一般高七尺至一丈，园中的桃花、牡丹不会超出高墙，自然不会引发园外人的遐想。玉兰、桂花都高于一丈，在园外看去一览无遗，也不可能引起人们的联想。只有杏花、梅花，高度与园墙仿佛，偶有一枝伸出墙外，反而最能吸引园外的看客。

扬州八怪金农有一幅《红杏出墙图》，画围墙一段，杏花一枝，题道："青骢嘶动控芳埃，墙外红枝墙内开。只有杏花真得意，三年又见状元来。"他借墙内墙外的红杏抒写心志，含有怀才不遇之意。

四　柴门绿水桃花源

绿水接柴门，有如桃花源。

忘忧或假草，满院罗丛萱。

暝色湖上来，微雨飞南轩。

故人宿茅宇，夕鸟栖杨园。

还惜诗酒别，深为江海言。

明朝广陵道，独忆此倾樽。

——（唐）李白《之广陵宿常二南郭幽居》

李白来扬州的时候，住在城南的常二家。常二不知是何人，他家的环境的确很美。门前的绿水正对他家的柴门，那和平安谧的境况"有如桃花源"。除此之外，常二家的院子里还有花草，有庭轩，有茅屋，有美酒。这一切，都是李白喜欢的，"明朝广陵道，独忆此倾樽"。

常二家的环境固然处处皆美，在李白审美境界的最高层，还是"有如桃花源"。也许在常二家的水边，本来就盛开着桃花。桃树的花期，约在三四月。扬州的古运河、瘦西湖、荷花池、茱萸湾等水边，都是赏桃佳处。如今扬州有荷花池，正是在李白小住的城南。

桃树属于蔷薇科植物，叶子呈椭圆形，果实近于球状，分为果桃和花桃两大类。桃树原产中国的中部、北部，现在温带普遍种植。桃树除了经济价值、观赏价值，还有药用价值，能疏通经络，滋润皮肤。桃花盛开的地方，往往象征春天和爱情，所以各地都有桃花节。扬州的桃花将近三十种，有单瓣的，有重瓣的。单瓣的有山桃花、单粉桃、玫粉桃等，重瓣的有紫叶桃、人面桃、菊花桃等。

扬州历来有观赏桃花的名胜。

城南有以桃花闻名的福缘寺。朱自清写过一篇散文《看花》，谈扬州人如何种花、买花、赏花，特别写到扬州桃花。他在高小的一个春天，有人提议到城外 F 寺里吃桃子去。到了 F 寺，才知道桃树刚刚开花。"我们终于到了桃园里。大家都丧了气，原来花是真开着呢！这时提议人 P 君便去折花。道人们是一直步步跟着的，立刻上前劝阻，而且用起手来。但 P 君是我们中最不好惹的；说时迟，那时快，一眨眼，花在他的手里，道人已踉跄在一旁了。那一园子的桃花，想来总该有些可看；我们却谁也没有想着去看。"朱自清说的 F 寺，就是福缘寺。福缘寺的桃园自古出名，而扬州的桃园不止这一处。

城北有以桃花命名的桃花庵和桃花坞。清代扬州二十四景之一的"临水红霞"，就是指桃花庵。过了长春桥，便是"临水红霞"了，其地在长春桥之西。乾隆年间，这里是周氏别业。据《扬州画舫录》描写，这里野树成林，溪毛碍桨，有茅屋三四间，掩映于松楸之中。庵内植桃树数百株，半藏于丹楼翠阁，时隐时现，若有若无。桃花庵前的保障河中，有座小小的岛屿，上面建有茅亭，名曰螺亭。亭南有一座板桥，通向另一亭子，"亭北砌石为阶，坊表插天，额曰'临水红霞'"。"临水红霞"之美，美在桃花盛开之际。正如《江南园林胜景》所说，"每春深花发，烂若锦绮"。"临水红霞"就是盛开的桃花倒映在湖中的诗意写照。另外，长堤春柳的最北端又有桃花坞，其地在徐园西南。桃花坞遍植桃花，盛开时红白相间，如火如云，仿佛美女成阵，香气袭人。

桃花庵和桃花坞之名，苏州也有。苏州城北的桃花坞，宋时是枢密章楶的别业，后废为蔬圃，被才子唐寅看中建成桃花庵，自号桃花庵主。唐寅后半生大抵在桃花庵度过，以丹青作伴，借诗酒为生。他写过一首长诗《桃花庵歌》，是他心态与生活的真实写照："桃花坞里桃花庵，桃花庵下桃花仙。桃花仙人种桃树，又摘桃花换酒钱。酒醒只在花前坐，酒醉还来花下眠。半醒半醉日复日，花落花开年复年。但愿老死花酒间，不愿鞠躬车马前。车尘马足富者趣，酒盏花枝贫者缘。若将富贵比贫者，一在平地一在天。若将贫贱比车马，他得驱驰我得闲。别人笑我太疯癫，我笑他人看不穿。不见五陵豪杰墓，无花无酒锄作田。"坊间常把《桃花庵歌》的作者误作郑燮，那一定是将扬州的桃花庵和桃花坞当成了苏州的桃花庵和桃花坞，从而混淆了唐寅和郑燮两个江南江北的风流才子。

扬州的画家和学者中不乏喜爱桃花之人。石涛所作的花卉，除了常见的梅兰竹菊之外，还有芍药、绣球、玉兰、桃花等，或者泼墨写之，纵横淋漓，或者设色状物，婉媚动人。美国普林斯顿大学艺术博物馆藏有石涛的《桃花图》，画上题道："红红白白景如攒，人面枝枝带笑看。却有花无好月夜，夜深犹自倚栏干。"诗中的"人面枝枝带笑看"，是用的"人面桃花相映红"典故，将桃花比作美人。历代诗人咏美人，多想到桃花。岑参《醉戏窦子美人》："朱唇一点桃花殷，宿妆娇羞偏髻鬟。"白居易《下邽庄南桃花》："村南无限桃花发，唯我多情独自来。"都以桃花喻佳人。扬州作家李涵秋《广陵潮》写道："女孩儿家的脸，比桃花瓣儿还薄，动不动就会红起来。"也近乎此意。

扬州八怪不但爱画桃花，而且擅于借桃花言志抒怀。

汪士慎有《桃花图》，他心中的桃花不是一两株、三五株，而是成片桃林，题诗道："行尽桃林路，门迎新板桥。"当走完桃林中的逶迤小道，才发现一座新板桥就在眼前，豁然开朗，好不喜欢。金农把松树和桃花画在一起，认为松树的坚挺和桃花的婀娜正好互补，他在《松树桃花图》上题道："小桃花也同为伴，近日青松亦世情。"没想到遇见了多情的桃花，连古板的青松也难以免俗。但是，李鱓的《桃花图》却把桃花画得超凡脱俗，六根清净："千秋多少桃花案，似此应无带累名。"罗聘更为入世，他笔下的桃花简直就是乡下无拘无束的村姑，趴在墙头上向路人张望："野外桃花，窥人好似墙东女。乱红无主，难得东风抬举。二八年华，怜他笑靥眉能语。今日暖云如许，恐变明朝连夜雨。"这时最好路上走来一个倜傥的公子，才会让村野的桃花称心如意。

桃花与情爱的关系，在《诗经》中已有体现，最为人知的就是"桃之夭夭，灼灼其华；之子于归，宜其室家"，以桃花起兴，引出新娘。这是一首祝贺新娘出嫁的诗歌，意思是看见鲜艳的桃花，就联想到新娘的美貌，并用桃花的红火比喻婚后日子的美满。这样说来，罗聘把桃花比作墙头女郎也不无道理，哪个少女不怀春？

在扬州文人中，阮元是最爱桃花的。康熙二十二年（1683）二月，时任浙江巡抚的阮元从海塘坐船回杭州，过皋亭山去看桃花，并作诗《癸亥闰二月海塘回舟过皋亭山看桃花作歌》吟道："皋亭万树桃花红，李花三千争暖风。"皋亭山桃花开时，满坡如云似霞，红得像火。范祖述《杭俗遗风》记载："观桃不必专在皋亭山，要以皋亭山桃花多，三月间山中娘娘诞辰，游人借此观桃。"皋亭山桃花声名远播，故阮元爱之。

汪中看桃的眼光与众不同。他有一首《不平》诗，用寓言手法写山路本已崎岖不平，但仍有"蜗牛蛮触苦相争"。所谓蛮触，是传说中建在蜗牛角上的两个国家，右角叫蛮氏，左角叫触氏，双方常为争地而战，伏尸数万。后来人们以"蛮触"比喻因区区小利争斗不休。物竞天择，适者生存，"更怜负子桃虫苦，化作蜉蝣又一生"。小小桃虫在桃花初开时，偷偷把虫卵产在花心啮食，等到桃子熟了，内瓤已被蛀空。然而，桃虫费尽心机，终其一生不过像蜉蝣一样朝生暮死罢了。汪中叹息，这样的竞争又有什么意义呢？桃树味甘，故易招虫。我家小院原来有两株桃树，开花时甚美，后因虫蛀而死。桃树一死，蛀虫也无处存身了，此即汪中哀悯的"桃虫苦"。

焦循关注的是元杂剧中桃花女斗法的故事。元人王晔有杂剧《破阴阳八卦桃花女》，一作《桃花女破法斗周公》，是古代少有的歌颂女权的作品。剧情演述卖卦人周公精于占卜，两次都被村姑桃花女所破。周公恼羞成怒，设计强聘桃花女做儿媳，并想在迎亲时将她害死，却被桃花女一一禳解。这时周公才认输，桃花女也与他的儿子结成夫妻。杂剧赞颂了桃花女的机警智慧，焦循在《剧说》中记载安庆梆子曾演出桃花女戏曲。

不过，桃树和桃花女在扬州也有过一场厄运。道光年间，扬州盐商积欠朝廷盐税，两江总督陶澍为根除积弊，打破垄断，施行"票盐法"。此举激活了两淮盐业，却激怒了扬州盐商，许多盐商因特权被打破而成为赤贫。扬州盐商为了发泄对陶澍的愤恨，转嫁于与其姓名谐音的桃树，大砍桃枝，用火焚烧。扬州人打的叶子牌，也比别处多出两张，一张绘有桃树，一张绘有桃花女。凡得到"桃树"的即使全赢也算全输，故人人咒骂；凡得到"桃花女"的即使全输也算全赢，故个个戏谑。扬州人想骂的桃树，其实就是陶澍。我有诗讽道："戏他桃花女，砍却桃花树。盛衰本有因，何须怨陶澍？"

陶澍的故事已成为历史。烟花三月时扬州迎接四方嘉宾的，仍是邗沟千重碧浪，长堤万朵桃红。

五　百金一朵号琼花

凝尘欲满读书窗，忽有琼花对小缸。

更喜风流好名字，百金一朵号无双。

——（宋）吕本中《谢人送琼花（白沙人谓琼花为无双花，戏成两绝）》

琼花是扬州的市花，扬州人最感到自豪的，是琼花号称"天下无双"。北宋政治家与诗人韩琦在《琼花》诗开头就说："维扬一株花，四海无同类。"几乎成为尽人皆知的琼花定评。韩琦字稚圭，河南安阳人，宋仁宗天圣年间进士，与范仲淹率军防御西夏，人称"韩范"，曾任扬州知府。

也是宋人的吕本中，他的诗题是《谢人送琼花（白沙人谓琼花为无双花，戏成两绝）》，意思与韩琦全同："更喜风流好名字，百金一朵号无双。"吕本中字居仁，人称东莱先生，高宗绍兴年间进士。

我第一次看到真正的琼花，是在二十世纪八十年代初。那天因为鉴真和尚坐像省亲的缘故，我去大明寺公干，偶然看到平远楼前有一株古树正值怒放，满树繁花，一地落英。因为徐晓白教授的指点，才知道这就是闻名已久的琼花。我从地下捡起几片花瓣，夹在笔记本中，多年后这些发黄的花瓣仍在。

现在扬州人没有不知道琼花的，其实琼花在历史上失传已久，扬州人对它的认识一直似是而非。说起来非常可笑，清代扬州人都以为琼花就是绣球或玉蕊。李斗《扬州画舫录》写道："绣球种名不一，有名聚八仙者，昔人又因有琼花为聚八仙者，遂相沿以绣球为琼花。"又说："自《春明退朝录》，始断以琼花为玉蕊。"李斗写道："郡中既以绣球为琼花，而绣球、牡丹栽同一处，如桃花、杨柳之不可离。"琼花就这样被张冠李戴了许多年。

琼花在当代被重新发现，归功于苏北农学院徐晓白教授，他也因此获得"琼花教授"的美誉。

看琼花最名正言顺的地方，莫过于扬州琼花观。琼花观始建于汉，称后土祠，供奉后土夫人。因祠旁有羊巷，又称羊里观、羊离观。唐末高骈镇守扬州，在祠南建三清殿，供奉道家神仙，改称唐昌观。宋时取《汉书》中"唯泰元尊，媪神蕃釐"之义，改名蕃釐观。世人因观中有琼花，一般都叫它琼花观。琼花观在历史上有三清殿、玉钩井、琼花台、芍药厅、深仁祠、玉皇阁、西雷坛、写经楼、无双亭诸建筑，后来陆续毁圯。现在琼花观已恢复石坊、观门、大殿、廊房、琼花台、无双亭、聚琼轩、玉钩井等，使得这一胜迹重现旧貌，也让寻觅琼花的八方游人有了去处。

琼花是扬州市花，但在植物学辞典上并无"琼花"之名，它其实是聚八仙的变种。问题在于，聚八仙生在别处就被视为聚八仙，生在扬州就被视为琼花，这表明扬州人需要琼花，扬州城也需要琼花。琼花在某种意义上，象征着扬州的文化之魂。

对于某些特殊的花木来说，它们在文化学、心理学、民俗学上的价值，往往大于植物学上的价值。例如，牡丹之于洛阳，红叶之于北京，樱花之于东瀛，玫瑰之于西欧，它们都不再是简单的、平凡的、普通的植物。扬州琼花也是如此。由于历史的积淀与层累，琼花蕴含的丰富深长的文化意味，早就超出了植物学的范畴。

琼花具有多重寓意，这一点很少有别的花卉能和它相比。

比如，琼花象征着独一无二。扬州琼花引起世人的注目，最初是在宋代，而琼花之所以引起人们的关注，首先是因为它少，少到世间只有一株。最早提到琼花的北宋扬州太守王禹偁在《后土庙琼花》序中写道："扬州后土庙有花一株，洁白可爱。其树大而花繁，不知实何木也。俗谓之'琼花'，因赋诗以状其异。""琼花"一词虽在宋以前已有，如李白有"西门秦氏女，秀色如琼花"诗句，但只是一种美喻，并非实指。因为琼花的珍贵和奇特，韩琦极言"维扬一株花，四海无同类"。琼花既然天下无双，另一位扬州太守欧阳修索性在琼花旁边建了一座亭子，叫作"无双亭"。"无双"从此成为扬州琼花的别称。不过无双亭究为谁人所筑，似乎也是一件小小公案。王巩《闻见近录》说是丞相宋郊所构，刘敞《移琼花并序》说是太守欧阳修所建。后来扬州人谈起琼花的掌故，一般都只提欧阳修筑无双亭。不管怎样，"无双"反正成了扬州琼花的别名。正如吕本中所说："百金一朵号无双。"明人曹璿《琼花集》记载，扬州琼花有三异：一是普通的花瓣凋谢后都落在地下，唯有琼花随风而化；二是用琼花树叶水煎服之，可以治瘟疫；三是看琼花花叶的稀疏浓密，能够预兆扬州境内庄稼的丰歉。所以曹璿在《琼花集》中说："吾扬琼花，世传海内一本，信矣。"

再如，琼花又象征着气节操守。关于琼花的来历，不止一种说法。其中一说是琼花原生天上，一日有仙人降至扬州，夸说琼花之美，世人不信，仙人便取出一块白玉种在土里，顷刻间发芽、长高、开花，花色如玉，人遂称之为"琼花"。因琼花有冰肌玉骨之质，又与宋之兴俱兴，与宋之亡俱亡，故被人视为节操的化身。琼花开放时颜色洁白，温润如玉，而玉在中国传统文化里是象征着贞洁、操守的。古文常见"守身如玉""玉洁冰清""宁可玉碎，不愿瓦全"一类说法。琼花既是美玉所生，自然也是气节与操守的化身。史书载，北宋仁宗庆历中，扬州琼花被移植于汴京禁苑，次年枯萎几死，于是还栽扬州，复茂如故。金海陵王正隆间，完颜亮攻入扬州，将琼花揭本而去，枯悴而死，扬州幸存残根，琼花绝处逢生。南宋孝宗淳熙中，扬州琼花被移往临安宫里，因憔悴无花，只得送还扬州。到元世祖至元年间，蒙古大将阿术以十万之众，攻破扬州，这一回琼花终于在兵燹之中死去。琼花一旦离开故土，便叶不茂、花不开，一回到故土便花开如旧。如此富有气节操守的奇葩，难怪历史上有人把它称为"烈女"。

又如，琼花还象征着风月繁华。琼花在很多时候是同脂粉与美人分不开的。民间盛行的说法是，琼花是昏君隋炀帝的胞妹所化。杨广之妹貌美，炀帝乱伦，其妹含恨而死，化作琼花来亡其兄之国。炀帝为看琼花而幸扬州，结果大好河山连同大好头颅一起丢了。其实，在隋炀帝的时代尚无琼花之说，否则在唐人歌咏扬州的大量诗歌中，为什么没有突出琼花呢？而且，即便隋代已有琼花，隋朝亡国本自有因，又与无辜花木何干？但明清以来，经过《说唐》一类小说的渲染与张扬，隋炀帝到扬州看琼花而亡国之说几乎妇孺皆知。即使是学识渊博的孔尚任，亦在《桃花扇》中赋诗道："琼花妖孽花，扬州缘花贵。花死隋宫灭，看花真无谓！"仿佛琼花真的同商之妲己、周之褒姒、汉之飞燕、唐之玉环一样，是所谓的"女祸"，必须负起亡国的罪责。世间最美的东西，往往被偏见视为"祸水"，宋人罗烨《醉翁谈录》就把"扬州琼花"比作妓女，当然是无稽之谈。

琼花对于丹青而言，是扬州画家的独家题材，李亚如、李圣和等名家笔下的琼花可谓姿态万千。李亚如的《琼花图》豪爽洒脱，满幅繁花，白瓣黄蕊，雍容华贵。画上题道："无双亭畔玉颜开，赢得骚人觅句来。荒唐野史雌黄甚，念否雷塘帝子哀？"虽是寥寥四句，却批评了隋炀帝看琼花的荒唐可笑。李圣和的《琼花图》有着风骨清奇之美，满幅画中，只有中间一朵浓描淡写、摇曳生姿的工笔琼花。左右均为画家题跋："聚八仙有一花十六朵者，花大如盘，攒珠缀玉，瑰丽异常。因其杂厕群花之中，人不常见。乙丑岁余写生时，偶然发现，亟写一枝。"她所描绘的琼花居然一朵十六瓣，如果不是亲见，绝难相信。

不要一提琼花，就以为只有扬州才有。我看过一本宣统年间出版的《南洋劝业会杂咏》，说参加晚清南洋劝业会的琼花，产自江西赣州，而非江苏扬州。实际上到新冠疫情之前的 2021 年为止，江苏昆山举办了二十一届琼花艺术节，湖南长沙举办了七届琼花艺术节。扬州也举办过中国扬州琼花艺术节，首届扬州琼花艺术节是在 1988 年 10 月举办的。当时扬州全城到处悬挂着祝贺琼花节开幕的横幅或条幅。开幕式演出的大型舞蹈《琼花赋》，分为历史篇与现代篇，是凡夫差筑城、炀帝开河、鉴真东渡、平山雅集、八怪风流，都用身腰、手足、长袖、彩衣一一加以演绎。给我留下难忘印象的，莫过于《琼花赋》中歌手庄志琴的超大长裙，和八怪郑板桥的狂放墨舞。

扬州琼花节最令人振奋的口号，是"让世界了解扬州，让扬州走向世界"。澳大利亚友人安东尼亚女士对我说，她在扬州看到的所有口号中，这一句是最好的。

六 扬州芍药天下冠

芍药樱桃两斗新，名园高会送芳辰。

洛阳初夏广陵春。

红玉半开菩萨面，丹砂秾点柳枝唇。

尊前还有个中人。

——（宋）苏轼《浣溪沙·扬州赏芍药樱桃》

芍药也是扬州市花，自古与洛阳牡丹齐名。扬州太守苏轼写过一阕《浣溪沙·扬州赏芍药樱桃》，高歌"芍药樱桃两斗新，名园高会送芳辰"。他认为，唯有洛阳的初夏与广陵的仲春可以媲美，因为洛阳牡丹和广陵芍药一样娇艳。

中国古代有三种《芍药谱》，说来也奇怪，三种都是宋人写扬州芍药的花谱。

第一个写《芍药谱》的是刘攽，字贡父，清江人。他熙宁六年（1073）罢官海陵，暮春到扬州和友人遍游园圃，见芍药名品三十种，欣然撰成此谱，并请画工绘图，此书又名《维扬芍药谱》。第二个写《芍药谱》的是王观，字达叟，如皋人。他熙宁八年（1075）任官扬州，在刘攽的基础上另写了一本《芍药谱》，品类多出八种，亦名《扬州芍药谱》。第三个写《芍药谱》的是孔武仲，字常甫，新淦人。他元祐元年（1086）之前在扬州做学官，暇时采风市井，记下扬州芍药三十三种，品名与刘谱无一相同，与王谱同名的仅三种。

三种《芍药谱》各有异同，书中都写到宋时扬州普遍种植芍药的盛况。王观说，唐人张祜、杜牧、卢仝虽住扬州日久，然无一人在诗文中言及芍药。他的意思是说，古来芍药之栽种，从未有宋代扬州之繁盛。孔武仲说，当时扬州"种花之家，园舍相望"，"畦兮亩列，多者至数万根"。据他们所记，那时扬州芍药的花名都美艳至极，如冠群芳、宝妆成、尽天工、晓妆新之类。

自古以来，广陵芍药、洛阳牡丹并称于世。苏轼《东坡志林》云："扬州芍药为天下冠。"清人陈溟子《花镜》亦云："芍药唯广陵天下最。"这些赞誉，信非虚语。2005 年 1 月，扬州增补芍药为市花，是琼花之后的又一种扬州市花。

芍药的栽培史已有三千年。《诗经》有"维士与女，伊其相谑，赠之以芍药"的诗句，那时的芍药已成为情侣之间互赠的信物。男女相爱，彼此赠送一枝芍药，犹如西方情人节赠送玫瑰。芍药花容绰约，姿色美艳，名品有紫玉奴、西施粉、叠香英、御衣香等数十种。芍药的名贵仅次于牡丹，成名比牡丹更早。世界上芍药品种将近千种，都是由中国传出去后培植出来的。扬州地处亚热带与暖温带之间，属于暖温带海洋性气候，对于芍药来说正好具有适宜的气候和条件。

在扬州，芍药每年惊蛰后萌芽出土，立夏前后放蕾开花，处暑前后果壳干枯，霜降前后枝枯越冬。第二年再萌芽、展叶、结蕾、开花、成实、休眠，周而复始。这种生生不息的循环，令人感动也令人怅惘，难怪姜白石《扬州慢》叹道："念桥边红药，年年知为谁生！"

扬州芍药最名贵的一品，是金带围。金带围的特点是瓣多，色红，中间还有金线围腰，故又称金缠腰、金系腰。金带围从明清以来，绝非稀有，但是一干四花的情况还是十分罕见。近年来，扬州金带围已难觅踪影。

关于金带围最早的记载，见于宋人沈括《梦溪笔谈》：

> 韩魏公庆历中以资政殿学士帅淮南。一日，后园中有芍药一干，分四岐，岐各一花，上下红，中间黄蕊间之。当时扬州芍药未有此一品，今谓之"金缠腰"者是也。公异之，开一会，欲招四客以赏之，以应四花之瑞。时王岐公为大理寺评事通，王荆公为大理评事金判，皆召之。尚少一客，以判铃辖诸司使——忘其名——官最长，遂取以充数。明日早衙，铃辖者申状暴泄不至。尚少一客，命取过客历求一朝官足之。过客中无朝官，唯有陈秀公时为大理寺丞，遂合同会。至中筵，剪四花，四客各簪一枝，甚为盛集。后三十年间，四人皆为宰相。

沈括说，在扬州府衙里头戴金带围的四个人——韩琦、王珪、王安石、陈升之，其后三十年都做到了宰相，这就是"四相簪花"的著名典故。

宋代官制，只有宰相穿红色官袍，系金色腰带。因此，"金带围"的出现就成为一种富贵的吉兆，或称花瑞。正如张岱《夜航船》所说："金带围，江都芍药凡三十二种，惟金带围者不易得。韩琦守郡时，偶开四朵。时王岐公珪为郡倅，荆公安石为幕官，陈有公升之以一尉丞适至，韩公命宴花下，各簪一朵。后四人相继大拜，乃花瑞也。"他也把金带围视为花瑞。

这种大红颜色的芍药名种，公认出自扬州。金人元好问《江城子·赋芍药扬州红》云：

司花著意压春魁，绿云堆，拥香来。

舟舟红鸾，十步一徘徊。

花到扬州佳丽种，金作屋，玉为阶。

门前腰鼓揭春雷，倚妆台，尽人催。

莺语丁宁，空绕百十回。

不道惜花人欲去，看直待，几时开？

"花到扬州佳丽种，金作屋，玉为阶"，值得诗人金屋藏娇，徘徊忘返。

对于扬州芍药金带围，金庸《鹿鼎记》写韦小宝衣锦还乡时，特别予以渲染。书中说，慕天颜对韦小宝言道："恭喜大人。这芍药有个名称，叫作'金带围'，乃是十分罕有的名种。古书上记载，得有见到这'金带围'的，日后会做宰相。"韦小宝笑道："哪有这么准？"慕天颜道："这故事出于北宋年间。那时韩魏公韩琦镇守扬州，就在这禅智寺前的芍药圃中，忽有一株芍药开了四朵大花，花瓣深红，腰有金线，便是这金带围了。这种芍药从所未有，极是珍异。下属禀报上去，韩魏公驾临观赏，十分喜欢，见花有四朵，便想再请三位客人，一同赏花。"后来这赏花的四人都做了宰相。

小说写扬州金带围，并不是金庸的发明。在明清小说中，丁耀亢《续金瓶梅》写道："那玉盘盂、金带围乃芍药佳种，真是诗中的李杜，女中的谢道韫、朱淑真也不能到此风雅。"天花藏主人《两交婚小传》写道："我这扬州地方，土产芍药。这芍药有三十二种，唯金带围者最佳而不易得。唯宋韩琦在此守郡时，偶开了四朵，后来大拜相，传以为花瑞。"金带围成为小说家追捧的"网红"。

　　金带围的稀有和吉祥，使得画家也多爱取其为素材。扬州八怪之一黄慎在扬州所作的最早一幅画，就是扇面《金带围图》。后来黄慎又作《韩魏公簪金带围图》，图中的韩琦身材高大，作簪花状，一旁有侍女伺候，人物神态生动，衣纹线条分明。这种题材的画，黄慎作过多幅。又昆山人顾春福绘《金带围图》，其妻赵慧君依图刺绣，图中金带围亭亭玉立，宛如美人。近代扬州又有一位画家梁公约，以画芍药出名，人称梁芍药。他在芍药画上题写扬州八怪李复堂的诗句："一枝芍药频频画，是我扬州金带围。"自得之情，溢于言表。

　　清代扬州人喜爱芍药，还体现在二十四景中有"筱园花瑞"一景，"花瑞"就是指芍药。筱园中有三贤祠，供奉扬州历史上三位文章太守——欧阳修、苏轼、王士禛。乾隆年间，两淮盐运司卢雅雨主持三贤祠，祠中芍药花开三蒂，当时以为是花瑞，于是在旁筑亭，名曰"瑞芍"，金兆燕题联："繁华及春媚，红药当阶翻。"扬州二十四景中的"筱园花瑞"一景，旧址在扬子江北路铁道培训中心内。

　　扬州最早的芍药花市，在开明桥。王观《扬州芍药谱》说："扬之人与西洛不异，无贵贱皆喜戴花，故开明桥之间，方春之月，拂旦有花市焉。"开明桥的遗址在四望亭东，大东门西。开明桥在文献中多有记载，如明万历《扬州府志》："开明桥，在府东北大街，跨市河。"清雍正《扬州府志》："开明桥，在府治东北大街，东西跨市河，俗呼开门桥。桥上有楼，窗槅四面，今圮。""开明"二字意为面朝东方，迎接日出。《淮南子》有注："明者，阳也，日之所出也，故曰开明之门。"二十四桥之一的开明桥，当年天刚亮就挤满了卖花和买花的人。直到清代中叶，李斗《扬州画舫录》谈到扬州花市时还提到开明桥："城外禅智寺，城中开明桥，皆古之花市也。"开明桥成为扬州芍药花市，与其位置有关。它东连运司街、盐政院，西通县学街、书院巷，新城的商人和旧城的文人都来此买花，因而市声喧闹，花香袭人。如今文昌阁、四望亭与皇宫一带，均属开明桥旧址范围，仍是扬城第一繁华圈。但在战争年代，开明桥也是兵家必争之地。南宋林泳《扬州杂诗》描写宋金战后的开明桥："落日吟诗望戍楼，烟花空忆古扬州。开明桥下千家市，但见朝朝挂髑髅。"兵燹正烈，花香已销，开明桥店门虽在，街道上尸骸狼藉。

扬州芍药不但在中国出名，在世界上也闻名。日本学者青木正儿有《中华名物考》一书，谈到中国古代植物学专著说："宋代之著有欧阳修的《洛阳牡丹记》一卷、王观的《扬州芍药谱》一卷、刘蒙的《刘氏菊谱》一卷、范成大的《范村梅谱》一卷。"《扬州芍药谱》俨然在内。民国时西方人温斯考特用蜡笔描画扬州的城墙、河道、桥梁，从取景的角度看，显然是在汶河上的开明桥写生的。开明桥在近代虽无芍药的芬芳，依然地处古城的要津，让人想起冠群芳、晓妆新、西施粉、尽天工这些香艳的名字。

七 温柔最是茉莉花

环佩青衣，盈盈素靥，临风无限清幽。

出尘标格，和月最温柔。

堪爱芳怀淡雅，纵离别，未肯衔愁。

浸沉水，多情化作，杯底暗香流。

凝眸，犹记得，菱花镜里，绿鬓梢头。

胜冰雪聪明，知己谁求？

馥郁诗心长系，听古韵，一曲相酬。

歌声远，余香绕枕，吹梦下扬州。

——（宋）柳永《满庭芳·茉莉花》

　　如果不刻意搜索，真不知道古人所写的汪洋大海似的百花诗词中，歌咏茉莉花的诗篇如此之少。在《历代花卉诗选》一书里，写茉莉花的诗只有一首，还是一个名不见经传的明人赵福元写的。赵福元的《茉莉》写道："刻玉雕琼作小葩，清姿原不受铅华。西风偷得余香去，分与秋城无限花。"凭心说，诗写得挺好。

　　后来才知道，宋代大词人柳永有一阕《满庭芳·茉莉花》，赞美茉莉花的素雅、清幽、温柔："环佩青衣，盈盈素靥，临风无限清幽。出尘标格，和月最温柔。"柳永指出，茉莉花能够装扮姑娘的绿鬓，"凝眸，犹记得，菱花镜里，绿鬓梢头。胜冰雪聪明，知己谁求？"柳永把茉莉花人格化，认为它聪明、知己而又多情。

最让人眼前一亮的，是宋人已经传唱茉莉花歌曲，并与扬州相关："馥郁诗心长系，听古韵，一曲相酬。歌声远，余香绕枕，吹梦下扬州。"柳永听到的是"古韵"，意味着茉莉花歌曲产生的时间比柳永的年代更早。"歌声远，余香绕枕，吹梦下扬州"，听着茉莉花的旋律，带着扬州梦的憧憬，这正是风情万种的柳永。

郭沫若为扬州剪纸艺人张永寿写过《百花齐放诗》，其中有一首《茉莉花》，以茉莉花的口吻自白："我们的花朵小巧，雪白而有清香，簪在姑娘们的头上，会芬芳满堂。当然，人们也可以摘去焙成香片，厨师们更可以用来点缀竹参汤。"诗写于二十世纪五十年代。

民歌《茉莉花》是扬州市歌。这首歌在海内外流传极广。2002 年 4 月 19 日《人民日报》(海外版) 发表长篇报道《茉莉花香飘四海》，开头指出，《茉莉花》是"苏北扬州的民歌"。据说在中国，把民歌定为市歌，这是第一次。

从文献记载来看，扬州毫无疑问是最早传唱《茉莉花》的城市。清人钱德苍乾隆年间编纂的《缀白裘》一书，汇集了当时扬州舞台流行的大量地方戏剧目。其中《花鼓》一剧明确标出使用《仙花调》，也即《鲜花调》，其实就是民歌《茉莉花》。《茉莉花》为什么又称为《鲜花调》呢？原来，这首歌本来有几段唱词，前两段唱词是：

> 好一朵鲜花，好一朵鲜花，
> 有朝的一日落在我家。
> 你若是不开放，对着鲜花儿骂。

你若是不开放，对着鲜花儿骂。

好一朵茉莉花，好一朵茉莉花，

满园的花开赛不过他。

本待要采一朵戴，又恐怕看花的骂。

本待要采一朵戴，又恐怕看花的骂。

现在流行的《茉莉花》，其实就是第二段唱词的衍变。按照约定俗成，民歌通常以首句唱词作为题目。当初歌词首句是"好一朵鲜花"，故称《鲜花调》；后来因为第二段歌词更为流行，首句又是"好一朵茉莉花"，题目自然就成了《茉莉花》。就基本旋律而言，《鲜花调》和《茉莉花》实际上是"同一首歌"。根据《缀白裘》所载，《鲜花调》一曲在乾隆年间已经融入戏剧，传唱扬州。据此推断，它作为原生态的民歌，在扬州的流传理应更早。

《茉莉花》歌颂的是茉莉花的纯洁与芬芳，表现的是扬州人对美好的追求，对自然的热爱。几百年来，它的旋律一直水乳交融于扬州的民歌、清曲和扬剧等艺术之中。像扬州这样，无论在民歌、曲艺，还是戏剧的音乐中，都可以找到《茉莉花》的音调和韵味，这是茉莉飘香的其他地方无法比拟的。这也表明，扬州是《茉莉花》产生、流行和繁盛的沃土。

扬州人对于茉莉花有特殊的爱。明人郝璧《广陵竹枝词》特别提到，当时扬州姑娘最喜欢的花是"紫薇白茉建兰香"。清代每到夏日，扬州街巷到处有卖花姑娘叫卖茉莉，董伟业《扬州竹枝词》所谓"茯苓糕卖午茶风，茉莉花篮走市中"，就是写此情景。扬州姑娘喜欢把茉莉花插在鬓发之间，打扮自己。臧谷《续扬州竹枝词》有"茉莉花浓插满头，苏妆新样黑于油"之句，生动描画出了晚清扬州的风俗图。扬州人不仅居家如此，郊游更是如此。张维桢《观音香竹枝词》写扬州妇女到观音山进香，其装扮是："松围雪腕梗黄金，茉莉花香透素襟。好趁观音香火夜，画船接个赛观音！"茉莉花竟然使得扬州女性像神仙一般美丽。芬芳洁白的茉莉花也是扬州青年男女表达爱情的信使。醉月亭生《维扬竹枝词》有一首《赠鲜花》咏道："钗头花朵赠檀郎，茉莉携归袖底藏。待到五更残梦觉，枕边犹袭夜来香。"是写古代扬州青年以茉莉花传达爱情。

因为扬州人对茉莉花的钟爱，扬州城历来有专门栽培和销售茉莉花的花园。近人徐谦芳《扬州风土记略》云：

> 江都（扬州）南门外，花院二三，莳茉莉、珠兰、白兰、香橼花之属。专为贩户采买，制成花表等品，转售平康乐户，及闺阁媛秀，几四时无间。或穿花茶、供碟、花篮，制为三星桌围等物，以备礼品。

扬州风俗，把茉莉制成花茶、花盘、花篮等，当作礼品，四季常备。纯洁、优雅、清丽、芳香的茉莉花，成了扬州人倾诉心曲、寄托情愫的高尚信物，也是扬州城向往幸福、追求美满的浪漫象征。

但也有人说，民歌《茉莉花》原是五台山佛乐。其理由是，佛教源于西域，茉莉花也源于西域；自从东汉时佛教由印度传到五台山，茉莉花也传入了五台山；因为茉莉花的颜色代表圣洁，茉莉花的瓣蕊又是制造佛香的香料，所以谱写佛乐的僧人便谱写了赞颂茉莉花的《八段景》乐曲；随着五台山僧人出游四方，此曲传至江南，才形成江南民歌《茉莉花》。

这里有不少似是而非和语焉不详之处。例如，佛教传入中国的时间，难道就恰好是茉莉花传入中国的时间？茉莉花传入中国之后，难道就出现了赞颂它的歌曲《八段景》？《八段景》和《茉莉花》之间，到底是什么关系？最令人不解的问题是，佛乐和民歌，到底谁是更本源的东西呢？

民歌是一切音乐之母，这是我和很多人的看法。在这个意义上，民歌当然也是佛教音乐之母。佛教音乐也有可能反过来影响民间音乐，但从根本上来说，民歌无疑是更为本源的东西。

《茉莉花》在扬州的流传，有确凿的依据。如前所说，乾隆年间的戏曲集《缀白裘》，就收录了当时扬州舞台经常演唱的《鲜花调》。民歌《茉莉花》基本旋律的产生，应当在乾隆年间地方戏曲盛行之前。至于《八段景》，其实也不是新的发现，扬州民歌和扬州清曲都有这种曲牌。它在清代本是最为流行的扬州小曲之一。李斗《扬州画舫录》记载，乾隆年间扬州清曲的主要曲调之一便是《四大景》："小唱以琵琶、弦子、月琴、檀板合动而歌，最先有《银纽丝》《四大景》《倒板桨》《剪靛花》《吉祥草》《倒花篮》诸调。"《四大景》就是后来的《八段景》。民歌的发展通常经历由简而繁的过程，从当初的"四景"变为后来的"八景"，是符合民歌发展规律的。

《八段景》一作《八段锦》，原是民间沿用已久的名称，其内涵也随境而迁。譬如中国民间有一种传统的健身法，称为"八段锦"，早在宋代已经出现。宋人洪迈《夷坚乙志》云："尝以夜半时起坐，嘘吸按摩，行所谓'八段锦'者。"即谓此。民间文人又喜欢汇集若干短篇文字为一书，称为"八段锦"。例如清代醒世居士编有《八段锦》一书，书分八段，演八个故事，各不相属。引人注目的是《八段锦》书中多写扬州事，如隋炀帝看扬州景致、杨氏女游扬州钞关等。

总而言之，一切音乐的起源都在民间。无论是宗教音乐，还是戏曲音乐，都无一例外地从民歌汲取营养，而不是相反。说民歌源于佛教音乐，犹如说树先长叶子后有根。何况，从《茉莉花》的内容和风格来看，其亲切、优美的特征与宗教所要求的超脱、庄严相去甚远，显系南方民歌而非北国佛乐。我们怎么能够相信，五台山的和尚会以一个少女的口吻来赞美茉莉花呢！

《茉莉花》在全国南北都有流传。值得注意的是，一些地方公开认为当地的《茉莉花》是来自扬州。一本名为《中国戏曲志·福建卷讨论集》的书中说，闽剧音乐由三个部分组成，其中之一称为"洋歌"，闽剧界人士普遍认为与扬州有关系，"所谓闽剧受扬州影响，有据可查的就是扬州小调《茉莉花》《剪剪花》之类"。其实"洋歌"就是"扬歌"。另一本名为《北京传统曲艺总录》的书，收录流传北京的各种曲艺，其中有一种"扬州歌"。在"扬州歌"中，有《茉莉花》《黄鹂调》《银钮丝》《倒板桨》等，均为扬州小曲曲牌。"扬州歌"其实就是"扬州小曲"。有一句谚语说："民歌有脚。"是说民歌会到处跑，福建和北京的民歌《茉莉花》就是从扬州跑过去的。

茉莉花原产印度与中东，喜温湿，爱光照，畏干寒。茉莉之名是音译，古人也写作莫利、没丽、抹丽、末丽、木梨。《本草纲目》说，茉莉花辛热无毒，蒸油取液，可作面脂和头油，能长发、润燥、香肌，也可制成花茶，主治昏迷与骨伤。茉莉花期在五月至八月。总之，茉莉花虽小，戴在女性头上却是最美的。

八　人家有地唯栽竹

江北烟光里，淮南胜事多。

市鄽持烛入，邻里漾船过。

有地惟栽竹，无家不养鹅。

春风荡城郭，满耳是笙歌。

——（唐）姚合《扬州春词》

扬州自古是诗人向往的胜地。在唐代，徐凝说"天下三分明月夜，二分无赖是扬州"，赞美的是扬州的月色。张祜说"人生只合扬州死，禅智山光好墓田"，直把扬州看成生死相依之地。姚合的眼光比较独特，他看到扬州遍地是绿竹与白鹅："有地惟栽竹，无家不养鹅。"

唐代扬州真的到处翠竹成林吗？不管怎么说，扬州的确有一个雅号："竹西"。这个名字和另一位诗人杜牧有关。一年秋天，杜牧的弟弟杜顗患了眼疾，在扬州禅智寺养病，杜牧特地从洛阳到扬州探望弟弟。他的《题扬州禅智寺》写了秋日禅智寺的寂寞与清幽：

雨过一蝉噪，飘萧松桂秋。

青苔满阶砌，白鸟故迟留。

　　暮霭生深树，斜阳下小楼。

　　谁知竹西路，歌吹是扬州。

　　一场秋雨过后，林中传来蝉鸣。树枝在风中摇曳，感到萧索的寒意。寺庙的台阶上长满青苔，有几只白鸟飞来飞去。天色将晚，树林渐暗，落日斜照小楼。谁能想到，就在这片竹林的西面，便通向歌舞喧腾的扬州呢？"谁知竹西路，歌吹是扬州"，诗人不经意的两句话，给扬州从此平添了一个别称。

　　禅智寺在扬州城东北，从禅智寺望扬州城，必须越过寺中的竹林向西远眺，故扬州曰"竹西"，意为竹林之西。"竹西"也可以理解为多竹，爱竹，嗜竹。这和姚合《扬州春词》的"有地惟栽竹，无家不养鹅"，清人阮元《移竹》的"南西门外竹檀栾，破晓移栽一百竿"，有异曲同工之妙。

　　春天一过，园里的竹笋几乎一夜之间拔地而起，直刺苍穹，令人想起"宁可食无肉，不可居无竹"的名句。

　　扬州多竹，故姜夔称扬州为"竹西佳处"。后来的扬州园林，有几座都以竹命名，"二十四景"中就有筱园和水竹居。

　　第一是筱园，二十四景称为"筱园花瑞"。主人程梦星，园建于康熙间，地在瘦西湖西。筱的意思是箭竹，或一种小竹子。《扬州画舫录》说，扬州诗文之会，以马氏小玲珑山馆、程氏筱园和郑氏休园最盛。在筱园，陈撰等八怪画家经常举行诗文之宴。风吹竹叶的吵吵声，画家在纸上挥毫皴擦的吵吵声，合成一片美妙的天籁。筱园有春雨阁、今有堂、初月沜、畅余轩、仰止楼、瑞芍亭和漪南水亭等。这里又称"三过留踪"，因为苏轼在《西江月》中写过"三过平山堂下，半生弹指声中"。乾隆间筱园改为三贤祠，供奉欧阳修、苏轼和王士禛，并将园内漪南水亭改名苏亭，今尚存。亭上有联："东坡何所爱？仙老暂相将。"匾曰"三过留踪"。

　　第二是水竹居，二十四景称为"石壁流淙"。漫步走过二十四桥，折向北去，有烟树迷茫之感。穿过树的屏障，花的栅栏，眼前出现一组清丽的建筑。这里原是徐氏盐商的别墅，乾隆赐给它一个名字，叫水竹居。乾隆《水竹居》诗云："水色清依榻，竹声凉入窗。"水竹居出于古人箴言："人家住屋，须是三分水、二分竹、一分屋方好。"三分水、二分竹、一分屋，体现了人居环境与精神追求的高度协调。扬州有一位左都御史申甫，他家的园子就叫"三分水二分竹书屋"。"水竹居"三个字拆开来很寻常，合在一起就成了美学意境：水是智慧，竹是节操，居是栖止，满足了人们对物质和精神的多重追求。

第三是个园，它的名字是因为"个"字像竹叶的形状，主人黄至筠的字号也叫"个园"，园中的竹林号称"君子林"，都与竹相关。有两个掌故，扬州人不能不知道：北京圆明园的"水木明瑟"一景，是模仿扬州水竹居而建的；《红楼梦》里贾宝玉住的怡红院，也是依据扬州水竹居而写的。个园之所以叫个园，正如《个园记》所说的那样，因为"主人性爱竹"。因为爱竹，黄至筠才用"竹"字的一半作为自己的字号，又作为家园的大名。纵观历史，用"个"做字号的人极少。在黄至筠之前，有八大山人自号"个山"，陈梁和尚自号"个亭"，还有一位画家丁有煜自号"个道人"。这些以"个"做字号的人，大抵也都具有鲜明的"个性"。

扬州地处江淮之间，气候湿润，四季分明，适合于竹类的生长。历代在扬州优游的文人，又从审美角度对竹子大力推崇，尽情称颂。自然条件和社会环境的综合影响，使得扬州具有深厚的"竹文化"。事实上，扬州个园也是竹的王国、竹的乐园、竹的博物馆。漫步个园，可以欣赏到来自南北各地的竹子，千姿百态，美不胜收。

有的竹子是以颜色区分的，如：

紫竹——新竹为绿色，秋冬渐生黑斑，以后全竿变为紫黑色；

红竹——竹竿基部常具红黄色条纹，箨鞘呈红色，并具黑色斑点；

菲白竹——竹株矮小，叶片有明显的白色或淡黄色条纹；

黄皮刚竹——竹竿呈金黄色，有的竹节间生有绿色纵纹；

黄金间碧玉——竹竿初为黄红色，逐渐变为金黄色，间有绿色纵纹，箨鞘绿色间以黄色纵纹。

有的竹子是以形状区分的，如：

龟甲竹——竹竿从基部起，连续呈不规则短缩肿胀并交斜连接，状如龟甲；

实肚竹——竹竿中下部实心，或近于实心，如同树木；

铺地竹——竹株高仅尺余，叶片为卵状披针形，好像丛生灌木；

凤尾竹——竹竿密集丛生，虽然细矮，但空心，竹叶下垂，宛如凤尾；

螺节竹——竹株呈绿黄色，每节分枝多枚，竹竿呈螺旋状。

还有的竹子具有美丽的传说，或使人产生丰富的联想，如：

斑竹——竹竿有紫褐色斑块或斑点，犹如泪水染成，据说是古代王妃哭泣时泪水飞溅而成；

孝顺竹——分枝簇生，粗细相近，好似兄弟姐妹，友爱共处；

琴丝竹——黄色竹竿上有绿色条纹，酷似古琴的丝弦；

罗汉竹——竹竿中部以下，竹节变形凸出，犹如寺庙里大腹便便的罗汉；

鹅毛竹——竹高二三尺，常有竹叶一枚生于枝顶，叶缘有小锯齿，状如鹅毛。

这些竹子在给人丰富的博物知识的同时，又给人以艺术的享受和心灵的启示。《个园记》说，主人性爱竹，主要因为竹"本固""心虚""体直而节贞"。君子见了竹，会在修身、肚量和品行等方面得到诸多的教益。这也正是中国传统竹文化的精髓所在。

凡是去过扬州的人，没有不体会到竹子之美的，没有不感到竹子应当更多一些才好。但是种竹也是一门技术。最近去江都大禹竹园游览，和主人随便谈起种竹须在"竹醉日"方能成活。但他们没有听过"竹醉日"这个字眼，让我多少感到意外。古人认为，种竹必须择日，要在"竹醉日"栽种才容易活。"竹醉日"是农历五月十三，相传这一天竹子呈醉态，此时移栽必定成活。宋人范致明《岳阳风土记》云："五月十三日谓之龙生日，可种竹，《齐民要术》所谓'竹醉日'也。"今本《齐民要术》未见"竹醉日"三字，也许宋人所见乃是古本。

北宋诗人晏殊《竹醉日》诗云："苒苒渭滨族，萧萧尘外姿。如能乐封殖，何必醉中移？"前两句写渭水竹林之美，后两句反问道，如果乐于栽培，何必要乘醉移植？南宋学者魏了翁在《次韵史少庄竹醉日移竹》诗中借题发挥："醉生梦死何如竹？三百五十九日醒。"诗人问道，怎样才能像竹子那样一年只醉一天，而在三百五十九天中保持清醒呢？

国人对竹子的认识和利用很早，而且不分文野雅俗。《诗经》有"绿竹猗猗"之句，"猗猗"形容竹子长而美的样子。上古民谣有"断竹，续竹，飞土，逐肉"之词，意为砍断竹子，做成弹弓，弹出泥丸，射猎鸟兽。用竹子做弹弓射鸟，是我们少年时代的游戏。扬州有一条北矢巷，就是古时用竹做箭的地方。竹子又可以做乐器，笛、箫、笙、管都离不开竹。没有竹就没有"玉人何处教吹箫"的绮句绝唱，没有"老渔翁一钓竿"的简板渔鼓。

高雅的士大夫以"宁可食无肉，不可居无竹"自负，将松竹梅誉为"岁寒三友"，梅兰菊竹尊为"四君子"。老百姓务实，把毛竹做成扁担，用竹篾编为竹篓，以粗竹搭成吊脚楼。当钱钟书家悬挂着"二分流水三分竹，九日春阴一日晴"的对联的时候，祖父只是抚摸着我的头说："宁饿竹子不饿笋。"

九　扬州菊市满城芳

> 扬州竞菊市，晴日满城芳。
>
> 候雁频回影，游人喜插黄。
>
> 高秋不寂寞，茶肆有开张。
>
> 楚俗竟如此，风流不可忘。
>
> ——（明）刘应宾《菊市》

扬州市花琼花、芍药誉满天下，殊不知菊花也富盛名。从明人刘应宾《菊市》诗中可以看到，明代扬州就有专门卖菊的花市，而且随处可见，竞争激烈："扬州竞菊市，晴日满城芳。"顾客买来菊花，马上就插在鬓发之间，招摇过市，所谓"游人喜插黄"。

扬州人栽菊花，喜欢成片栽种。唐朝宰相李绅在《入扬州郭》诗中说："菊芳沙渚残花少，柳过秋风坠叶疏。"诗中的"菊芳沙渚"，指岸边的菊圃。秋风一来，其他花都残败不堪，唯有"菊芳沙渚"引人注目。另一位唐朝宰相许敬宗写过《拟江令于长安归扬州九日赋》，说："本逐征鸿去，还随落叶来。菊花应未满，请待诗人开。"且不要问别的花如何，我只知道扬州菊花正在等待诗人来呢。

扬州的菊花，在清代主要种在城北傍花村。林苏门《邗江三百吟》中有《傍花村寻菊花叶种》一篇，序云：

> 村在北门外，叶公坟相近。周围约三四里许，无别花，惟菊而
> 已。内有竹庐草舍数十家，皆种菊为业，名曰傍花村者，以其一村
> 皆花也。二十年前，有叶姓自远方来，携异样好菊种留于村，教以殖
> 法，不数日飘然而去。其或即叶公坟之后裔耶？秋间观者如堵，无不
> 忆及此事，无不寻玩叶家菊花，故相传为叶种。

扬州的叶公坟原在迎恩河畔，今玉带河上有叶公桥。叶公坟、叶公
桥，均因明人叶相而得名。叶相，扬州人，弘治进士，官至刑部左侍郎，
因在朝廷能秉公直谏，在地方能惠及百姓，故朝野均予好评。后因不满宦
官擅权，以病乞老，返乡定居。叶相卒后，扬州百姓感念其恩，名其葬处
为叶公坟。叶公坟在昔日之扬州，也算是一处名胜。清人何震彝《扬州怀
古》写道：

> 勋名过眼似烟云，一角荒山罨夕曛。
> 石马半摧翁仲卧，路人遥指叶公坟。

每当金菊怒放，醉蟹飘香，重阳节来临之际，扬州人多好登临叶公
坟，借以极目秋色，放眼长空，涵养乾坤之浩气，沐浴宇宙之清风。登叶
公坟，是为了看傍花村的菊花。清人徐兆英《扬州竹枝词》写道："重阳士
女聚如云，郭外闲游日未曛。赏菊傍花村里坐，登高还上叶公坟。"诗后
有注："重九日，多赴北郭外傍花村赏菊，以叶公坟为登高之所。"叶公坟
再高，毕竟是坟，幸而旁边就是以菊花闻名的傍花村。

林苏门有《傍花村寻菊花叶种》诗云：

一个名村四围住，不知栽竹不种树。

佳日清光最宜秋，讴歌传播在扬州。

扬州稠密东篱寨，此村大抵傍花者。

突如其来一人携，逍遥爱菊蹁跹下。

红红白白掌中圆，亲殖稀奇不记年。

岂为投桃思报李，亦非高价青铜钱。

邗上花晨任豪纵，留遗可作陶潜梦。

况邻墓木风露清，从兹睹物思人重。

我亦浪游愿学狂，眼底时事感维桑。

偶然吟到村边玩，毕竟黄花晚节香。

如果说琼花象征着无双，芍药意味着富贵，菊花则标志着繁多。王振世《扬州览胜录》提到，扬州的赏菊佳处很多，如堡城、傍花村、绿杨村和冶春花社等，"堡城在北门外，距城五里……秋则以菊花为最盛"；"次则以北门之傍花村、绿杨村、冶春花社，产菊亦颇盛"。

扬州菊花的种类繁多，约有数百种，以虎须、金铙、乱云等为前十大名种，麒麟阁、玉飞鸾、海棠魂等为后十大名种，又有猩猩冠、醉红妆、绿衣红裳等十种新菊。扬州的艺菊里手也很多，光绪间以臧谷首屈一指。臧谷爱菊成癖，自号"菊隐翁"，筑有问秋馆，为艺菊之地，著有《问秋馆菊录》。

扬州八怪也画菊，郑板桥《兰竹菊图》题云："寄予东君诸子弟，好将文事夺天葩。"他认为菊花的精细，有助于文思的缜密。李方膺《菊篱图》题云："篱内人家画不出，琴樽潇洒寄琅琊。"他认为菊花的精致之美，需要瑶琴、醇酒方能衬托。

扬州人的细心，也表现在对菊花的艺术化处理上。为了让这种精雕细琢的"尤物"四季不败，扬州人在菊花完成了自然生命之后，又将它化为永恒——最有名的莫过于女画家吴砚耕的画菊、剪纸大师张永寿的剪菊和通草花艺术家钱宏才的制菊了。

吴砚耕数十年如一日为菊花传神写照，以菊为邻，以菊为友。她笔下的菊花不下三百种，或蓓蕾初绽，或傲霜怒放，或娇媚如女子，或豪放如英雄，给人以活色生香之感。张永寿经过长期栽培、晨昏观察，菊花的形态早已了然于心。他剪下的菊花，清早的菊花如晨曦含露，黄昏的菊花似晚霞迎风。他的《百菊图》既求形似，又求神似，却又形神各异："浣纱"表现其"飘"，"柳线"强调其"奇"，"懒梳妆"夸张其"懒"，"万卷书"突出其"卷"。千姿百态，斗艳争妍，简直是一部引人入胜的皇皇画卷。通草花是扬州特有的工艺，用一种特殊的草做成，清代已见记载。在一次大型菊展中，人们把两盆通草菊掺杂于真菊花之间，观者竟真假难辨，一时传为佳话，制作者钱宏才也因此声誉鹊起。

画菊、剪菊、制菊，号称"扬州三菊"，讲究一枝一叶，栩栩如生，万千风情，尽在方寸。这种于细微处见匠心的艺术，正是扬州人性格的体现。菊花不过是百花之一，然而它细细的花瓣、茸茸的花蕊、浓浓的花香，诠释着扬州人心中的精致。

金秋十月，享受了持螯赏菊的快意后，可以静观吴砚耕与潘玉良两位扬州籍女画家笔下的菊花了。她们的画法，一中一西，异彩纷呈。画家吴砚耕继承了父亲工笔与写意相结合的画法，成为扬州"吴氏菊派"的传承人。她笔下的菊花，傲骨之中多了女性的柔情，凌霜怒放又蕴含着婀娜与多姿。她画过一种少见的菊花名品——枫叶芦花，五朵大小不一的深红色菊花，形似牡丹，傲立枝头，题诗云："陶然坐望枫林晚，笑指芦花白了头。"又画过一种罕见的菊花名品——"飞鸟美人"，盛开的菊花形似古代王后的凤冠，中间略微弯曲的管状花瓣呈弧形高耸，四周的花瓣或平展或飘舞，每个花瓣顶端都有珠样小匙环，题诗云："秋窗闲却凌云笔，自写东篱五色霞。"

相较吴砚耕国画菊花的素净淡雅，留学欧洲的潘玉良所作的油画菊花则明艳强烈。潘玉良早年求学于上海美术专科学校，师从以离经叛道著称的画家刘海粟。后因所绘人体画不为国内世俗接受，遂赴法研习西洋画法。法国东方美术研究家叶赛夫评价她的作品，是既融合了中西画之长，又赋予了自己个性色彩。她以生动的线条来形容实体的柔和与自在，色彩的深浅疏密与线条相互依存。《菊花与女人体》是她作于1940年的油画作品，她以深邃的画工诠释了颜料的遮盖力和透明性。油画中，插在花瓶里的橙红菊花与半坐在毛毯上的裸女背影相呼应，浓郁的东方情调与原始张力尽情显现在画面上。另一幅《双色菊花》油画，多用红、黄、绿的明亮色彩，浅色背景衬托出白色花瓶中的菊花，随意放置的花纹桌布、托盘水果，虽是静物写生，却给人留下不拘细节、自由奔放的印象。

都说字如其人，画亦如此。都是扬州女性，一个用国画画菊，一个用西画画菊，我们仿佛看到一位气质如兰的大家闺秀在绢帛上精心刺绣，一位大气磅礴的印象先锋在战场上攻城略地。她们都把深秋的记忆，留在了自己的作品中。

十　雨荒苔滑双鸭脚

风起雷塘陵上尘，雨荒苔院两株春。

楼台有迹苔余烬，草木无知尚见珍。

博士独能名玉蕊，使君还许寿灵椿。

宣城此物常充贡，谁与连艘送万囷。

——（宋）晁补之《陪关彦远曾彦和集龙兴寺，咏隋时双鸭脚，次关韵》

宋人晁补之诗题中的"双鸭脚"，指的其实是两株银杏。扬州市树除了杨柳之外，就是银杏了。银杏在扬州又叫白果，在宋时被列为贡品，因其果实色白、形似小杏，故称银杏。古人则以其树叶形似鸭蹼，称之为鸭脚。晁补之通判扬州时，将扬州龙兴寺中两株隋代银杏，称为"双鸭脚"，也是银杏的一段佳话。一株银杏称作"鸭蹼"，两株银杏则称为"双鸭脚"。

扬州城有许多百年树龄的古银杏，仅在文昌路就保留着几株老干虬枝的古银杏。在这些古银杏的背后，都有着传奇般的故事。

先说国庆路和文昌路交界处的那棵老银杏，它竖立在文昌路中间的一个小岛上，枝枝桠桠遮满了一片天空。这棵银杏是当初修建文昌路时，特意留下的，因为它是古老的谢公祠的见证。而谢公祠，是纪念东晋时代在扬州建立德政的太傅谢安的。

谢安字安石，号东山，东晋政治家，军事家，绍兴人，祖籍陈郡阳夏（今河南太康）。历任吴兴太守、侍中兼吏部尚书兼中护军、尚书仆射兼领吏部加后将军、扬州刺史兼中书监兼录尚书事等，死后追封太傅，世称谢太傅。谢安在青少年时代就已在上层社会中享有较高的声誉。然而谢安并不想凭借出身、名望去猎取高官厚禄。东晋朝廷先是征召他入司徒府，接着又任命他为佐著作郎，都被谢安以有病为借口推辞了。后来，拒绝应召的谢安干脆隐居到会稽的东山，与王羲之、支道林等名士名僧频繁交游，就是不愿当官。当时担任扬州刺史的庾冰仰慕谢安的名声，几次三番地命郡县官吏催逼，谢安不得已，勉强赴召。仅隔一个多月，他又辞职回到了会稽。后来，朝廷又曾多次征召，谢安仍然予以回绝。

谢安擅长于教育，谢家的子女都归谢安教养，他总是以身作则，潜移默化。子女中以谢道韫、谢玄兄妹最为出色，也最受谢安喜爱。谢安曾问子侄们分别喜欢《诗经》中的哪一句，谢玄说是"杨柳依依"，谢道韫说是"吉甫作颂，穆如清风"，谢安因此而称赞谢道韫有"雅人深致"。谢安四十多岁时，谢家在朝中做官的人物相继去世，谢安才东山再起，官至宰相。他一生最大的政绩，是挫败了桓温篡位，打赢了淝水之战。战后因功名太盛，为皇帝猜忌，所以往广陵（今扬州）避祸。

谢安在广陵做了许多好事，特别是兴修水利。当年谢安到广陵之后，在扬州的东北筑了一座新城，并在邵伯湖上筑堤以灌溉农田。后人追思他的功绩，把他比作西周时协助周公辅佐周室的召公，称堤为"召伯埭"，称湖为"召伯湖"，称镇为"召伯镇"，召伯就是邵伯。正如北宋扬州诗人王令在诗中所说的："谢公已去人怀想，向此还留邵伯名。"谢安的遗爱，让扬州人感佩不已，在邵伯建了甘棠庙和谢公祠来纪念他。同时在扬州城里也建有谢公祠，地点就在今天文昌中路两淮盐运使司附近。现在老市政府的南面有一株古银杏，就是谢公祠的原物。

扬州的银杏又和神话《柳毅传书》有关。很久很久以前，书生柳毅赴京应试，路过泾河边，看见一个美丽的牧羊姑娘蓬头垢面，暗自哭泣，就上前询问。这一问不得了，原来这个牧羊姑娘是洞庭龙王的女儿，嫁给泾河龙王的儿子为妻的。哪晓得丈夫家暴，龙女饱受虐待，就请柳毅帮她传书给父亲洞庭龙王。柳毅是个仗义的青年，千里迢迢会见洞庭龙王，送上龙女的家书。洞庭龙王的弟弟是钱塘龙王，一向疼爱侄女，但是脾气暴烈。当他得知侄女在丈夫家遭到虐待，一气之下腾空飞到泾河龙王家里，把他儿子斩了，救回了自己的侄女。龙女得救之后，深感柳毅传书之义，请叔叔做主，将自己许配给柳毅。但是，柳毅为了避免施恩图报之嫌，谢绝与龙女成婚。临行之际，洞庭龙王为表示感谢，把龙宫中价值连城的碧玉箱、开水犀、红珀盘、照夜玑等宝贝，一起送给了柳毅。

柳毅得到了这些人间从未见过的宝贝，心想卖个好价钱。他打听来打听去，得知天下最大的珠宝交易市场在扬州。柳毅就带着碧玉箱、开水犀、红珀盘、照夜玑等宝贝，赶到扬州。扬州人告诉他，任何稀奇古怪的宝贝，在扬州都会找到买家，卖出好价钱。扬州有许多外国来的胡商，专门收购各种稀奇之物，再罕见的东西他们一眼就看出，所以扬州人叫他们"别宝回子"。珠宝交易市场一般都设在大白果树下，那里树冠如云，能遮挡烈日，树荫下面凉风习习，正是买卖珠宝的好地方。

柳毅听了，心中大喜，第二天天不亮就赶到一棵大白果树下。果然那里人头攒动，中外客商，讨价还价，热闹非凡。柳毅刚从包裹里拿出一样宝物，立刻就有几个隆鼻碧眼的胡商前来谈价。三下五除二，柳毅漫天要价，胡人就地还钱，交易很快做成。柳毅只卖了一样宝贝，就发了大财，在一株银杏旁买了一座豪华别墅，打算长住扬州不走了。

说来也奇怪，柳毅的邻居是一对渔家父女，与柳毅相处得特别好。每天渔家父女打了鱼，总要送几条给柳毅尝鲜。时间一长，两家的感情一天比一天好。有一天，老渔夫就对柳毅说了："我看你单身汉也不大方便，不如把我的女儿嫁给你吧，你们也好做一户人家。"柳毅刚想推辞，老渔夫赶忙拦住他，把真相告诉他说，原来他们这对渔家父女是洞庭龙王父女假扮的。之所以要到扬州与柳毅为邻，就是为了报答他的恩情。柳毅一听，心中感动，就和龙女在白果树旁结为夫妇。从此，扬州的大白果树就成了财富和爱情的象征。

银杏在民间是财富的象征。如果说扬州每棵白果树下都藏有金银财宝，那肯定不是真的。但要说扬州的白果树后面有财富和爱情的故事，这绝对是真实的。

前人游扬州，游记中多涉笔银杏。明末史学家谈迁经由运河北上，路过扬州，停泊数日，在城中遍游名胜。给他留下深刻印象的，就有扬州城隍庙的银杏。谈迁《北游录》写道，顺治十年（1653）七月"壬寅，雨。众襄于城隍庙，从旧城安江门入，庙内银杏树，围可四人"。谈迁所游的城隍庙，就是今天扬州汶河小学的所在。据谈迁说，他游城隍庙时，见到树下有所谓神仙朱批的牒文。牒文上写着："舍身快皂何达等二十九名，日候本司登坛出入，多有不到。至倩人替代，尤属非法，除已往不究外云云。"谈迁认为，这些庙祝的作为，是非常荒诞无稽的。

清代江南文人钱泳，经常游历扬州，扬州钞关官署旁的银杏树让他历久难忘。钱泳《履园丛话》记载："扬州钞关官署东隅，有银杏树一株，其大数围，直干凌霄，春华秋实。"钱泳说，乾隆四十八年（1783）冬月，有某观察夜梦一人，长身玉立，手持一纸，上书"甲寅戊辰甲子癸酉"八字，对他说："吾树神也，居此一千五百余年，兴亡屡见，公知我乎？"观察寤而恍然，乃命精于推算者推算，算出这株银杏树的生日是晋穆帝永和十年（354）甲寅三月三十日也。后来银杏不幸厄于火，凡一昼夜乃息，继而复青。

许少飞写过一篇《银杏之城话银杏》，指出银杏属银杏科银杏属，是一种落叶大乔木。这是几亿年前古生代的树木，三叠纪、侏罗纪时，生长得极为茂盛。嗣后逐渐衰落，近几千年在世界各地都已绝迹，而它仿佛对中华大地情有独钟，在中国沿海、西南、西北等地却繁衍下来，成为种子植物中最古老的孑遗物种，所以它就有活化石之称，是我国重点保护的植物之一。

江苏是银杏大省，既有一两千年树龄的古银杏，又有成片的银杏树林。扬州百年以上的古银杏，数量逾百。不仅远远超过南京，而且超过了苏州。特别是其中三百年以上、属国家一级保护的古银杏，竟有二十多株，几为苏宁两市相加之和。古建筑和园林专家陈从周说，今日古城中保存有巨大银杏的，当推扬州为最。

银杏与杨柳相比，杨柳婀娜，银杏挺拔，有婉约与豪放之别。扬州的水边多植杨柳，寺观、庵庙之地则多种银杏，参天而立，绿荫蔽空，雄伟挺拔，直上云霄。

晁补之笔下的隋朝银杏，与扬州龙兴寺一起，只能定格在诗中。但是在文昌路两侧，古银杏约略数来有二十多株。在唐代银杏不到百米的汶河小学、市政协大院内外，有数百年树龄的古银杏七八株。

十几年前，我住在明代古刹准提寺旁。寺中有一株银杏，巍巍屹立，勃勃生机，望之令人怡然。正如许少飞先生所说，银杏一年四季皆可看可赏。"初春之时，它新叶方生，褐色的干上、枝上，苍绿点点，生机蓬蓬勃勃，古朴托着清新。盛夏之日，它碧叶浓密，一枚枚淡青粉绿的浆果，半藏半露掩映其间，显得丰实而又美丽。到了深秋时节，鸭蹼之叶片片金黄，一树灿烂，阳光临照，透明如蜡。黄蝴蝶满天飞舞，浪漫而又潇洒。且与湖上、街边缤纷多姿的菊花一起，把扬州城的秋意，渲染得美到极处，浓到极致。"有时候，秋风将一两片鸭脚飘到我的窗口，仿佛是银杏送我的书签。有时候，我和女儿在树下散步，随手拾起落在地下的白果，又仿佛是银杏送给我们的宝石。

冬天的银杏，繁华落尽，风情全消，唯剩挺拔的干，横斜的枝，铁一般的颜色，碗一般的瘿瘤。这是它历尽风霜留下的印记。它对生命的渴求，深深藏在那冰冷的枝干中，那才是它的情缘。

扬州人也吃银杏的果实，俗称白果。李时珍《本草纲目》说："白果原生江南，叶似鸭掌，因名鸭脚。宋初始入贡，改呼银杏，因其形似小杏而核色白也。今名白果。"李时珍总结白果的气味，是甘、苦、平、涩，无毒。又说："熟食，小苦微甘，性温有小毒。多食令人胪胀。"其药疗作用，无非是解酒、温肺、益气、定喘。李时珍还收集了许多偏方，如："寒嗽痰喘，白果七个煨熟，以熟艾作七丸，每果入艾一丸，纸包再煨香，去艾吃。"又如："牙齿虫，生银杏每食后嚼一二个，良。"

朱自清《说扬州》写道："扬州最著名的是茶馆；早上去下午去都是满满的。吃的花样最多……有炒白果的，在担子上铁锅爆着白果，一片铲子的声音。得先告诉他，才给你炒。炒得壳子爆了，露出黄亮的仁儿，铲在铁丝罩里送过来，又热又香。"那味道想来是挺香的。

十一　仙姿疑是洛妃魂

仙姿疑是洛妃魂，月佩风襟曳浪痕。

几度浅描难见取，挥毫应让赵王孙。

——（清）汪士慎《题水仙图》

"仙姿疑是洛妃魂"，是扬州八怪之一汪士慎对水仙的赞美。水仙是扬州人过年的案头清供。每到春节，家家户户案几都会放一盆或几盆水仙，它的绿叶和黄花伴随着年气直到正月结束。小时候每逢过年，都是祖父带回来一盆水仙，后来是我的父亲，这些年是我，今年已是我的下一代了。

水仙又称玉玲珑、金银台、姚女花、女史花，雅号凌波仙子。生于水滨，入夏休眠，属石蒜科植物。中国有千余年水仙栽培史，其鳞茎大如洋葱，球形棕色，叶狭而长，花萼中空。每株水仙有花萼数支，多者十余支。叶片青葱，花朵秀丽，芳香扑鼻，姿态典雅，是世界有名的冬日室内花卉。

扬州水仙自古有名。扬州八怪之一的边寿民除了爱画芦雁，也爱画杂花，尤其是水仙。乾隆二年（1737），边寿民绘《水仙图》，中有水仙三四株，粗壮而健硕。画上题道：

　　水仙以广陵者为佳。他处花皆高尺许，早开香薄，过冬辄败。广陵人秋时于光福山中，觅其根之最大者，立冬洗净，排列木盒内，以碎白石实其根之隙，移暴日影中，不见尺土。微润以水茁其芽，芽长寸余，日晒而不渥之，常使欲花之意盘桓郁怒，而不得发。故叶肥短而花迟，高出叶上，十月尽犹作臃肿含胎态，然香心勃窣，玩之味乃更长。天不使才人早遇，而每置豪杰后时，或者广陵人养花之意也。

　　钤印"山阳人"，山阳即边寿民的老家淮安。题款虽长，但翔实描绘了广陵水仙的特征，最后从花的迟开比喻人的大器晚成，可谓巧妙。边寿民画的水仙不止一幅，扬州博物馆藏其《广陵水仙图》一幅，墨色淡雅，画面拙朴，题字略似前引而短："广陵水仙短而肥，花高叶上。十月尽犹作臃肿含胎态，然香心勃窣，玩之味更长也。"广陵水仙的特点是叶短而花迟，它的种根虽来自光福山，然而花期由人工控制，可惜今不多见。现在水仙主要分布在东南沿海，以福建漳州、上海崇明所产最佳。

　　水仙的品种，有单瓣型和重瓣型。单瓣型水仙花白色，六瓣，中心有一黄色环状副冠，故称"金盏银台"或"酒杯水仙"。重瓣型水仙花也是白色，十二瓣，卷成一簇，故称"百叶水仙"或"玉玲珑"。重瓣花形不如单瓣美，香气亦稍逊一筹，自古来人们更喜欢单瓣型水仙。这种水仙有银白色的花萼，金黄色的花蕾，所以古人给它起了"金盏银台"这样浪漫的名字。宋人赵彦卫《云麓漫钞》写道："杨诚斋云，世以水仙为'金盏银台'；盖单叶者，其中真有一酒盏，深黄而金色。"明人李时珍《本草纲目》也说："此物宜卑湿处，不可缺水，故名水仙；'金盏银台'，花之状也。"

　　历代文人多喜爱水仙。

　　宋代理学家朱熹在漳州时，见当地盛产水仙，诗兴大发，有《用子服韵谢水仙花》咏道："水中仙子来何处，翠袖黄冠白玉英。"赞美水仙如同水中仙子一样亭亭玉立。

明代才子徐文长将水仙比作仙姑，有《水仙花》诗云："若非洒竹束湘浦，定是凌波出洛川。"把水仙比作美人洛神和湘夫人。

清人李渔说，花中有他的四条命，水仙居其一。有一年春节，李渔囊中羞涩，到水仙花开时已不名一文。家人说："今年不买花了吧！"他说："你们要夺去我一条命吗？宁减一年之寿，不减一年之花。"于是当了妻子的簪环去买水仙。

扬州文人对于水仙的喜好，常常付诸丹青。扬州八怪大都画过水仙，并在画上题诗言志。这种风气要追溯到八怪的先驱石涛。开扬州一代画风的石涛，曾画水仙一株，衬以石头和细竹，画中水仙之茁壮，甚至高于竹竿。石涛题道："君与梅花同赏，岁寒独许争夸。暖日晴窗拈笔，几回清思无涯。"以为只有梅花可与水仙等观。

金农曾画水仙两株，一前一后，旁有石盆，题道："水仙是世外人，须以奇石作供。薄冰残雪之中，乃见精神。口脂眉黛画时，不敢着半点尘土也。"另一幅画上又题道："水仙是世外人。"可知在他心中，水仙是超凡脱俗的。

汪士慎也爱水仙，曾画水仙并题道："仙姿疑是洛妃魂，月佩风襟曳浪痕。"和徐文长一样，将水仙比作美人洛神。

郑燮擅长画竹，也画水仙，曾题道："水仙，一名雅蒜，取其根本相类也。有雅蒜，岂可无俗蒜乎？官贫无肉食，用烧酒嚼蒜，玩画亦可于粗豪中见些雅况。"把观赏水仙当作避俗趋雅之法。

李鱓曾画水仙一株，花三四朵，叶三四条，另有水仙根茎两个。他的题字显然受到同乡郑燮的影响："同是蒜，也有雅俗之分焉，水仙一名雅蒜故云。"他和郑燮一样，将水仙归于雅的一类。

今人流行以浅盆、卵石培植水仙，前人则以奇石作为水仙的陪衬物。如果没有奇石，选用其他类似之物如木炭也可。《浮生六记》的作者沈复夫妇，寓居扬州大东门时喜欢养花。《浮生六记》谈到，那时盆养水仙都用灵璧石作衬，"点缀盆中花石，小景可以入画，大景可以入神。一瓯清茗，神能趋入其中，方可供幽斋之玩。种水仙无灵璧石，余尝以炭之有石意者代之"。灵璧石比较名贵，用来点缀水仙当然很好，但如没有也只好退而求其次，以木炭来代替。

关于水仙的传说很多。相传很久以前的一天，天上的凌波仙子在银河边磨砺宝镜，无意中从云缝里看到人间旱情严重，颗粒无收，哀鸿遍野，惨景触动了仙子的心。她抛下手中的宝镜，宝镜碎成九块，人间顿时清泉四涌，潺潺灌入田园。霎那间庄稼丰收，花果茂盛，凌波仙子被人间美景吸引，飘然下凡。有个石匠陈龙，大家称他龙哥，为人诚恳，勤劳勇敢，凌波仙子爱上了龙哥。他们相互定情，喜结姻缘，凌波仙子掌管水源，龙哥和乡亲辛勤劳动，人间成了仙境。不料这触怒了妖龙，它口喷毒火，烧毁田园。为了保卫家园，凌波仙子手弹琵琶，奋起抗争，龙哥英勇上前，狠斗妖龙。妖龙败北，逃上天庭，向王母告状。王母听信谗言，调遣天兵天将，前来处罚凌波仙子和龙哥。一时间天昏地暗，水断泉枯，龙哥被压在山下。被抓回天庭的凌波仙子，在云端里眼望被毁的家园、落难的龙哥，忍痛拔下银簪，竭尽全力投往遭受苦难的人间。银簪化作亭亭玉立、阵阵幽香的水仙。现在每到岁末，家家户户都在家中供上水仙，原来是以此寄托对凌波仙子的感激之情。

水仙的栽培方法，有土栽、沙栽、水栽等。技术要求不高，唯须保持恒温，多照日光，经常换水。气温不能过高，否则水仙会停止生长，进入休眠，造成花苞萎缩。阳光如果不足，也只长叶子不开花。浇水要注意清洁，否则容易烂根。

土栽的水仙，最好用疏松的腐殖土。栽前先将鳞茎外表干枯部分剥除，并削去老根。土要坚实，将鳞茎盘坐在盆中，再加土少许，浇透水分，然后将花盆置于阴凉处。数天后鳞茎生根，将花盆放在阳光下。浇水时要注意，土不干不要浇水，一旦浇水就要浇透，浇水时间最好在早晚。

如用沙栽，最好用干净的细沙，栽植前将沙装入盆中，其他一如土栽。水栽是用浅盆水浸的方法来培养，将催芽处理后的水仙直立放入盆中，用石英砂、鹅卵石等将鳞茎固定，加水淹没鳞茎三分之一。白天要放在日光充足的地方，晚上移入室内，并将盆内的水倒掉，以控制叶片徒长，次日早晨再加入清水。

水仙一般不需施肥，如有条件，在开花期间稍施一些速效磷肥，花可开得更好。根据水仙生长的特性，开花的日期可以由人控制。如果希望在过年时开花，可在春节前若干天将鳞茎入盆栽植。

水仙亦能入药。《本草纲目》说，水仙的根茎味苦，微辛，滑寒，无毒。取其汁液涂身，可祛风气，又可治疗妇人五心发热。如以水仙同干荷叶、赤芍药等研磨为末，用白汤冲服二钱，"热自退也"。

水仙天生丽质，芬芳清新，素洁幽雅，超凡脱俗，古人将其与兰花、菊花、菖蒲并列为"花中四雅"，又与梅花、茶花、迎春花并列为"雪中四友"。它只须一碟清水，几粒卵石，置于案头，就能在万花凋零的寒冬展翠吐芳，先得春意。水仙虽是草花，自得雅人深韵，清人黄宗羲《小园记》云："因买瓦盆百余，以植草花，水仙、艾人、芳洲、洛阳、茉莉、真珠、烟蒲、石竹。"水仙名列前茅。

十二　桂花香处嫦娥来

吹箫人去。

但桂影徘徊，荒杯承露。

东望芙蓉缥缈，寒光如注。

去年夜半横江梦，倚危樯、参差会赋。

茫茫角动，回舟尽兴，未惊鸥鹭。

情知道、明年何处。

漫待客黄楼，尘波前度。

二十四桥，颇有杜书记否？

二三子者今如此，看使君、角巾东路。

人间俯仰，悲欢何限，团圆如故。

——（宋）刘辰翁《桂枝香·寄扬州马观复》

"桂影徘徊，荒杯承露。""二十四桥，颇有杜书记否？"这是宋代词人刘辰翁《桂枝香·寄扬州马观复》中的词句。刘辰翁不太出名，但有个性。他的词继承辛弃疾之风，为辛派词人"三刘"（刘过、刘克庄、刘辰翁）之一。

《桂枝香·寄扬州马观复》用的是《桂枝香》词牌，却是寄给扬州友人的，扬州的桂花一定给词人留下了深刻印象。马观复是宋末人，曾在扬州任职。词人刘辰翁在中秋佳节之际，回忆团圆的往昔，感到惆怅和忧伤，因而写下"桂影徘徊"的词句。

早在唐代，扬州淮南节度使衙门中就有桂树成林，号称"桂苑"。从朝鲜半岛来扬州做幕僚的崔致远，他的诗文集就叫《桂苑笔耕集》。崔致远字孤云，新罗金城（今韩国庆尚北道庆州）人。唐懿宗时入唐学习，后进士及第，任职淮南节度使幕府。《桂苑笔耕集》流传至今，是韩国现存最古汉文典籍之一。

现在扬州已经没有"桂苑"了，但谈起《桂苑笔耕集》还会想起在大唐时代，来自新罗，意在"折桂"的留学生多达数百人。其中不乏学有所成的佼佼者，如任兖州都督府司马的金云卿，官至工部员外郎的金文蔚，做过溧水县尉和淮南书记的崔致远等。他们都是在长安"折桂"，成为外国留学生在大唐的成功者。

扬州的许多园林中，都有一座轩敞的客厅，门前植桂，称作桂花厅。那么多的桂花厅，第一是因为桂花很香，更重要的是桂花让人想到"折桂"，有预兆子孙读书有成，仕途顺利的吉祥之意，所以桂花在扬州城里十分普遍。

从淡泊功名的扬州八怪身上，都能够嗅到桂花的香气。郑板桥科举告捷后，按捺不住心中的狂喜，挥笔写下《得南闱捷音》一诗，抒发兴奋之情，并在诗中特别提到"桂影功名"。他说："忽漫泥金入破篱，举家欢喜又增悲。一枝桂影功名小，十载征途发达迟。何处宁亲唯哭墓，无人对镜懒窥幔。他年纵有毛公檄，捧入华堂却慰谁？"郑板桥自嘲道，虽说折一桂枝是件小事，但我却等候了十载寒窗。

另一位八怪金冬心，绘有杂花图册《桂枝》，左下角桂花一枝，树叶肥硕，花朵细密。画上题道："元人王渊水墨《小山丛桂图》，余旧藏冬心斋，以赠芗林先生。先生是年举于乡，今为宰辅矣。此画尚存箧中，不轻与人见也。客舍坐雨，追仿其笔，漫作小幅月中田地，香影婆娑，殊可想也。甲戌三月清明后二日，曲江外史金吉金在扬州昔邪之庐记。"《小山丛桂图》是元人王渊的作品，金冬心本是想赠给杭州同乡梁诗正的。梁诗正字养仲，号芗林，就在金冬心要送他《小山丛桂图》的当年，就中了举，还做到了东阁大学士。金冬心题字中说，"余旧藏冬心斋，以赠芗林先生。先生是年举于乡，今为宰辅矣"，言外之意是画有桂花的《小山丛桂图》成了中举的吉兆。

扬州的桂花每年九十月间盛开，芬芳浓郁，气味清新。扬州赏桂的地方很多，如瘦西湖桂花厅，周围桂树成林，品种亦多，有金桂、银桂、丹桂等。个园宜雨轩前也有很多桂树，种的是银桂，谐音"迎贵"，即迎接贵宾。平山堂欧阳祠前的桂花树，已经百余岁，到秋日依然繁花盛开。据大明寺僧人介绍，为了这棵古桂树，寺里每年都花许多力气为它治虫施肥，使得本来奄奄一息的古树又焕发生机。大明寺现有桂花树二三百株，这里的桂花树比别处高大粗壮，而且多为金桂，花朵特别明黄饱满。大明寺方丈能修和尚说，二十世纪八十年代他在南京寺院做小和尚的时候，常去中山陵捡拾桂花种子，然后送给大明寺的松月和尚带回来种植，如今大明寺的桂花树大多都有着"中山陵血统"。能修说，以桂花与茶叶制成禅茶，芳香异常。

扬州的桂花主要有金桂、银桂、丹桂、籽桂和四季桂。金桂的花为金黄色，银桂的花为银白色，丹桂的花为橘红色，籽桂和四季桂的花都呈淡黄色。其味或浓或淡，或近或远，以金桂花香最为浓郁。

有桂花的地方，就会有嫦娥。有一年，有人告诉我，说他已经考证出嫦娥是扬州人，依据是《聊斋志异》。我听了莞然一笑，饶有兴趣地从书架上取出《聊斋志异》，翻到《嫦娥》一篇，书中果然写到嫦娥原是扬州女子。蒲松龄写道，太原宗子美在扬州红桥遇到一个美貌女子，名叫嫦娥，温柔可爱，婀娜窈窕，只因其养母索要聘礼过昂，子美求婚未成。后来，子美见到与嫦娥容貌相似的狐女颠当，两人遂成秦晋之好。一个偶然的机会，子美又邂逅嫦娥，嫦娥送给子美黄金一锭，让他再次求婚。成婚之日，嫦娥要子美纳颠当为妾，但颠当不辞而别。最终，宗子美得在扬州娶仙女嫦娥为妻，又纳狐女颠当为妾，一妻一妾，俨然有齐人之乐。更奇特的是，宗子美以未见历代美人为憾，嫦娥竟能根据百美图，"对镜修妆，效飞燕舞风，又学杨妃带醉。长短肥瘦，随时变更，风情态度，对卷逼真"。以至宗子美喜不自禁，声称"吾得一美人，而千古之美人，皆在床闼矣"。这里所表达的，正是蒲松龄一类穷酸书生的白日梦。

嫦娥本属仙班，安能按常人论籍贯？但是《聊斋志异》确实写道："太原宗子美，从父游学，流寓广陵。父与红桥下林妪有素。一日父子过红桥，遇之，固请过诸其家，瀹茗共话。有女在旁，殊色也。翁亟赞之，妪顾宗曰：'大郎温婉如处子，福相也。若不鄙弃，便奉箕帚，如何？'翁笑，促子离席，使拜媪曰：'一言千金矣！'"书中写道，红桥老妪原本独居，一日女忽自至，自诉孤苦。老妪问其小字，则名嫦娥，"妪爱而留之，实将奇货居之也"。据此所写，嫦娥是逃难到扬州红桥，成为扬州人的。

我感兴趣的不是嫦娥是哪里人，而是嫦娥去的地方必定有桂花树。或者换言之，只有桂花树多的地方才会有嫦娥。蒲松龄把嫦娥写成扬州人，自有缘故。一因扬州多桂树，二因扬州多晋商。书中的宗子美来自太原，与明清晋商多在扬州业盐有关，文学作品虽然不是历史著作，但也折射着历史的影子。蒲松龄说，扬州红桥的嫦娥还生下一男一女，"男酷类父，女酷类母，皆论婚于世家"，可为好事者添一谈资。

看到桂花就想到美人，也不限于嫦娥，还有秦娥。扬州高邮人秦观《忆秦娥》云："头一片庾楼月。庾楼月，水天涵映秋澄彻。秋澄彻，凉风清露，瑶台银阙。桂花香满蟾蜍窟。胡床兴发霏谈雪，霏谈雪。谁家风管，夜深吹彻。"秦娥一名弄玉，相传为春秋秦穆公之女，嫁给萧史后，乘凤飞去。秦观词中的"桂花香满蟾蜍窟"，把秦娥、桂花、蟾蜍置于一处，其实就是诗化的月宫嫦娥。

桂花不但可赏，而且可食。在印象中最深的，有桂花糖、桂花糕和桂花酒。

桂花糖这种甜点，用米粉、白糖、桂花制成，制作时要注意调和均匀，火工适宜。具体步骤是先选干桂花适量，用清水加盐浸泡。浸泡时间不能过长，否则会失去桂花的清香。等到花朵泡软，更换清水，洗净沥干。然后把晾好的桂花放入碗中，加少许细盐，反复揉匀，确保桂花腌渍入味。接着把腌渍好的桂花放入密封坛罐，稍加蜂蜜，与桂花拌匀，最后加盖密封。三天后开封，即闻清香扑鼻，沁人心脾，冲饮或做酱料皆可。又可用来做桂花糖藕、桂花蜜枣，有散寒破结、化痰止咳之效。

桂花糕是在糕点中加入桂花制成，为使糕酥脆香甜，须巧配良方，精心研制。据说最早的桂花糕出自桃花源，多年以前桃花源长着一棵老桂树，二十五年打一次苞，五十年开一次花。桂花开时香气四溢，引得远近的人都来赏桂。花开花谢，约有月余，赏花人络绎不绝。有一年桂花又开，突然一阵狂风把花吹落在地。赏花人见树上无花，颇感失望，时间一久就忘了此事。好多年后，人们忽闻桂花的香味，到处寻找，才发现是从土里飘出的芬芳。有人挖开泥土一看，才发现地下埋着桂花，经过发酵，泥土也香了。人们受此启发，用米和糖煮成一锅，再撒入桂花，进行发酵，从此桂花糕声名远扬。扬州桂花糕多用糯米粉，口感愈加软糯。重阳糕也是桂花糕的一种，在原料上除了大米粉、糯米粉之外，还加豆沙、红枣、核桃等物，口味更好。

桂花酒在我的记忆中，总以吴刚牌为正宗。酒色浅黄，桂香扑鼻，酸甜适口，醇厚柔和。桂花酒最好用山泉酿成。这种水清冽而味甘，矿物质丰富，以山泉制酒，酒质格外醇厚。如用经年古桂入酒更好，酿成的桂花酒色如琥珀，味似琼浆，在清新醇和、绵甜爽净之外，又具天然的桂花香，让人醺而不醉，沉而不迷。桂花酒常饮可健脾胃，助消化，活血益气，还能使人想起吴刚、嫦娥和蟾蜍。

刘辰翁说的"桂影徘徊，荒杯承露"，就是桂花酒吧？

十三　南柯一梦说唐槐

> 壮气直冲牛斗，乡心倒挂扬州。
>
> 四海无家，苍生没眼，拄破了英雄笑口。
>
> 自小儿豪门惯使酒，偌大的烟花不放愁，
>
> 庭槐吹暮秋。
>
> ——（明）汤显祖《南柯记》

　　"庭槐吹暮秋"是明人汤显祖《南柯记》中的一句唱词。走进僻静的扬州驼岭巷，看到一株历尽沧桑的古槐默默矗立路旁，树龄已越千年，汤显祖《南柯记》剧中的故事就与此槐相关。相传淳于棼，在大槐安国由瑶芳公主相伴二十年，南柯一梦方醒。这个著名故事所发生的地点，就是扬州城驼岭巷的那株唐槐。驼岭巷的唐槐，已历千余载春秋。唐人李公佐的传奇《南柯太守传》写的"南柯一梦"典故，即出此树。

　　这株古槐原是扬州槐古道院的旧物，学名国槐，别名槐树、本槐、家槐，树冠庞大，绿荫如盖。李公佐《南柯太守传》云："东平淳于棼，吴越游侠之士……家住广陵郡东十里，所居宅南有大古槐树一株，树干修密，清荫数亩。"据说就是指这株古槐。

　　槐古道院是扬州的一座道教宫观，又称槐荫道院，始建于唐。因院内

有古槐，故又名槐古道院。一位出生在驼岭巷的老人说，在她小时候，槐古道院里有祖孙三代道姑，因为是邻居，她的祖辈、父辈与道姑们相处很好。由于古槐的岁数实在太大，邻居都把它看作神树。凡有小孩出生，他们就将孩子的生辰八字写在红布上，然后系在古槐枝头，祈求古槐庇佑孩子平安成长。当年这棵老槐树是栽在槐古道院大门东侧的小天井内的，直径合抱，干高数丈，不仅枝繁叶茂，每年夏季还开花结果。而今因年岁渐老，风雨侵蚀，古槐只剩下了当年的一半，而且差一点枯死。

槐古道院属于全真龙门派，是扬州唯一由女冠掌管的道教宫观。二十世纪六十年代，道院改作殡仪馆，女冠搬出道院，神像也遭拆除。到了八十年代，殡仪馆改建为宿舍，唯有古槐一株，残存至今。

槐古道院的出名，没有其他缘由，实在就是因为那篇著名的《南柯太守传》。传奇作者李公佐，陇西人，曾中进士，元和年间为江南西道观察使判官。后来罢官，辗转于南京、常州、苏州一带，然后回到长安。《南柯太守传》约作于唐贞元末年，意在讽喻那些窃据高位的人，言其富贵荣华，都是偶然得之，切不可傲物凌人，同时也宣扬了浮生若梦的虚无思想。南柯一梦之典流传甚广，唐人诗文已用为故实。后世甚至附会扬州有"南柯太守之墓""南柯太守故宅"，南宋王象之《舆地纪胜》和扬州地方志里都曾经提及。

把《南柯太守传》演绎为戏曲的是明代戏剧家汤显祖。他是万历进士，历任南京太常博士、詹事府主簿、礼部祠祭司主事，与东林党人过往甚密。晚年以茧翁为号，其作品有传奇《牡丹亭》《邯郸记》《南柯记》《紫钗记》，合称《玉茗堂四梦》。《南柯记》的剧情是，唐代东平游侠淳于棼，武艺高强，因酒失去淮南军裨将之职，闲居扬州城外。一日酒醉入梦，被请入古槐树中的蚂蚁之国大槐安国，蚁王招其为驸马并封为南柯太守。淳于棼治理南柯二十年，政通人和，与瑶芳公主爱笃情深。后为人所嫉，公主又病故，回京后被右丞相告发而遭逐。淳于棼惊醒，遂觉人生如"南柯一梦"。诗云："蚂蚁缘槐夸大国。"谓此。

槐树学名国槐，枝干高大，花期在春夏之交，色淡黄，可食。果仁含淀粉，可供酿酒或作饲料之用。槐花与荚均可入药，有清凉收敛、止血降压功效。槐叶与皮也能清热解毒，治疗疮毒。七八月份槐树开花时，处处可闻沁人心脾的香气。九十月份结角，晒干保存，有清热、润肝、止血之疗效。从中医角度来看，槐花、槐荚、槐叶、槐皮都能清热解毒，治疗疮毒。

槐树在古代中国具有特殊的意义。皇宫一称"槐宸"，三公一称"槐位"，科考一称"槐秋"。相传周代王宫外有三棵槐树，三公如要朝见天子，必须各自站在相应的槐树下。"三公"指周代最高官职——太师、太傅、太保，后人因此用"三槐"比喻三公，象征着最高人臣，家中种槐也含有希望子孙位列三公之吉兆。《周礼》云："面三槐，三公位焉。"即言此意。五代时，王祐先后出仕晋、汉、周，后又出仕北宋，他在院中植槐三株，默默祈祷道："吾子孙必有为三公者。"后来他的儿子果真做了宰相，"三槐堂"也成为王家有名的堂号。

扬州自古多槐，而且不乏遗迹可寻。何园的前身名双槐园，因有古槐两株而得名。休园中有植槐书屋，屋前有合抱之古槐。今扬州城里有古巷，名槐树脚，旁边就是扬州市级文物保护单位紫竹观音庵。城外又有槐泗镇，有人说那才是《南柯太守传》中主人公淳于棼的故宅所在。清人郭士璟《淳于棼宅》有云，其宅"在城北十里"，即指槐泗镇。

几年前，央视拍摄古树系列，将扬州驼岭巷的唐槐列为名木，我在纪录片中详细介绍了"南柯一梦"的故事。近两年我发现，南柯一梦的影响其实远远走出了国门，在日本、韩国、越南等邻国均有广泛的传播和声誉。

西乡信纲的《日本文学史》是一部有很高价值的日本文学通史。本书以西乡信纲为主，由其他学者分工合作而成。西乡信纲是二十世纪的日本文学研究家，东京大学文学部国文系毕业，后任横滨市立大学教授。《日本文学史》引人注目的是，在谈到日本中世纪文学时，提到江户时代最出名的畅销小说家曲亭马琴曾受唐代传奇《南柯太守传》的启发，创作过一部《三七全传南柯梦》。序中写道："《槐宫记》，乃淳于棼之故事也。"而淳于棼就是在扬州驼铃巷古槐之下梦游蚂蚁国的文学人物。淳于棼的故事本来出自唐人《南柯太守传》，后被陈翰收入《异闻录》，曲亭马琴误以为是陈翰所作。

日本作家曲亭马琴的小说《三七全传南柯梦》，无疑是受《南柯太守传》的影响而作。小说所述的故事，源于日本元禄八年（1695）十二月七日在大阪千日寺所发生的一对青年男女双双殉情的悲剧。当时日本人特别喜欢将这类事件编成歌舞戏剧演出，《三七全传南柯梦》就是借淳于棼的扬州典故，来演绎日本青年男女的悲剧。因为故事中的男子叫赤根屋半七，女子叫美浓屋三胜，取其名字中的两个数字，故名《三七全传南柯梦》。《三七全传南柯梦》有个重要的情节是樵夫砍树不成，梦见树精谈话，树精泄露了要杀死树洞中蚂蚁的秘诀是用羊栖菜汤去浇树洞。这个树洞中蚂蚁国的关键情节，明显来自南柯一梦中的槐安国。

《三七全传南柯梦》后来由葛饰北斋画成图画本，广为传播。南柯一梦这个源于扬州的典故，也随之为更多的日本读者所熟知。

朝鲜文人也熟悉南柯一梦的典故。《清脾录》是朝鲜李德懋以中国传统诗话的形式，品谈朝中古今诗歌人物的专著，反映了中国文化在朝鲜的影响。书中引用了袁枚的一句诗，叫"论定扬州月二分"。李德懋生于朝鲜李朝英祖十七年，相当于清乾隆六年（1741），曾任奎章阁检书官，官至积城县监。据记载，李德懋博涉经史，每得一书，总是边看边抄。他读过的书数万卷，抄写的书多达几百卷。乾隆四十三年（1778），李德懋以书状官随员身份访华。

李德懋没有到过扬州，但他的《清脾录》有三处关涉扬州，那就是"二分月""槐安梦"与"扬州鹤"。李德懋的书中品评了鱼无迹的《新历叹》一诗。鱼无迹是朝鲜十六世纪中叶异端派代表诗人，李德懋读了鱼无迹的诗，"始疑白露国亦寓言，若华胥、槐安之类也"。槐安梦，也就是扬州的南柯梦。

扬州文化在越南的影响，最明显的是在唐代之后，尤其是唐代扬州的南柯一梦典故在越南影响深远。十九世纪初，越南使节常在中国各地书店购书，采买大量汉籍回国。晚清时，越南人汝伯仕抄写广州的《筠清行书目》和天津的《官书局书目》一千六百余种，其中就有汤显祖《绣像南柯梦》，演绎南柯一梦的故事。

南柯一梦的典故早为越南文坛熟知。越南明命皇帝的第十子阮绵审，约生活于清道光咸丰年间，因眉间有白毛，自号白毫子。白毫子酷爱中国文化，尤其喜欢填词，他有词作《迈陂塘·晚起》云："帘影午，才一觉南柯，早已青山暮。"其中"一觉南柯"就是用南柯梦典故。汤显祖和《南柯记》在国际上有一定的影响，他的剧作在二十世纪三十年代开始译为德文和英文。《南柯记》到 2003 年才有英译全本问世，比越南人知道《南柯记》已经晚了许多。

扬州的古槐一直为人关注。鲁迅先生辑录《唐宋传奇集》时书里有这样一段话："梦事亦颇流传，宋时扬州已有南柯太守墓。"清代《重修扬州府志》则记载："唐淳于棼墓，相传在蜀冈之北，俗呼为南柯太守墓。"孔尚任有《淳于宅》诗，自注云："在天宁寺西，淳于棼梦南柯处。"今天的驼岭巷正在天宁寺西，而淳于棼做梦的古槐居然依然健在。

人生如梦，富贵无常，这些民间哲理都淋漓尽致地体现在"南柯一梦"的成语之中。清代名臣纪晓岚从新疆流放归来后，将家中的厅堂号为"槐安国"，赋诗云："安知此树下，不有槐安国？安知此天地，不在槐根侧？真妄竟何有，辗转空疑惑。且看向南枝，浩然映月色。"纪晓岚绝对没有想到，除了他把自家当成"槐安国"之外，扬州的"南柯一梦"竟然远传到海外的邻邦。

十四　落花流水茱萸湾

渡口发梅花，山中动泉脉。

芜城春草生，君作扬州客。

半逻莺满树，新年人独远。

落花逐流水，共到茱萸湾。

——（唐）刘长卿《送子婿崔真甫、李穆往扬州》

扬州城东有一座两千年历史的古镇——茱萸湾。唐人刘长卿《送子婿崔真甫、李穆往扬州》诗中的"落花逐流水，共到茱萸湾"，就是歌咏的这个地方。

茱萸有吴茱萸、山茱萸和食茱萸之分，原产中国，朝鲜、日本也有分布。茱萸喜温暖湿润的气候，疏松湿润的土壤，也耐阴、耐旱、耐寒。古人把茱萸作为祭祀、佩饰、避邪之物。王维《九月九日忆山东兄弟》诗云："遥知兄弟登高处，遍插茱萸少一人。"茱萸又成为兄弟情谊的象征。

（一）茱萸湾与山光寺

茱萸湾处于扬州城东，这一带的人文历史，可以追溯到西汉时吴王刘濞从湾头向东开凿运盐河。刘濞开凿运盐河，着眼于发展地方经济。在古代，盐关系到国计民生，因此大都官营。吴国东临大海，盛产食盐，要把海盐运到扬州再转售各地，需要开辟水上通道，刘濞因此开凿了自茱萸湾到海陵仓的运盐河。这是扬州城东最早的人文遗迹，距今已有两千年。运盐河既有舟楫之便，又有泄水之利，茱萸湾或茱萸村的地位由此奠定。汉人《氾胜之书》云："吴王濞开茱萸沟，通运至海陵仓，北有茱萸村，以村立名。"宋人《方舆胜览》云："茱萸湾在江阳县东北九里，隋仁寿四年（604）开以通漕运，其侧有茱萸村故名。"明人《天下郡国利病书》云："汉吴王濞开邗沟，自茱萸湾通海陵仓，及如皋磻溪。"小小茱萸湾，竟然在历史上赫赫有名。

刘濞一直被扬州人尊为财神，茱萸湾对面的财神庙专供夫差和刘濞。庙名除了邗沟大王庙之外，还叫吴王庙、邗沟庙、古邗沟庙、邗沟神庙等，民间则直接称作财神庙。王振世《扬州览胜录》说："邗沟大王庙，俗称'邗沟财神庙'，在便益门北官河旁，中为吴王夫差像，配以汉吴王濞。"扬州学者汪中和扬州盐商马曰琯、马曰璐都写过诗歌咏这座庙。扬州人对刘濞的纪念由来已久。《重修扬州府志》说："相传吴王夫差筑城邗沟，后人祀之。"《邗沟大王庙记》说："自康熙中修庙以来，百有余岁，榱题既古，金碧无色，行道同慨，居民未安。乃以嘉庆六年（1801），重庀梓材，式崇堂宇，松柏映日，鼓钟鸣雷。"那么邗沟大王庙的历史，至迟可以从康熙时代算起。

茱萸湾在吴王刘濞之后，到隋炀帝杨广时又火了一把。炀帝在江都大建宫阙，有归雁宫、回流宫、九里宫、松林宫、枫林宫、大雷宫、小雷宫、春草宫、九华宫、光汾宫，其中北宫即后来有名的山光寺。一般认为，现在湾头福慧禅寺就是隋代山光寺旧址。因炀帝信佛，舍宫为寺，赐名山火寺，后来更名山光寺，一时香火旺盛。但到唐代，山光寺已经湮没于荒草乱坟之中。唐人张祜的《纵游淮南》几乎无人不知："人生只合扬

州死，禅智山光好墓田。"表明山光寺在唐代已经成为墓田。刘长卿也有
《茱萸湾北答崔载华问》诗云："荒凉野店绝，迢递人烟远。苍苍古木中，
多是隋家苑。"应是他目击隋亡之后茱萸湾的荒凉景象。

宋人眼中的山光寺格外荒凉，如宋人梅尧臣《山光寺》诗云："古桥
经废寺，苍藓旧离宫。柏殿秋阴冷，莲堂暮色空。鸟啼山蔼里，僧语竹林
中。寂寞芜城近，萧萧牧笛风。"苏东坡居扬州时，有一次与晁补之等人
同舟去山光寺为朋友送行。客人去后，东坡醉卧舟中，他的《山光寺送客
回》倒是写得轻松："闹里清游借隙光，醉时真境发天藏。梦回拾得吹来
句，十里南风草木香。"米芾的《山光寺》也不无清趣："竹围杉径晚风清，
又入山光寺里行。一一过僧谈旧事，迟迟绕壁认题名。"

实际上，隋炀帝的山光寺并没有给茱萸湾带来多少实际的益处。茱
萸湾因运河而生，首先面对的是水。早在唐元和年间，淮南节度使李吉甫
鉴于扬州运河经常淤塞，在江淮之间大建堰埭，茱萸堰就是其中之一。宋
绍兴年间，为阻挡金兵而填塞茱萸湾船港，直至乾道年间才重开茱萸湾码
头，运河恢复通航。明清时代的茱萸湾虽是运河上的黄金码头，但每逢夏
季汛期就集中泄洪，湍急的河水往往如脱缰之马奔腾咆哮，造成巨大灾
害。为了约束河水，时人根据水位落差、地质构造等构建"归江十坝"，
体现了人类治水的智慧。同时，沿河设置的"九牛二虎一只鸡"镇水图
腾，也形成了特殊的治水文化。

如今在茱萸湾，仍可见学者阮元亲题的"古茱萸湾"四字，镌刻着古
运河的千年沧桑。

（二）茱萸湾与芒稻河

扬州城东的自然风光，得到历代画家的青睐。

清初画坛巨擘石涛曾提出"师法自然"的主张，茱萸湾也是他写生的

地方。他的《淮扬洁秋图》和《茱萸湾山水扇面》等作品，都是画的扬州城东北一带的景色，近处城垣绵延，中部烟波浩渺，远处冈峦隐约。《淮扬洁秋图》中河岸蜿蜒曲折，一直延伸至天际。岸边杨柳低垂，房屋参差，芦荻丛生，杂树生花。运河平静如练，一叶扁舟上有老翁悠然自得。从郊外眺望扬州城，只见城中市廛繁华，城外野趣盎然。《题淮扬洁秋图》抒发了石涛行经隋故宫的心情："我行隋地试难明，我图黄海笔难听。精靡亦有荒凉日，桑田亦变沧海形。"

石涛另有《广陵竹枝词》咏茱萸湾：

> 茱萸湾里打秋风，水上行人问故宫。
> 秋草茫茫满天雁，蛮烟新涨海陵东。

> 邗沟鸣咽走金堤，禅智松风接竹西。
> 城里歌声如鼎沸，月明桥畔有乌啼。

> 三山顶上望红尘，无数衣冠总未真。
> 大业风流难写出，繁弦急管为谁春？

历史的兴亡，现实的风光，激起了诗人的胸中波澜，为茱萸湾留下诗画交融的长卷。

扬州八怪黄慎、李鱓、边寿民等人，曾相约雇舟游览七河八岛。时值新秋，他们在船上带了新鲜水果、新酿酒水和新刊诗文，荡舟水上，好不惬意。边寿民随手从船边摘来艾草，夹在书中，吟道："影随桐帽棕鞋瘦，气染书签药裹香。"据说艾草可以当药，能够驱蛊。黄慎和道："画君携去兴何远，新到邗江酒正清。"离城已远，红尘已淡，然而新酿这时候却正饮到好处。然后，他们便合作了一幅图。八怪之一的高凤翰也到茱萸湾来送友人，他有《湾上送别图》云：

> 文心饱沁三年后，别味浓添九月中。
>
> 记取茱萸湾上路，雁声无际蓼花红。

广陵与江都之间有一条河，名叫芒稻河，又叫蟒导河。此河的来历，一说嘉靖年间疏浚张纲沟形成，从湾头入运盐河，是泄洪的通道；一说开凿于清康熙年间，是引淮入江的水利工程。今扬州生态科技新城所属的芒稻岛，为"七河八岛"之一。芒稻河和芒稻岛共同构成了独特的芒稻风光，是扬州古代水利文化的重要见证。扬州八怪之一的高翔曾作《蟒导河图轴》，是古代画家留下的唯一关于芒稻河的绘画作品。

高翔、汪士慎的朋友祝应瑞是镇江人，时任蟒导河船闸官。乾隆五年（1740）农历三月三日，祝应瑞邀请友人厉鹗、陈章、高翔、汪士慎等来芒稻河小聚，高翔、汪士慎等从城里大东门乘舟出北水关进入运河，经茱萸湾前往芒稻河。祝应瑞特别请来歌伎做伴，一路笙箫歌舞，好不快活。厉鹗作《虹桥春游曲》云："客愁当梦乱如丝，挂在虹桥新柳枝。"高翔则在欢乐之余，偶从河水倒影中看见早生华发，不禁作歌自怜："照水自怜身如玉，情寒谁与鬓沾霜。"这次欢聚后不久，祝应瑞夫人在闸衙病逝，高翔和汪士慎接到讣告后，又前往蟒导河吊唁。《蟒导河图轴》就是高翔在归途中所作。

在高翔笔下，河边长堤、水面风帆、岸边古树、天上寒鸦无不再现了芒稻河苍莽的景色。图中官衙森严、银杏耸立、闸坝雄伟、河水奔腾，足见芒稻河闸衙虽是小小衙门，也威风十足。值得注意的是芒稻河两岸，左岸有旗杆直指天空，下面行人来往，闸下停船待航。右岸有牌坊巍峨高大，看来庄严肃穆，令人肃然起敬。

《蟒导河图轴》有高翔自题诗云："西风晓发片帆轻，入望烟波送水程。

今日官衙太岑寂，为怜潘令最多情。""白龙川上停孤棹，仙女祠前认断碑。衰柳一行鸦数点，茱萸湾上夕阳时。"汪士慎也为之题诗云："聒耳惊湍蟒导河，河边古庙祀仙娥。离城卅里忽来到，有慰闲官赋挽歌。""茱萸湾里寒潮长，扬子江头落日斜。白鸟烟沙归画轴，萧萧篱落是官衙。"朋友的诗歌唱和，在野趣之外更平添了朋友之情。数年后，高翔与汪士慎打算再去芒稻河访友，不料老友祝应瑞已在芒稻河闸衙任上病逝。芒稻河雅集，从此成为广陵绝响。

（三）茱萸湾与丝绸路

茱萸湾是丝绸之路的重要节点。自唐代开始，扬州、广州、泉州、明州（宁波）就成为丝绸之路上的重要港口，外国商贾与舶来商品在扬州集散，茱萸湾也成为丝路明珠。在鉴真大师东渡之后，日本僧人圆仁来华留学，起初住扬州开元寺。他在《入唐求法巡礼行记》中说，他乘坐的船从海陵沿运盐河西行，抵扬州时见"江中充满大舫船、积芦舡、小船等不可胜计"，正是茱萸湾运河的景象。

唐末来华的新罗人崔致远在他笔下提到"东塘"，也是指茱萸湾和七河八岛一带。881年5月，崔致远入幕淮南第二年，扬州发生了一件震惊朝野的大事，即高骈起兵讨伐黄巢起义军。当时在扬州城东的东塘，集结了八万大军，两千战船，蓄势待发。古代征战有发檄文的传统，征讨黄巢檄文的任务落到了崔致远身上。崔致远被高骈任命为馆驿巡官，随高骈出师东塘，准备勤王。崔致远后来回忆说，在东塘的一百多天里，高骈在军中对崔致远"忽赐招呼，猥加驱荣"，"诸郎官同力荐扬，和之如响"，此情此景让崔致远受宠若惊。所谓"东塘"，就在今广陵与江都之间。

宋代的普哈丁、元代的马可·波罗、明代的崔溥等外国人，在南下北上时都经过茱萸湾。以崔溥为例，明弘治元年（1488），这位朝鲜中层官员因事奉差出海，不料遭到暴风袭击，船从朝鲜济州岛漂至中国浙江台州。他最初被疑为倭寇，后经审查，排除嫌疑，受到友好接待，便由浙东经陆路至杭州，再由杭州沿运河至扬州，到北京后再从陆路返国。崔溥把在华经历写成《漂海录》一书，书中记载了他从扬州城外沿运河经过茱萸湾到邵伯的经历："臣等由舟而过，不得观望，所可见者，镇淮楼而已。楼即城南门，有三层。沿河而东而北，过夏国公神道庙、观音堂、怀远将军兰公之茔、晏公庙、黄金坝、北来寺、竹西亭铺、收钉厅、扬子湾巡检司、湾头关王庙、凤凰桥墩、淮子河铺、河泊八塔铺、第伍浅铺、税课局、四里铺、邵伯宝公寺、迎恩门。"日记中的"湾头"，即茱萸湾。

在清代乾隆年间，英国公爵马戛尔尼率领的船队曾驶经茱萸湾，同治年间英国军人吟唎也曾穿越七河八岛。吟唎1857年加入英国海军，1859年赴香港服役，次年辞职来到太平天国控制地区经商。1861年初吟唎加入太平军，担任训练、作战、采购武器和粮食等任务。太平天国失败后吟唎回国，他后来在回忆录中说，他曾为太平天国前往扬州采购大米，具体地点是仙女庙。因为战争，吟唎的船只能从偏僻的河道潜行，也即七河八岛。虽然是在清军和太平军的交战时期，扬州城与仙女庙之间的湿地却给这位洋兄弟留下了田园诗般的印象。吟唎写道："我们的目的地是仙女庙。仙女庙是此处一带的大市场。两岸的乡间全都是肥饶的耕地。农民的耕种方式和农民的房舍风貌较其他中国地方更接近英国的样式。大麦、小麦、裸麦、燕麦一一映入眼帘，不像中国其他乡间，大多尽是一望无际的稻田。田间有一堆堆的干草堆，房舍宽大宽敞。林木稀少，斑鸠甚多。我和我的朋友曾用双筒枪猎获了许多斑鸠。这些斑鸠和我在别处所见到的完全不同，颜色像鸽子，而胸和翅则像金色鹬，颈上有一圈美丽的彩纹，和英国斑鸠一样，尾大而黑，羽毛彩色鲜艳。这种鸟的美味是我从未尝过的，可是中国人却并不注意它，既不捕捉、食用，也不驯养。"

七河八岛除了有田园诗式的乡村风光，也有梦魇般的压迫。吟唎说：

"这里的乡间极为完美，可是居住在这里的人民是有缺点的，或者毋宁说他们的统治者是邪恶的。因为我相信，中国人本身是具有改进自己的力量的。我在前去仙女庙的沿途，特别注意到清政府的可恶的勒索行为。从河口到这个大市场，不满三十英里，而我所见到的厘卡竟不下十五处之多。"按照清朝的法律，这段水程只有两处厘卡。出人意料的是，在那生死攸关的时刻，吟唎还饶有兴趣地关注到扬州是出美女的地方。

　　茱萸湾，田园诗一般的地方。